この時代にも学生と言える存在はあったので、まあ私がそんな装備をしていても違和感はあるまい。
つまり学生装備だ。
意匠としては賢者や隠者風、ローマの知識人達のように、貫頭衣やトガのシルエットを活かすと、何となく極東服に近くなるのが面白いな。ともあれコレで交渉だ。
本多・正純（学生）

ええと、こちら、対英装備じゃない気がするんですけど、東照宮射撃装備になります。東照宮巫女服は私設計のもので、外装後付けや流体経路など確保する黒のラインが特徴ですね。上白下赤配色も通常設定となっていて、全体、弓モチーフの曲線が効いてます。
浅間・智（東照宮巫女）

—— この騒がしい方達は、一体何処から……？

境界線上のホライゾン
Horizon on the Middle of Nowhere

GENESISシリーズ
境界線上のホライゾン NEXT BOX
HDDD英国編〈中〉

川上 稔
イラスト／さとやす(TENKY)
デザイン：渡邊宏一(2725 Inc.)

―NEXT BOX《英国編上巻》ダイジェスト―

「――中巻に入る前に、ちょっと上巻のおさらいをしておきましょう。記憶力は抜群だぜ、って方はスッ飛ばしても大丈夫なので、気持ち復習的な感じでお願いします」

STORY

各国との折衝や諸処状況対応のため、情報体となった武蔵と武蔵勢は、末世解決の記録の暴走を鎮圧し（序章編）、他国との貿易、交渉に向かった。

その行き先の一つ、英国にて、武蔵は本来の英国ではないような、違和感のある英国に到着する。有り得ない筈の飛竜の襲撃を経て、地元勢力の代表であるスリーサーズという女性に“保護”された武蔵勢は、謎の“点蔵によく似たファッションセンスの死んだ男”から、この地に関わらぬよう助言を受けたのであった。

「その言い方、自分がファッションセンス死んでるように聞こえるで御座るよ!」

そうじゃないんですかね……。ともあれそんな助言はハナから無視の武蔵勢は、サード派と呼ばれるスリーサーズの拠点でメイデイの祭を満喫。だがそこで生じた余興の相対から、ここが八世紀の英国だと理解した。

かつて英国ではアーサー王の襲名者が三派に分かれて持ち回りで襲名をしていたという。スリーサーズはその一人で、しかしまだ襲名が確定していない。そんな状況の英国に、自分達は何故呼び込まれたのか、疑問がある中で、サード派に対するファースト派の代表の一人、ランスロウが祭の余興として勝負を挑んできた。武蔵勢の中から対するは、島・左近である。

digest

digest

―― 結局何がどうなった? ――

「何か英国の過去の記録? その中に武蔵丸ごと落ちてしまったようで?」

「アーサー王の襲名を争っている時代だ! ワクワクするねえ」

「しかしこの時代、欧州はゲルマン民族を襲名した竜属によって席巻。竜害と呼ばれる大戦争が生じ、人類は欧州から外に追われてますの」

「というか私達、何で英国の記録の中に入ってしまったんでしょうね……」

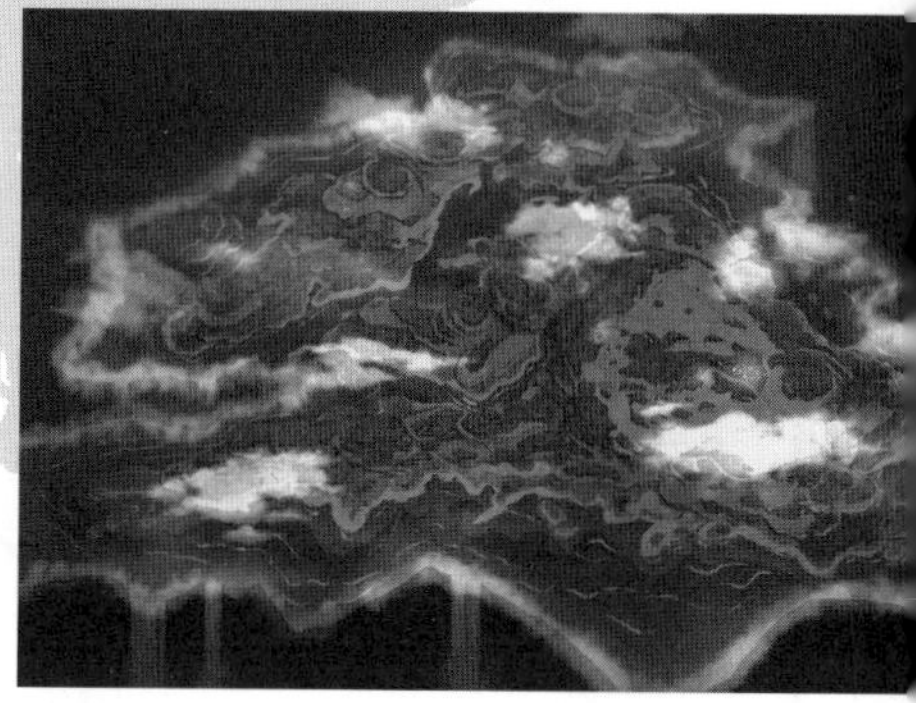

―― この巻で味方になった主な人物・勢力 ――

アーサー・スリーサーズ：アーサー王の襲名候補、三者の一人。三つある勢力の内、サード派を率いる。武蔵勢を“保護”し、どう扱うべきかを思案している。

点蔵モドキ：点蔵に似ているファッションセンスの死んだ男。味方とはまだ言い切れないが、敵対するつもりはないようだ。この地から手を引くように助言をした。

―― 気を付けておくこと? ――

「この時代、竜属が欧州を支配していて、各勢力共にそれをどう扱うかピリピリしてんのよね。そんな中に私達“外部”の者が入るんだから、気を付けないと」

「時代違いの武蔵を出すと英国の記録が壊れるかもしれません。だからこの時代に合わせて食料調達などしないといけませんね」

「あとはまあ、この記録からの脱出方法を講じるにしても、サード派やファースト派との繋がりをもって情報収集だ。一手一手、気が抜けんな」

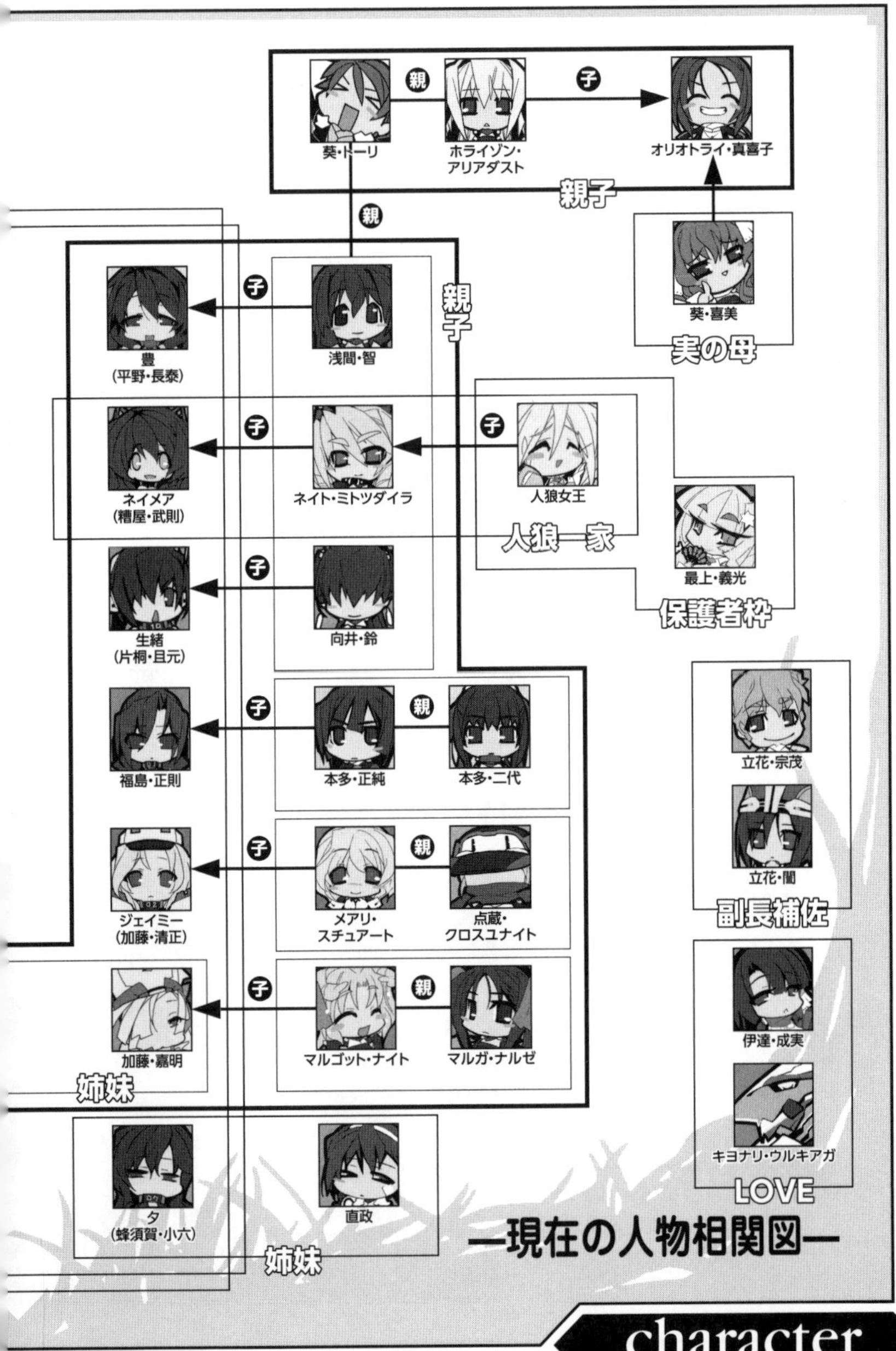
葵・トーリ
親
ホライゾン・アリアダスト
子
オリオトライ・真喜子
親子
親
葵・喜美
実の母
親子
子
豊
(平野・長泰)
浅間・智
子
ネイメア
(糟屋・武則)
ネイト・ミトツダイラ
子
人狼女王
人狼一家
最上・義光
保護者枠
子
生緒
(片桐・且元)
向井・鈴
子
福島・正則
本多・正純
親
本多・二代
子
ジェイミー
(加藤・清正)
メアリ・スチュアート
親
点蔵・クロスユナイト
子
加藤・嘉明
マルゴット・ナイト
親
マルガ・ナルゼ
姉妹
立花・宗茂
立花・誾
副長補佐
伊達・成実
キヨナリ・ウルキアガ
LOVE
夕
(蜂須賀・小六)
直政
姉妹
—現在の人物相関図—

character

character

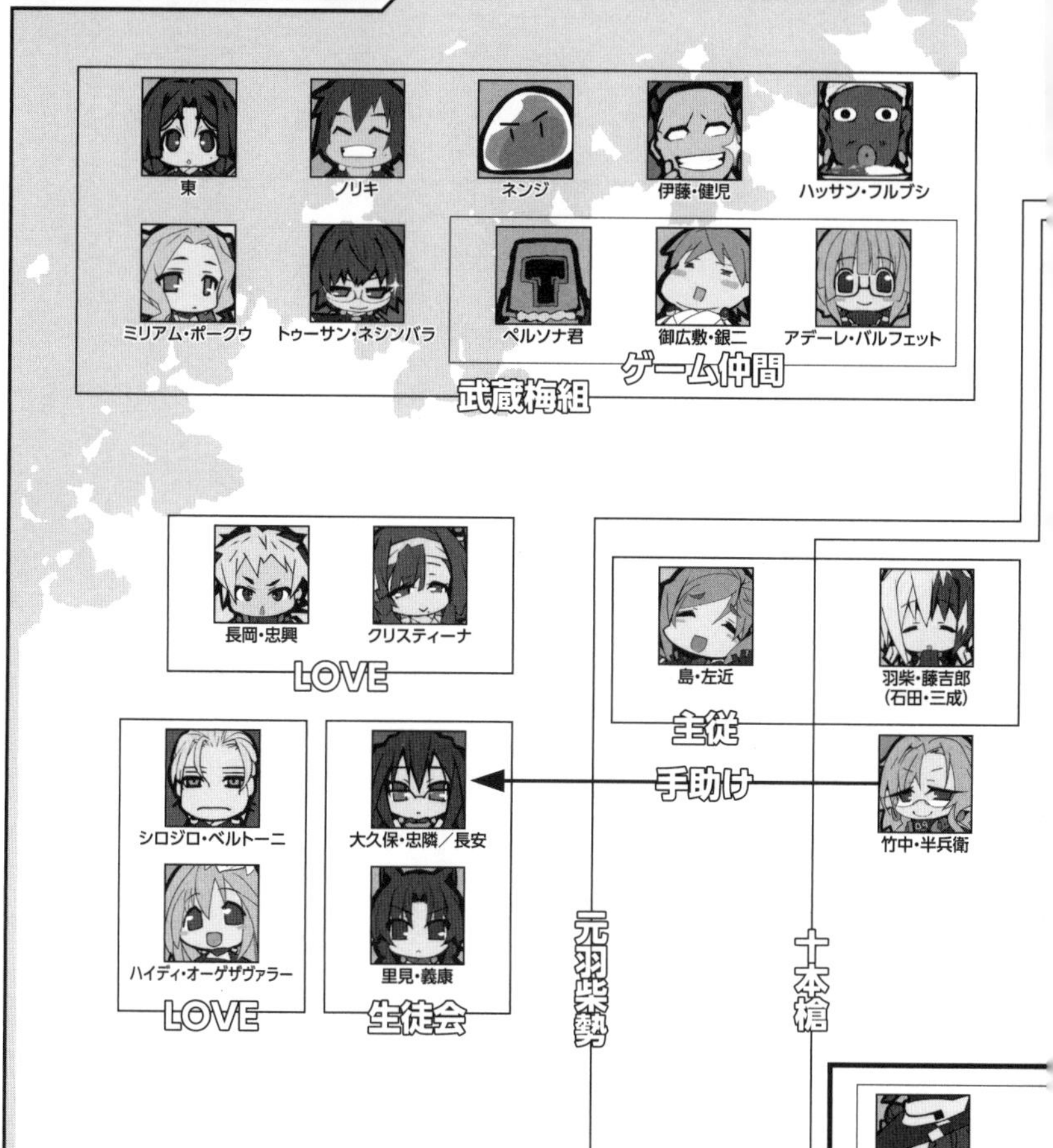

「一般？　に“武蔵勢”と呼ばれる面々を中心にすると、こんな感じですね。
親子関係で三年生と二年生が対のグループになっているのが特徴です」

「ここでそれ言って頭に入りますの?」

「フフ、そんなの気にせず流れで読んでいけばいいのよ。アイコントークの強みって、それだから」

break time

『――さて、作戦会議だ！』

「――さあて、休憩ですよう？」

「温度差が凄いわね……」

第二十三章

『誘い場の硬軟手』

意外と意外
面白いか厄介か
自分はどちらを望むのか
配点（厄介はやめてくれ）

「うひゃあ、結構疲れるもんですよう」

と、控えの場として設けたテーブルと椅子に、左近が着く。

それを確認の上で、浅間は動いた。テーブル周辺を結界で囲み、左近の体の排熱やら循環系などを正していく。一方でやってきた闇達には、

『——作戦会議を行いたい！　後の先を無効としたあの敵の正体について、だ！』

左近が背面装甲から鬼武丸の頭部を外し、確認に入る。

その間にアデーレが補給としての軽食と飲料を持ってきて、

「Ｊｕｄ．！　とりあえず皆、作戦会議ですね！」

正純としては、ここは総長連合を始めとしたフィジカル系に任せる部分だ。

逆に言えば、観客のように気楽に応答が出来る。

「——一体コレ、どういう流れなんだ？」

「Ｊｕｄ．、お互いが有効打を持たないということを、今までの流れでそれぞれ理解した、と、——そんな判断をスリーサーズが下したんですの」

『——そうだ。あのままでは敵はこちらをチビチビと切るだけで、しかし小姫も小さな打撃しか与えられん』

「だから戦いが泥沼になる前に止めて、仕切り直しを二人に命じたんですのよね」

「でもソレ、スリーサーズってケッコー派手好きってこと？」

「止めるだけの〝目〟があるのならば、派手になっても止めに入るで御座ろうし、そのあたりの責任はとるという、そんなつもりがあるので御座るかな？」

　このあたりは解らないところだ。
　ただ、勝負を止めずに続行と言うならば、

「中途半端にやっても意味が無い、というのは、正直、政治的な視点だと思う」

「聞きたいわ」

　Ｊｕｄ．、と己は頷き、軽く手を振る。その動きで周囲を示し、

「今の戦いで、サード派の中で幾らかの勢力が既に〝こちら〟につき始めている」

「負けとくか？」

　馬鹿がいきなり言った。

●

　皆が静まり、注視がこちらに向いた。
　だが、全員の注目の意味も、馬鹿の言った意味も、自分には解る。

「面倒くさいですからねえ」

「見事にその通りなんだが、先に言われてしまったな……」

「副会長先輩、先輩はそのための人材なんだから……」

　後輩に正論言われるとちょっと厳しい。だが、つまりはこういうことだ。

「私達がこの情報世界の中、英国の記録に対して何をすべきか、それはまだ解っていないんだ。だからその前に、私達に役目が与えられるようなことは避けたい」

「確かに、ここで勝ってしまうと、……対ファースト派戦力に使える、という見方がサード派の中で出来てしまうで御座りましょう」

「Ｊｕｄ．、何が記録の歪みや乱れになっているのか、それを知るまでは、なるべく平和裏に行きたいという、そんなところですね」

「成程……。正純様が、先ほど、面倒くさいという言葉に同意した意味が、改めてよく解りました」

　ホライゾンがゆっくりと言った。

「平和裏に行くのは面倒くさいですからねえ、正純様」

●

「やっぱそっか──……」

「英国は覚悟しておくと良いわ。面倒臭さがマックスになったら滅びると……」

「そろそろな気がするな！」

「しないぞ！　当分しないからな!?」

「当分ですの？」

●

　しかしまあ、と正純は告げた。

「葵の言う意味は解る。私達は英国の記録が抱える何らかの問題をクリアして、まあ、英国にデカい顔をしたい訳だ。──勝手に役目を与えられるのは、本意ではない」

『──対立への参加こそが求められる問題だとしたら？』

　不意の言葉に、だがこちらは頷く。

「恐らく違う」

「何故ですの？」

「Ｊｕｄ．、既に私達は、微妙な〝乱れ〟に気付いているだろう。先ほどの広場の周囲、荷車が使われていないようであったとか、そういう〝実態〟が無いものがあると」

「確かに、……本来それがあるべき場所に無かったり、違う運用をされているような、そんな雰囲気はあります。この世界自体が、英国という存在の持つ〝記憶の再現〟なのだろうと、そう感じるときが」

「──しかしこの記録は、正常に進行している。意味、解るか？」

　問うた先、手が上がった。

「フフ、求められてるものと、そうではないものの差、ね」

「Ｊｕｄ．、英国の記録の乱れというのは、実態の欠損だ。しかし英国は、それを〝見なかったこと〟として、他を正常に進めてしまう。だから私達はそこに奇妙を見るのだ。
　だが、今の戦闘によって得られた評価は違う」
　言っておく。

「あれは、ただ求められたものだ。元から欠損どころか存在しておらず、私達が加算されて作ってしまったものだ。敢えて言うならば、私達がこの記録の中でやらかした〝余計なこと〟とも言える」

「では、左近は、勝負を放棄すべきですの？」

「そこは政治のやるべき範疇であり、既にある程度手を打っている」
　え？　という顔を皆がした。だが、その中でも頷く者がいた。

「――私達は、サード派の麾下にはなりませんのよ？」

「――そういうことだ。つまりここで私達が勝ち、サード派から対ファースト派の戦力として期待されようと、私達は応える義務が無い。何しろスリーサーズ直々の言質《げんち》をとっているのだから。
　そしてもし、そのような声が上がったら、また私の出番だ。
　現状の方針としては、私達はサード派と協調しつつ、英国の記録が持つ問題を検証し、必要ならば対処すると、言ったところか。これが、英国や彼らにとってどういうことになるのか解らないが、その際に利益は生じるだろう」
　皆が頷く。それを見た上で、自分は言葉を告げた。

「――但し、私達は各派の争いには参加しない。そのつもりで行く」

だから、と己は馬鹿の方を見る。

「あまり心配しなくていいぞ。面倒くさいのは解ってるから、ある程度先に封じてる。
ぶっちゃけ、いろいろ勉強し直すまでは首を突っ込みたくない時代だ」

「Ｊｕｄ．、何か気ー遣わせてたらすまねえな」

「まあ、アレでしょう。やはりホライゾンも少々思うところがあります。
——アーサー王ネタというか、英国でそれが関わると、メアリ様の一件などを思い返しますからね」

「……それについては本当に、返す言葉がありません……」

彼女の台詞に、皆が頷く。

「方針は変わらんさ。さっき言ったように、余計なことはしない」

ただ、と己は前置きした。

「ここは記録だ。本物ではない。だが——」

「だからといって失わせていいとも、思わねえ、ってことだ。——何しろ俺達は、エロゲだろうが一般ゲームだろうが小説や漫画だろうが動画だろうが、泣きネタみたら泣いちまうくらいメンタル弱いからな。その場合は介入すんぞ」

「Ｊｕｄ．、そのくらいがいいでしょう。まあ、現実と架空の区別がついていないというのも、今回はまた意味が違います。強いて言うなら——」

自分を含め、皆が、ホライゾンを見た。するとホライゾンが、

「————」

やや黙った。

そしてしばらくしてから、彼女がまた口を開き、

「いいですか？　——強いて言うなら——」

と、そこでまた止まった。

動かない。

十五秒ほど経《た》った、そのタイミングで、浅間が手を挙げる。

「あの、ちょっと、ホライゾン」

皆の注目を浴びつつ、浅間がホライゾンの肩を叩く。輪の外に連れて行く。

行った。

間が空いた。ただ、こちらの輪の向こうで、二人がひそひそ話している。

「成程！　ソレで行きましょう！」

などと思い切り聞こえてきていて、大丈夫か……、という雰囲気の中、今度は変に笑顔の浅間が先に戻ってきた。彼女は両腕を広げて、

「え、ええ！　遅れて済みません！　ホライゾンから強いて言うならの話を聞いたんですけど、もう、コレが高度で！　超高度！　成層圏超えるくらい!?　で、これは簡単には説明出来ないかなあ、って感じでして！　だからまあ、つまり、ホライゾンからのいい話があったと、皆はそう思って下さいね？　いやあ、上手く説明出来ないのが残念です！」

「Ｊｕｄ．！　やはり閃《ひらめ》きを成文化するのは難しいですな！　さあ！　話を進めて下さい正純様！」

とりあえず皆のやたら平たい視線がこっちに来たが、どうしたものだろうか。

●

政治の話は別として、闇としては左近と鬼武丸達を含めた実務が問題だった。

「……相手が、あれだけのカウンターを食らいつつ、平然と動けたのは何故なのか。懸念ですね」

謎だ。

竜骨の装備は、鎧に該当するだろう。

あの形の種族ならばともかく、装備なのだ。

打撃を受ければ、中には間接的な衝撃を与える筈だ。

だがそれが無い。ならば、

「緩衝系の加護や術式を、予測して大量に投入している?」

「だとしたら、発動で表示枠が大量に射出されるように思います。物理的な緩衝材の可能性はどうでしょうか?」

「いえ、私達のいた現代にも、島様の打撃を完全に消し切る緩衝材はありません。この時代には、とも考えますが、無いと仮定した方がいいでしょう」

　他、可能性はあるだろうかと、思案を巡らす。すると、伊達家副長が手を挙げた。

「しかしこちらも、あのまま一撃を受けても、その場復帰よね」

「確かにまあ、あちらの斬撃は、一発が大きいですけど、連打が無いですからよう」

「アロンダイトを振り回す膂力と速度は見事だが、やはり大剣ゆえ、同時攻撃に近い高速連撃でラッシュを掛ける、という風にはいかぬのだな」

　Ｊｕｄ．、と己は頷いた。

「決定打に欠ける相手と、相手の能力を見切れてないこちら、と、そういう構図ですね」

　では、と夫が言った。

「この場において、スリーサーズ様は、ファースト派の顔を立てたということになりますね」

●

「……宗茂様? 何故、スリーサーズ様が、ファースト派の顔を立てた、と?」

　こちらの問いかけに、宗茂が頷いた。

　スリーサーズが、この勝負に一時〝待った〟を掛けた理由。

　ファースト派の顔を立てたと、そう言えるのは何故か。

「——私達が解っていないことは一つです。つまりランスロウという相手への懸念ですが、これは、戦闘中に晴らすことが出来るかもしれません。可変の案件だと言えます。

　しかし、——島さんの再生能力を、相手は攻略出来ません。大型武器しか持っていないからで、これはこの戦場においては不変ですからね」

　つまり、

「ここで止めたならば、スリーサーズ様は、自分の責任として、相手に武器の交換などの猶予を与えることが出来ます。
　泥沼の勝負になることを避ける意味もありますが、彼女は、ファースト派の顔を立て、この時点で貸しを作ったのです」
　そうだろうな、という声があがった。
　副会長だ。彼女がこちらに振り向き、言葉を作る。

「スリーサーズは解っているんだ。私達が彼女の麾下にならないことを、だ。

　だからこの勝負、そのまま済ませると、麾下にならない私達の手柄となり、サード派はファースト派への鬱憤を晴らすだけで終わる。

　それじゃ駄目だ。

　だから彼女は止めた。そうすることで、ファースト派への貸しを作ったんだ。私達からは得られない、〝外の価値〟というものを自分で創出したんだよ」

　半鐘が鳴った。

「さあ、そろそろ十五分が経過です。両者、用意は出来ていますか？」
　その問いに、副会長が小さく告げた。

「――どれだけの用意が必要か、考えておいた方がいいな。この時代、一筋縄ではいかないぞ」

●

　スリーサーズは、二つの影がそれぞれから動いたのを見た。

　ランスロウは、自分が指示した補給と補修係から送られて。

　もう片方、湖の精霊の方は、

……あら。
　交渉役が、あの背の高い女衛士に、何かを言い含めている。
　作戦か。それとも別の何かか。
　ただ半鐘がもう一度鳴り、

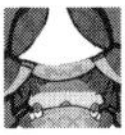

「――お互い、位置に――」

その声で、両者が広場に入った。

試合ともいえる勝負が、再開するのだ。

●

左近は、現場に出た。

「はいはい遅れてすみませんですよう」

行く場所、足を止めて向かい合うのは、戦場と言っていいかもしれない。

周囲は遠い喧噪《けんそう》だ。こちらへの応援が意外と増えていて、相手への怒号がちらほらあるあたり、やはり総長の感覚は正しいですよう、と思う。

そして正面を見て、己は気付いた。

『逆だな』

「そうですよう」

視界の中、ランスロウの武器が変わっていた。

己の専用装備であるアロンダイトではない。

「グラディウス二本にて相手をしよう」

極厚の短剣だ。

勝ちに来たと、そういうことだろう。だからこちらも応じる。

「じゃあこっちは、これで行くですよう」

背から振り上げ構えたのは大剣だ。

自分の背ほどもある豪剣。これならば、問答無用でランスロウに攻撃を通せる筈だ。

もはや片手持ちの打撃武器二本では足りない。

それゆえに持ち込んだこの大剣は、

「パイクソードと、そう名付けるべきですかよう」

●

「……あんな大剣装備、さっきありましたっけ？」

御広敷は、何で小生がここ手伝ってるんですかね、と思いながら直政に問うていた。

こちらの手元にある部品在庫の管理表示枠の向こう、直政は椅子に座ったまま腕組みで、更にそのまま体ごと傾いで、

「どうだろうさねえ……」

「何がです？」

「お前のいう大剣、アレな？　アデーレ用の対英装備として用意した〝パイクマン〟装備のパイク部分なんさね、アレ」

あー、と己は得心する。
そういえばさっきまで、確かにそういう装備があった。だがアレは、

「アレは、対竜用のパイクとして、ブレード付きで巨大なヤツですよね」

「対竜ってんで、切れ味も落としてあるんさ。繊細すぎて欠けたら、そこから折れかねんし。しかし——」

まあいいさね、と直政が体を起こした。

「フィードバック見る限り、しっかり振り回せているようさ。後は相手次第と、そういうところさねえ」

「相手次第？」

問いかけに、直政が頷く。

「フィードバックの結果を見る限り、この英国、思った以上に仕込みがあるさね。まあ見てれば解る。——この記録がどれだけ曲者か、左近に暴いて貰おうじゃないか」

●

あ、コレ、使いやすいですよう、というのが左近の感想だった。

パイクマン装備の、対竜用パイクと聞いている。本来はコレを地面に突き刺し、全身で抱えるようにして竜の突撃を受けるのだと。

全長二十メートル程度の竜にまでは有効。

そんなものを、今、対人として振り回してい

る。

　一方で相手は、得物を変えた。短剣、長さ六十センチほどのグラディウスと呼ばれるタイプらしい。

　使い方は酷く解りやすい。何しろ、

『小姫！　大振りをするな！』

　コレだ。

　こちらがパイクソードを振り回す際、攻撃が来る。

　振りかぶった時と、振り抜いた時。ヒットアンドアウェイの要領で、相手が飛び込み、こちらの脇腹や脚などを削っていく。

　まだ本気ではない。

　それが解るのは、ランスロウの刃に体重が乗っていないからだ。

　腕の動きだけで斬っている。だが、

「……！」
　ああ、来ますよう、と己は思った。
　ランスロウの腰部加速器に光が見えたのだ。
　来る。これから一気にラッシュが来る。こちらの振りかぶりに対し、

『来るぞ！』
　その直後、自分も動いた。パイクソードを振りかぶり、

「どうですよう！」
　パイクソードを眼前の地面に突き立てたのだ。

●

　それは用途としては当然であり、しかし、今の戦い方としては意外であった。

　大剣を地面に突き刺す。

　ランスロウにとって、大剣という物に馴染みがあった分、それは読めなかった。

　否。攻撃に対し、大剣を盾のように構える事はある。

　だが、全長三メートル超となる大剣を、持つ

ことも構えることも放棄して突き立てる。

刃はこちらを向いていた。これはつまり、

……障害物！

両のグラディウスを構え、突撃を仕掛けていた自分にとっては、自動的な斬撃となる存在だ。

故に己は軌道を変えた。急ぎで左肩の加速器を操作。右に押されるようにして、自分の行く先を剣の刃から右に逸らす。そして、

「裏にいるのだろう!?」

三メートル超の剣であれば、あの長身を隠せる。

全身を覆うことは当然出来ないが、刃を壁として隠れることは可能だ。

赦さなかった。

右肩の加速器を前に回し、全開。先に展開していた左の加速器と動きは連動し、空中で自分は素早くスピンする。

回る。


闇はそれを見た。

……強引な！

高速の突撃から、信地旋回のような急激スピンだ。元からそうするつもりであるならばともかく、いきなりに行えば加速器を含む装甲系は保っても、中の人体が保たない。

だが相手は、やった。

やはり、という思いがある。無理な挙動を平気で行えるというならば、ランスロウの武器は、アロンダイトでもなく、その竜骨の鎧でもない。人ならぬ動きを可能とする本人そのもの。つまりは、

「仕込みがあるのですね……！」

●

……想定外であろう！

ランスロウは、自分の動作が人ならぬものだと自覚していた。

回る筈のない勢いと制動で、回る。

全身の向きは、右回転で相手を捉える。いた。大剣の裏側、こちらに身を向けた長身がそこにある。

自分の刃が届く距離だった。

相手の正面に回り込み、高速でスピンする全身から伸ばした右腕と左腕。上下に並べるように振ったグラディウスは、相手の胸下と下腹を狙った。

行く。

加速器と振り抜きを入れている。

体重と勢いの掛かった上下段攻撃だ。

「食らえ……！」

まだ体は、本来の突撃の勢いを持っている。

これを当てても、ラッシュには直接持ち込めない。が、全身は突撃の勢いから回転の運動に乗っている。だからまず一回転。大振りにはなるが続く二回転目で相手に対してラッシュを叩き込める。

……一周目のこの上下二発は、相手の動きを止めるためのもの……！

布石を打つ。

そんなつもりで、己は攻撃を放った。

●

その動作は、踏ん切りのあるものだった。

ランスロウの視界の中、長身の衛士が回避に動いていたのだ。

「ん……！」

こちらの攻撃は右からの上下段だ。回避するならば左だろう。

だがそうすれば、大剣から離れることとなる。

こちらとしては望むところだ。そのままラッシュに繋げれば良いのだから。

しかし、相手はそうしなかった。

下がったのだ。

背後には大剣の刃がある。だが彼女はそこに、

「我慢ですよう……!」
左肩を割って、バックステップしたのだ。

●

左近は、一瞬で二つの動きをとった。

一つは、左肩を割って、パイクソードの向こうに回ったこと。

もう一つは、ランスロウの斬撃が当たらず、通過したのを見切って、

「……!!」
再び、パイクソードの向こうへとフロントステップしたのだ。

●

左肩が一瞬で接続した。

その感触も完動も確認せず、左近は後ろに振った腕でパイクソードを大上段から引っこ抜いた。

刃を叩きつけるのは、前方でスピンするランスロウだ。

放つ。すると、

「……!!」

加速器に光を生じ、竜骨の姿が一歩分遠くへと跳ねた。

間合いを取ったランスロウが身を回す。こちらに向き直ろうとする。

構わず一撃をぶち込んだ。

相手の姿勢など問うまでもなく、当たれば割る。そんなつもりの一発だ。

当たった。

振り返る相手の左肩、加速器を持つ竜骨装甲

に、刃が直撃したのだ。

　昼だというのに火花が散った。だが、

『割れぬか!?』
　高速の刃はランスロウを打ち、姿勢を崩した。
　だが、左肩の装甲は割れず、刃が弾かれるように軌道を変えさせられた。
　破壊出来なかったのだ。

●

　御広敷は、直政が椅子の上で仰け反るのを見た。

「クッソぉ――――！　竜骨を硬化加工してやがるさね！」

　ああ直政君も悔しがるんですね、としみじみ思う。が、向こうから届く画像の表示枠では、それでもなお、一つの成果が見えていた。

　左近の一撃は装甲を割ることが出来なかった。

　が、打撃力はランスロウの左肩を下げさせた。

　そして弾かれてなお振り抜かれたパイクソードの刃が、その肘に入ったのだ。

「届きました！」
　直後。相手の左腕が、肘から落ちた。
　左腕を断った。
　成果だ。

●

　だが、その瞬間に左近は感じた。これは違う、と。

　手元に来た感触は、奇妙な弾力だった。まるで弦の束を打ったような、そんな跳ね返りが手応えとして来たのだ。そして、

『小姫！　見ろ！』
　見えている。そして理解している。

「左腕が――」
　断ったはずのもの。落として、それで終わるはずの腕が、

「残念だったな……！」

　言葉と共に、戻った。勢いよく定位置に返り、軽く捻《ひね》って復帰したのだ。

　これは何か、否、この相手は何か、遠くの声が教えてくれた。

「自動人形……!?」

break time

「まあ！　ネイトがいい気付きを！」

「まあ！　御母様がいい気付きを！」

「……授業参観？」

「…………」

第二十四章

『上下の判断者』

いつも通りと思う心を
どうして罰せられるだろうか
配点（意表）

ミトツダイラが想起したのは、かつて英国で戦闘したウオルシンガムのことだった。
彼女は全身を重力制御で操作する自動人形で、中途半端な攻撃では意味が無かった。
ランスロウも同様なものだとすれば、ここまでの謎が解ける。

「人ならぬ無茶な動きも、打撃を全く無視出来るのも、ランスロウがあの骨格を用いた自動人形ならば説明出来ますわ。何故なら、その魂も何もかも、竜骨装甲そのものに宿っているのですから」
だが、

「この時代、自動人形ってどのくらい〝有り〟ですの？」

「種族的には存在していたし、歴史的にも古代から認められているから問題ないよ。ローマの〝物言う道具〟は正に自動人形が担当したからね。ただこの時代、彼女達の核が作られる一方、それを宿すためのボディを生産する場所が竜害によって失われた。よって、稼働機体の数は激減しているね」

「流石はネシンバラ様、早口が達者ですな」
と、メアリが言葉を送ってきた。

「実際の処、精霊主体の自動人形ではないかと、そう思います。プロダクト的な自動人形のように、魂の宿った〝核〟を画一的なパーツに収め、フォーマット化されたボディに移すのではなく、あの竜骨に宿った魂を活かし、自動人形的に加工したのではないでしょうか」
つまりは、

「リビングアーマーと、……そう言われるものですのね？」

ランスロウは、己の正体が悟られたことを理解した。

「隠すものでもなければ、敢えて言うまでもないことだ」

　流石に肘部におけるワイヤーシリンダーの解放展開と、その確保によるダメージ無効化は、人では出来ないものだろう。

　それを可能とする自分の正体とは、言われる通りのリビングアーマーそのものだ。

　それが紆余曲折《うよきょくせつ》有って、ここに来ていて、

「成果を出すことを至上としている！」

　言って、己は前に出た。相手がバックダッシュと、その勢いをもって大剣を引くのに合わせ、右から懐に飛び込んでいく。

「……っ！」

　遅い。

　大物相手には、訓練をしているのだ。主に対竜用の戦い方だが、この構図はそれが通用する。

　狙いは五体の継ぎ目。肘や膝でもいい。

　二本の剣を用い、何処かを断つ。

　全て同時にする必要はない。五体の内、二部位ほどを断てばバランスは崩れる。だから、

「貰った……！」

　己は加速器を全開し、一気に距離を詰めた。

　近接戦を行使する。

●

　音が響いた。

　ウルキアガは、聴覚に届く連続を、竜の動きだと判断した。

　……全身の連動だ！

　竜は体格差もあるが、基本的に長い胴体と尾を持ち、前傾だ。重量を支えるために脚は体の下についていることが多く、よって体の大きさに比して、左右のバランスが悪い。それでいて走る際には顔を揺らさぬようにするため、逆に全身が揺れる。普通に考えれば、前傾で左右バランスが悪いため、走れば転ぶ。しかしそれを

支えるのが、体長の半分近い長さを持つ尾だ。

　尾を利用し、体側を支えるか、尾を振って体を左右に波打たせるように漕いで走る。

　必要ならば加速系も入れて強引に支えていく方法もあるが、

「尾があることを想定したラッシュだな」

　代わりに使用されているのは、テール部分とその加速器だ。

　左右に加速光を散らし、大袈裟《おおげさ》と思えるほどに腰を上げ、踏み込んでいく。

　ぶちかましだ。

　とにかく押しが強い。これにアロンダイトがあれば、敵勢などは一直線に切り割ってしまえるだろう。

　そして今、左右のグラディウスが切り込む。

　散るのは火花だ。

　細かい金属音が擦過の弾きで左近の防御を教えてくれる。

「やるわね」

　左近への評価だ。相手の素早い連撃と強烈な押しに対し、下がりながらもガードしている。

　パイクソードは元々が対竜用のパイクだ。

　中央より先端側は両刃となっているが、背面部分は抱えたり、摑んで支えるためのホールド部分を持っている。

　ゆえに左近が、パイクを左右の手で広く持ち、ランスロウの連撃に応対する。

　左で弾き、右で弾き、危険ならば盾のように左右同時に防御する。更には、

「脚で誘導しているのね」

「歩法《ほほう》は剣術の基礎の一つですからね」
　闇の言う通りだ。
　衛士装備はオーソドックスな軽装鎧型となっている。だが、膝当てと肘当ては外側がしっかり固められているのが特徴だ。

前からの攻撃となるランスロウにとって、懐に入ろうとしても、膝裏は狙えない。

　狙うならば、正面からでも内側が見える肘か腋《わき》、もしくは胴体部だろう。

　左近もそれは了解しているため、腋を締め気味にしつつ、膝を突き出してランスロウを左右に誘導。その上でバックステップだ。

　荒いながらも、彼はこの広場を回るように機動していく。

　だが、不意に己は気付いた。左近の誘導が、広場の向こう側をターンしようとしたときだ。

……加速光が、左右揃った……!?
　ランスロウが何を狙っているのか。悟った自分は声を上げた。

「構えろ島・左近！　上段だ！」

●

　ランスロウは、届いてきた半竜の声を聞いた。

……上段!?

　違う。

　だが、こちらの加速器の光に反応したのは見事だ。

　これまで左右を交互に、疾走の動作を支えていた。しかし今は違う。

　まっすぐただ前に、

「……っ！」
　最後に踏み込んだ一歩に合わせ、右の刃を突き込んだ。
　狙いはこれまでのような腋や肘ではない。

「膝！」
　こちらを誘導するために掲げられ、下がっていくバックステップの膝。その膝当てとなる装甲を右の刃の先端で一撃したのだ。

「……おおう!?」

相手の、下がるべき脚が、こちらの一撃で更に加速され、後ろの地面に突き刺さる。

それは制動の踏みこたえだ。

これによって相手の後退が止まった。あとは簡単だ。両方で揃えた加速器に支えられ、

……同時攻撃！

左右を叩きつけるのは、しかし相手の体ではない。

ガードで構えられた大剣だ。

左右に渡すように、シールド代わりになっている大剣を、両のグラディウスで跳ね上げる。

現在、相手の挙動は後退を強引に止められた状態。大剣も全身も、後ろ方向へと移動する力を消していない。

そこで大剣を跳ね上げるとどうなるか。

決まっている。剣も、それを持つ手も、後ろの空へと上がるのだ。

だから上がった。

万歳姿勢だ。

後はもう、何をすれば良いか、明確だった。

こちらは、反動を踏みこたえ、更に加速器に力を入れる。

二段加圧。

両腕を上げて無防備となった相手の両腋に、己の両の刃を伸ばし、

「貫った……！」

敵の両肩を両断した。

●

勝負の時間だと、ランスロウは確信した。

……攻めねば！

相手は再生能力を持っているが、この至近で、その両腕を断ったのだ。

どうとも出来ない。

ならば次は胴体だろう。グラディウスでは両断するに際して刃の重さが足りないが、左右の鋏《はさみ》切りで背骨までは断てる。

故に、両肩打ちを放った全身を、改めて前に向けた瞬間だった。

「――――!?」

己は、いきなりの打撃を食らい、顎を空に打ち上げていた。

敵の一発が入ったのだ。

●

ランスロウは、何が起きたかを理解出来なかった。

自分は今、前に出ていた筈だ。

相手の脚を止めていた筈だ。

その上で、加速して相手の大剣を打ち上げた筈だ。

そして自分は、相手の両肩を断った筈だ。

だが今、己は敵の攻撃を受けた。

大剣？　違う。それは跳ね上げている。

両の腕か？　違う。それは断っている。

ならば、

……脚か！

全力大振りの爪先蹴りが、こちらの顎に入ったのだ。

●

「そうなんですのよねー……」

ミトツダイラは、それを見ていた。

起点は、ランスロウが彼女の左膝を打ち、後ろへと深く突かせたことだった。

対する左近が、そこで動いた。

左の爪先を支点に、体を後ろへ反らせつつ、右の脚をタメに入ったのだ。

「左近は元々、かなり暴れるような戦いをする人で、脚などの踏み込みも無茶苦茶でしたのよ？」

足癖などは相当悪かった。これは闇も無言で頷いていることから、その通りなのだろう。

どこまで左近と鬼武丸が読んでいたのか、それともアドリブだったのかは解らない。

　だがそれがここで発揮された。更には、

「ランスロウは、竜骨の鎧のせいか、竜の頃の動きを引《ひ》き摺《ず》っている。基本、疾走時は前傾だ。それが左近のように背丈のあるものを狙った場合、視線は確実に上を向く。
――結果として、振りかぶった左近の脚は見えなかったであろうな」
　左近の脚は長く、一メートル半を超えている。更には全身の筋肉など、強化されているのだ。装甲付きで全力キックなど、食らうのを想像するだけでぞっとするが、

「御母様、でもこれから、どう決着しますの？」

「ええ、それはさっき、第二特務が言いましたわ。
――大上段。そこからの円満解決ですのよ？」

●

　何が起きたのか、理解は出来た。

……問題なし！

　そうだ。自分はこの竜骨の鎧に宿った魂だ。人間とは違い、衝撃を受けたことで意識を飛ばすことはない。

　現状を理解するための時間が必要になるときはあるが、それさえ済めば平常通りだ。

　今、自分は、体を軽く浮かされている。

　強烈なキックだったが、ダメージには至らない。鎧は強固で、接続のフレームは硬い。関節を結ぶワイヤーフレームは衝撃を逃がす役目としては充分なのだ。

　全身はすぐに着地する。

　ならば姿勢は解決事項だ。

　しかし不意打ちを食らったのは、油断だった。上を気にして、足技への警戒を怠った。

　相手が、これまでそういう素振りを見せてこなかったこともだが、

……〝大上段〟という、あの半竜の言葉が効いたな。

あれに、誘導されてしまった部分は有る。

だが全ては解決だ。ここから仕切り直し。相手の両肩を割ったのは、恐らく接続されるだろう。しかし向こうの隠し技と言えるキックは見覚えた。

今後はこちらが有利だと、そう思ったときだった。

己は、大上段という言葉を見た。

頭上。

約三メートルの高みで、相手が武器を構えていたのだ。

先程と同じく両腕による大剣の上段攻撃。全力の一発が来ると、そう思っていた。

……ならば再び、自分はその攻撃を凌ぐまで

……！
違った。
相手の構えは、左腕一本の片手上段だったのだ。

ランスロウが見た相手の構え。それは肘が天を突くような全力の振りかぶりだが、

……片手打ちだと!?
おかしい、と己は思った。
確かに先程、大上段からの両手打ちは凌いでいる。だが、何故、今ここで強力な両手構えではないのかと、そう思った瞬間。それが発射された。
相手の全力を掛けた高速の一撃が、こちらに叩き込まれたのだ。

「耐えられるとも！」
先ほど、両手構えによるあの刃の一撃は受けたが、無事だったのだ。片手打ちならば何の問題もない。

そう、竜骨の装甲は硬く、また、全身のワイヤーシリンダーはショックを大きく逃す。この両方が備わっていれば、たとえ高速の一発だろうと、凌ぎ切る自信はある。そして、

「――――」

食らった。

直撃だった。

激音が響き、全身に回った。

だが、予想とは違うことがあった。それは、大剣の直撃した部位だ。

「鎖骨打ち……!?」

●

鎖骨だった。

己の顔、頭部に来ると思っていた一発は、真っ直ぐにこちらの右鎖骨に落ちた。

装甲のないところを狙ったのだろうか。だが鎖骨や肩周りは、前面装甲と背面装甲を結ぶフレームがあり、それもまた竜骨だ。だが全力打ちとなると、

「……く!」

全身が下に沈む。

ワイヤーシリンダーのテンションを操作し、バネのように全身を落とす。

耐える。

耐えた。まだ下への荷重は強く、動けないが、

凌いだ……!

同時に己は、右の鎖骨を上から打った大剣を、右の腕でホールドした。

奪う。これによって、相手の武器を確保した。

敵はもう、何も出来ない。

その筈だった。

「え?」

正面。相手が全身で振りかぶっていた。

右拳の、トルネード付きフックだった。

……無茶な！

相手は、打撃をこちらに送るつもりだ。

右の拳を、背面へと流す動きは、高速の右フックの初動だ。既にその一発は放たれている。

だが、こちらは竜骨の装甲なのだ。鎧のナックルガードがあったとしても、下手をするとそちらの手の方が砕けるだろう。

無駄だとそう思った視界に、相手の武器が見えた。

打撃武器。

それは、ヘルメットの形をしていた。

そうだ。

確か相手は、背面装甲に、それを装着していた。

黒の、背の高い形をしたヘルメット。それをグローブ代わりにして、

「いきますよ——う……！」

待て、と思って、己は気付いた。

壁だ。

今、自分は、壁に挟まれようとしている。

右の鎖骨に落ちた大剣。その剣身が、こちらの顔を映していた。更には、左から飛んでくるヘルメットの打撃も、だ。

危険を感じた。

己は自動人形だ。打撃を受けても意識を飛ばすようなことはない。そして装甲の硬さと、ワイヤーシリンダーの衝撃吸収性の二つが揃えば、如何なる攻撃も無視出来る。

だが、頭部が、大剣の壁と、硬質なヘルメットの打撃に横から挟まれたらどうなるか。

打撃を受けた際、頭は大剣によって逃げることが出来ず、首のワイヤーシリンダーすら使えない。

上からの攻撃、もしくは、大剣の壁が無ければ、首、背骨、腰と、全ての関節を使って打撃

力を分散、逃すことが出来るのだが、

「まさか――」

大上段という言葉が、この大剣の一撃を示していたならば、

「何処から読んでいた……！」

●

「作り手は壊す方法も考えておけっていうことさ」

フィードバックの結果を見ながら、直政は呟いた。

視線の先。作業台がある。

そこに置かれているのは、潰れた鋼材だ。

「横から叩いても、宙にあるものを叩いても、なかなか破壊出来るもんじゃない。人体だってそうさ。だから――」

「……硬い足場に置いて、逃げ場をなくして潰す訳ですね？」

「簡単だろう？　バイスで挟むやり方なら、もっと力は要らないさね。しかし――」

しかし、

「切れ味で勝てないと解ったところから、別のやり方まで、ちゃんと繋げたのはよくやったさ。――相手に攻め切られるかと思ったが、凌いだのが一番の勝因さね」

結果は表示枠に見えている。

「砕いたさ」

●

頭部の角が一本折れ、側面部に亀裂が入った。

おお、と声を上げたのは、観衆だった。

これまで、あの竜骨の戦士は、ファースト派の力の象徴の一つだったのだ。

それが破損した。

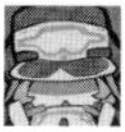

「これは――」

何かが変わる。誰もがそう思った。

そしてまた、その思いは戦う側にとっても同じだった。

竜骨の戦士は、動きを止めていた。

否。そうではない。

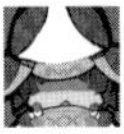
「動けないのか……!?」

●

「――――」

ランスロウにとって、これは初めての事だった。

己が破損することなど今まであり得なかった。

混乱と、そう言えたかもしれない。

想定外。

否、自分にとって、起きる筈のないことが生じていた。

……っ!

どうすべきか。
ここでファースト派が失墜することになれば、己の責任だ。
どうしても、それは避けねばならない。ならば、

……意地でも、戦闘を続行すべきだ……!

たとえ負けたとしても、戦うことは捨てない。
それこそが、自分達の文化であり、誉れだ。
ならば選択は一つしかない。

「おお……!」

戦闘続行だ。

今、もう一回、相手の右拳が飛んで来ようとしている。

二発目だ。

避けられない。

追加を食らえば頭部装甲の破損は大きくなり、内部フレームが表出するだろう。だがそれでも、勝負を捨てる訳にはいかない。しかし、

『おい！　小姫!!』

いきなりの声が、相手の手元から響いた。

グローブ代わりにされていたヘルメットが、声を上げたのだ。

『俺を戦闘に使うとは、貴様、何様のつもりだ……！』

聞こえる怒号と共に、自分の視界にあるものが入ってきた。

相手が、こちらを見て、

「――――」

一つ、頷く。その動作を見て、ようやくにこちらも気付いた。

ゆえに急ぎ、自分は叫んだ。

「――反則である!!」

「おお、……いい判断じゃねえの」

●

「反則である！」

●

広場から大きな声が飛んだ。それは竜骨の戦士が作るもので、

「この勝負、一対一の規定の筈！　――それが私の相手は、アシストならばともかく、その存在を武器として使用した！　これは確実に一対二！」

ならばどうするか。裁定を彼が望んだ。

「無効の申し立てをする！　以後、別にまたファースト派と彼らの勝負を！」

●

スリーサーズは、動きが止まったのを見た。

ランスロウも、長身の衛士も、どちらも動いていない。

ランスロウは構え直した双のグラディウスを衛士の両脇に突きつけているし、長身の彼女の方も、ヘルメットの一発を相手の頭部装甲ぎりぎりで止めている。

「……ふう」
何となく一息。
これ以上、場が動くことはないだろう。だから己は手を挙げた。
皆がざわめき、こちらに注目したのを見届けてから、自分は言う。

「いいでしょう！　ここまででも良いものを見ました！　これ以上が見られるというならば、後日また、機会を用意しましょう！」

その言葉に、わ、と皆が歓声した。

音楽が鳴り、讃《たた》える言葉が幾つも連なる。

広場の両者。そして自分に対しても。

勝負が止まったことで決着はついていないが、十分なものは見られたし、まだ続きがある。そのことへの期待とは、つまり、

……彼らの実力を、皆が認めたと、そういうことですね。
いいことだ。
今後サード派は、ファースト派に引け目をとる必要がなくなる。その上で、何かあっても、〝湖の精霊〟へと投げてしまえるのだ。悪いことは何もない。
しかし、と己は思った。視線の先、そこにいるのは、長身の衛士が戻るのを迎える〝湖の精霊〟達だが、

……この流れ、あの交渉役が作ったものでしょうね……。
見事だと、そう思う。

●

「……意外と頭が硬くなかったな。通じたようで何よりだ」
正純は、疲労の濃い左近を皆が迎えるのを見

つつ、内心で安堵の息をついた。
試合前、左近と鬼武丸に言い含めていたのだ。

「勝負がつきそうになったら、鬼武丸を利用して、一対二だということにしろ、と」

「間に合ってよかったですわね、アレ」

「まあ、出来ると思ったから頼んだんだがな。――いい結果だった」

視線の先、ランスロウが控えの場で椅子に座っていた。
排気と排熱を行っているのだろう。彼の周囲に陽炎《かげろう》が舞っている。

「……応じたと言うことは、こちらの意図が解ったはずだ。私達は、ファースト派と敵対するつもりはない、と」

「でも、ランスロウも、スリーサーズさんも、再戦の予定を立てましたよね？」

Ｊｕｄ．、と己は頷いた。

「良いことだ。スリーサーズは、サード派の権威を上げたいのだろうし、ファースト派は私達に興味を持ったと言うことだ」

これはどういうことか。
スリーサーズが、全てをまとめるために広場を開放し、人々を集めている。
そんな光景を見つつ、自分は言った。

「ファースト派と相対し、そこからこの英国の中枢に踏み込めれば、とりあえず全ての記録を網羅出来るだろう。――つまりここが入口。そういうことだな」

そう、始まったのだ。

「――この英国と、相対するぞ」

break time

「ウヒョー、副会長、やる気だよ！」

「戦争の入り口か！」

「まだ気が早くないかしら」

「早くも何もそんな話してないぞ……！」

第二十五章

『拠点の往復者』

あっちへこっちへ
でも行き先は決まってる
あっちへこっちへ
でも戻る先は何処だろう
配点（足元問題）

●

祭の出し物は終わった。

訓練場となっている広場からは、人々がまた拠点の中に戻る流れとなっていた。

しかし正純《まさずみ》は、皆と共にある人物と向かい合っていた。

スリーサーズだ。

周囲に護衛など置いているが、あまり警戒は無い。

……まあ、さっきあれだけファースト派とやったからなあ。

共通の敵と捉えられると困るが、こちらのことを敵だとは思ってない。

ならばそれでいい、というのが己の判断だ。

ともあれ自分は、スリーサーズを前に、軽く手を広げた。

「――スリーサーズ。

初めの一戦では打ち合わせ無く失態を見せた。

続く二戦は勝ちを譲ったとして、三戦目、四戦目で、私達《わたしたち》の価値は提示出来たと思う」

「価値？

――祭の余興で、何の価値が見いだせると言うのです？

何か勘違いをされていらっしゃいませんか？」

言うなあ、と思ったが、これは試しだ。

『喧嘩《けんか》売ってきたわね……』

おい。

『戦争か――』

試しだって。

『やりましたね正純様！　向こうから仕掛けてくるとは！』

試しだって言ってるだろ……！

……まあキレてもしょうがない。

相手は示唆しているのだ。

こちらの覚悟を。引くならばここが最後だと、そう試している。

だがそうではないのだ。
もう馬鹿が決めて、私も同意した。というか、この英国に行くという事自体が、一つの意味を持つのだ。

「——私達が、何とか、どうにかしようと、そういうことだ」

「……え？」

「あ、いや、こっちのことだ。だが、いいかスリーサーズ」

己は言葉を送った。

「——私達は〝湖の精霊〟だ」

交渉役の言葉に、スリーサーズは頷《うなず》いた。

「……Ｔｅｓ《テスタメント》．」

そうだ。そうだった。
彼女達《かのじょたち》が〝湖の精霊〟だというのは、自分の定義によるものだ。だが、

「どうしてここでそれを？」

問いかけに、相手が首を下に振る。

「〝湖の精霊〟は、アーサー王を助けるものだろう。貴女《あなた》もその一人だ」

あら、と内心で少し驚き、また安堵《あんど》する。
自分のスリーサーズという名前の意味を、この相手にはまだ告げていなかった。
アーサー王の候補者としての名前。
だが彼女は、自分以外にも候補者がいるということを理解している。その上で、こちらを優先するのではなく〝その一人〟として捉えている。
公平だということだ。
この事実は、一つの意味を作る。
……私の麾下《きか》にはならない、ということの証明ですね。
彼女達は自由だ。だがアーサー王を助けると言う。

きっと、ファースト派においても、そうなのだろう。

一瞬。彼女達を独占すべきではないかと、そんなことを考えた。だが、

……ファースト派も、そのようなことはしないでしょう。

彼女達が〝湖の精霊〟であるならば、尚更《なおさら》だ。だから、

「本土の騒動のおかげで、各地の歴史再現の襲名者は、その土地の支配者の承認があれば暫定襲名の許可が出されます。国内限定で、後の精査で差し戻しや払い戻しが生じる場合もありますが、――私は貴女達を集団として〝湖の精霊〟として認めましょう」

これは保険だ。

自分達《じぶんたち》にとっても、彼女達にとっても。そして自分からは〝貸し〟になろう。

だが、その上で問うておく。

「ではその〝湖の精霊〟が、一体何をすると言うのです？」

●

Ｊｕｄ．《ジャッジ》、と正純は言った。頷かず、ただ軽く手を挙げ、

「言ったろう？　私達は、貴女達を助ける存在だ」

だから、

「私達に何をするかを聞いてどうする。精霊は人の願いを聞くものだ。貴女が私達に何を望んでいるかを言ってくれ」

そうだな。

「祭の余興で暴れるくらいの力だったら、貴女に貸そう」

「…………」

スリーサーズが無言を作った。

だが彼女は目を伏せ、会釈をして、こう言った。

「Ｔｅｓ．、――では祭をお楽しみ下さい。また、この拠点への通行自由許可を与えます」

「デレたわ……」

「また正純が見境なくオトシに掛かったよ……！」

「もうこれでサード派も偉い目に遭うこと確定ですね……！」

『もう少し聞こえない声で言えよ……！』

何やら賑《にぎ》やかな人達《ひとたち》だ。
だが悪意は無い。というのがスリーサーズの判断だった。
今、このブリテンは非常に面倒な状態となっているが、そこに中立を宣言し、しかしアーサー王を助けようなどと、

……お人好《ひとよ》しと、そういうべきでしょうか。

しかし、何のために彼女達がそれを望むのか、解《わか》らない。

聖譜越境隊でもなければ、現世神州の住人を思うものでもあるが、どうだろうか。

本当に精霊なのだろうか。

否、精霊はこの世界に実在する。それも至るところに、だ。

まるで物語に出る、架空の助け役やトリックスターとしての精霊。それを襲名しようというのだから、やはり彼女達は、自分達と同様の存在だろう。

何故《なぜ》。

これまで、このブリテンでは、たびたび思う言葉だった。

何故なのかと、しかしそれは薄暗い気持ちで、だ。

だが、彼女達については、違うように見える。

何故。

何故私達を助けようとして、関わってくるのか。利益や損得でないならば、何なのだろう。

そんなことを思い、善意を第一に考え切れない自分は、指導者として正しい気もするし、また残念な気もする。

「――――」

随分と、気分を揺らされたものだ。だが彼女達は、こちらの課した〝試し〟をクリアしてきたのだ。ならば襲名を認め、ここから先に案内しよう。

彼女達が何なのか、何を望むのか。

「いいですか」

「何だ？」

Tes.、と己は応じる。

「メイデイは今日だけ。
でも各地からの祝いや人々の流れが合わないため、緩い豊穣《ほうじょう》の祝いとしてはまだ一週間ほど続くのです」

「――Jud.、つまり祭を楽しむ中で、一つ、精霊としての余興をまた見せられるということか。先ほど話にあった、ファースト派との相対が、それだな？」

「Tes.、……週末、ファースト派の一人として、交流のためにロット王が来られます」

「……ロット王？」

●

「ロット王は、アーサーと並ぶイングランド内の一国の王で、アーサーがイングランドを統一した後、反乱を起こす人だよ！　ただ、彼の子供達《たち》はガウェインなど有名な円卓の騎士達で、つまりアーサー王の歴史再現をするなら、前提として必要な人材だね！」

「早口かよ！」

「何だか知識の早撃ちみたいになってますわね今日」

正純は、スリーサーズが外を指さすのを見た。
自分も、彼女の示す方を見る。

「あちらは……」

『すまん。森を示されてもちょっとよく解らん』

『あら、輸送艦のある方ですのよ？　私の匂いがついてますもの』

そういうものか、と思うと同時に、答えが解った。

「私達が、湖の畔《ほとり》で会ったあの連中か」

「Ｔｅｓ．、あの方です。ファースト派が既に構えている円卓。それを助ける一人であり、しかし私達サード派やセカンド派とも交流があります」

彼が一週間後にここに来る。
それを彼女はどうするのか。否。既に話は出ているのだ。

「相対だな」

「Ｔｅｓ．、ロット王は商売の人。彼を相手に、今回の商業での失態を取り返せる手筈《てはず》をつけておきましょう」

「Ｊｕｄ．、――いい機会を頂いた。有り難い。では当日を期待してくれ。〝湖の精霊〟の威光を見せつけよう」

テキパキと決まるもんだなあ、とナイトは感想する。だが、

「うわー……。何か約束入れてるよセージュン。大丈夫かなあ……」

「まあいいんじゃない？　でもこっちで一週間、って、コレ、そういうスケジュール感覚で動く依頼な訳ね……」

『輸送艦内に居住スペースは作ってあるし、武蔵《むさし》との遣《や》り取《と》りをするための小型輸送艦もある

から、外交と貿易以外に困ることは無いだろうさ』

『長丁場になると、武蔵内の備蓄に懸念がありますが、基本、二週間ほどの余裕はありますが、下の海洋を調査し、水産資源の確保が出来るかどうか、確認をさせて下さい。――以上』

何かいろいろあるよね、とは思う。その一方で、元気の出てきた連中もいる。

商人コンビがソレだ。

「一週間後に相対!?　イイヨイイヨー！　リベンジの機会を取り付けるのは正純ナイス判断……！」

「ああ、恐らく世界初のアーサー王物語との商談成立。

用意するものを見直して一週間後の取引に備えるぞハイディ」

「お前ら元気だなあ。それよか、あとで輸送艦に戻ったらまた現状と今後の再確認するからな？　全員、用意しておけよ……!?」

「Ｊｕｄ．！　ではコレにて撤収――！」

●

「――とか言いつつ、祭自体はまだ続いてるから、遊んで行っちゃうわねえ」

「小物とか、果物とかありますから、武蔵に残ってる人達や、鈴《すず》さんに御土産として送るのは有りですね」

「何かソッコで順応してますのよ？　二人とも」

●

「皆さん、賑やかですね」

そう言われると、正純としては頷くしかない。あまり粗相はしてくれるなよ、と思うが、狼《おおかみ》一家がナチュラルに孫も含めて二回戦を始めてるような気もする。

……貿易は無理かなあ。

生産力が違い過ぎるだろう、とは思う。何か良《い》い方法がないか、とも。

だがこちらの方、立花《たちばな》夫妻などは、装備の木箱《コンテナ》を輸送艦に戻すため、撤収するようだ。急いで小物など物色している立花嫁を見ていると、これが仕事なのか休暇なのか少し解らなくなる。

「……落ち着いたら、こういう時間を貴重だったと思うのだろうな」

「そうですね。——後々になって、大事な時間だったと思うものです」

独り言のような言葉に応答され、己は振り向いた。するとスリーサーズが笑顔で、

「一般論ですよ。一般論」

「まあ、そういうことにしておこう。——そちらはこれから？」

Ｔｅｓ．、と応じる言葉で、スリーサーズが一つ離れた。これから彼女は、自分達の仲間の方へと戻るのだ。

「これから私は、夕方からの火祭の用意です。そちら、まだ残られますか？」

「何人かは残るだろう。後で湖に戻って、今後の事を話し合いだ」

「そうですか。私の方は、これからマーリンと相談ですね」

「マーリン？」

ええ、と相手が応じる。

「このブリテンを始めとした島々を結ぶケルト系Tsirhc《ツァーク》の通神ネットワークです。有力者達への、今日の報告会がありますので」

●

「あー！　ケルト系!?　だからTsirhc系でアタックや精査掛けても、不確かな存在でしかなかったんですね!?　ここの情報インフラ！」

「というかローカル通神帯《ネット》にマーリンの名をつけるのは、なかなか面白いね。理由も含めて聞

いてみたいところだ」

「？　マーリンって何よ？」

「知らないのですかトーリ様、夏になると南国でスイーツとして食べられまくる伊勢《いせ》エビのことです」

「それ伊勢エビじゃないのかえ？」

「とはいえ、マーリンはアーサー王の参謀で、魔術師。それを、襲名ではなく通神帯の名称にしている、ということなのですね」

「……三派共々、参謀役という重要な役目を、何処かの派にとられぬよう、共有設備にその名を与えた、というところで御座ろうか……」

●

まだまだいろいろ有りそうだな、と正純は思い、しかしスリーサーズに手を挙げる。

「――一週間後。まあ、それまでに何かあったら、また来よう」

「こちらからそちらへの連絡は？」

「湖の畔にキャンプを張っている。そこに来てくれればいい」

Ｔｅｓ．、と向こうが言い、Ｊｕｄ．、とこちらが返した。

それでひとまず御別《おわか》れだ。だがまあ、

「議論になるだろうし、夜食になるものでも貰《もら》って行くか……」

●

武蔵が高度を下げていると気付いたのは、起きてすぐだった。

鈴の知覚として、高度はかなり低い。ひょっとすると海に着水し掛けている。そんなことが、とりあえず寝起きで感じられ、パーティションから居間となる空間に身を移すと、両親が食事の用意をしてくれていた。

「おはよう」

と言っていいものか。時刻は夜七時だ。

完全に夜型だね、と思う一方で、昔はこんなのが毎日だったとも思う。運命との決戦を終え、世界はある程度落ち着いたが、しかし今回みたいなトラブルは幾つもあるのだろう。

両親が向けてくれる表示枠《サインフレーム》は、広報委員のニュースを流している。

英国の現状や、今が年代としていつなのか。

武蔵の安全状況云々《うんぬん》もだが、

「――やっぱり高度を落としてる、ね」

この英国、記録の中で、水産資源はどうなのか、という話だ。

これはちょっと、艦橋にすぐ行きたくなった。

生緒《いくお》との交代もあるが、武蔵の〝漁〟は賑やかで、知覚系としては面白いのだ。

楽しみだなあ、終わっちゃわないといいなあ、と、そんなことを思っていると、母にこう言われた。「うずうずしてるなら、早く行ってきなさい」と。


気付けば弁当も用意されていて、まだまだ自分が子供だと思わされる。だから甘えて出場準備。父は何か言いたげだったが、こっちから言うべきだろう。

「――生緒ちゃん、湯屋の手伝いから入って貰おうか」

こっちもそれなりに、運命のその後をどうしたものかとやっている。いきなりの孫出現で、お互いに挨拶はしたものの、トーリについては「いや、直接関係ないから呼ばれても父さん心労が凄《すご》いだけでな……」ということで、保留になっている。

客としては相変わらず来るのだが、父のギクシャク振りがちょっと凄くて母は笑ってるけどそういうものかな、とも思う。

でも同じような立場として、浅間《あさま》あたりの割り切り振りを見ているとそういうものなんだ、とも思う。

浅間さんのところは豊《ゆたか》さんも凄い。例が悪いか。御免なさい。

ともあれいろいろ、自分は楽しんでしまってすまないと、そう思うが、

「――じゃあ、行って来ます」

●

魚は捕れる、というのが、当たり前のようでいて、不思議だと大久保《おおくぼ》は思った。

「ここは英国の記憶の中なんやけど、一応はそこらへん、憶《おぼ》えとるんやな」

「まあ、実際の英国も島の下の結構な範囲を領海にしてましたからね。

ただ、――そういう領海範囲などが曖昧なこの時代でも、それがちゃんと記憶されているというのは驚きです」

そやな、と己は頷く。

今、武蔵は英国の下側で漁場試験中だ。

教導院の居室からは、ステルス防護障壁の外を大判表示枠で映している。

見えるのは、武蔵よりも巨大な浮上建造物だ。

日中は、幾らかの航空艦が、島の下側や、その下にある海へとアプローチを掛けていた。

「島の下、ピラー部分は、今の英国よりも巨大な気がするな……」

「実際、重奏統合争乱で英国は現世側に移動してくるんやけど、その際、中立を保ったことで、極東側が改良しとんのや。やはり重奏世界からの移動の際にかなり無理をしたらしくてな。

――以後、英国はIZUMO経由で極東式のハードポイントパーツの採用など、かなり親しいんよ」

「かつてIZUMOに行ったとき、そのあたり勉強したものだが、……今度はそれ以前の時代となると、完全に解らぬなあ」

「――運航委員会や整備部がスキャンを掛けているんですよね？」

「そんなことするよりも総艦長代理が模造作った方が早いで。――今、艦橋入ったそうやし、また漁行くか」

「また無茶苦茶な話だな……。だが、英国の下部ピラー、……これ、駆動してるよな？」
　よく気付いたものだ。やはりメカには強いと、そういうことだろうか。

「Ｊｕｄ．、この時代の英国は、地脈の管理と排熱のため、下部構造が現代のものに比べて大きく稼働します。緩衝パイルが各部に打ち込んであるのはその補正のためですね。鍼《はり》を打つようなもので、これらが後に積み重なって負担となります」

「今の英国よりも派手な技術を使っとる、というのが興味深いわな」
　画面を眺めていると、ピラーの一部から水が放出された。
　島内のストレスを抜いているのだろうと、そのくらいは解る。だが、

「質問ばかりで悪いが……、ピラー側面に明かりが見えるのは、住人か？」

「外部鉱床の明かりや。英国は実際、生きとるような作りとなっとって、精霊達が表面に付着した不純物を地殻内部に取り込むんや。現代の英国でも表層部の排気孔《こう》がそのシステムを遺《のこ》しとるが、地殻内部に取り込まれた不純物は浮上用に仕込まれた自然転換炉を通し、溶解。それはやがて表層部に吐き出されるが、ルートが出来ると鉱床となる。
　あとはそれを掘りに来る道をつければ、エコシステムの完成やな」

「総長達が、内部システムの排熱を使って温泉作ったと聞いたときは何かと思いましたが、この英国でもそれは出来そうですね」

「あいつら遊ぶことに掛けては天才的だなあ……」
　まあそう言うな、と言いかけて、止める。

……甘やかしてどないすんねん。
　そう思った瞬間。

「まあそう言わないでいいと思いますよ――」

「貴様……!?」

竹中《たけなか》が笑って手を前後に振る。

「いや、今はこの英国に何をどうアプローチ出来るのか、探る時期ですからねー。とにかく可能性を見たいですが、そういうとき、内勤状態のこっちの心配を払拭するのは、やはり総長達のような〝遊び〟じゃないですかね」

ほら、と彼女が画面を示した。

今、外は暗くなりつつあり、それに応じて武蔵も高度を下げていく。

「――総艦長代理が、〝漁〟をしますよー」

●

水槽だった。

片桐《かたぎり》は、交代時間が過ぎているというのに、武蔵野《むさしの》艦橋内にいた。

今、母が来て三分ほどだ。夜勤となるであろうに、弁当箱の包みを〝武蔵野〟に渡した彼女は、

「生緒ちゃん、見ていく？」

母に〝見る〟と言われることには、特殊な想《おも》いが湧く。

目の見えない彼女が、〝見せる〟というのは、彼女自身、自分が為《な》すことの意味と価値を解ってなければいけないからだ。

その上で、見せられる側として選ばれるというのは、感慨がある。

失った昔にも、そういうことがあったからだ。

だが、

「うわ……」

〝見せられた〟のは、荒さの具現だった。

「じゃあ、三十倍からね」

言って母が手を振った瞬間、その軌道に色が走った。

「……墨？」

同席していた平野《ひらの》が言う表現は正しい。それは確かに、墨を溜《た》めた筆を紙に叩《たた》きつけて何かを描き出したように見えたからだ。

違った。

色は青。ただ単色ではなく、明るさや深みをもった青だ。時折に緑にも似た色が沁《し》みる。

それを母が、振り回し、引き抜いてまた振り回し、

「――――」

踊る。

彼女の手の速度は、塗り位置を遠くに飛ばす指針だ。動きが速くなれば鞭《むち》のように描画は離れた位置を回り、手首を手繰ると軌道は戻り、次々に曲線がぶちまけられ描かれては流れ、回っていく。

三十秒もしただろうか、何となくそれが解ってきた。

「海……？」

そうだ。これはきっとそう。

「今、鈴様の知覚には、武蔵が下部より海中に複数打ち込んだビーコンからの情報が入っております。流体感知系なので、音響知覚などとは違い、一瞬で武蔵の周囲五キロほどまでを知覚出来ている筈《はず》ですね。――以上」

「……情報量にパンクしないんですか？」

「……梅組の中で生活していれば、圧倒される情報量をとりあえずいなすスタンスくらいは覚えているものかと。――以上」

言っている間に、その密度が上がってきた。

三十倍。描く一メートルが実際では三十メートルという、そんな縮尺の、手描きの模造。描写されるのは潮の流れであり波を作る揺らぎであり、海中にも存在する海水の層や温度差だ。

何もかもが動いている。それを母は色を振り回して描き、密度を上げていく。

今、自分達ももはやその手描きの海の中にいる。そして、

「自動生成出来る？」

「これだけあれば周囲十五キロまで最大誤差二パーセントで可能です。——以上」

二人が言っている意味は解る。

母が作ったのは、武蔵の真下の海域だ。

それを精密に作り上げた後、外の部分は、武蔵の情報処理能力による生成に任せる。

母の海域情報を元に、外側を逆算するのだ。

武蔵の処理能力があれば、出来る。

母が全体を作る必要はないし、コストの無駄だ。海域の調査中である当面は、これで問題ないし、もしもミスが見つかったら、そこは武蔵か母が直せばいい。

分業としてはこれがベストと、そういうことなのだろう。

じゃあ、と母が言った。更に手を加え、表示されている誤差数値が二パーセントを割った瞬間に、

「御願《おねが》い」

言った瞬間。自分達は海の上に立った。

●

豊は、軽い目眩《めまい》を覚えた。

今、自分達は海に立っている。

広大な海の縮尺が、模造として足首より上のあたりに広がっているのだ。

見れば床の中央には武蔵があり、その正面に、

「英国……？」

「大きいから、周囲三十キロでも半分くらいだね」

形はやや荒っぽい。艦橋前部の大判表示枠に映る夜影の英国よりは明確だが、こちらから見て後ろ半分が存在しない。単なる断面だ。

「一周、する？」

「いえ、輸送艦を出して観測させます。知覚系はリアルタイムで繋《つな》げますので、それで確認の方が当面は安全かと判断しています。――以上」

ん、と頷く彼女が、英国に手を伸ばす。

何をしているかは解る。

英国の南部、その一部地域に森を作り、河川を置き、精密化しているのだ。

見れば手元部分だけを拡大し、

「サード派の拠点ですね!?」

「Ｊｕｄ．、浅間さんや、誾《ぎん》さんが精査情報をくれたから」

彼女が、手に人型の模造を持った。

「これ、トーリ君」

「アアアアアア！　眩《まぶ》しィ――!!」

「こっちがホライゾン」

「アアアアアア！　勿体《もったい》ない……!!」

「これネシンバラ君」

「へえ、よく出来てますね」

横の片桐が凄い顔を向けてくるが、如何《どう》したんですか一体。単なる身内びいきですよ、ここから出力上げていきますんで。ええ。

とはいえ、鈴様の方、模造のジオラマはある程度出来たようだ。

縮尺を幾度か変えて回して、出来を楽しんだ上で、

「乗せてくれる？」

「Ｊｕｄ．、知覚系観測範囲を規定として、以外の部分は予測ですが動かします。――以上」

同時。全てが動き出した。

足元の海も、英国の各部も、武蔵の自分が生む気流に対する上下運動も、何もかもが模造と

して動作を開始する。

　更に、彼女がこちらに顔を向けた。

「面白いもの、見せてあげるね」

「――吐血」

「平野さん――――！」

「す、すみません、イマジネーションが何もかもの先を行きました！　危うく生きた血柱になるところでしたよ！　で、ええと、何です!?」
　ん、と彼女が頷いた瞬間。それが来た。
水槽だ。

●

　豊の視界が、海中だけとなった。

　今の時分、暗い筈の海中。それはしかし、明るい処理になっている。

　ただ、足元がない。

　床の感覚はあるが、下を見れば薄暗い海の〝下〟だ。海底すら見えない。

　だが、またあるものが動いている。

　魚群だ。

　夕刻から夜に入る中、最後の動作として群が移動する。

　そしてその中で、群に入らぬ魚影が大きく動いていく。

　まるで空を飛ぶように、頭上、足元、脇を、大小の魚達が舞っていき、通過しては追い抜き、

「うわあ……」
　と声を漏らしたことで、ようやく、〝息が出来る〟と気付いたくらいの情報密度。
　これが何かは解っている。先ほど足元に広がっていた模造の海の中なのだ。
　鈴様がフックとなる部分を作り、そこから逆算して生成された海中の運動。

「楽しい？」

「はい！　ここにいて良かったです！」

鈴様が笑う。自分も笑う。そして横の片桐は、

「レベルが違う……」

「あったりまえですよ！　何を比べてるんですか！」

「な、何で平野さんが鼻フンで勝ち誇るんですか!?」

「推しの凄さをリスペクトしないでどうしますか！」

それに、と自分は言った。

「楽しいかどうか聞かれたら答えは何です!?　ハイ！」

「あ、うん。……凄いっていうか、楽しいです」

「ん」

彼女が頷き、こっちに来た。そして片桐の手を取り、

「楽しいのを、先に、ね？」

●

鈴は憶えている。

アルマダ海戦の時だ。この武蔵の知覚系に接続されたとき、世界が一気に広がったのだ。

あの時の、畏怖にも似た驚きと期待感。あれが今の自分を牽引《けんいん》している。

「——そういうのが、生緒ちゃんに見つかるよう、願ってるから」

英国でこんなことを言うのは、ちょっとした因縁だろう。

対する彼の方も、深く頷いた。

「ぶっちゃけ、見るだけ見たいです」

「え？」

「いや、母さんが何かすると、もう、驚かされてばかりなんで、——これはもう、全部見させ

て貰わないと安心出来ないぞ、って言うか」

「そう」

困ったな、あまり芸はないんだけど、と思うと同時に、ちょっと嬉《うれ》しくなる。

彼の見てきたかつての未来で、自分は恐らく、あまり己自身を見せていない。武蔵が動けなくなってIZUMOに着港したままだったという話もあるのだ。ならば、

「ん」

自分は約束する。かつての未来で、恐らく自分が出来なかったこと。

「もっといろいろ、見させてあげるね？　だから、もっと驚いて。私は、世界に触れて、傍《そば》にいるのが好きだから、武蔵が飛ぶ以上、たくさん見せて、驚かせてあげるね」

●

湖の畔のキャンプでは、ちょっとした議論が始まっていた。

生活実態を、このキャンプに持つか、湖上の輸送艦に持つか、または武蔵に持つかで、皆の判断が分かれていたのだ。

全員、それぞれの利点や欠点を話し合ったり考えているが、そこに息抜きとして正純は一つの報告を投げ入れた。

「——武蔵の向井《むかい》から連絡だが、下の海で思い切り魚介が確保出来たらしい」

「今夜は寿司《すし》パーティですか正純様！」

「まあこっちにも持ってくるだろうけど、まずは武蔵の備蓄だな。今有る備蓄の内、長期保存出来るものはなるべく後に回し、新鮮な魚介を当面は前に出しつつ、やはり保存食化も進めるべきだろう。このあたり、大久保から衛生委員に投げるとする」

「とは言っても、海産物中心のシフトにするのには数日かかろうよ。思いつきで即座に態勢が変わるほど小勢力ではあるまい。当面は今後の

変化になれさせつつ、段階的にシフトしていった方がよかろうな」

「あらあら保護者が先輩役になってますわよ？」

「あ――……」

義光《よしあき》が軽く頭を下げた。

「すまんな。一国の宰相に進言するとは」

「否、最上《もがみ》総長の、総長としての意見は参考になるものだ。何か思うことがあったら言って欲しい。無論、その通りにならないことが多いと思うが、その点は気を悪くしないでくれ」

「ココ……、随分と高い一参謀役よのう」

まあええ、と彼女が言った。

「では一つサービスしておこうかえ。そうよの、この英国にある樽《たる》か、木箱、そのあたりの寸法を採れるかえ？」

「サード派の拠点にあったものならば、自分が記憶して御座る」

●

「何その変スキル？　何のため？」

「巨乳のサイズを目測出来たけど、その応用かな？」

「で、では、大切なスキルです……！」

「何か言われたりで大変で御座るが、目測は武蔵上で生活するのにも必要な技術だから、中等部あたりで習って御座ろう？」

「ああ、お前らよく甲板歩きながら艦間距離とかポンポン話すけど、私ソレ、まだ上手《うま》く出来ないんだよなー……。というか話戻せ」

●

ええかえ？　と義光は言った。

「この英国、アングロサクソンの侵攻が近いのだえ？　これはつまり、アルマダ海戦のときに似ておろうな。ならば英国はどうするか。
　――思い出せる者はおるかえ？」

「Ｊｕｄ．！　英国は戦時に備えて、食料の備蓄を欲します！」

　そういうことだ。緩やかに準備はしているだろうが、

「ここでこちらがそれを工面出来るようになる。……とすると、何が得られるかえ？」

　皆が、やや黙った。これまで生活拠点をどうするかを話し合っていたが、やはりこういうところで集合知の小回りが利く。そして、

「そうした場合、ひょっとして俺達《おれたち》、……とても褒められるんじゃねえのか……？」

「ほほう、褒められる機会の少ない男は言うことが小さいですなあ」

　あ、と手が上がった。会計補佐だ。

「お金！　売れば、この英国の貨幣が手に入るし、樽や木箱を揃《そろ》えておけば、物々交換の素材にもなるよ！」

「ココ、良い答えだえ？　うち、最上も、北方側の者達とは相場の変動がある貨幣よりも物々交換が好まれてな。保存容器など、彼らの規格に合わせたものを用意するのだえ。木で作ると、リサイクルもだが、燃料にも転用出来るとかで、な」

「おかげでそういった北方の拠点が最上に協力するから、また政宗《まさむね》が苦労するのよね……」

「甘い顔したらいかんからのう」

　笑って、言う。

「スリーサーズの言った一週間の猶予。それだけあれば第一期の保存化食品は並べられるであろうよ。無論、相場を壊してはならんから、大量取引は無理だろうが、こっち、現地組が活動するには無理ないくらいの収入にはなるのではないかえ？」

●

「……最上総長、こっちに欲しいですよねー……」

「……戦闘能力も高いとか、チートキャラやで、あれはホンマ……」

「まあでもあれ、気分で動くからなあ……」

●

しかしまあ、と正純は呟《つぶや》いた。

「食料問題は解決か？」

「いやいやいや、炭水化物や諸栄養素が足りないです。肉ばっか食って生きていけるミトツダイラ君達はいいですが、小生達《しょうせいたち》はそうではないので」

「ええと、武蔵の人口、十万人弱ですよね……」

「ええと、英国のこの時期の人口って……」

「Ｊｕｄ．、イングランドの人口は、ローマの治世の始まりあたりの概算百五十万人から、以後不明の状態が続きます。
　しかし、ノルマンコンクエストの後に作られた台帳〝ドゥームズデイブック〟によれば約百七十万人。十世紀掛けてあまり変動がなかったことになりますね」

「でも武蔵がそこに入ったら、人口が七パーセント弱増えることになりますわね……」

かなり負担だな、と思う。更には、

「なお、倫敦《ロンドン》の人口は六世紀に一万人強。やはり十一世紀の調査では一万二千人前後ですから、あまり変化がありません。各都市、大体そんな感じですね」

「え!?　武蔵って超大都市なの!?　マジで」

「お前、煽《あお》ってるな？　そうだな？」

いろいろ問題が出てきたが、こういうのも何とかしないといけないのだ。

「いろいろ調整入れて、食糧問題はどれだけ伸ばせられるか、大久保に投げるか……」

●

「オイイイイイイイイ！　コレ、私が数字出したら、私が悪役決定ってことにならへんか!?　私の決定で食料の配給やら何やら決まるんやろ!?」

「Ｊｕｄ．、じゃあハイダメージ・ハイリターンで、おねーさんがそれ頂きますかねぇ」

「いや、まあこういうのは代表委員の役やぞ？——まあええわ、キッチリ数字出したる。待っとけや全く……」

「……チョロくないか？」

いやまあ、と加納《かのう》が言った。

「竹中様が来て、実はかなり円滑になりました。謀反の機会が減ったのは残念ですが、良しとします」

しかし、

「一週間と言わず、急ぎで動いた方がいい案件は多そうですね。

とはいえまず、向こう、拠点をどうするか、ですか」

第二十六章

『キャンプの否定者』

八方塞がりの
上位は十六方塞がりだが
その更に上、上と考えるほどに
抜け道も増えていく
配点（意地でも）

湖の畔は夜になっても意外と暖かい。

「英国の地熱が、結構通じてるんですね、コレ」

今、外部拠点である畔のキャンプにいるのは、梅組を中心とした武蔵勢主力だ。

戦士団の大隊長クラスや、渉外、広報委員なども入れて五十人ほどが、砂浜のキャンプに集まっている。

キャンプのメインとなるのは大人数が下に入れるタープで、そこから洗面所や着替えのテントが並び、同じように食料などの備蓄と、キッチンとなる竈《かまど》や会議場がある。

キッチンは今、フル稼働で、サード派の拠点から皆が持ち込んだ食料の調理や再調理などを、彼が中心となってやっている。

「よーし、もうコレ完全にキャンプモードだよな。肉系で温め直しが欲しいヤツはこっちにストーブ用意したから持って来いよ。器が欲しい連中は木皿あるからこっちな」

「我が王——。何だかさっきのフードファイトの景品？　そんな感じで、肉と豆のスープを鍋ごと頂きましたのよ？」

「余った食材などは鍋に入れて煮込む。……英国のマズ飯というより、こちらはちゃんとしたスープですね。野菜を入れるとポトフ風になりますか……」

「Ｔｅｓ．！　私の方が大鍋なのは良く解った仕様ですわね。——主食が欲しい、という人はこちらいらっしゃいな。竈で温め直しますわ」

「Ｊｕｄ．、ＳやＳやＳが欲しい方はこちらへどうぞ。おっと、しかしＳとＳとＳは切らしていますので御注意下さい」

「やべえ、レベル高いよ……」

「フィーリングよフィーリング。大丈夫、悪意はゼロだから」

などと、まあいつも通りと言っていいだろう。

こちらは記録係を兼ねているが、和食担当で、

「ええと、今、食料確保云々の話になってますけど、個々の現場では調味料とかどのくらい使っていいんです？　制限は？」

「塩、味噌《みそ》、他香辛料は好きに使って構わないですよ。このあたりは保存食の面もあり、武蔵では二週間以上の備蓄がありますし、それぞれの家庭でも備えがあります。いざとなれば塩などは武蔵上で短期生産出来ますからね」

「御広敷《おひろしき》は産業委員でしたかしら？」

「そうじゃないんですけど、家業の方が武蔵内の卸の大手でもありますので、ぶっちゃけ委員会スッ飛ばして内情にアクセス出来ます」

「だからまあ、御広敷から意見を貰って、それをこっちが会計から大久保を通して産業委員に回すと、食料管理の係から御広敷達市井に回るんだよな……」

「何か、回りくどい御役所仕事になってますけど、それだったら御広敷さんが全て仕切ったらどうですか？」

「とはいえ民間に任せる、なんて言われても民間は外交などに関わってないですから、こういう時に対処出来ないですよ」

「民間が連合作って海外貿易を行う、という意見もあるが、武蔵内の金が大きく動くのは危険だからな。やはり私達の管理を一度通すようにはすべきだ」

「武蔵は経済的に小回りが利くけど、それは武蔵自体も内部の動きで振り回される可能性がある、ってことなのよね」

「何だか面倒というか、いろいろありますねえ……」

　よく考えたら、うちも神道関係で武蔵内ではかなり大きな〝金庫〟なのだが、当然、神道は他国と貿易をほぼ行わない。そういう意味では武蔵内での固定に近い資産だ。

「まあだからこそ、武蔵はいざとなったらうちを頼るとか、そういうことにもなる訳ですね……」

『最後の手段ではありましょう。何しろ浅間神社、東照宮《とうしょうぐう》であれば、流体燃料を貨幣代わりの取引に使えるので、万国対応です。とはいえ今の所、そのような可能性はありませんので、ご安心下さい浅間様。――以上』

　まあそういうことだ。

　と、気付くと皆が何となく定位置についている。だから自分としては、

「ええと、正純？　じゃあ、何から話をします？」

　そうだなあ、と正純が軽く手を挙げた。

「じゃあここにいる者達を中心として、英国において、どのような生活実態を持つべきか、から行こうか」

　いきなり、彼女が言った。

「役職者および主力は、基本、このキャンプと輸送艦をローテーションして過ごす。希望があれば武蔵にいる人員と交代を許可するが、なるべくここに詰めてくれ」

　皆が静まった。何となく解っているのだ。

「副会長が前線にとどまれと言うことは、非常事態で御座りましょうか……？」

「いや、正純は結構、気分の人間で御座るぞ？」

「あいつ、周りに人がいないと寂しいんだよ。本が友達だった人間だから」

「大体ろくなことにならんですよね、副会長がこういうこと言い出すと」

「ワクワクしますねえ」

「何で最初の疑問形だけが本当なんだよ……！」

　Ｊｕｄ．、とナルゼは手を挙げた。

「私、武蔵内のローカルイベントがあるけど、その日は抜けられる？」

「Ｊｕｄ．、緊急の呼び出しがあったら応じてくれ。役職者として頼む」

「ええ、だったらいいわ」

　言って、己は魔術陣《マギノフィグーア》を出した。次の日曜は品《しな》川《がわ》方面、蒲田《かまた》でイベントだが、そこには漫研の部員を代理で出すように依頼しておく。

「ガっちゃん、複雑だねえ」

「駄目だ、って言われたら意地でも出場するけど、役職者として頼まれたら、まあ、役職者なんだからねえ」

　このあたり、自分でも面倒な性格だと思うが、極東的には〝鬼が落ちた〟とでも言うのだろうか。割り切りがついたのは確かだ。

「――正純、そんなにマズいの？」

「食糧問題もあるが、武蔵は基本的に貿易によって自分を生かす艦だ。それが出来ない状態を長く続けるのは危険だろう。だから私としては、一週間後のサード派拠点におけるファースト派との会合前に、動けるだけは動いておきたい」

　だから、

「この英国の記録から脱出する方法。この情報世界の**〝補正〟**だと思うんだが、それが何であるかを検討しつつ、武蔵を保持する方法を模索する」

「武蔵を無修正にして英国と貿易ってのはどうよ？　駄目なの？」

「この時代の英国は人口がまだ少なく、武蔵が正体さらして国家間貿易したら常識と経済が崩壊する。

　しかも、それは〝補正〟じゃなくて、完全な〝修正〟だろ。武蔵がいない状態でこその〝補正〟だ。違う英国の歴史をここで作ったら、どうなる？」

「多分、もっと英国がおかしくなるんじゃないかしら」

　何となく、感覚的には解る。

「絵を描いていて、〝あ、ラフがズレてたのね〟って気付くことがあるのよね。このとき、何となくそのままでもいけるか、と描くことがあるんだけど、作業を進めれば進めるほどズレが大きくなって、駄目になるのよね……」

だから、と己は言った。

「上陸している人間も少数精鋭で絞って、とにかくこの情報世界の脱出と、それに絡む英国の〝補正〟とは何かを探索。それはよく解るわ。私としては賛成」

●

ナルゼは、しかし興味本位で問うてみた。

「つまりこのキャンプは、サード派を始めとした英国の各勢力に対して、窓口であるとともに、カモフラってことよね？　私達の輸送艦は修理中だけどステルス状態で、でも輸送艦を見せることも、ある意味、危険なんでしょ？」

「そうだ。私達が用いる輸送艦は、この時代の英国として考えたらあり得ないほどの巨艦だからな」

「武蔵もステルス状態で隠れてるけど、全長八キロの航空都市艦なんて、英国を除いた他、あったっけ？」

「あるよ。まだ、本来の位置ではないけどね」

「ほほう、まだ、本来の位置ではない、とは？」

Ｊｕｄ．、とネシンバラが言った。

「ノヴゴロドだよ。――前に藤原《ふじわら》・秀衡《ひでひら》と会議したときにそれは判明したんだ。

現世神州では黎明《れいめい》の時代の後、環境神群へのアクセスを封じるために、その入口を封鎖し、拠点であった土地を浮上させたんだと」

憶えている。というか思い出した。

「そこに繋がるのね……」

その話し合いには、自分達も付き合った。皆も、大体は通神で付き合ったし、

「自分と里見《さとみ》総長は、最上総長と、ノヴゴロド跡地の〃大椀《おおわん》〃と、そこを行く七百人隊の残念を見ました」

「そうよのぅ。そこにあった浮上都市の〃母体〃は、重奏神州に持ち込まれ、シビルの土地の開拓拠点となった。しかしその持ち主達が源平合戦に備えるため、825年にそれを露西亜《ロシア》西側に譲渡。――〃母体〃は825年にノヴゴロドとなるわけよ」

あー、と皆が呟いた。

「……今、武蔵でシビルの土地に行ったら、運命の云々とか、一切合切解決してしまうような気がしません？」

「いや、英国の記憶として、当時のシビルまでは網羅出来てないだろ」

「あと、この記録内で解決しても、現実には意味がありませんのよ？」

「というか、現世神州に行けるなら北条《ほうじょう》の遺跡に行けるんじゃないかな？」

「……真田《さなだ》の遺跡は、あれは老朽化激しかったから、この時代でも駄目か？」

「何か、今更だけど、この時代で世界旅行してみたくなるわね……」

皆がそれぞれ頷くあたり、やはり運命事変ともいえるあの事件の一連は、記憶に強く残っているのだ。だが、

「ノヴゴロドが露西亜西に来るのが825年となると、今が798年として、基本、視野に入れるわけにはいかんなあ……」

武蔵という移動手段があっても、ここは英国の記録だ。

「隣人、と、いう訳にはいかないのね」

「残念ですわね」

「何がだえ？」

「Tes.、私だったら、ノヴゴロドに、後の私達の手助けや正しい示唆になるようなメッセージを置いておこうと思いますもの」

「ここは情報世界ぞ？　それは感傷であろうよ」

「あら、感傷は当然ですわ。——だから、しますのよ？」

「…………」

「……貴様、本当は狐《きつね》で、私が狼とか、そういうことは無いであろうな？」

「あらイヤですわ。そんなにクンクンプレイがしたいんですの？　あれは狼ならではの技ですのよ？　そうですわよねネイト」

「こっちに振らないで下さいますの——!?」

では、と正純は手を挙げた。

●

「現状確認をしたい。——武蔵の備蓄は二週間。既に一日が経過するから十三日だ。
　人口は十万人弱として、十三日以内に一週間分の食料を確保する方法を検討したい。
　魚介は手に入るから、他、野菜や炭水化物の確保がしたい」

　いきなり無茶を言っているな、とは思う。だが、いきなり手が上がった。

「魚介が手に入るなら毎日毎食刺身食ってりゃ安泰じゃないでしょうか」

「まあ、それも出来るだろうけど、それをやると生徒会の支持率が落ちると思うんだよな……」

「じゃあ、武蔵の健康週間として、一週間断食しましょう。水と塩だけは許可します。これで一週間、食料が稼げて、更には皆様ダイエットとなって良い感じです」

　皆が下を向いた。

「ええと、ホライゾン、凄くいいアイデアだと思う。だが、たとえば病人の方々や、御高齢の方々とか、どうするべきだと思う？」

「あ、そこらへんはアバウトで。ホライゾン、基本、言ってみるだけの存在ですので」

流石《さすが》だ……、という声がちらほら生まれる。

そんな中で、正純はとりあえず企画してみた。

『大久保、そっち、明日からでも健康習慣で一週間断食いいか？』

『どういう脳してたら〝いいか？〟って聞けんのや!?』

キレられたが、間違いなく広報告知の手筈くらいはつけてると思う。だが、

「おい皆、ちょっと考えろ。考えないと、本当に明日から武蔵上が断食週間になるぞ」

「武蔵を人質にするのやめませんか!?　副会長！」

「食糧事情とか、ちょっと工夫で凌《しの》いでた伊達《だて》家代表として言うわ。――一週間断食しても、さっきの病人や高齢者のアバウト案件はあるし、食料備蓄だって、その断食の一週間中に消費期限が切れるような鮮度重視のものがあるわよね？　だったら消費を止めるのは損よ？」

だから、と彼女が言った。

「健康週間は健康週間として、現状確保が難しい炭水化物と栄養素？　それらの制限を掛けた方がいいんじゃないかしら。武蔵内の流通で、穀物と野菜、果物をある程度配給制にして、そこに魚介などの海産物を入れて残り十三日分を延長する、という方がいいわ」

「つまりダイレクト断食ではなく、糖質制限とか、そのような甘断食にしていくと、そういう訳ですね？」

「Ｊｕｄ．、魚介などを中心に主菜が安価で確保出来れば、主食の量を抑えることも出来ますものね。武蔵には公営で漁を行って貰って、採算度外視で市場にそれらを流すと、そういうこ

とになりますわね」

「Ｊｕｄ．、小生もそれは賛成です。とりあえず一週間分延長を目指す、というスケジュールで動いて貰えれば、中二週間を利用して、他の手を模索出来ます」

「模索とは、どういうことだ？」

「加工食品化や、調理をする余裕が出来る、ということです。——たとえば米は炊飯しても体積が変わらず、米として食されますが、米でパンを作ると、見た目の体積は上がりますし、更に総菜パンなど、他の加工が出来ます。小麦粉も、パンにするだけではなく、脂などと共にシチューなどにすることで、実質の食事量を増すことが出来ます。
　そういう加工や調理のシフトは即日など無理で、移行、普及期間が必要ですから、三日から一週間を予備期間として、節約期間に入ることになりますね」

「まあ、中世英国フェアみたいなノリで、でも武蔵側には現状の問題意識を共有して貰った方がいいね。それで、ミトが言うように、漁ガンガンやって、海産物や加工品は潤沢にしておくと、とりあえず文句は出にくいと思うかな」

「…………」

「断食とか、馬鹿言ってみるもんですねえ」

「オイオイオイオイ、馬鹿とか言うな、結構皆考えてんだから」

だがまあ、これはどちらかというと市井へのフォローと、市井側の努力だ。

「政治としては、まず英国の〝補正〟とは何かを探索する。そのために、この一週間を用いてイングランド内部を探索しようと思っている」

「——必要でしたら、言って下さい。私も未知の場所ですが、知識に基づいた案内は出来ますから」

甘断食
境界線上のホライゾン
Horizon on the Middle of Nowhere

「それは頼みたい。一方で――」
自分は声を掛けた。

「御広敷、正直に頼む。――サード派勢力と私達が武蔵を使った国家間貿易ではなく、私達と都市間での交易を行う、もしくは他の方法で、武蔵の食料を賄うことは可能だと思うか？」

「また面倒な質問をぶつけてきますね……」
言いつつ、しかし御広敷が即答した。

「無理です。現状、交易、生産などでも、武蔵の食料を賄うことは不可能でしょう」

●

御広敷は、説明が必要だと確信した。ゆえに走狗《マウス》に表示枠を出させて、言葉を作る。

「いいですか。現状のイングランド、人口が百五十万から百七十万の間として、しかしシビアに見て百五十万と見積もります」
表示枠に書くのは、百五十万という数字だ。
これをどう見るか。

「――しかしこの百五十万、ファースト、セカンド、サードの三派に分かれているとしたら、概算で三分しますから、サード派は五十万人」
表示枠の数字が、五十万に減る。
さて本番はここからだ。

「点蔵《てんぞう》君、先ほど聞いた、今の倫敦の人口はどれほどでしたっけ」

「ええと、一万二千人で御座ったか」

「Ｊｕｄ．、イングランド最大ともいえる都市がその人口です。他、交易出来る規模の都市は人口五千人程度としましょう。なお、補足ですが、この時代、農村の一世帯は五人から七人程度ですから、人口五千人都市は、千世帯弱、といった程度の集落となりますね」

「……全体で五十万人ですから、五千人集落は百あると、そういうことになりますわね」
もうこれだけで解っただろう。

「武蔵は十万人都市です。二週間分の備蓄が欲しいとしましょう。十万人の二週間分です。英国のサード派五十万人は、つまり何日分を交易すればいいですか？」

「ええと、一次方程式ですよね？」

「〝十万人：五十万人＝二週間：５〟ですから、約三日分ですね」

「Ｊｕｄ．、そうですね」

あれ？　と声が上がった。

「何となくいけないか!?」

微妙な、ポジティブ雰囲気の言葉が出る。それはそれで有りだろう。皆が自分なりの交易というものを考えているからだ。だが、

「いや、無理だ。今ので解った」

「あー、うん、これは無理だね。この状況だと」

「やはり専門に近い役職者だと解りますか？」

Ｊｕｄ．、と正純が頷いた。

「私達の時代と違うことと、短期であることを考えると、コレは無理だ。頼れない」

●

加納に学食行きで夕食の調達を頼みながら、義康《よしやす》は問うた。

「……どういうことだ？」

「この英国は、おねーさん達の思い通りにならないアウェイってことです」

そうやなあ、と大久保が頷く。

「手筈を考えれば解るで？　副会長が言っとったけど、まず、副会長、スリーサーズに話通すやろ？」

「ああ、そうだな。それでサード派陣営の各所に通達を送る」

「その通達のインフラは？　どーなんですかねー」

「マーリンとかいうローカルネットワークがあるんだろう？」

「…………」

　不意に大久保が表示枠を開いた。

『――浅間神社代表』

『はい！　いつも皆の冠婚葬祭！　恋愛相談から出産と別れ話に痴情のもつれまで何でも禊《みそ》祓《ぎ》！　キレイキレイの浅間神社です！』

　大久保が、ややうつむいた。しばらく考えてから、

『……すみません。掛けるところを間違えました……』

『あー、平野さん、お母さんに繋いで貰えます？』

『あ、母さん行きですね!?　わあい！　――母さん！　生徒会居室から連絡です！』

『え!?　え、ああ、はい。――うちの豊が御迷惑を』

　断定か。

　ともあれ大久保を見ると、窓の外を眺めながら竹中を指差している。今の初動ミスを〝負け〟として、竹中に譲るということだろう。竹中の方は苦笑で首を一つ傾《かし》げ、

『マーリンの状況について、解ります？』

『あ、はい。今ちょっと精査中ではありますけど、ホントに初期のローカルネットワークですね。こちらから確認出来るのは恐らくサード派内のみ。サード派拠点から、通神先は十件ほどです。各通神先からまたローカル化しているようで、それが各主要都市になるのかな、と思います。この外……、たとえば他派にアクセス出来るかどうかは解らないですね』

『Ｊｕｄ．、有り難う御座います。今度、また圧縮睡眠の手頃なの御願いしますねー』

　と、竹中が表示枠を閉じた。

「――でまあ、サード派の各拠点、都市には通達が飛ばせますねー」

「Ｊｕｄ．、では問題は無いのではないか？」

「――ところがこの時代、各拠点、都市では、それぞれの自治が行われているんですよ」

　竹中が言った。

「スリーサーズは、有力な指導者ですが、支配者じゃありません。彼女は自分に従う各勢力に対し、それなりの力を持ちますが、命令権は持ちません。

　つまり各拠点、都市には、交易のための政治交渉が必要になります」

●

　そやな、と大久保は復帰した。軽く手を挙げ、

「プロセスを考えようや。まず、各拠点、都市に、私達が直接交渉に行くまで、以下の手順を必要とする」

・スリーサーズと副会長が交渉。
・スリーサーズが各拠点、都市に通達。
・各拠点、都市が代表者による決定を行う。
・各拠点、都市が、決定をスリーサーズに通達。

「かなり荒っぽいが、――これでようやく、うちらは現地に交渉に行ける訳や」

「……現地に行けば交易が出来るわけじゃないのか？」

「メイデイの状況を聞いていると、各拠点、都市は、スリーサーズ〝派〟であっても従属していないです。トップダウンで交易を指示出来ず、彼女が出来るのはよくて〝相談〟でしょう。

　それに各拠点、都市ともに、備蓄や経済状況が違いますが、それを絡めた交易許可云々をスリーサーズが個別に行うのは現実的に見て手間がかかりますし、私達がスリーサーズを部下のように使役することになるので不可能です。

　よってスリーサーズは、私達に交易許可の証《あかし》

を出し、それを持って私達は各拠点、都市に交渉役を派遣する事となります」
　さて、と竹中が両の手を広げて挙げた。

「交渉に行くまでのプロセスが増えますね。ここは私達の常識が通じないところの多い英国です。だから交渉役は、この英国のことを専門で勉強しなければ駄目です」

・この英国について詳しい人材を集めて教員代わりとする。
・交渉役になれそうな者を集める。
・交渉役に、この英国での立ち回り方を教化する。

「――これまでは必要無かったプロセスですけど、これ、今後このようなことがあったら必要になるので、専門の勉強会が各委員に必要だと思いますね」

　義康は思った。交易の何が〝無理〟かは大体の予測がついてきたが、

……これ、私が〝解らない〟として進めた方がいいのだろうなあ。
　その思いに気付いたのか、竹中が小さく笑った。

「Ｊｕｄ．、――では里見総長、交易許可が出たとして、どういうプロセスが必要になると思います？」

「いや、それ以前の問題がある」
　これはアタリかどうかが解らない。だが、プロセスを考えると、言わねばならない。

「……サード派の各勢力代表者は、メイディでここに来ているのだ。重要な判断は地元に戻らなければいけないとするならば、その帰還のための時間がまず必要になる」

「Ｊｕｄ．、そうですね。メイデイは終了しますが、一週間後にファースト派との相対があるため、代表者達はここに逗留《とうりゅう》する可能性があります。何しろ英国はこれでも端から端まで約三十キロ。島として分かれている部分も有るので、代表者によっては往復のタイムロスを考えれば逗留した方が良いという判断もあるでしょう。だから彼らには交易の話が即時通達出来ますが、でも彼らの判断は、彼らが地元に戻ってからです」

　つまり、

「この時点で、既に、交易の開始は一週間より先となります。――ファースト派との相対を見てから交易の是非を決めたい、と何処かの勢力が言い出せば、皆がそれに続く可能性もあります」

　しかしまあ、と竹中が言った。

「――そういうのは置いておいて、交易を始めるとしましょう。どのような問題があると思いますか？」

　Ｊｕｄ．、と己は思った。今の竹中の話に示唆があったが、一つ、大きな問題があるのだ。

「……私達も、この英国のインフラを使用しなければならないということだ」

●

　そやな、という大久保の頷きを、義康は見た。

「うちらはスリーサーズの麾下やない。それに交易証を貰えたところで、各勢力は素直に頷かんし、いきなり見知らぬ者が来ても駄目やろ。――少なくとも初回は、身元保証出来る案内人が必要や。
　スリーサーズも、私らの価値が解っているなら、尚更、各拠点、都市に話をつけやすくするため、そのようにする」

　そうなるとどうなるか。

「初回においては、案内人がつく以上、この英国のインフラを使用することになりますねー……。移動、結構時間食いますよ。それに、では現着して交渉が始まったとしても、問題があ

りますよねー？」
ああ、と己は頷いた。
ここが、本来ならば一番の問題なのだ。

「現地での交易交渉が上手くいくとは限らない」

居室組の遣り取りを皆に見せつつ、正純は言った。

「……ここは勝手の解らない土地だ。勘違いや相性、現地の備蓄や経済状況によって、交易失敗は普通にあり得る。その場合、どうなるか解るか？」

「……交渉失敗した分は、補給が得られないと、そういうことになるのよね」
Ｊｕｄ．、と言うしかない。

「交渉に失敗したら、その分、武蔵を保持出来る時間が削られるということだ」
そして、

「交渉失敗した分、どう補填するか。――この場合、交渉成功した拠点や都市に追加交渉を行うしかなくなってしまう。だがそれは二度手間が発生するし、追加は無理だという相手も出るだろう。結局、再交渉は延々と続く可能性がある」
これを防ぐためには、二つの手がある。

「一つは、交渉失敗しそうな小勢力から先に交渉を掛け、失敗分を計上。後に有力な勢力に交渉し、失敗分を取り返す方法。
もう一つは、失敗分を考えて、要求する食料の量を多く見積もること。――時間のロスを考えると、選択すべきは後者だな」

「――貧多《ひんだ》君は、どのくらい、交渉失敗をすると思います？」

「半々、と概算する。甘く見ておらず、辛くも見ておらず、というところだ」
だから、――要求食料は四週間分。各拠点、都市には、さっきの計算で行くと〝十万人：五十万人＝四週間：５〟なので、約六日分だな。

感覚としては一週間分、と捉えられるだろう」

「一週間分。……だったら、交渉としては行けるんじゃないか？」

「……いえ、厳しいです」

　メアリの言葉に、自分は会釈を送った。どうしてなのか。

「この時代の欧州の農業は二圃式《にほしき》です。生産力が低く、だから人口の増加に抑制が掛かりました。中東などから三圃式《さんぼしき》が欧州に伝わって英国に届くのはノルマンコンクエストの後なので、今の英国は広大な農地を使える本土とは違い、かなり厳しい状況で農業を行っていると言えます」

「――メイデイを派手に祝うのは、メインの収穫となる夏期以降へ期待するためでしたよね……」

「今はメイデイの時期なので、冬期からの余った備蓄や、春の収穫物を出せる余裕があると思います。しかし、交渉を行う頃には、そういった時期をもう逃していると思います」

●

　そやな、と、大久保はここ数分で何度目かになる言葉を作った。

「さっきのプロセスを見れば解るで。チョイと並べてみよか」

「あ、さっきの〝地元インフラで移動〟があるんで。それも加えて下さい」

「Ｊｕｄ．、現場、向こう側の調整も入るだろうから、即決とはイカンやろ。そういうのを考慮せんとな」

・この英国について詳しい人材を集めて教員代わりとする。
・交渉役になれそうな者を集める。
・交渉役に、この英国での立ち回り方を教化する。
・スリーサーズと副会長が交渉。
・スリーサーズが各拠点、都市に通達。

・各拠点、都市が代表者による決定を行う。
・各拠点、都市が、決定をスリーサーズに通達。
・スリーサーズが副会長に通達。
・地元インフラによる移動時間。
・現地側での意見調整。
・ファースト派との相対。
・ファースト派との相対を見た各地有力者が帰還するまで。

「まあ粗々でこんなもんやな。とりあえず日数を当てて考えてみよか」

・この英国について詳しい人材を集めて教員代わりとする。
・交渉役になれそうな者を集める。
：この二つはまとめて一日。
・交渉役に、この英国での立ち回り方を教化する。
：教化内容の決定で一日。
：教化実習で一日。
・スリーサーズと副会長が交渉。
：一日。
・スリーサーズが各拠点、都市に通達。
：一日。
・各拠点、都市が代表者による決定を行う。
：一日。
・各拠点、都市が、決定をスリーサーズに通達。
：一日。
・スリーサーズが副会長に通達。
：一日。
・地元インフラによる移動時間。
：最大三十キロ移動と言うことで、片道二日くらい見積もりたい。
・現地側での意見調整。
：一日。
・ファースト派との相対。
：一週間。
・ファースト派との相対を見た各地有力者が帰還するまで。
：最大三十キロ移動と言うことで、片道二日

くらい見積もりたい。

「甘々《あまあま》ですねー……。教化実習を一日というのはゾっとします」

「制御情報《プログラム》を作ったけどデバッグせんようなもんやからなあ……。あとまあ、通神帯がなければ〝拠点や都市内の有力者が会議で意思決定〟という地獄を見ることになるが、コレだと下手すると一週間とか一ヶ月とかあり得るで？　集団内でマウント取りやポジション取りが入ったら、洒落《しゃれ》にならんなあ……」

　しかし、と里見総長が日数を数えた。

「十九日かかるぞ……？」

「今から十九日も後となると、メイデイの勢いはもう無いですね」

　ナルゼは、御広敷の言葉にゆっくりと吐息した。

「どうしたんですか？　ナルゼ」

「……いや、ネシンバラがね？　ほら、武蔵は三河《みかわ》の時は弱小勢力で、それがまあ、ヴェストファーレンで教皇総長と自撮りするくらいにはなったじゃない？　だから調子乗って、政治関係のこと含めた小説書いて、うちが挿画つけたんだけどねえ」

　ハー、と肺腑《はいふ》から息が出る。

「過去の帝国の宰相の教育受けた主人公が、国を立て直していく話なんだけど、主人公が〝そういえばこういう方法があるだろう〟って〝革新的〟な方法を出すと、それによって三日後くらいには国が問題解決して上向きになってる、みたいなのが連打されんのよね。

　……政治ってそういうもんだっけ、と思ったら、やっぱそうよね、違うわよね……」

「言っておくけど、三河からこっち、私が各国とまとめたのは〝今後どうするかの約束〟であって、〝その場で決定即実行〟はほとんど無

いぞ？」

「奥羽《おうう》と江戸《えど》を結ぶ南北通商路の計画も、実際の委員会など組んで動くとしたら来年度であろうし、まずは準備となるインフラの調整に、何よりも武蔵側で奥羽の事が解る人材を教化せねばいかんぞえ？　政治家は発想、企画、その検証と実行は委員会というわけよのう」

「さっき小生が提案した米パンやら何やらも、その技術普及などで一週間は見積もりますからね？」

「……書記センパイ、何書いたの？」

「いや、だから、世界初の銀行制度とか、食料供給のためにジャガイモの発見とか、教育のために学校を建てるとか、そういうのだよ！」

「何でお前、下積みとして時間の掛かるのばかり選ぶんだ……」

「そうよね。……あれ？　銀行制度のあとで学校制度作ったけど、この銀行、これまで文字読んだり数学出来る連中いたのかしら。確か奴隷制を解放して〝市民〟を設けたばかりよね……、とか思ったわ。

ちなみに今読んでるところでは簿記が発明されたけど、あれ？　それ以前の銀行とか税制の順番って……、ってちょっと考えてるわね」

「結論だけいうと、皆、修正案を有《あ》り難《がと》う……！」

挿画の仕事がなくなったら、ここをネタに何か描こうかしら、と、そんなことを考える。

だが、今のはちょっとした気分転換として、問題は実在するのだ。

「十九日って、どう思う？　正純」

「Ｊｕｄ．、それが最短となることを考えると、考慮に値せんな。

政治関係でそこに労力を費やすより、〝補正〟の正体を探った方が前向きだろう」

「？　じゃあ、食料は切り詰め＋海産物の投下で三週間。そこまでで〝補正〟を終えない限り、武蔵は終わり？」

否、と正純が言った。

「可能な限りのアイデアを出してくれ。――食料の供給として、一体、どのような方法を考えられるかを、だ。政治が駄目なら実地で行く、それでも駄目なら他の方法を考える。

そういうやり方で行こう」

break time

『可能な限りのアイデアか……』

「……ソレを出さないと英国と戦争することになるのね……」

「わあい、英国を救うためにもアイデアを出そうね！」

「…………」

第二十七章

『畔の提起人』

●

　さて食糧問題の解決をどうするか。

　アデーレはいろいろ考えつつ、手を挙げた。

　ちょっと気になることがあったのだ。

「副会長、ちょっと質問です」

「Ｊｕｄ．、何だ？　言ってみてくれ」

「さっき、英国側との調整とかで日数を食う、というのがありましたよね？　じゃあ、たとえば武蔵内限定だとしたら、どうなるんですか？　日数を食いますか？」

「武蔵内限定で、〝武蔵が出来ること〟ならば、日数はかなり短縮される。武蔵は計画的に構築された建造物だからな。その構造を利用した変化や行動なら、マニュアルが出来ている」

　ですよね、と己は思った。

　以前、武蔵各艦の中央、基本船殻部をパージする、というのを行った事がある。これは本来ならば大事業だが、パージ自体はマニュアル化されていて、各横町や縦町を運び出す輸送艦の誘導も武蔵側でオートメーション化されていた。

　逆に、陸港《りくみなと》について貨物の積み下ろしをしている方が時間が掛かる。これは人足の運搬移動時間や、必要時間が累積するためだ。だが、

「武蔵を中核として行うことならば、時間は短縮される。何か考える際、ここは忘れないでくれ」

「んー、ちょっとそういうわけではないんですけど、いいですの？」
　人狼女王《レーネ・デ・ガルウ》が手を挙げた。

「この英国、まだ手つかずのところが多いと思いますの。森林資源が確保出来る山などをこちらに開放していただいては？」

「十万人の食料を確保するのに、山を使うのは有りなのかな」

「いえ、無理だと思います。もしも山で採取出来る可食植物などで十万人という人口を賄えるならば、ゲルマンの大移動など生じていません

から」
　しかし、とメアリが言った。

「そのあたり、人狼女王様ならば理解の上でしょう。何か策が？」
　ええ、と人狼女王が言った。

「武蔵にとって、土地面積が増えることになりますのよ？」

●

「人の踏み込めないような山渓、英国は階層構造なので、上位階層の盆地などあるといいですわね。そこを借り受け、武蔵から生産区画を展開しますの。そして山での採取も同時進行で行えば、区画の展開速度次第で、武蔵が抱える土地問題をクリアした生産力が確保出来ると思いますわ」
　母の言葉に、ミトツダイラはちょっと感心した。

「森で採取生活、と思ったときは何を言い出したかと感じたものですけど、確かに土地問題のクリアとしては、有りですわね」

「ぶっちゃけ、貴女達が三河で決起する前にやりましたでしょう？　アレ」
　何の事かは解る。生徒総会を始める前に、クラス内で議論したのだ。
　その際に、武蔵の備蓄や生産力、内部面積の話なども出ている。あれは記録に残っているため、友好国などには〝武蔵が私利私欲で動いている訳ではない〟ことを示すものとして開示していたものだが、

「――各国、どうやったら武蔵を〝止める〟ことが出来るか。それなりの検証もしましたし、また逆にどうやったら武蔵を〝活用〟出来るかも考えましたのよ？」
　まあそういうものだろう。
　だがこの展開方法、

「単純な方法ですけど、私達のように武蔵住人だと思いつきづらいですわね……」

「そうなんですの？」

「いや、武蔵は、位置づけとしては他国の“下”にあったので、他国の土地を使う、という発想自体が基本的に無かったんですよ」

「下手に上陸して難癖つけられたらアウトだからなあ……」

「英国でも、迂闊《うかつ》に上陸せず、点蔵様に周囲調査などさせていましたからね。——逆にそれで私と点蔵様が出会うことになりましたが」

「ヒュウ——————」

「ヒョォォ————————ガッ、ゲハッゴホッウォエップ」

「無理に肺活絞って咽《む》せるところまでいかなくていいですよホライゾン！」

「フフ、でも実際、他国に武蔵の船殻部の一部を展開って、どうなの？」

実は同様のことを既に行っていた者がいる。

●

「うちですね」

大和《やまと》もだが、経験としては安土《あづち》だ。

各所に移動し、その先で輸送艦などを展開したが、必要に応じて艦内で使用しているのと同じブロックを、地上施設として出している。

「安土、大和での経験から言って、各ブロックを艦上で組み立て、それを輸送艦で現地に設置、初期稼働するまで、早ければ一日、遅くても二日でしょう」

「いきなり短縮されるなあ……」

「とはいえ生産区画は、そこで何を生産するかが問題です。収穫期間が来るまでは何も採れませんからね」

それに、と己は注釈する。

「——武蔵の生産区画、ストックしてあるものは、こういうときのためのものではなく、現状あるものの交換用と、四季に応じて生産物や種類を増やすためのものだと思います。十万人を

いきなり救う、というのは無理でしょうね」

「Ｊｕｄ．、同感や。こちらの手元にある資料として、生産区画を用いた武蔵の自給率は13パーセント。三河以後、それなりに改善したが、未《いま》だに輸入偏重都市であることに変わりはあらへんな」

「補修用も含めた生産区画のストックは？　どれだけ有ります？」

「ストックは半分。プラント式として即座展開出来るのはその半分やな」

「即座展開というのは？」

　Ｊｕｄ．、と大久保が頷いた。

「三河争乱の際に解った武蔵の弱点から、緊急時にそれなりの自給率を得るための方策を考慮しとる。武蔵の改修時、自然区画に用いる地殻ブロックを半分ほど新型にした。

　水質設定の制限解除をしてあるので、土壌としては砂地にも出来るし、水田にも出来る。専用ではないので濾過《ろか》性能が劣るが、使うには充分やな」

　ただ、と彼女が軽く息を吐く。

「自然区画は武蔵内では生産区画とさほど変わらん設置量や。あまり大きく出ることは出来へんぞ」

「えーと、でも自然区画が生産区画と同規模で、その半分が転用可能。――自然区画の予備ストックはどうなんです？」

「これは地殻ブロックも含めて分厚いので量があらへんわ。ストックは1/10。でも全部新型やな」

「あ、Ｊｕｄ．、でもそうだとすると……、こんな感じで生産系が組めますね」

・生産区画。
・生産区画のストック分＝生産区画の半分の半分。
・自然区画：生産区画と同規模で、半分が生産に転用可能。
・自然区画のストック分＝自然区画の十分の一。

「生産区画が自給率13パーセントを賄いますので、他のものもそれで概算します」

・生産区画＝13パーセント。

・生産区画のストック分＝生産区画の半分の半分＝約3パーセント。

・自然区画：生産区画と同規模で、半分が生産に転用可能＝6.5パーセント。

・自然区画のストック分＝自然区画の十分の一＝1パーセント弱。

「総計するとフル稼働時の自給率は23パーセント強になる、といったところか……？」

「まあ、そんなところやな。素で行くとこうなるで？」

さあ、と己は言った。

「どんなもんでしょうかねー、コレ」

浅間としては、こういう感想になる。

「かなりキツイのでは……」

「…………」

「……もう一回言って、録音するから」

「何がですか!?　何が！」

だが、難しい数字だと思う。何故なら、

「武蔵の住人の内、23パーセントしか野菜を食べられない、ということになりますよね……、コレ」

「流石にそれは成り立たないんじゃあ……」

「Ｊｕｄ．、つまり残りの77パーセントは、栄養状態が悪くなる、ということだね」

と、ネシンバラが言う。

ネシンバラの言葉は、尤《もっと》もだと思う。
ゆえに己は思った。

「……ネシンバラ君が駄目って言うなら、実は上手く行くんでしょうかね……？」

「定番の逆張りか！」

「じ、自分も何となくイケる気がしてきました！」

「確かに自分達もそう思うであります！」

「信頼度が高いわね」

「ま、待て！　僕の言ってることは正しいぞ！　だって１００－23は77だ！　77パーセントの人間が野菜を食えなくなる！　これは正しいだろう！」

「それが本当だとしたら、これは問題ね」

「残りの77パーセントは肉と魚食って過ごせと、そういうことか」

「いいこと考えた！　じゃあ、残りの77パーセントは全部ネイトとママンとネイメアに任せれば万全じゃね!?」

「我が王！　我が王！　何言ってるか解りませんのよ——!?」

「ホント、この男は馬鹿ですねえ。数学というものが解っていません」
と、ホライゾンが深く頷き、こう言った。

「ヨッシー様の計上した数字は23パーセント強ですよ。——77パーセントではなく、77パーセント弱が正解です」

「ホライゾン！　ホライゾン！　競ってないで落ち着いて下さい！」
フフ、と笑ったのは喜美《きみ》だ。
彼女が、成実《なるみ》に視線を向ける。

「さっき、こう言ったわよね？　〝それが本当だとしたら〟って。——でもそれは本当なの？　どうかしら？　伊達・成実」

「Ｊｕｄ．、ちょっとした表現のマジックと、そういうことかしら」

成実は、あまり他人への説明をしたくない派だ。
何故、自分が解っていることを、他人に説明しなければならないのだろう。自分が解ってればそれで十分だろうに。
キヨナリは、このあたりが解っていて有り難い。
だがまあ、こういう、今のようなときはちょっと違うというのも理解している。
なので一応、言葉を作る。

「自給率23パーセント。これはどういうことかしら」

「ええと、……生産物が武蔵の住人23パーセントに行き渡ると、そういうことですよね？」

「その〝生産物〟とは？」

「ジャガイモとかキャベツとか、そういうもののじゃないのかい？」

違う。質問の意味が通ってない。だから首を傾げると、答えが来た。

「――生産可能な区画、そこから収穫出来た食糧ということだ」

「Ｊｕｄ．、そういうことね。つまり収穫ターンで確保出来た食糧が、武蔵の住人の23パーセントに行き渡る。そういうこと」

では、と己は言った。

「自給率を構成するために計上される数字。武蔵住人側として考えた場合、――一人頭の消費量は、どのくらいなのかしら」

浅間は、成実の言っていることを理解した。

「はい！　――自給率は〝自給出来ている〟という状態を示しますけど、これは年間の統計です！　つまり一年、消費量が保たれていることを示します！」

言う。するといきなり、ミトツダイラの母がミトツダイラの両肩を摑《つか》んで揺らした。

「ネイト！　次は貴女が回答する番ですのよ!?」
「何言ってるか解りませんわ――――！」

『授業参観か』
　ミトツダイラには悪い事をしたとビミョーに思う。だが、何となく解った。

「年間の自給率が23パーセントとして考えた場合、ええと、この一ヶ月くらいであっても、自給率は変わらないわけですよね。通年の数字ですから」
　じゃあ、と己は言葉を作る。
　神道代表がこんなこと言っていいのか、とは思うが、

「……23パーセントの人達に渡る野菜を、分割したら、半分量ですけど、46パーセントの人に行き渡ることになりますよね」
　あ、とミトツダイラが手を挙げる。

「私なんかは別ですけど、一人頭の年間消費の計上は、三食を基礎として考えられてますわね？　だとしたら、たとえば三食の内、一食は野菜なしとか、三食で野菜半減とか、そういうのは有りですのよね？」

「というかフツーに野菜抜きとか有るけどね」

「飛翔《ひしょう》系は腹持ちいいと重くなって面倒だし、飛ぶには高カロリー食品の方が効率いいもんねえ」
　そうね、と成実が頷いた。

「三食の内、一食だけ野菜と、そういう風にすれば、69パーセントの住人が、毎日〝野菜を切らさない〟生活が出来るわ。これは極端な割り切りだけど、23パーセントという数字は、こういう変動で大きく変わる〝帯〟よね。もう一段行ければ、92パーセントで、ここまで来ると水《み》戸《と》領主のような種族を換算に入れて１００パーセントが狙えるんじゃないかしら」
　だから、と成実が一つ咳払《せきばら》いをする。

彼女は、やや困ったように、しかし言った。

「あまり悲観することはないと思うわね」

「おおう、ナルミン、皆を心配してた系？」

「伊達はやはり極寒地で、うちのような稲作のシステム化も出来ておらんからのう。こういう話題は強いか」

「ウッキー殿、成実殿にフォローは？」

「成実が皆を心配していることを拙僧は知っているし、成実はそういうのを表に出すのを恥だと思っているからな。どちらかというと貴様らがしっかりしろと、そういうことであろう」

「また複雑なことを……」

「うーん、二分の一、行けますかねえ……。量が減るのは何となく許容出来ますけど、回数が減ると厳しいですからね」

という竹中の声に、義康は顔を上げた。

「代表委員長、練り物の工場に増産を指示しとくといい」

「どういうことや？」

「里見でも、交易を北条によって封じられるときがあってな。当然、野菜類が足らなくなるが、海はあるので魚は捕れる。

そういうとき、練り物に少ない野菜を混ぜて、まあ、何と言うか〝野菜を食ってる〟感を得るようにしていてな」

「薩摩《さつま》揚《あ》げですねー」

「勿論《もちろん》、一品で武蔵をどうこう出来ると思ってはいない。だが、さっき話があったシチューな

ど、野菜をとりつつ、他のもので腹を膨らます、というものを重視すれば、市民のストレスも軽減されるだろう。

　練り物、あと、肉団子などの挽肉《ひきにく》と合わせるものは製造時点で野菜を組み込める。そういうものをどう使うか、だな」

「家庭で出来るとなると、シチュー以外にも、パエリアや釜飯、肉多めの肉野菜炒《いた》めとか、煮物なんかは、そういうのが出来ますねー」

「産業委員会に通達して、各食堂に野菜不足と、それに応じられるメニューの構築を指示しておくか……。食堂の流行は家庭に通じるからな」
　Ｊｕｄ．、と己は頷いた。

「考え方だ。野菜だけを食う必要は無い。他と合わせる。他に混ぜる。組み込む。そうやって、まず気分的なストレスをなくす事だな。バリエーションがあった方が、長期を乗り切るにはいいだろう」

「……だ、そうです、御嬢様《おじょうさま》」

「何やねん、加納君」
　Ｊｕｄ．、と加納が、食堂から持ってきた差し入れの菓子を盆に載せつつ言った。

「御嬢様も、少しは調理を憶えないと、――義康様に後れをとるのは恥ですよ」
　それは私への明確なディスではないだろうか。

●

「……あったわね……。あったわ……。食糧の内、果物が制限されたとき、野菜の品種改良で〝イチゴが出来たぞ！〟って、それで果物の危機を凌ぐというネシンバラの小説が……」

「……イチゴは苗植えからやると一年以上掛かりますよ？」

「果物でイチゴしかない国って一体……」

「ああ、〝解決を一個見つけたら全部解決〟は、すぐ瓦解しますよね……。このところ本舗で遊んでる経済系のボードゲームでそれ痛感してま

す……」

「だよね。その集中生産のために経済が偏るし、土地の使い方も変わるもんね……」

「わ、悪かったな！　あれはそういうのを我慢する美徳と、その売り上げで国庫を潤して逆転するという、そこが大事なんだよ！」

「あれ読みましたけど、国民に還元するって言って、でも地方への安全な送金インフラと、安全な金庫設備が無いから、中央の少数だけの繁栄ですよね……」

「ブラック国家イチゴ味だな！」

「すみません、聞き流すつもりが今ので笑ってしまいました」

「――どうだ！　立花嫁君を笑わせるとか、僕の小説は大したもんだろう！」

「書記、拙者が一生掛かっても出来ないようなことをいとも簡単に……！　流石で御座るなあ」

「あー！　何か突発的に全部書き直したくなってきた!!」

あ、とメアリが手を挙げた。

「今更ですが、ぶっちゃけていいでしょうか」

「何だ？　聞かせてくれ」

「武蔵では、農業に、加護や術式の加圧を行っていますよね？　品種改良も。
　勿論、それを含みでの23パーセント、そしてその元となる13パーセントという数字が計上されたのだと思いますが、武蔵として、更に加圧を行うことは出来ないのでしょうか？」

「ハーイ！　ビミョーに私と〝武蔵〟様の御時間です！　では今夜は〝武蔵〟様のトークタイム！　農業への加圧についてです！　一体どんなもんなんでしょうか！」

「Ｊｕｄ．、まず基本的に行っているのは、土壌の整調と安定、そして土壌と大気の温度、湿度調整です。これらは艦内の調整の一環として行っていますが、当然、本土側の農場の大半ではこのようなことを行っていないため、武蔵の農業は他国より有利と言えます」
　更に、と〝武蔵〟は言葉を続けた。

「水溶肥料などは艦内の導管を通して与えていますし、メインとなっている屋内農場では人工的な日照を確保。天候に左右されない、という点では最上の地下田園に規模では劣るものの、同様のシステムだと自負しております。
　このあたりもあっての13パーセントの供給率を確保しております。——以上」
　さて、

「メアリ様のご質問にありました加圧。このような公的加圧とは別の、促成用の加圧ですが、マニュアルとしては存在します。ただ——」

『負担が掛かると、そういうことになるのでしょうか』

「Ｊｕｄ．、——やはり肥料などのバランスをとって栽培するのが、作物及び土壌側にとってもベストです。作物を優先すれば、土壌が痩せたり荒れます」

「でも、——そのあたりをどうにかするのが、うちの仕事だったりもしますね」

　豊は、表示枠を開いた。それは浅間神社から繋がりのある神社をリンク支点ごとにまとめたものだ。

「農業系の加護や術式ですが、流石にサクヤも持っていません。ただサクヤは花の神なので、実を作るのに開花が必要な作物に対して安定した加護を供給出来ます。
　その上で——」
　広がっていく神々のリンクを止める。が、そこから自分は一気に巻き戻す。離れたリンク先にも農業系の神は幾らかいるが、

「ええと、どこまで巻き戻すんです？」

「え？　——何で浅間神社が武蔵の主社なんだと思ってます？」

「ええと、それはまあ、歴史的に見て、松平《まつだいら》・元信《もとのぶ》が奉じた神社だからですよね？」

「いやあ、甘い甘い」
　と、自分は神々のリンクを戻して止めた。そこはリンクゼロの地点だ。支点から伸びるラインが一本も無いのだが、

「他の神々の加護を得る際、代演の流体消費がほぼ無い相手というのが存在します。それは神々が家族として、親等が直近であること。つまり親、子供、そして配偶者です。
　この場合、単なる関係ではなく、親族としての責任を有します。ゆえにそれぞれの不備がまたそれぞれの不備になることもあるため、互助的に代演が軽減されるんですね」

「じゃあ……、浅間神社の場合、は？」
　鈴様に声を掛けられて卒倒しそうになる。が、堪えて言う。

「母さんの方に質問して、回答を貰ったんですが、三河以降、正確には関東解放の後あたりで、他神社からの提携が来ました。互助代演が確立したので——」
　表示枠を叩く。そこにあるのは、サクヤの直近の家族となる神々の名だ。

「サクヤの旦那です。ニニギは、稲作の神であり、農業の神でもあるんです。
　彼が旦那である以上、サクヤは代演として農業系の加護を充分に使えます。
　だから土壌の負担や、疲弊などは、こちらで禊祓し、可能な限り安定した生産を確保出来るようになると思います」
　さ・ら・に、と己は言葉を続けた。

「サクヤの父親のオオヤマツミは、名前の通り、山の神です。そしてサクヤとニニギの子供の一

人であるホオリは別名〝山幸彦《やまさちひこ》〟、彼の得意は山における狩猟と採取ですね」

「それって、もしかして、今の英国だと……」

「そうですね。これまでの武蔵では、他国の土地を利用出来ませんでした。だからオオヤマツミやホオリの〝山・狩猟〟の加護は使えませんでした」

だけどこれからは、違うかもしれない。

「もしも、人狼女王様の言うように、英国の山を借りることが出来るなら、浅間神社は恐らく初めて、その加護類を全面的に使用することになると思います。

そしてサクヤの子供には、ホデリという子もいて、こちらは別名〝海幸彦《うみさちひこ》〟。海産物の確保や食糧化の際、やはりこちらで加護を提供出来ます」

どうでしょうか。

「――浅間神社って、出産と、万全な食糧供給を確保出来る、一種のチート系神社なんですよ」

「……馬鹿なのに、子作りとメシは上手い、ってヤツ？」

「……政治系が一切入ってないから、ある意味体育会系よね……」

『おっと！　言いますね!?　言いますね!?　褒め言葉ですよ！　ちなみにサクヤは帝《みかど》の曾祖母にあたるので、もうちょっと近かったら政治系もカバー出来てましたね！』

「ククク、浅間神社が生産系チートなのは解ったけど、そことの繋がりを持ったまま東照宮代表って、つまり政治と武力も加護出来る訳で、つまり最強？　そうよね浅間」

「いやいやいや、そこまで考えてなかったというか、東照宮の想定していたときは、武蔵が他国の土地を借りるとか考えてなかったですからね……」

と言ってると、ミトツダイラの母親が瞬発加速で跳んできた。彼女はこちらの手を取って上下に振って、

「山の神＋狩猟とか、最高ですわね！　うちの子や、うちの子の子の事も宜《よろ》しく頼みますわ！　私のことも！」

「貴様、食うことしか考えておらんだろう」

「何言ってますの!?　夜の御時間も大事ですのよ!?」

「大きな声で言わなくていいんですのよ？」

「しかし豊様、楽しんでらっしゃるようで良かったですねえ。……ぶっちゃけ、浅間様がうちにきてから、こんな状況でこそ浅間神社のフルパワーになるとは思ってもみませんでした」

「あー、うちというか実家は、まだ他にも関係先があるので、そこらへん、これからだと思いますね……」

しかしまあ、昔を思い出しもする。

「……三河の時は対応出来ないというか、思いつきもしませんでしたけど、以後、色々と手筈を整えた意味があって良かったです」

ああ、と正純が声を上げた。

「あれか！　関東解放後、夏休み入った時点でＡＫと交渉したときか！」

「よく憶えてますね……！」

正純の言う通りだ。あの交渉時、関東に残った関東組を人質に取るような形で、毛利《もうり》勢のＡＫが動いた。毛利家の通神を管理し、自分達と連絡を取れないようにしたのだ。

「毛利家の主社は三島《みしま》神社。三島は浅間神社のサクヤの父、オオヤマツミを奉る神社ですが、あのとき、サクヤがこっぴどく叱ったそうで、以後、三島とは提携が出来ています。

ニニギ系も、あの後、ニニギが何も言わずにサクヤに土下座してきたそうで」

「サクヤ、どんだけ恐れられてますの？」

「ラーメン餃子《ギョーザ》とか、フツーに作ってくれるけどなあ」

「ラブホ空間の確保とか、手配が早いですよね」

「……今、どういう話を聞いてんのかな？」

●

『農業生産の加圧も加護系の応用ですが、そのネガティブな部分を消すためにまた加護を掛けて運用しますと、当然、費用が掛かります。流体燃料は地脈炉型駆動系の恩恵で潤沢ですが、術式としては消費しますので、そこが問題ですね。明らかに、コストオーバーです。
――以上』

『補正予算から出すかなあ。加圧の恩恵はどのくらいだ？』

『生産品の値段は五倍〜十五倍ほどになりますが、生産速度は三割増しをお約束します。――以上』

『自給率23パーセントが、三割増しで約30パーセントか……』

『どう思う？』

『有りな数字だと思っている。予算に響くが非常事態の緊急出動だと、そんな言い訳は自分の中で立つからな』

『なお、英国の土地を借りて山岳での狩猟や採取を行う場合、うちからの加護を格安で済ませる手があります』

『？　どういう手だ？』

『展開する生産区画に、加護受領用として単にインフラ整備だけじゃなく、小型の社務所をつけるんです。すると展開した区画の周辺がうちの産土《うぶすな》扱いになるので、アンテナの連鎖設定と同様、各区画が連動して一帯を加護の供給出来

る土地にしてくれます。
　これだと加護も流体燃料の消費も少なく済みますね』

●

　成程なあ、と正純は軽く手を挙げた。

『——大久保、ここまででどういう話になったかまとめてくれ』

『結局ソレやな……！』

　だが一分半後に、まとめた箇条書きが届いてきた。

「流石だねー……」

「捗《はかど》るわ……」

「いいから送られてきた内容を確認しろよ……！」

　見る。

■解決の示唆が出たもの。
・武蔵の備蓄は二週間分。既に一日を経過と考える。
・交易は期間的に厳しい。開始までに三週間は見積もりたい。
：後の状況によっては好転するので、手をつけておく考慮は有り。
・自給率23パーセントは、良い数字である。
：野菜類の消費を控える。
：代用食料品の選出、増産の手配。
：不利になる関係産業への手当。
：武蔵内農業の加護関係の確保。
：予算は問題。
：だが自給率が30パーセントになる。
・英国の領土を借り受けることは可能か。
：借りられることが、生産区画の展開条件。
：借りられるならば、浅間神社の加護で採取、狩猟が有利となる。
：これも区画の展開で連動加護を確かめつつ、予算を確認。

・海産物の確保は良好。確定。

■解決の示唆が出ていないもの。

・生産物の選別。

：収穫期間の問題。

・他、何か手は無いか。

　こんなところか……、と正純は呟いた。

「現状、生産区画で生産されているものの内、二週間より先の収穫が予定されている作物は間引き、もしくは早期収穫し、短期間で収穫出来るものに切り替える……、か？」

「Ｊｕｄ．、確かにその方がいいと思います。今は丁度、春の終わりなので、秋播《ま》きの作物が収穫出来ますから、間引きの被害はあまり無いと思いますからね」

「しかし、何を作付けしますか？　二週間となると、そんな期間で収穫出来る作物など、ほぼ無いと思いますが……」

「いえ、たとえば思いつくところだとラディッシュが行けます。これ一品で行くつもりはありませんが、まず発想の基礎として他作物を考えていきましょう」

「ラディッシュ？」

　はい、と御広敷が頷き、手元の表示枠にその画像を出した。

「表面が赤い、蕪《かぶ》状の小さな大根です。欧州の原産であるため、この時期は極東にはありません。なので武蔵ではちょっとレアで、多摩《たま》などの外交区画では、千切りがサラダに彩りとしてつけられていることが多いですね。

　葉も実も頂けて、栄養的にはそれなりに充実しています」

「収穫までの期間は？」

「二十日間ほどです。先ほどの加圧があって、三分の一が縮められるならば、約二週間。

　――食糧が切れる二週間後からの収穫が望め

る、ということです」
「現実的に見て、という判断か」 
御広敷が頷いた。
「あとまあ、さっき、葵《あおい》君と収穫物のアイデアをまとめまして、今夜あたり実験をしてみようと思います」 
「実験？　変なことをするなよ？」 
「馬鹿野郎、俺が今まで変なことをしたか？——おっと、言わなくていいぞ。話が長くなりそうだからな」 
「自覚があるなら黙ってろよ……！」 

●

しかし、馬鹿も馬鹿で動いてはいるのだろう。
早速、キッチンの方の椅子に御広敷と座って、何やら表示枠を広げている。
「……他、何かアイデアのあるヤツはいるか？」 
「正純様が、〝補正〟の正体を探して町に出るならば、私達もついていきましょう。そこで、ひょっとしたら食糧事情など解決出来る発想が得られるかもしれません」 
「あ、そのあたりのことなんだけど、ひょっとしたら大規模な食糧確保が出来るかもしんない。十万人の、一ヶ月くらい？」 
いきなり無茶な話が出てきた。だが、
「……変な話だろうな？　多分、お前らのことだから」 
「何か無茶苦茶言われてるけど、まあ、確かにダメ元かな。——正純には後で話をするけど、動くとしたら一週間後だね」 
「……次の祭というか、相対か」 
Ｊｕｄ．、とオーゲザヴァラーが頷いた。
「まあそんな感じで、いろいろ動いてみるね。だからまあ、正純としても、土地を借りたり町

に出たりとかあるんだろうけど、結論は一週間後でいいと思うよ？」

『Ｊｕｄ．、こちら、必要な事として行うべきは行いますが、それ以上は進展しようがありません。なので正純様、一気に何もかも解決しようとせず、腰を据えて行くのが良いかと判断出来ます。――以上』

　そう言われると、頷くしかない。

　確かに、焦っているのかもしれない。しかし、

「……何となく、思い出すんだよな」

「？　何をで御座るか？」

「運命の事変において、毎日のようにこんな流れをやっていたことを、だ」

●

　何と言うべきだろうか。

「末世を解決したというのに、生活が変わらんなあ。……いやホント、どうしてだろうかと思うんだが」

「フフ、馬鹿ねえ。アンタ、その台詞《せりふ》に全て答えがあるじゃない」

「？　どういうことだ」

　あのねえ、と葵姉が微笑する。

「〝どうしてだろう〟っていう女は、大体が〝こうなりたい〟って思うことは出来ても、そのために〝こうしないと〟が無いのよ。アンタはソレ。変わらない生活を望んでいても、そのために如何しよう、って思いが無いでしょ？」

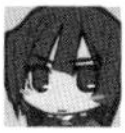

「いや、如何しようってビジョンはあるぞ？」

「ほほう、どういうビジョンですか？」

　ああ、と己は頷いた。

「現状の問題を取り除けば、平和な、変わらない生活になる筈だ」

　言うと、皆が視線をこちらから逸《そ》らした。

「……何だその反応！　正しいことを言ったはずだぞ、私は！」

「……武蔵副会長？　現状の問題を取り除くのは、まあ、正解ぞえ？」

だが、

「貴様、〝新しい問題を目の前に置かない〟という事が出来ぬであろう？」

「…………」

「いや、これはつまり、こういうことだ」

「言ってみ？」

「新しい問題は発生するな。発生しても、私の目の前に出てくるな。そういうことだ」

全員が視線を逸らすどころか背を向けたが、私は挫《くじ》けずに生きていこうと思った。

第二十八章

『会議後の反復役』

いろいろ
ウダウダ
ぐだぐだ
そろそろ
配点（始めるか）

会議は終わった。それぞれは正純の指示通り、キャンプ組と輸送艦組に分かれるが、ローテーションの決定がある。今、点蔵が皆を集めて割り振りを指示しているが、

「あ、アサマチ、ミトも喜美もホライゾンも、あとトーリも、お前らは輸送艦に固定組な？　万が一があったらマズイ立場だから」

「え？　夜のキャンプで十代喋《しゃべ》り場とか、そういうの駄目なの？」

「そういう場合は総長連合の誰かが一緒にいるようにするといいさ。とりあえず輸送艦まで逃げられること、な？」

「じゃあ、そういうときは私が一緒ならいいんですのね？」

「あ、御母様！　御父様の夕食が目当てですのね!?」

「あ、うちの娘！　娘婿の夕食が目当てですのね!?」

「文字数揃えて抗議しなくていいんですのよ？」

「ようし、じゃあそういうときは深夜でも重めの肉料理にすっか！」

「〝御父様……〟トゥクン、とネイメアの鼓動が肉料理への期待で高鳴った……、と」

「子供世代をネタに何描いてるんですか……！」

「いやいやいや、このくらいなら家族漫画や料理漫画の範疇《はんちゅう》だからセーフ」

「そうよ、このくらいなら家族漫画（広義）や料理漫画（広義）の範疇だからセーフ！」

「後ろに余計なものがついてましたわよ……!?」

まあ、どちらにしろ、彼がこっち来たら、自分達もついてくることになるだろう。そして、

「ではホライゾンも青雷亭《ブルーサンダー》出張所とか、始めてみますかねえ」

皆が一斉に真顔を向けてきたが、既に外れている右腕が親指を立てて返すだけだ。

そして左腕が、盆に紙のコップを載せてきた。

見れば水にミントの葉を浮かせたものが、自分達の分、ある。これは今、皆に配られているようで、

「まあ、お疲れ様、って感じだな！」

「拠点から何か紙に包んで持ってきたと思ったら、コレですか」

最後に左腕を接続して、そこから器を口に当てるホライゾンに続き、自分もそうした。

すると、

「甘……!?」

何でしょうコレ、と浅間は思った。

砂糖、ではない。もっとスッキリしている。

しかし蜂蜜のように丸い味でもないし、水飴《みずあめ》のような、乗ってくる甘みでもない。これは何かと言えば、

「白樺《しらかば》の蜜ね」

「白樺……!?」

「前に露西亜行ったときに、あっちだと白樺がクソ多くてな。その樹皮を紙代わりに使ったりもあるんだけど、口にくわえて吸うとビミョーに甘みあるとかで、調べたらそういう感じだったんだよ」

「英国も白樺はかなり多いです、樹液は本当に多量に出て、炊事にも使われるくらいですし、古来から化粧品にも使われていますね。樹液は春先によく出るので、今時分なら採取時期と言えます」

「ただ、白樺樹液は甘くても糖質が低いので、栄養的にはどうか、というところですね。甘味としての味付け、またはダイエットに用いるのがいいでしょう」

最後の言葉に、自分を含め、多くの女子が頷いた。

「ま、ちょっとは足しになるかと思って、昨夜から壺《つぼ》仕掛けて試してみたけど、意外に上手くいくもんだなあ」

「いやあ、驚きです……」

「なお、白樺の葉はビタミンなどの栄養素も多く含まれていて食用も……」

という言葉が、ゆっくりと消えていった。

ややあってから、皆が無言の中、ミトツダイラがゆっくりとあたりを見回した。

つられてみれば、湖の周囲は白樺の森だ。

「ええと、……葉は食用に出来るんですか？」

「ええ、この時期のものなら、柔らかくて水分も多いので……」

という言葉に、ミトツダイラが正純宛ての声を叫んだ。

「食糧というか、栄養不足懸念を打破する手が一つ見つかりましたわよ——!?」

「有り難いけど会議終わった後に突っ込んで来るなよ!?」

如何《いか》にもうちらしい。

向こうで早速、御広敷と彼を始め、北方生活組が話し込む。そこにホライゾンも混じっていって、

「どうやって食う？　コレ、そのままだと葉っぱだよな？」

「葉は、夏前の若葉ならそのまま食べられるぞえ？　サラダにする事も出来るし、ミントやレモングラスのような味よの。胡椒《こしょう》とチーズを挟むのが定番かのう」

「英国はそういう土地柄だとしたら、借り受ける土地は白樺があるといい、ということね。でも葉を一気に採ったら迷惑だから加減が必要ね……」

「サラダ菜として使えるのは、生野菜が不足する現状、有り難いですね。保存が難しいようでしたら、茶にするか、バリエーションとして、アレどうでしょう。塩漬け。桜餅の桜葉と同じ

です」

「どのくらい掛かる？」

「桜餅の桜葉は塩と梅酢で長期保存用に三週間ほど漬けますが、短期で欲しいなら塩水に三日ほど漬けるだけで出来ると思います。塩で漬けたのと塩と梅酢で漬けたのを試してみましょうか」

「塩で漬けたら武蔵の完全管理で乾燥させてパリパリ食う、というのもいいですねえ」

　などとやっている。一方のメアリは恐縮気味に頭を下げ、

「いや、すみません、英国在住だったのに、失念ですね……」

「いやいや、こういうの、もっとあると思うんですよね。だから気付いたら、そのときそのときで言った方がいいと思います」

「では注釈してしまいますけど、エディブルフラワーとして、食用出来る花や植物はこの時期、結構ありますのよ？

　たとえばバラやパンジー、菊やカーネーション、ラベンダーにマリーゴールド、それに貴方《あなた》達《たち》がヴェストファーレンでお世話になったチューリップも、花の部分を食べることが出来ますの」

「つまり大御母様？　飢えたときには花壇のお世話になれということですの？」

「いきなり花壇の花むしって食い始めたら番屋か施療院よね……」

「私、御母様が花畑でしゃがみ込んだら、とりあえず止める用意をすることにしますわ……」

「ま、まあそれはそれとして、エディブルフラワーはドライフラワー化しても食用に出来ます。これも考慮に入れるなら、一時的とはいえ、それなりの収穫になりますね」

「食卓の彩り、というのもあるだろうけど、さっき話にあったような浅漬けとか、そういう加工品にすると、口にしやすくはなるだろうな。——クロスユナイト、余裕見てメアリと一緒に、周辺の確認を頼む」

「何だか貴様ら、何でも食う勢いになってきたのぅ……」

「三河の時と違って、今回は〝土地〟があるからなあ。それでいて永住しないつもりだから、キレイゴト無しで打てるだけの手は打ちたい」

「正直、栄養素云々とか、食用の符もありますからねえ……」

「神社で売ってるアレですね？　最近はカレー味とかインカコーラ味とか出ましたが、納豆味はチョイ外し気味でしたね」

「あれは味や食感をリアルに濃くすると、生産に流体を無茶苦茶消費するらしくて、ちょっとそこでMURIの壁が入りますよね……」

「一回、一週間ほど試してみましたが、意外にお金がかかるのと、味覚が失われていくのが解って、途中でやめましたね」

「そんな凄いの？」

「一回、豊に塩鮭《しおざけ》味を貰ったことがありますの。初めは〝言われてるほどでは〟と思っていたら、何だか噛《か》み切れることも無いまま、〝紙〟感？　それが強くなっていって駄目でしたの」

「糟屋《かすや》様が駄目となると、相当ですね……」

なかなか評価が厳しい。すると彼が手を挙げ、

「じゃあ味つけないで細切れにして、それをカレーに混ぜて食ったら？」

「紙吹雪にカレー載せて食べるのと同じ味がすると思いますよ？　符のままになりますから」

結論すると、こうだ。

「食符は、非常時や行動時の携帯食として用いるもので、味については消費流体量でかなり左右されます。武蔵の食糧が無くなって、しかし流体供給が潤沢なときは提供すべきと思いますが、そうではない場合、作戦参加などの理由が無ければ〝神社のネタお土産〟くらいで考えた方がいいと思いますね……」

「……色々と発想が出ては、採用されたり消えていく、というところですね……」

「アー、一番面白い時間帯かも」

「フ、解決策が一手に集中したり、頼らないようにしていくのは良いことだよ。
　そんなことでは、一時的に解決出来ても、長くは保たないからね」
　皆がネシンバラに真顔を向けた。

「何だ!?　何だ一体君ら！　僕は反省の後にその経験を活《い》かしているだけだぞ！」
　だがそういった中で、正純がこちらに手を挙げた。

「何か、食糧系はいろいろネタが出てきたから、正直なところ、コレ、こっち来る前より栄養状態よくなるんじゃなかろうか……」

「まあそこまではいかないと思いますよ？　種類が豊富ですけど、量が問題ですし、収穫手段と時間による制限もありますから。――で、何です？」

「Ｊｕｄ．、――通神帯の方だ。マーリンと言ったか、どうだ？」

　浅間は、自分の専門の話が来たことを悟った。
　ゆえにまず、表示枠を出す。それは英国の概要図で、ハナミが即座に示すのはイングランド南部と、西のアイルランド方面にまたがる〝帯〟だ。これは青の色でついているが、

「現状、マーリンの話を聞いてからここのローカル通神帯に侵入してみました。術式や加護など使って、とりあえず旧派《カトリック》フォーマットの掛かる部分だけですが、恐らくサード派の通神帯がこの範囲です」
　英国全体として見たら、三分の一、というあたりだ。

「とはいえこれ、完全に共通規格ではないようで、ある程度の拠点から先、拠点を親として、子にあたる通神帯は、その拠点が管理するローカル通神帯になっています」

「マーリン↓拠点↓拠点ローカル通神帯、ということですのね？」

はい、と己は頷く。

「その意味では、マーリンは、各拠点のホットラインネットワークに過ぎない、とも言えるんですが、各拠点からのローカル通神帯は、マーリンのフォーマットを転用している？　何か、共通部分が多いんですよね」

「——多分、あれだ。各地の領主が、〝通神権〟を掌握してるんだろう」

「そやな。各地の領主は、自分の支配する領土の住人の権利を持っていて、つまり中世においては、領民は広義における〝権利を持たない奴隷〟と同じや。

　裁判権、居住権、耕作権、土地の設備の使用権、冠婚葬祭権等々、そういったことを行うには領主の許可と税金を納めなければならない。

　——通神権も同様や」

「つまりマーリンとは、領主である騎士達が、通神帯をホットラインとローカルとで切り替えて敷設、整備出来るような、そんな管理型ネットワークなんですねー……。

　いつの時代ですかね、と思いましたけど、中世なんでしたっけ」

「？　……今も、通神関係は神社などが管理しているよな？　差はあるのか？」

　そうですねー、と竹中が肩をすくめた。

「通神関係は、昔から各教譜が支配管理しています。だけどこれは各権力とやりあったりしていく中で、結局は利用する人々を味方につけた方が勝ちとして、サービスを重ねていったものなんですね。

　しかし竜害があるような不安定な情勢の土地では、教譜が自分達を守れず、領主に頼ることとなり、通神権を領主が確保することになります」

　そうなるとどうなるか。

「領主は当然、通神規制を行います。

　たとえば領民が敵陣営の住人と通神するのを制限し、間者の発生を止める。

　または余所《よそ》の領土に逃げられたくないように、外の情報が入らないようにしたい。

　そして住民には、そういう不備を無くしたければ金を払えと言った上で、住民の通神を検閲もしたいと、そうなります」

「通神と情報の暗黒時代やな」

「Ｊｕｄ．、通神権を領主が持つと、そういう暗黒時代が生まれやすいんですね。
　今の通神も時と場合でいろいろありますけど、世界のベースにある神道系が一番安くて自由なので、その上に乗ってる各教譜はあまり無茶が出来ないです。
　そしてこういう問題の多くは、宗教改革で大体落ち着いた筈ですね」

「だとすると……、領主が通神権を持ってるこの英国は――」
　Ｊｕｄ．、と大久保が背後を、そちらに見えない本土を指差した。

「竜害によって、教譜の力は衰え、騎士達の時代になっとる。そして――」
　次に、彼女が前を指差した。そちらにあるのは、ステルス障壁の白い壁の向こう、英国だ。

「――そして英国は、内部で三派に分かれとるんや。
　各派、市民までが通神でそれぞれに繋がっとるのは、情報漏洩《ろうえい》の可能性から言っても、危険やろ。
　しかし、今の時代、竜害という外敵がある以上、国内は万が一を考え共通仕様にしておきたい。
　……そこらへんの思惑が重なって出来たのが支配者階級のみが使えるマーリンやろうな。アーサー王の時代限定と、そんな設定の筈や」

●

　そういうことか、と正純は感想した。

「つまり、マーリンという通神フォーマットの上で、領主が住人を囲って、派の代表者が領主

を囲って、と、そういう流れになっている訳だ。
——原始的な票集め？　みたいな気もするな」

「何だか大変な時代ですよねー……」

「まあそう言っても仕方ない。私は明日、スリーサーズに土地の借り受けが出来ないか話をしに行くが、そのとき、何か調べた方がいいことはあるか？」

　それについては、ちょっと気になる事がある。

「先に話がありましたけど、交易をするならば、その拠点数と、配下にある集落の数などを確認しておくといいと思います」

「人口密集地の位置を確認、ということだな？」

「はい。位置が解っていれば、たとえば現地でトラブルがあったとき、こっちから通神帯に強引に介入して連絡を確保するとか、そういうことも出来ると思いますので。
　地形、立体情報としては鈴さんが作成出来ますけど、見た感じの賑わいや実働してる人々の把握が出来ればな、と思いますね」

　緊急時の最終手段だな、とは思うが、今はそういうのも想定する状況だ。

「万が一を考えるのが神道と、そういうことだな。——その時は頼む」

　と頷いた上で、今度はこちらから聞く。

「——何か、これまでのことで、解ったことがあったか？」

●

『——失敬します。現状、鈴様の知覚系などを頼りに周辺領域をスキャンしておりますが、やはりこの世界、英国から遠ざかるにつれて、情報量が下がっていることが確認されました。
——以上』

〝武蔵〟としては、これは想定内の状況だった。
　情報世界というものを考えた場合、世界のディテールは情報解像度による。
　そして今、自分達は外界をほぼ遜色ないディテールで捉えているが、

『調べてみる限り、やはり英国の周囲約四十キロから流体の構成する情報密度が希薄になり、二百キロ超えるとほぼロストですね。――以上』

『それは、――外に行こうとすると、流体が無い、ということか？』

『――いえいえ、それは違います。空間を作る流体の内、素の状態になっているものが多くなって、英国の情報となっているものが少なくなっていく、という希薄です。――以上』

『以上？』

『真似《まね》っこですよ！　真似っこ！』

　浅間も時折不規則言動があったが、娘もその傾向が高いと己は判断している。よく考えるまでもなく葵家の血も入っているのだ。油断は出来ませんね、と思いつつ、

『〝花園《アヴァロン》〟の、境界が希薄化していくバージョンに近いです。
　この〝記録〟の世界は。――以上』

『その希薄化に向けて進んで行ったらどうなる？　この〝記録〟の外に出られるか？』

『いえ、希薄化していても閉じていますから、私達の流体密度が栓のように引っかかって、ある程度からは進めなくなると思います。怪異で、見えない壁に当たるアレと同じです』

『圧がある、ということでしょうか……』

『あれ？　でもそれだと、この中に入れたのはどういうこと？』

『入ったと言うより、落ちたと思って下さい。本来ならば、情報は希薄化しておらず、全ての空間に引力も時間も重量や法則も全部あるんです。そして私達は、その流体の情報密度に支えられて、浮いているんですね』

　だけど、と彼女が言った。

『でもこの英国の記録の外縁は、情報密度が薄くなっていて、浮力の無い素の流体が隙間を埋めてます。一応は隙間が無いので末世的なことは起きないんですが、濃い情報である私達がそ

こに入ると、浮力が無いから〝落ちる〟んですね』

『えーと、じゃあ、出る場合は？』

『あ、出られません。私達の情報密度が高くて重いので、密度の薄い境界域を渡れないからです。落ちたら落ちっぱなし。そういうことですね』

『落ちたら落ちっぱなし……』

『何故そこで僕を見る!?　僕が墜《お》ちてダークヒーローになることを望んでいるのかい!?　いいだろう、このところのノートにまとめている、僕が本来持っている筈の能力の内、ダーク系のリストを説明してあげよう……！』

『今ので充分にダークな気分になりましたのよ？』

しかしまあ、どうするのか。えーと、と点蔵が言った。

『つまり出ようとしても、希薄化の領域によって武蔵は絶えず〝落ち戻される〟ので、前に進めない、ということに御座るな？』

●

んじゃあ、とナイトは手を挙げた。

これを先に話し合うべきじゃなかったかな？と思いつつ、

「**出る方法**、思い付いたらテキトーに」

すぐに浅間が手を挙げた。

「記録の〝補正〟が正当だと思います」

「英国を一発ぶん殴って〝補正！　補正!!〟と叫びながら殴り続けることですね、浅間様！」

「一発殴ると言って何発も殴ってますのよ？」

「ホライゾンが赦《ゆる》しても両腕が赦しませんで。ええ」

いやまあ、と浅間が訂正に入る。

「外縁の情報密度が薄いのは、これこそが〝補正〟を欲しているということではないかと、そう思います。今の段階だと」

●

「どういうことかな？」
問う。すると浅間が、二、三度言葉を選び直し、台詞を作った。

「これは仮定ですけど、この英国の記憶は、本来、もっと情報密度が高いんじゃないでしょうか。下手すると現実以上に、です」

「……現実以上に流体密度が高くなると言うことが、あるの？」

「有り得ます。——それが、〝記憶〟というものであり、〝国〟という存在ならば、です」

「そうですね。〝国〟は、自分の領域で起きた全ての事を記録していて、つまり現実そのものを情報として保持しています。しかし、〝国〟が相や型を持ち、精霊のような存在であると仮定したとき、そこに、〝国〟の意思が入ってきます」
　つまり、

「〝国〟という意思的存在が、記憶を美化したり、悪い印象で捉えたりすることで、本来の現実に付加情報が与えられるんです」

「……〝国〟が精霊って、トンチキじゃない？　大丈夫？」

「……精霊と言えるほど、明確な方向性は持っていないと思います。ただ、歴史や、そこで動いていた人々などによって、〝型〟が生じ、〝相〟が作られているのは確かです。
　そうなると——」

「精霊の住まう森が繁栄するように、〝国〟としての〝型〟をもった国家は、キャラが決まって繁栄する、ということですわね。
　そして〝国〟の記憶の中では、現実に対していろいろと〝記憶〟から意味が与えられ、本来の現実よりも情報量が上がる、そういうことですわね？」

「そうです。——でも、かつて末世がある程度進んでいく際、世界は微妙に、私達には気付かれないレベルで希薄化していました」

ああ、とナルゼが頷いた。

「私達には解らなくても、流体存在として規模の大きい〝国〟は、大きく削られてしまっていた、ということね？」

「恐らく、削られたのは何らかの〝関係〟だと思います。そして密度が薄くなってしまった英国は、損失したものを思い出して補完出来ません。何故なら希薄化してしまったからです」

「——じゃあ、私達のすることは？」

狼の問いかけに、己は手を挙げた。

つまりはこういうことなのだ。

「——英国が、思い出したくても出来ない過去の記憶を、ナイちゃん達が再現してやれって、そういうことだよね？」

そうです、と浅間は頷いた。

「今、英国は、希薄化に恐怖を感じて、自分の中心の情報密度を上げているんだと思います。だから外縁の情報が薄い。でもまあ、外縁の情報はある程度薄いのが当然だと思います。ただ——」

「ただ、現状では、外界と上手くリンク出来ないくらいに薄くなっている、ということか」

「はい。……この状態が続くと、入口の無い〝花園〟のようになって、世界から英国の〝関係〟が消えます。恐らく、英国側はこれを予見して、私達を呼んだのだと思います」

だとすれば、解決は〝補正〟だ。

「補正し、情報量を戻す。すると英国は情報量を外にも開放し、外縁の方も情報量が上がっていきます。そうすれば私達は、〝落ちる〟ことなく外へ出られるでしょう」

「何だかまあ……、お手数お掛けします」
　メアリの言葉はちょっと場違いな気もするが、彼女自身が一時期は英国と重なる予定だったのだ。思うところはあるだろう。

「もしも点蔵様に救われなかった場合、英国と一体となった私は、今この状況のここに姿を見せてアドバイスしていたかもしれませんね」

「そうならずに幸いで御座った」
　断言する点蔵は、あの当時より強くなったと思う。
　皆もそうだ。自分も、環境ごと変わったし、ホライゾンも、

「如何しました浅間様、今、両腕が山菜採りに行っていますが」
　うん……、凄く逞《たくま》しくなったと、……そう思いますね……。
　しかし英国は、多分、まだ、子供なのだ。

「……運命の、まだ新大陸の教導院で人々と出会ったばかりの頃を、思い出しますわね。英国も恐らく、外界や、いろいろなものに怯《おび》えているのだろう、と」

「何てーか、アレだな？」

「何です？　トーリ様」

「英国の連中を助けに来たつもりが、英国自体を失わせないように助けてやらねえといけねえとか、俺達らしいな、って思った」
　その通りだと、自分も思う。
　皆、同じ事を考えたのだろう。ちょっと笑いが漏れる。そして、闇が手を挙げた。

「何となく方針が見えたところですが、興味本位で聞かせて下さい。
　――強引に出る方法は、無いのでしょうか？」

『あるといえばありますね！』
豊としては、やはりそのあたりは考察したものだ。

『出る方法は無いです。しかし、有ると言えば有ります』
それは、

『前提を破壊します』

『……？　どういうことに御座ります？』
ええ、と自分は前置きして、言葉を作った。

『私達は今、情報体となっていますが、皆で武蔵に戻って、――武蔵ごと、情報体であることをやめて、解除するんです』
前提崩しだ。

情報世界にいるのだから、情報体でなくなれば、弾《はじ》かれる。
しかし、

『理に適《かな》っているようだが、それを行うとどうなる？　強引を行うことによる弊害はあるんだろう？』

『はい。――この英国の記録が壊れます』
これはもう、仕方のないことだ。

『何しろ、武蔵と私達も今、英国の情報世界の中にいると言うことは、英国の一部になってる訳です。それが、いきなり情報じゃなく実体になるので、英国の情報世界には穴が開き、そこから流体漏出が始まりますね』

『ええと、豊？　その場合、英国は最悪の状況として、どうなります？』
わあい、母さんの質問です！
ここは頑張ってるアピールとして、努めて明るく！　なので明るい口調で、

『はい！　最悪の場合、情報世界の内部圧が変わり、英国が破裂しますね！』

●

「何かスゲー楽しそうだよアサマホ……」

「イラっとするのを通り過ぎて、逆に何だか〝有りでしょうか〟という気分になってきました……」

「結局駄目なんですよう？」

●

「……何て物騒な記録だ……」

「いやまあ、そういうものなので、今のところだと、記録の密度を上げるというか、〝補正〟をするのが一番じゃないかと思いますね」

　だとすると、と正純は吐息した。

「やはり私は、交渉したり、各地を見に出て、どのような〝補正〟が必要なのか、まず気付かないと駄目だな。
　――次の相対まで一週間。そこまで皆、色々調査や準備を頼む」

　言って、自分のことを思う。

「まず私は、――明日、スリーサーズと話し、山渓の一部を借り受けられないか、軽い交渉だな」

　時間は有限だ。そのことを思い、しかし自分は気付いた。

「――自ら交渉を望む、か」

　以前、英国に来たときでは、考えられない発想だな、と。

●

　鈴は一息を吐いた。
　恐らく、英国での、長い一日が終わろうとしているのだ。だが、

「こっちはこれから本番、だね」

「Ｊｕｄ．、予定通り、検知用の輸送艦を出します。鈴様の知覚系と連動させますが、航路は西回り、東回り、どちらが良いですか？
　――以上」

「ん。――逆時計回り？」

「Ｊｕｄ．、了解いたしました。――急ぎですが、可能な限り対応しますので、鈴様は知覚系に集中して下さい。――以上」

「ん。仕事、出来たもんね」

　やるべきことがある。今、自分にだけ出来ること。それは、

「英国の地形図と、居住地区の概要的な模造。――明日の朝までにある程度仕上げる……、よ！」

第二十九章

『試験場所の判断者達』

一つ確かめるには
二つ確かめる必要がある
そうすると嘘が無い
判定（二枚舌）

●

メイデイの翌日。早朝に、スリーサーズは一通の封書を受け取った。

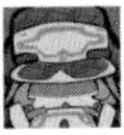
「スリーサーズ様！　昨日の連中の使者が封書を！」

「使者？」

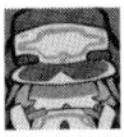
「Ｔｅｓ．！　何だかえらい動きの速い女戦士……、ですかね？　そいつが！」

●

こんなことがあったのだ。

朝、サード派拠点の周囲や中では、警備の入れ替えが行われる。

メイデイの翌朝、未明の時間は大騒ぎだ。何しろ参加した代表者達が地元に戻るために退出する。彼らは荷車や馬車を使用するため、入口の広場は待機場となった。そして結果として、広場は轍《わだち》の行き来が残り、入口側ではコーナーの内側が多量の車輪と足の行き来で崩れていく。

そういった破損箇所を修復し、一息をついていると、それが来た。

昨日、湖の精霊の一団にいた女だ。恐らくは戦士系。その姿が、

「――――」

走りながら、しかし拠点の入口の前を通り過ぎた。

何か間違いか、と思いつつ、警備の者が慌てて声を掛けた。

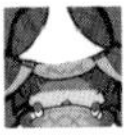
「おい！　何か用があるんじゃないのか!?」

「――!?　こいつは失敬！」

彼女が、えらい勢いでターンして戻ってきた。

「失敬！　ちょっとうちの正純から封書を預かってきたので御座るが、早朝のジョギングを兼ねていたところ、周囲の風景に目を奪われてしまったで御座る！　しかしギュイっと戻って

きたので帳消し！　そういうことでこれをスリーサーズ様に渡して下され！」
　受け取ったときには既に走り出されていた。
こちらは何の確認も出来ず、

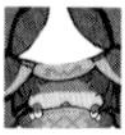
「おい！　おいイイイ――――！」

●

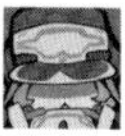
「――とまあ、そんなことがありまして」
　と受け取った封書は、検知したところで何の術式も掛かっていない。ただやたら上質な羊皮紙が使われていて、

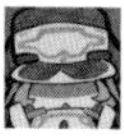
「ええと、私、ここにいて大丈夫でしょうか」

「あ、はい。読んだら指示を出すと思いますので、少々時間を下さいな」
　Ｔｅｓ．、という応答に甘える感覚を得つつ、文面を見る。

……ブリテン語ですね。
神代の時代から伝わる〝英語〟だ。
　自分達が使っているものと差は無いように感じる。やや硬いと思うのは、向こうが気を遣っているからかもしれず、そこを深く考えても意味はないと考える。
　正直、ここで彼らの代表的言語が解ると、そう思ったのだ。何しろ、

「昨日、彼らの喋っている言葉を、聞きましたか？」

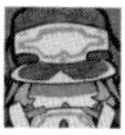
「Ｔｅｓ．、翻訳加護を外して聞きましたが、雑多です。知らない言語も幾つかありましたし、ブリテンのライブラリでは照合出来ないものも幾つか」
　言った戦士団が、問うてきた。

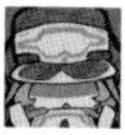
「スリーサーズ様は、彼らが現世神州からの来訪者だと思っていますか？」

「……言語関係の確認をとると、皆、それぞれ違うことを言うので、少し自信が揺らぎますね。

私は対面で言葉を交わし合う以上、翻訳加護を外すことが出来なかったのですが、皆は本当にまちまちで」

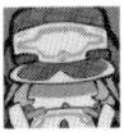

「有翼系は恐らく東フランクの方の方言だったと思います。レースの始めに出ていた商人達は、ローマ方面のラテンが強い言葉でしたね。そして私達を破った二人の内、城塞騎士の方は、私達と同じ言葉でした。彼女の、……姉？ 彼女も同じでしたね」

●

「おはよう御座います！ あ、キャンプの方、食事はメアリさんと清正《きよまさ》さんが担当しているんですね」

「Ｊｕｄ．、御母様には習うことが多くて、特に英国関係となると、今はいろいろな意味で本場ですから、いい機会だと」

「――そういえば昨日、サード派の人達が私とジェイミーの事を〝姉妹〟と言ってたのを聞きましたけど、訂正すべきですよね？」

「向こうの男連中が多数ショック死するから、やめた方がいいと思うわ」

●

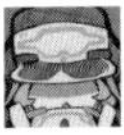

「いやあ、うちの男連中、〝あの美人姉妹、言葉が素で通じるのか！〟って言ってましたけど、夢見過ぎですよねえ」

「ふふ、そもそも〝湖の精霊〟ですからね」

と、スリーサーズは文面を読み切った。

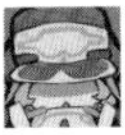

「内容、聞いても大丈夫でしょうか」

「ええ、指示も出します。――内容としては、出来れば今日、私と会談して、このブリテンで活動するための場所を借り受けたい、とのことですね」

あー、と戦士団が声を作った。

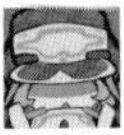

「領土が欲しい、という訳ではないですよね？」

「丁度こちら、ロット王に次の週末の確認を文書で出すところです。――今、彼らがいる位置、あの周辺を彼らに開放し、中立の不可侵地域と出来るかどうか、セカンド派も含めて確認しましょう」

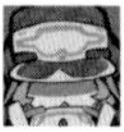

「……いいんですか？　あのあたり、実際はセカンド派の管理地で、あの地域には、例のアレが――」

「いいのですよ」

　自分は、鼻の前に人差し指を立てて言う。

「彼らが私達の麾下ではないこと、そして強力な陣営であることは、昨日、ランスロウを通じてファースト派にも伝わったでしょう。
　彼らが私達の土地にいれば、ファースト派は私達の強化と反抗を疑います。
　しかし彼らをファースト派の土地に送る訳にもいきません」

　ならばどうするか。

「緩衝地帯かつ中立地帯として存在するセカンド派の土地。あの湖周辺は、既にそういう場所になっていますが、彼らをそこに預けることで、お互いは手放しでいられるでしょう。
　そしてセカンド派も、実質の強化……、したような形に見える筈ですね。全体のパワーバランスとしては、こちらに利となり、ファースト派に対しては壁となってくれます」

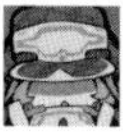

「Ｔｅｓ．、では、会談は、いつとしますか？」

「Ｔｅｓ．、午後入り際でいいでしょう。各地に戻ろうとしている代表達にも、後で通神を送らねばなりませんね。――ええ、マーリンの言う通りに、と」

　しかし、と己は言葉を作った。

「今、彼らは？　監視は送っているのですよね？」

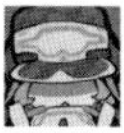

「え？　あ、はい。さっき来た情報だと、――何だかキャンプ地とは別で、何も無い湖上から叫び声が聞こえているとか……」

「叫び声？」
一体、何をしているのだろうか。

●

いつの間にか輸送艦の艦長みたいな役を与えられていた直政《なおまさ》は、微妙に気を遣っていた。

……輸送艦をどうするか、さね。

艦の故障としては、とりあえず後部の加速系だ。これに物理的負荷が掛かって自動パージし掛かり、不具合となった。

この修理は、固定化と再調整が必要な一方で、浮上だけならば既に出来ている。

なので湖上においては基本的に浮上してからステルス。必要に応じてギリギリ着水だ。

常に着水していると、英国側、各派の諜報《ちょうほう》が艦まで辿《たど》り着《つ》いてしまう。実際、水中に幾つかの影を確認出来もして、浮上は必須という判断になったのだ。だが、

「……ハイディらの輸送艦を空中接舷となると、押されないようにしっかりとしたアンカーが欲しくなるさね」
別の輸送艦だ。
こちらのものより小さいが、○べ屋の輸送艦が、ステルス障壁を接続して浮いている。
何をしているかと言えば、ハイディ達はこれから一度武蔵に戻るため、物資の運び込みと、今後何を持ってくるかの相談なのだが、

「マジか――――!?」
漏れてきた声が湖面に反響する。

「798年って、そんな厳しい時代なの!?」

●

念頭に置いているのは、週末となったロット王との相対だ。

ハイディとしては、恐らくルールは今回のレースとあまり変わらないだろうと、そう考えて

いる。

　つまりは在庫勝負だ。

　だからまず、この輸送艦にある物資は、皆の輸送艦の方へと移す。時代にそぐわないものは使えない一方で、今から武蔵に戻しても帳簿の付け替えや消費期限の問題があるからだ。

　そして武蔵に戻ったら、この時代に合ったものを今度こそ積み込んでくる。

　そのつもりで、では竜害のあった７９８年に合ったものとは何かをヒアリングしていたのだが、

「いやあ、当初は〝７９８年!?　マジ!?　解ってるなら楽勝だね！〟くらいの気持ちでいたんだけどねえ」

「……言っておくけど、この時代に無いものを商談に出すなよ？　便利道具とかもだけど、食品だって駄目だからな？」

「いやあ、ホント、それそれ……」

　ええと、と手伝いに来ている左近《さこん》が首を傾げる。彼女は、やや広い格納スペースで、しかし天井すれすれの高さに首を傾げ、

「でも、何が駄目でしたっけかよう？　ジャガイモは伝来してないから駄目とか、そういうのは解るんですけど」

『俺も辞書的な検索を掛ければ解るが、元の〝何を持ってくるべきか〟が判断出来ぬからなあ……』

「というかショーグン様よりも古い時代だっけ？　ここ」

「四百年ほど昔ですね。現世神州では７９４年に平安時代に入りましたが、傍論にある源平合戦に向け、源氏の主力となる長寿族と平氏の主力となる鬼型長寿族が牽制《けんせい》を始めていくようになります」

「極東も大変で御座りますなあ……」

「今度、首謀者に話を聞きたいところであるのう」

『そのあたり、求められるなら私も応じよう。——小姫《こひめ》達は全くそういうのに興味を持たんがな……！』

「いやいや、興味の無いことの押しつけは全く無意味ですよう。たまに鬼武丸《おにたけまる》さん、昔のイキリ自慢するけど、本当かどうか確かめられないから戯言《たわごと》と同じですよう？　アレ」

『貴様……！　先人の歴史を主観だけと決めつけるとは何ごとだ……！』

「まあ、今でも充分にイキリだから現役よね……」

　なかなか手厳しい。

　だが、他も含め、これだけの人数がいると、知識の追加や修正が行える。

「ええと、新大陸由来は駄目ですよね」

「どんなんが該当する？」

「積んであるリストだと、トウモロコシとトマト、カボチャも駄目です」

「カボチャ駄目!?　ハロウィンとかでよくカボチャに穴開けて顔作ってるじゃん!?」

「だからあの形のハロウィンが新大陸で起きたものなのよ。欧州だと藁《わら》とかで人形作るのがベースにあって、ほら、メイデイでもあったでしょ？」

　ヤバイ、見てない。商売にだけ気を回していた。

「ええと、ケルトの一年は十一月スタートで、十月末はつまりハロウィンであり、一番〝縁起の悪い夜〟なのですね。だから厄払いに人形を焼いたり、畑に立てた案山子《かかし》を焼いたりと、そういうことが行われました」

「元は豊穣期待の祭で、悪い精霊とかを人形にして畑で燃やすとか、神様に焼いて貰うとか、そういうのがミキシングされた感だよね。

　たとえば人型のジンジャークッキーってあるじゃん？　あれ、こういう季節の祭の時によく出てくるけど、あれってつまりそういう人形や案山子の代わりなんだよね」

「ジンジャーブレッドマンですね？　ジンジャークッキーは十五世紀からの由来で、武蔵上でも確かに見られるものです。が、人形型のものが歴史の記録で出るのは、実は妹の治める英国、エリザベス一世の治世の下だったりします」

「……十六、七世紀って、結構そういう〝始まり〟に関係するものが多いですね」

「新大陸貿易なども落ち着いて、絶対王政下で国が安定を始めましたからね。各地で栽培や生産など始まった〝新しいもの〟が、応用されてくる時代です」

「そのおかげで今、メーワク食らってるけど。……ええと、カボチャの話、マジでアウト？」

「Ｊｕｄ．、ハロウィンで用いられるカボチャのランタンですが、元のケルト文化では単なるランタンでした。しかし、それがアイルランドやスコットランドに伝来した際、現地の妖精伝説にあるジャック・オー・ランタンと結びついたものなんですね」

「アイルランド、スコットランドでは、蕪をくりぬいてランタンにしていた、とは聞きました。そして新大陸に行った彼らは、蕪が現地に無いのでカボチャを使った、と」

「ウヒョー、結局カボチャ全滅だけど、その由来は英国か……！」

「英国で否定されたカボチャの発想の由来が、英国発のランタンネタとか、ちょっと一周してる感ありますよね」

何か変なところで繋がってくる。

●

「待った！　ハロウィンのジャック・オー・ランタンがアイルランドとスコットランド由来と言うことは、欧州ではランタン作ってない!?　まあその文化が英国から伝わってればいいけど、そうじゃない場合は藁人形や他の人形型ってことだね!?　よーし修正案を有り難う皆！」

「人にツッコまれる前に自己回収しおったな？」

「ああ、そうとも！　僕もダメージ回避の学習をすると、そういうことだ！」

「ヘイヘイネシンバラビビってるぅ!!」

「やめるんだ！　後追いダメージが計上される……！」

●

えーと、とハイディは額に手を当てた。

「カボチャ結構ショックだなあ。――うわあ、腐りにくいからコイツは売れるぜ……！　とか思ってたわ。他、危険球ストレートみたいなのある？」
Jud.、と誾が手を挙げた。

「私、三征西班牙《トレス・エスパニア》でそちら関係を少し見ていた経験があります」

「ウワア、その前振り、ゾクゾクしてきたよ！」
Jud.、ともう一度言った誾が、構わず言葉を作った。

「――唐辛子、サツマイモ、ズッキーニ、ピーマン、インゲン豆、落花生、あとチョコレートもですが……」
一息。

「イチゴもブルーベリーも新大陸原産です。スイーツ系など考えるときは気をつけて下さい」

「マジか――！」

「えっ？　ちょっ、ちょっ、あのっ、唐辛子って、唐の辛子で唐辛子じゃないの？」

『……外からツッコみますが、唐辛子は文献によれば葡萄牙《ポルトガル》から極東に伝来したものですね』

「オイイイイ！　唐カンケーないじゃーん!!」

「あれですね。本土に有る、遺跡利用の江戸ネズミーランドが、実は里見の領土にあるような、そんな感じで」

「メジャー食材の名前が騙《だま》してくるとか、ちょっと凄くない？　どういうこと？　唐辛子」

「――あの、唐辛子の名前の由来ですか？」

「Ｊｕｄ．、唐辛子。由来、知ってる？」

「Ｊｕｄ．、――ええと、すみませんが、私の襲名先が微妙に関わってます」

「あー？　キヨキヨ？　あったような無かったような……」

「無ぃあるヨ？」

「どっちかしら……」

「いえまあ〝有る〟んですが。ええと、朝鮮出兵の際です。当時はまだ食用ではなく薬用として考えられていた唐辛子を、目つぶしや防寒薬として朝鮮に持ち込んだのが加藤《かとう》・清正と、そういうことになっているのですね」

「……マジかい……」

「Ｊｕｄ．、それでまあ、この頃、唐辛子は西日本にしか渡っておらず、朝鮮出兵後に東日本にも伝わったため、東日本で〝これは出兵によって大陸から渡ってきたのだろう〟と勘違いされて〝唐辛子〟となったと、そんな謂《い》われが有ります」

「…………」

「唐関係ないとか愚痴ってたら解説されたというか、何か身近なところに歴史があるよ……」

「いやいやいやいや、フツーは無いから。無いから」

「でも、イチゴくらいは欧州ってことにしとかない？　ズッキーニも、名前的に伊太利亜《イタリア》方面の原産だと思ってたよ……」

『アー……、ズッキーニも、実はカボチャの仲間なのでしょうがないですね……。あと、ズッキーニという名前は伊太利亜発祥で、伊太利亜ではズッキーナと呼びます』

「おおおおお！　ここでもカボチャか！　呪いか!?」

そこで終わらなかった。

浅間が、ちょっと恐る恐ると、手を挙げる。

「新大陸じゃないんですけど、コレ、言っておきます」

「ハイハイハイ！　何一体!?　何でもいいよ！」

えーと、と彼女が前置きした。

「大豆はこの時代、欧州に無いので、大豆および大豆由来の食品が無いです」

「マジ？　……豆乳とか、いらんかね？」

「欧州では豆をよく食べますが、大豆は確かに〝無い〟ことになっていますね。これは……、どういうことなのです？」

はい、と浅間は応じた。

「欧州には、大豆が育つために必用な菌が土中におらず、花は咲いても実が出来ないんです。だから持ち込まれても栽培出来ないんですね」

「ゲエエエ！　僕、中世舞台の小説で、馬の飼料として大豆食わせちゃったよ！　〝これで明日はよく走るな〟まで言わせたけど、どうしてくれるんだい!?」

「何か逆ギレ始まったよ？」

「いやまあ、納豆とか豆腐とか、そういうのが欧州には無い訳ですね……」

「…………」

「…………」

「…………」

「……この時代、英国には何があるのかな一体……」
まあまあ、とメアリが手を挙げる。

「一応ラズベリーはありますから安心して下さい。
でも栽培が父や妹の時代に英国で始まるまでは、自生が主ですね」

「河川には無茶苦茶大きなウナギがいて、これも名物料理になりますね」

「ほ、ほほう、大ウナギ！　蒲焼《かばや》きとか作って英国人にカルチャーショックとかどうで御座るかなハイディ殿！」

「フォローになってない！　なってないよ！　というか……、焼け石に水だよね……」

●

ハイディが疲弊を重ねる間に、ネイメアは格納庫の中を見てチェックを手伝っていた。母が父の護衛で来られないための代理だが、ちょっとした知識は自分にも有る。

「安芸《あき》で合宿しているとき、いろいろと本場のマナーと歴史も習いましたの。
そのときの憶えによれば、——食事の風習も結構違いますのよね？」

「ハイ！　ハイ聞こう！　一気に行っちゃって！」
凄い勢いですの、と思うが、とりあえず大丈夫そうなので言ってみる。

「昨日、大御母様がちょっと話をしましたけど、この時代、ナイフとスプーンはありましたけど、フォークがありませんの」

「アー……、聞いた憶えあるある……」
Ｊｕｄ．、と己は頷いた。

「フォークは、たとえば暗殺に使われそうだとか、自傷したらどうだとか、悪魔が持つトライデントに似てるとか、また、食事で道具を使うのは小賢《こざか》しいというような、そんな風習？　が、あって、ローマ時代以降使われず、十世紀頃まで断絶してますの」

それだけではない。

「食器で言うと、この時代の欧州では皿の代わりにトレンチャーという皿状に硬く焼いたパンを使用してましたの。だから、皿を持ち込んでも、品として通じませんの」

「あ――、中世あるある話だわ……。
というか、そんな皿パン、大量生産出来る設備は今無いってーの……」

●

うーん、と、ハイディは、チェックで真っ赤になった自分の表示枠を見た。

「気楽なチェックの筈が大爆撃だよ！」

「どうだ！　毎度派手に燃え上がる僕の気持ちが解ったか！」

「私のは時代の違いをそもそも知らなかったせいだけど、ネシンバラ君のは単なる不注意だから一緒じゃないと思うなあ」

「くそおおお！　味方がいない！」

まあいい、と正純がこちらを見て手を挙げた。

「かなり難しい案件だが、頼む。
この時代に無いものを持ち込んで売るのは、この時代を否定することにもなるからな。
週末まで時間はある。有効に使ってくれ」

「うわあ、何か親身になってくれる正純は逆に怪しく感じるよ……」

「お前らの前科のせいだろうが……！」

でも、と彼女が吐息した。

「――厳密に言ったら、私達が介入することも、この時代の否定だとは思うがな」

「そこらはいいんじゃない？　正純が依頼されたのは英国の記録の〝補正〟。それを有利に進めるためなら、やるべきことを否定しない方がいいと思うよ」

「私達は必要悪か」

その言葉に、己は首を左右に振った。

「商人なんてそんなもんだし」

ホント、そんなもんだという自覚はある。

だって、

「人を豊かにしてるようでさ、でも実際は、豊かさに馴《な》らして、延々と回るしかない経済活動にハメてる訳でさ。

だからTsirhcや他教譜でも言うの。

中庸。つまりは〝ほどほどにな〟って」

「ほどほどか」

「そ。――売るのも買うのもほどほどに。まあそんなこと言ってたら負ける時あるからやっちゃうけどね」

でも、

「この世界の〝補正〟なら、この世界の枠でやるのが確かだと思う。

でももし壊れるときは、それこそ武蔵としての私達の出番だね」

「うーん、聖譜越境隊ごっこをここですることにならないで欲しいんだが……」

「はあ!? 聖譜越境隊！ いいじゃないか！ 心躍って踊り出すよね!?」

「お前、ホントに気楽でいいなあ……！」

「メデタシ！ メデタシ!!」

「めでたくないからな!? そこ押さえておこうな!?」

●

「――で、本日最初の仕事が、食糧供給が危険状態となったときのレパートリー試作品とは、また変わった趣向やな」

皮肉を言ったつもりは無かったが、生徒会居室に香ばしい匂いが漂っていると違和感がある。よく考えたら連中よくここでメシ食ってた。しかしまあ、

「別便で昨夜の内にこちらに来て、試作してました。ちょっと試してみて下さい」

「ほう、なかなか面白そうですねー」

と、竹中が座卓の上にサーブされた品を、正座しつつ確認する。

「丸パンにフリッターにサラダに揚げ豆腐？ビーフシチューもですか」

「思ったよりもいろいろ出てきたな……。これを食ってみろと、そういうことか？」

まあそういうことだろう。

……どうやろなあ。

まあ、変なものは出てこないだろう、というのが自分の予感だ。

それで〝意外に美味《うま》い〟があれば採用だ。だが、

「これ、種類が多くても、これで一週間、二週間、となるとキツイで？　そういうこと、解っとるやろな？」

「ええ、そういうことも理解の上のレパートリーです。まあちょっと試してみて下さい」

●

竹中が最初に口をつけたのは、解りやすく丸パンだった。

白い。つまりは米粉を使用しているということだ。だから、香ばしい一方で甘い。

食感も、表面がパリっとして硬い一方、内側は密度有る柔らかさだ。

しかし、何と言っても、匂いだろう。

懐かしい。そんな、まるで炊飯の鍋の蓋を開けたときのような匂いが下から湧く。

「コレ、焼いた直後だと醤油《しょうゆ》とか合いますよねー……」

「Ｊｕｄ．、形と食感からパンなんですけど、感想としてはビミョーに米感ありますよね。小生としても、これはちょっと、今後追究してみたい食材です」

あ、と御広敷が言った。横から小鉢を出して

来て、

「昨日、白樺の葉を食べられるという話をしましたが、それ以外の木々でも葉などが食べられるものがあります。これはつまみやすいようにカットした若い桑の葉と、タラの芽を即席の醤油煮にしてみました」

　どうれ、と箸で摘まんでみる。口にする。タラの芽など、青臭いかと思えば、

……味醂《みりん》と醤油ですね!?

「砂糖は貴重ですからね。極東では弱い酒として飲まれる味醂を、料理酒として使っています。桑の葉は粘りがあって、食感に歯ごたえあって面白いですよね」

　言うまでもない。米パンと合わせる仕様だ。食う。味醂醤油の葉ものと、米粉のパン。この感覚としては、

「あー、何か、ものは違うんですが、焼《や》き蕎麦《そば》パンを食べてるような〝合う〟というか何と言うか……」

「ええ、今回は野菜云々あったので葉ものにしましたが、ここに豚肉など入れると完全に合います」

　凄く納得する。向こうで里見総長が何も言わずに箸と口を動かしているのは、こちらの感想の証明のようなものだ。

……でもこれで満足していたら、駄目ですねー……。

　じゃあ、と次に手をつけたのは、サラダだ。これも、昨夜の話し合いの中で出てきたものだ。

「――白樺の葉だけかと思ったら、違うか」

「合わせとして、この時期ちょっと苦みの出てきてるタンポポの葉を一枚アクセントにして、ラディッシュ、……つまり二十日大根を匂い消しと辛味出しに入れてます。その上でチーズとハムを重ねていますね」

「脂と重ねるのはズルいですねえ。刺激系の味が丸くなりますから」

「タンポポの葉を抜くと、カジュアル感出ますよね」

「二十日大根が私には合わないなあ」

　では、と御広敷が、似た作りの別のものを出して来た。

　見ると、餅のような何かだ。醤油を絡めたような艶があり、白樺の葉を皿代わりにしている。これは何かと思っていると、御広敷が手で包むようなジェスチャーを見せる。だからまあ、そのようにして包み、一息で口にすると、

「……！」

●

　義康は思った。肉か、と。だが違う。

「二十日大根を炒めたのか！」

「二十日大根は、味としては大根と蕪の中間のようなものです。硬度は結構あるので、バター醤油で炒めてみましたが水は抜けず、柔らかくなりますね」

「成程なあ……。と、感心した上で次に行くが、では、この皿にあるフリッターは……？」

「あ、これは単純にフリッターです。下の海で獲《と》れた魚を使う、という感じで、――どうぞ」

　言われ、食った。

●

　義康の口から、硬質な音が響いたのを、大久保は聞いた。

「……っ！」

　食ったのはフリッターだ。極東で言うと、天《てん》麩羅《ぷら》に近い。だが今の音は、

「衣に、米の粗い粒を入れおったな!?」

「更にちょっと、低温で長時間揚げて、水分をトバしていますね。小麦粉の衣は少なめですが、逆にかなり硬くなった筈です」

これは何なのか。

「主食代わりの一品やな？」

「Ｊｕｄ．、硬く揚がった米粒のアクセント付きの衣は、〝噛む〟ということを強く意識させます。そして染み出す油の味も、ちょっと暴力的でいいでしょう。

更には中には大西洋から来た白身魚。ここでは一口サイズを提供していますが、本番では少なくとも魚の四半身で、極東人なら一個で充分、という大きさで出します。包みは手持ちの紙包みで、食べ終わったらその包みで手と口を拭ってダストシュート！　そんな感じですね」

「つまり外で働く連中にとって、これは移動しながらでも食える代物、ということか」

そういうことだ。

そして己は何となく気付いた。ここで出ている試作料理の方向性について、だ。

……よくまあ、いろいろ仕込むもんやな。

その思いを確かめるために、残り二品、まず揚げ豆腐らしきものに箸をつける。すると、同じようにしていた里見総長が、声を上げた。

「――豆腐かと思えば、練り物か！」

おお、と竹中は内心で声を生んだ。

「練り物を揚げましたか」

「Ｊｕｄ．、練り物を揚げるのは薩摩で後年発明されるものです。歴史再現違反にならないように、軽く粉をつけ〝これは練り物の天麩羅です〟と言い訳出来るようにはしています」

「悪知恵働かせとるが、軽く衣がついてる分、淡泊な練り物に油の味がついて香ばしいわな。しかし――」

と大久保が言う理由は解る。

蒲鉾《かまぼこ》、竹輪《ちくわ》、そういったものの中に刻んだ野菜が仕込まれている。野菜を仕込むのは里見総長も出していたアイデアだ。だから有りだろう。
しかし、

「モヤシですね」

「大丈夫なんか？」

「え？　何がです？」

Ｊｕｄ．、と大久保が首を下に振った。

「モヤシは大豆の芽やろ。ここ、英国は欧州ゆえ、先ほど輸送艦側の話にあった通り、大豆は収穫出来へんのや。供給はどうすんねん」

彼女の疑問に、自分は一つの表情を見た。それは満足といった笑みだ。

「それならば大丈夫です。何故なら、モヤシは別に、大豆限定ではないからです」

御広敷が昨夜、別便で急ぎ戻ってきたのには理由がある。

「欧州では大豆は育ちませんが、他に、レンズ豆を中心として、多彩な豆が生産されています。そしてそれらは、武蔵にもある程度ストックがあります。
だから昨夜こちらに戻った際、武蔵側に頼み、それらのストックからモヤシの栽培所に持ち込み、加圧栽培をしてみました」

「それが、これだと？」

「皆さんの品に入れているのは、欧州ではメジャーなレンズ豆のモヤシです。西班牙《スペイン》方面では特にメジャーで、鍋料理の主役ともなりますね」

さて、と自分は言った。

「モヤシは、豆を種としているので、栄養素も豊富で、水栽培で再生産が利きます。発芽でとりあえず食べるには一日強、長く伸ばして貝割れ大根のように食べるならば一週間。
加圧栽培をするなら四日ほどで再収穫が出来る事となりますが――」

御広敷は、後ろに持ち込んでいたあるものを出した。

　窓際、または軒下などに飾るプランターだ。陶器製のそれには、しかし土ではなく、下に布が湿った状態で敷いてあり、

「この四十センチほどのプランターから、一日強で百グラムを超えるモヤシが生産出来ます。無論、限界はありますが、一週間のうち、三日から四日ほどは、自家生産で野菜を収穫出来る、ということになります」
　これは、現在の武蔵に対し、一つの意味を作る。

「生産区画に頼らず、耕地面積を拡大出来ると、そういうことですね」

「――誰のアイデアや」
　うわキッツ、と思ったが、当然の疑念だろう。

「昨日、サード派の拠点から鍋ごと貰ったスープが、多種の豆を煮込んだものでした。それをまあ、葵君が見まして〝これでモヤシ作ったら嵩《かさ》が増えまくらねえ？〟と、そんな事を言い出しまして、――あとは、立花夫妻が、三征西班牙で進められている鉢やプランター利用の家庭菜園、そのアイデアを教えてくれました」
　言う。

「これが武蔵内生産の本命です。豆類ならばほぼ何でも良し、そして現地でも交易や自生からも確保出来、生産区画や個人宅でも量産可能。二週間程度ならば息継ぎの品として使うことが出来ます」

●

　義康は、ふと考えた。これは思った以上に、本格的に事が進んでいるな、と。
　もう少し、軽いものだと思っていた。だが、

「まあ、毎日一食モヤシというのも、飽きるものであろうが、その息継ぎに、こういう、他の料理を出すと、そういうことか」

「Ｊｕｄ．、交易を行うには最低限十九日。武蔵の備蓄が二週間あり、そこから自給率23パー

セントをやりくりする穴埋めとして、これらで二週間ほどを押さえることが出来れば、途中で交易が始まり、安定するのではないかと、そんな風に思うんですね」

「楽観しすぎや……」

と言う彼女の口調も、強いものではない。

ただ、自分としては色々考える。これは有りなのかどうなのか。

今、食事出来ているが、これらだけになったら、二週間、保つのだろうか。

「……無理ではないか？」

●

自分を基準とするならば、これで大丈夫だと、義康は思う。現場では長期にわたって戦闘糧食だった事もあるし、もっと酷《ひど》いメシが連続したこともある。

何よりも、現場が大変だという身内感もあり、こういう食事をメインでやっていこうという意識を、共有出来る。

だが市民は違う。

老若男女、いろいろな人々がいて、好みや食の制限などもあるのだ。

これらだけでは、二週間といえど、不満が来るだろう。だが、

「とりあえず、全部頂いてからにしませんかねー？」

そうだった。ビーフシチュー。これはどうかと思って、スプーンで急ぎ頂く。すると、

「お……？」

●

「サッパリ濃いめ……？」

というのが竹中の感想だった。

味はどちらかというと薄い気がする。だが、

「……何だ？　この、口当たりの濃さは」
　そうだ。彼女の言う通り、煮込んだような粘度がある。味自体はスープに香辛料をちょっと強めにしたような、そんな感じだ。しかし、
「煮込んで、こうなるか……？」 
「あまり複雑なことはしていませんよ？」 
　どういうことか、と思った疑問に、答えが来た。
「シチューは、小麦粉とバターを入れるのが常道ですが、今回、小麦粉の量を減らし、代わりに、これも少なめですが米粉を入れました。なお、バターも入れていません」 

●

「米粉でシチューを作ると、糊化《こか》が始まり、粘度が上がります。それもかなり強力に上がります。ビーフシチューの場合、肉の脂などが出るので、バターは不要。よって味つけ自体は薄めですが、煮込んだような粘度のシチューが出来る訳です」
　どうでしょう、と御広敷は言葉を作った。
「とろみが強いので一瞬騙されますから、ジェネリック高級シチューと葵君達と笑っていました。なお、これを発案したのはホライゾン君です」 
「……本当か？」 
「失敬な。彼女の勤める青雷亭では米粉パンを焼いていて、米粉が余ったらシチューやスープにぶちこんで嵩を増したりしていて――」 
「い、今、聞いてはならない部分を聞いてる気がしますね――」 
「まあそういうことです。大体、昨夜出たアイデアは、こんなところですね」 
　さて、と己は問うた。
「どうでしょうか。このくらいのメニューがあれば、備蓄が尽きた後も、まず二週間ほど、市

民の不満無くやっていけますかね？」


義康は、敢《あ》えて大久保に視線を向けないことにした。

彼女は、ここで決定権を持つ人間だ。竹中も彼女の補佐的な役割なので、助言はしても決定は出来ない。

だから大久保に任せる。が、自分としては、

……無理だな。

やはり、品が少ない。一品二品、という訳ではないが一食二食程度の開発で、二週間を不満無く、というのは望みが高すぎる。

無理だ。

だから己は決めた。もし、大久保が通すようならば、疑問しようと。そしてこちらの問いかけに大久保が満足な答えを寄越さなかったら、止めようと。

そう決めた。


うむ、と頷いた直後。大久保が結論した。

「――駄目やな。この貧弱なメニューでは、その場しか誤魔化せん。二週間、武蔵の住人を満足させ通すのは無理や」

答えが出た。

竹中は思う。代表委員長らしい物言いだと。

そして、

「…………」
自動人形が、満足げに頷いた。その直後。

「素晴らしい！」
彼が笑みで手を一つ叩いた。

「やった甲斐《かい》がありました！　万全だということですね!?」

break time

『いやあ……、やられたやられた……」

「……ハイディ殿以上にネシンバラ殿が再起不能で御座るよ?」

第三十章

『閉じ場所の数え屋』

この裏表の行ったり来たりに
私はついていけるだろうか
判定（ため息）

●

どういうことだ、と義康は思った。

……この料理は、有りだと思うが、足りん。

二週間、不満が無いように満足させるための料理だ。だがこの一食、二食は良くても、連続すれば飽きが来る。

補給はほぼ望めないのだから、単調な食事を、武蔵住人は行うこととなる。

変化が無いと言うことは、危険だ。後が無いことが解っている状態で変化が無ければ、そのまま終わってしまうという予感だけが発生する。

里見ではそういうとき、どのように乗り切っていたかと、そんなことを思った時だ。

「つまりコレで、行けるということですね？」

御広敷の言葉に、自分は疑問を思った。

「――何言ってるんだ貴様」

つい、思うだけでなく、口にしてしまった。

よくある。

●

言った以上は、構わないかと、義康はそう決めた。

「礼賛者の先輩」

「……あまりプライベートな呼び名を公的な場で使って欲しくないですが、まあいいでしょう」

いいのか。いや、どうでもいいと思ったからこっちも言ったまでだが、しかし、

「あまりにもバリエーションが少ない。これでは、私達は覚悟出来てるから上等と思えても、一般の市民は駄目だろう」

●

「そういや、この前に挿画を描いた小説で、やっぱり包囲網による兵糧攻めを〝なあんだ、粟《あわ》が自生してるじゃないか！　これで凌げ

る！〃ってやったのがあったわね……」

「毎日三食粟餅？」

「市民は暴動起こすよね」

「Ｊｕｄ．、そうしたら次にまた包囲網食らったときは大根から砂糖作って〃砂糖が作れるじゃないか！　これで凌げる！〃って」

「……何か、糖質だけで生きていける世界みたいね……」

「何言ってるんだ！　脳に糖分は必要だよ！　ともあれ修正案を有り難う皆！　僕は応援されている……！」

「おお、頑張れよ！」

何か悪い例を聞いた気がするが、ともあれ義康としてはこういう結論だ。

「私は、これでは駄目だと思う。保たない」

だが、と己は言葉を置いた。

「……代表委員長、先に否定を作った貴様の方で、思うところはあるか？」

「いや、私も同様や。否定の理由については〃保たん〃。それに尽きるで」

だってな、と彼女が表示枠を開いた。そこに映るのは、

「表層部にある食堂のメニューや。そこそこチェーン展開しとるんで、安くてメニューが豊富、ってのがウリやな。モーニングは五種のバリエ展開、ランチも五種のバリエ展開、メインは肉系が大体三種類のバリエ展開。和食が五種。ピザ、米、麺類が十種、サラダ三種、種族ごとの特殊メニューが七種、といったところか。結構あるわな」

しかし、と彼女が言った。

「年齢、性別、体質、種族や職業によって、選択の幅は一気に縮むで。これだけメニューが

あっても、三食二週間は無理や。——せやから、どうする？」

「……違う店に行くか、自炊だろう」

「——Ｊｕｄ．、ええ回答や」

と、大久保がこちらに口元の笑みを見せた。
そして彼女は表示枠を割って、声を作った。

「——さて、どう見る？　竹中」

●

「そうですねー……」

竹中は、自分の声に上向きの色を自覚する。
これはアレですね。お互いの役割というヤツですねー、と、そんなことを思う。そしてここは自分が結構美味《おい》しくて、しかし代表委員長もその理解をした上で話を振ってきた。
言うべき事を言っていい。つまり、

「おねーさんは、行けると思いますよ？　この案、ね」

●

「聞こう」

Ｊｕｄ．、と竹中は応じた。
まず自分がすべきは、目の前に出ている料理を改めて見直すことだ。

「基本五種。これらの料理は、まあ及第点です。代替料理としては、見映えも良いし、新しいものに触れている感覚があります。個人的には、米パンが出ているのが一番嬉しいですねー。やはり主食は大事ですって」

しかし、

「何分、こればっかりだと、二週間は保ちません。確実に不平が出ます」

「不平が出ても、二週間を過ごし切れれば勝ちと、そういう見方も出来ますが？」

「――今回のような〝記録〟への落下は、今後もきっと発生します。その際、飲み込まれるだけではなく、逆に武蔵から乗り込んでいく可能性もあると、おねーさんは思いますね」

これは、確かなことだと思う。もしもこの英国の問題を切り抜けたならば、という前提がつくが、

「……英国の記録の乱れの原因は特定出来ませんが、運命との事変で世界の地脈自体が乱れているのだと、そんな見解があります。だとしたら英国だけではなく、他国も同様と考えるべきで、武蔵は今後、同様の状況を食らうことになるでしょう。

そのとき、以前の不平を人々は憶えてるもんですよ。そうなったら大変です。他国からの依頼に向けて出発した際、武蔵住民が心の中に持つ〝以前の不平〟を相手にしなくてはいけません。

だから基本、この問題は今においても後においても、不平なしで切り抜ける。これが当然です」

「――では、何故、貴様はこの料理を認めた？」

Ｊｕｄ．、と応じて即答する。

「調理ですねー」

「今回、ここに出された品を見ていると、共通点が有ることに気付きます。

それは、――この品が大事なのではなく、この品を造る調理自体が大事だと言うことです」

たとえば、

「米粉のパンは、バターやら何やらで食べても良いし、具材を挟んでもいい。またはシチューとかスープに浸《つ》けてもいいし、焼いてそれらを載せるとかも、ありですよね」

そして、

「フリッターは魚を今回使いましたけど、これは別の具材でも全然構いません。実際、後に出

る練り物は衣をつけていましたから、ああいうものでもいいんですよ。備蓄のローテーションによっては肉類なんかもありですよねー」

他にも、

「サラダには白樺の葉と二十日大根が出ましたが、私には葉の煮付けが出ましたし、里見総長にはバター炒めも出ましたね？」
他にもある。

「練り物にモヤシを入れたものが出ましたが、これも中の野菜は他のものでも構わない。そして、メインはモヤシです。これは別に、炒めても茹《ゆ》でても、何かに絡めたりする調理が可能な野菜です」
一息。
最後にあったのは、ジェネリック高級シチューだ。だが、

「米粉で、小麦粉やバターの消費を抑え、粘度を上げる。粘度が上がれば舌に乗っている時間も上がるので、味は強く感じるようになる。
――コレ、別に、ビーフシチューじゃなくてもいいですよね？　ホワイトシチューや、麺類などの餡《あん》掛《か》けにだって応用が利きます」
全て結論すると、こうだ。

「ここに出ている料理は、それぞれの食材や調理法を利用したバリエーション。またはそのバリエーションの基礎となるものだということです」

●

「Ｊｕｄ．、そういうことです。――よく出来た料理があっても、流石に二週間三食を考えたとき、保たないと思いました。ならば、バリエーションを豊かにする食材や調理法、そしてこのシチューのように、既存の料理を食材の消費量少なく済ませる調理法を考える、ということになる訳です」
御広敷は告げた。左右に軽く手を広げ、

「食料の問題を切り抜けるには、追加の食材を見つけることもですが、調理法の多様性を発揮することが大事です。

調理の仕方によって嵩を増やすことも出来れば、これは食べられない、と思っていた人にも食べて貰うことが出来る。そうすれば無駄な食料や、不満は無くなります。

　空腹と不平を無くすことが、政治としての食糧事情の解決でしょう」

　たとえば、と己は言葉を続けた。

「パンは簡単に応用が利く主食です。手に入る野菜は、普通の野菜同様に生も焼くのも煮るのも出来ます。モヤシなどはオムレツや、そのまま炒めるだけでも結構イケますよね。そして米粉の粘度上げは、多種の応用が利くもので、これはまた、片栗粉《かたくりこ》でも同様のことが可能です」
　押す。そのようにして、言う。

「――二週間三食、決まったものを食すチャレンジも有りだと思います。その一方で、いろいろなことを試したり、自分なりに作ることも可能です。
　大事なのは変化があること。閉塞感がないこと。――応用の利く食材と調理法の提示、どんなもんでしょうか」

「――まだダメや」
　声が来た。代表委員長だ。彼女がしかし、ゆっくりと、こちらを見ずに言う。

「私は代表委員長や。全学生、全住民の代表ともいえる位置におるで。そういう意味では、このような〝危機を乗り越える〟という前提自体が有り得ん。
　意味が解るか？」

「Ｊｕｄ．、承知の上です。
〝こうすればいいんです〟なんて魔法の言葉があるなら、とっくにやってるでしょうからね」
　ではどうするか。これが〝危機を前提としている〟というならば、それだからダメなのだと言うならば、

「周知しましょう。これは危機を前提とした食材や調理法ではありません。武蔵上においては、節約や家庭のコツとして有りうるものだと〝宣伝〟しましょう」

言った先、一つの変化を見た。

大久保が、僅かにだが、一瞬、口《くち》の端《は》を緩めたのだ。

「御広敷家嫡男」

彼女が言った。

「危機を危機に見せず、本来の目的を隠し、騙すように、しかしこう言ったものを広めろと言うのか。この代表委員長に」

「ええ」

己は言った。これらをまとめているとき、それを聞いた葵やホライゾン、また、他の外道どもが、再現調理などしつつ、こう告げたのだ。

「——こういうの、いつもと違うことする変化って、面白いですよね」

「御広敷家嫡男」

もう一度、彼女が告げた。口《くち》端《は》をまた一度緩め、

「——貴様、なかなか悪いヤツやなあ」

●

『御嬢様がそのような台詞を吐かれるまでに成長しましたこと、この加納、感激をもって憶えておくこととします……！』

『いやどっちかっていうと悪いのはあの連中全体やけどな』

●

「言うてみ？　どうするんや？」

御広敷は、軽く居住まいを正した。自分は役職者ではない上に、御広敷家という企業組合の跡取りだ。これは一種の経済側からの陳情と、そういう扱いになるのだろうかと思いつつ、

「大事なのは、可能な限りの宣伝と告知、そして商品化です」

対する大久保の方からは何も言ってこない。

ここで下手なことを言えば、それは代表委員長の意見ということになるからだろう。

　自分が先ほど、彼女の否定によって〝上手く行った〟と思ったのは、コレだ。

　代表委員長は、全ての委員と学生の代表である。広義で言えば武蔵住民の代表でもある。

　そんな彼女が、即決でこちらの提案をのむ訳が無い。

　もしも飲んだならば、その後で修正が来る。

　竹中だ。

……つまり、もしも〝代表委員長が先に認めた〟場合、修正として〝補佐が否定する〟のがセオリーです。

　結果として、こちらの提案は見直されて〝無かったこと〟になる一方、先に代表委員長が認めたのは〝惜しい〟として、つまり保留扱いとなります。

　今回は違った。〝先に代表委員長が否定した〟と言うことは、〝公的に一回否定した〟という言い訳を、生徒会側が持つことになる。

　否定したが、良いところもあるので認める。

　言い換えるなら、責任はぎりぎりまでこちら持ちだ。

　大体、代表委員長は、先にこうも言ったのだ。

……この貧弱なメニュー〝では〟、その場しか誤魔化せん、……と、そう言いました。
　メニュー〝では〟駄目だ。では、他の何ならばいいのか？
　その答えは用意してある。だから言葉を作る。

「新しい料理、食材、調理法を作ったとしても、これまで長い〝普段〟の生活をしてきた人々にとっては、〝珍しいもの〟で終わりです。
　食事とは風土と文化によってなるもので、食べてきた人々には歴史や思い出などがあります。思いつきや発明で、別のものにシフト出来るものではありません。
　もしそれが出来るとしたら、強固な独裁が必要でしょう。
　しかし武蔵はそうではないと、小生は思います」

「というか武蔵の人々、好き勝手食いますからねえ」

「焼き肉頂いてる向こうで精進料理とか、ありですものねえ、武蔵だと」

「し、神道アバウトだから、食もいろいろありなんですよ……！」

　ともあれ、と御広敷は一息を入れた。その後で軽く肩をすくめ、

「——大事なのは、知らしめ、普段の中に組み込んで貰うことです。
　そのためには上から公的に〝これを使え〟ではなく、〝これもスタンダードな選択肢の一つだ〟という宣伝と告知が必要です」

「そのためには、どうすんねん？」

「食材、調理に使う調味料などを出来るだけ商品化し、今後の武蔵上での常備品として展開します。それは、今後の武蔵が他国の記録に介入する際にも役立つことでしょう」
　商品化には、また別の意味もある。

「米粉などは、パンにも使えますし、汁物の粘度調整や、揚げ物の衣にも使えます。しかし〝粉だけ〟で渡すと、料理に不慣れな人はどうしていいか解りませんし、偏った使い方をします。だからパンなどにも使える〝汎用粉〟と、調理に使う〝調理粉〟を、内容は同じとしても分けておくと、人々は使い方を考えます」

「パッケージこそが使用法を決めるという、ちょっとした逆転ですねー」

「そういうことです。〝新しいもの〟にはマニュアルが必要ですが、それをパッケージとして伝えます」

「では」
　と大久保が息を軽く吸った。

「――そのためには？」
　同じ問いかけは、深化の促しだ。
　ならばこちらも、突っ込んで言う。

「今日これから広報委員と産業委員、保健委員を動かして下さい。――週末までに商品化、宣伝と告知を開始し、翌週は表示枠のクーポン経由で無料配布などを行い、普及に努めます」

「かなり急ぎの仕事やなあ」

「ダメですか？」
　ハ、と大久保が息を吐いた。

「そっから先はこっちの仕事やと、そういう意味や。――今の案、概要頂くで。細部や、他、足りんモンはかなりあるやろ。だから準備進めつつ、各委員に投げてヒアリングや。
　上の連中の発想も無茶やけど、ここから先は平均的な集合知こそがものを言う。
　一日、余計に寄越しぃ。〝武蔵内で完結することなら回転が速い〟のはホントやで？　それで他の調理方法など出して、各飲食店、食材売り場から始めていくのがええやろな」

「それらを、二週間後からいきなり出すのではなく、スケジュールを組み、この翌週から順に出してくのがいいですね。
　それによって、二週間の備蓄を段階的に後ろに回せますから、ストレスは軽減されると思います」

「それでもまあ、足りんことは足りん。――軽く考えたらいかん問題や」
　しかし、と彼女が言った。

「この英国だけに終わらず、他国と生じることのような事件の補助になるネタなら、やらん理由はあらへんな」

「ピロシキやるじゃ――ん！」

「当ったり前だろ！　昨夜に俺らで通神帯使ったり実測したりでまとめてやったんだぜ！」
　キャンプのコテージ下、ナイトと王がイエーと指差し合うのを見て、ミトツダイラは小さく笑う。横では喜美がこちらと同じような笑みを作り、

「ククク、代表委員長も愚弟のメシには陥落ねえ」

「御広敷は、自分で店や屋台を持ってるだけあって、こういうプレゼンは強いわね」

「ビミョーに犯罪に繋がる空気を感じますが、気のせいですよね……」

「ま、まあ、捕まるときは仕方ないとして、料理関係はこちらも何か思い付いたり気づいたら、意見を出していかないと駄目ですね」
　その通りだと自分も思う。そして今、テーブルの前にあるのは、

「今回、向こうに出したものや、没料理ですのね」

「御母様、これ、何だか解りますの？」
　と、ネイメアが差し出してきたのは、スキレットだ。
　上にはベーコンを細く切って炒め和《あ》えした緑色のペースト。バターの匂いが香ばしい。

「ホウレン草のペーストと、ベーコンのバター炒めですの？」

「だと思うんですけど、何だか自信がありませんの」
　どれ、と自分も、手元の箸で一摘まみ頂く。母も同様にして、

「いつの間に御母様が生えましたの!?」

「まあ！　母は乳歯のように元気ですのよ！　生えたとか、そんな言い方！」
　何言ってるか解らん。それもいつものことだと思うが、

「……これ、ホウレン草のペーストじゃありませんわね」

何処かで食べたことがある。だが、バターとベーコンがえらく邪魔をする。というか、ホウレン草自体にあまり愛着がないので解らない気もするが、

……あ！

気づいた。これはアレだ。自分達にとってはレアな食材。

「――海苔《のり》ですわね!?」

ナルゼが手元の魔術陣をこちらに見せ、海苔を貼った。違う。そうじゃない。

●

「Ｊｕｄ．、お気づきの通り、岩海苔です。水で洗い戻し、一度オリーブオイルに浸けて絞った上で、適量に刻んで塩とバターで炒めました」

「このところ、英国の浜塩に慣れてたから違和感を得ませんでしたけど、確かにまだ磯《いそ》の匂いが芯にありますわね、コレ」

「ええと、でも、岩海苔が、何処に？」

ああ、とミトツダイラは言った。これは書記も以前に指摘していたが、

「英国の沿岸では、岩海苔が結構豊富に採れますの。以前、輸送艦が落ちたときも採取が出来て、肉食系の私もそれなりに食べてましたのよ？」

「ウェールズ地方ではよく食べられるのですけど、基本はオリーブオイル漬けなのですね。だから、朝方に様子見で点蔵様と下流の湾に出たとき、軽く採ったのを、今回は一工夫して、それっぽく仕上げてみました」

ただ、

「岩海苔も大量に採ったら、しばらくまた期間を空けねばいけませんし、緊急用にはちょっと向かないと、そういうことで今回は見送ってますね。乾物に出来るので、備蓄として貯めておくのが良さそうです」

という彼女の台詞と、自分が言った言葉を、

己は改めて考える。

「えーと、私達が今いる位置というのは……」

ええ、とメアリが応じた。

「恐らく、この湖が、皆様が英国に落下したときに輸送艦が立った湾になるのだと、そう思います」

●

メアリは、表示枠を広げた。

そこに映すのは、このイングランド南部の概要図だ。

「かつてスリーサーズ様は自分の拠点をこう言いました。レディングファーストビレッジと。

――レディングは倫敦の西、郊外ともいえる地域です。私達のいた時代にもその名前で残っていますから、逆算して、この場所を割り出してみたのですね」

「するとまあ、誤差はあるで御座ろうが、どうもここが、自分らの英国ではあの沿岸というか、湾だったようで」

言っている間に、アデーレがこちらの表示枠を覗《のぞ》き込《こ》む。

「この湖に至るまでに、谷底みたいな水路？ありましたよね……」

「Ｊｕｄ．、きっとこれから八百年の間に、下流側から崩落か浸蝕《しんしょく》で削れていって、ここがあの湾に成る、ということに御座る」

点蔵が、腕を組んで一つ頷いた。

「……よく考えたら、あの剣の墓地をメアリ殿が移設しようとしていたのも、浸蝕への対策などが原因であったので御座ったか。

あの場所がここの崩落後だとするならば、地質的に水が豊富で、剣などは腐食しやすい場所である、というのも理解出来るで御座るよ」

「確かに……、重奏統合争乱の際、英国は〝門〟を通過して現世側に来ています。

その際に、崩落したり、一部重奏化していますからね。

だからこそ、IZUMOが手を入れて安定させた訳ですが……」

「このあたり、輸送艦を吸い込むと言うか、時代が変わっても衰えない吸引力でもあるんでしょうかね」

「それもあって、確認のために下の湾に出てみたら、岩海苔やら何やら、大体同じでしたね。下まで表立った移動許可が得られたら、何が獲れるか、私が助言など出せると思います」

しかし、と己は小さく笑った。

「この湖の周辺に、八百年後に何が起きるか、解説の目印を立てておくと良いかもしれませんね」

「……何がで御座るか？」

「Ｊｕｄ．、そうしておけば、後の世で、私が点蔵様を叩く事が防げるかもしれませんから」

●

点蔵は、選択肢を考えた。

これはメアリの好感度を上げる選択肢だ。ついでに言うと周囲の嫌悪度なども多彩に上がる変わった仕様である。

今、向こうで背を向けて、魔術陣に海苔を貼りまくってるナルゼは、明らかにこちらに対して耳を澄ませている。

また、右奥で食事の手を止め、真顔をこっちに向けている清正殿ちょっと怖いで御座るよ？

なお、今回の課題は次の通り。

・――メアリに同意して未来への忠告を残し、自分が叩かれないようにすべきかどうか。

ちなみに選択肢は以下の通りだ。

１：調子よく肯定する→好感度がかなり上がる。周囲は知らん。
２：調子よく否定する→好感度が上がる。周囲は知らん。
３：猿のように否定する→何故か好感度が上がる。周囲は知らん。

メアリの場合、何してもポジティブに好感度が上がるので、だからこそ自律が必要だ。周囲は何やっても同じだと思うので知らん。
なので、少々迷ったが、選択した。

……**2**――!!

言った。

「いや、メアリ殿、ここに目印を立てておくのは、宜しくないで御座るよ」

「あら、そうですか？　点蔵様」

「Ｊｕｄ．、――それで自分を叩く過去がなくなると、思い出話でメアリ殿を赤面させるネタが一つ失われてしまうで御座るからな」

「カーッ！　ペッ！」

「いきなり予想外の処《ところ》からツッコミが来たで御座るな！」

「いや、メシ食ってるときに何をぶちこんで来るのかと。あ、点蔵様の分だけなので大丈夫です。今のはメアリ様は悪くありませんので」

「？？？」

●

「ハ――！　幸せ!!」

「僕、さっき母さんと交代しましたけど、平野さん全く交代してないですよね!?　大丈夫ですか!?」

「いやいや、大丈夫ですよ！　テンション高いですから！」

「圧縮睡眠くらい使った方がいいかと思うのですが、まあ、個人裁量ですね。――以上」

いやあ、と豊は手を左右に振る。

「これが自然ってもんですよ。――というか副会長の方、どうなってるんです？　確か午後イチでサード派拠点に入った筈ですよね？」

Ｊｕｄ．、と頷いたのは〝武蔵〟だ。彼女は幾つかの表示枠を広げ、

「先ほど、正純様から、大久保様経由でこちらに報告がありました。

――サード派拠点での交渉は、ほぼ即決で決まったと。――以上」

「マジですか!?　というか、いつ!?」

「ええ、さっき豊様が艦橋のど真ん中で奇声をあげてらっしゃる最中でした。――以上」

「ンンン！　あげすぎててどの奇声だか解らない……！　母さん達も罪作りな人達ですね！」

「Ｊｕｄ．、素で受け取るとあの方々、世界に対して超ロクでもないことしてる連中なのでネガティブな判断をしたくなりますが、まあそれはそれとします。

貸し与えられた土地は、あの湖から南北に渡る楕円《だえん》形の土地。領地的にはセカンド派陣営の場所となるようです」

一息。

「そういう意味では、あの周辺一帯、とりあえずセカンド派からの借り受けとなりますが、自由に使えるようですね。まあ、あまりハシャがず、こちらも既に輸送艦の定期手配などを進めております」

「Ｊｕｄ．、では、副会長は――」

その促しに、〝武蔵〟が頷いた。

「今頃、雑談タイムなどしているのではないでしょうか」

●

用意があったのだな、と正純は思った。

会談場所はサード派拠点。広場に正面を向けた三階建ての建物だった。

その一階。開け放たれた窓の部屋はオープンな会合場所なのだろう。入口はやはり開放で二つあり、どちらにもサード派の戦士団がついている。そしてこちらも、

「――正純、何かあったら呼ぶといいで御座るぞ」

対英装備として、ケルト騎士装備という、コートと軽装鎧《よろい》を組み合わせたような格好の二代《ふたよ》が控えている。

そんな構図で、こちらはスリーサーズと会談だ。だが、

……少々物々しいが、場の雰囲気自体は悪くないな。

昨日のレースが印象についているのか、こちらの顔を覚えている者達がちらほらいる。

開放の窓から挨拶代わりの会釈などしていると、こっちの派についたような錯覚も得るが、

「――中立ではあるが、いろいろと世話になる。困った話だ」

「お互い、というよりもこのブリテン自体が困った状態ですからね。

私としては、問題ごとになりそうなことは、率先して落着したいと考えています」

それを挨拶として、自分はこう切り出した。

「――では、問題ごとの相談と行きたい」

「Tes.、何でしょうか」

言葉を選ぶ必要はない。相手にとって、通じる意味を己は選んだ。

「あの湖に隠し置いた輸送艦の整備を行っている。その終了まで、安定した状態が欲しい。どこか、サード派の領地の中で、私達を置いておける場所はないか？」

「では、あの湖の周辺一帯をお使い下さい。セカンド派の領地が多く含まれますが問題はありませんので」

即答だった。

●

反射的に思ったのは、乗せられたのか、という疑問だった。

だが、そんなことが有るはずがない。だから、

……用意があったのだな。

昨日にメイデイが終了し、一週間後のファースト派との相対がある。

その間、こちらがどのようなことを望み、動いてくるか、昨夜の内に大体の見当をつけられていたのだ。

……だからまあ、こちらの要望も即座に受けられたと、そういうことか。

話を聞こう、という流れではなかった。こっちの言葉に即応、そんな雰囲気で、更にはそれを隠しもしない。

つまり話は通っていると言うことだ。ただ、

「あの土地は、北西にここ、北東にファースト派の大拠点である倫敦を置いています。一種の三角構図ですね。セカンド派の領地、ということも踏まえて今後はお過ごし下さい」

「つまり、緩衝地帯、または、相互監視役になれ、と？」

「いえ、それは貴女達が私達の歴史再現に関わってくる、ということを示してしまいます」

だから、

「あの場所に、中立であるが、力ある勢力がいる。——そのことを示して貰えるだけで、私達は安心出来るのですよ」

言われている意味が解らなかった。

自分達は無害であると、その意味が、それ以上に何となるのか。

「……どういうことだ？」

「ええ、それについては近い内にセカンド派から説明があることと思います。なので、私の方からは、これを」

スリーサーズが手を出してきて、一瞬、戸惑った。

……あ。

証書だ。羊皮紙で、リボンによって丸められている。

このところ、何かあると表示枠と術式だったので、リアルの証書は久し振りだ。

いかん。時代差についていけてないぞ……？

まあ慣れるしかない。こちらとしては、それを受け取り、

「内容は？」

「サード派とセカンド派の主街道の交通権です。ファースト派の方はありませんが、これは週末の相対でどうなるか、というところですね」

そうか、と己は頷き、証書を懐にしまう。

「感謝する。その上で、一つ、まあ相談をしたい」

「何でしょうか」

雰囲気が堅くなったな、と己は思った。つまり、先ほどの領地以外の問題は、向こうで想定していないのだ。

だが、フックはある。

「この証書にも関係することだ」

十万人の食糧確保。それを考えた上で、自分は提案する。

「サード派の各拠点、各都市との交易は可能だろうか」

●

スリーサーズが感じたのは、寒気だった。

思いがけない脅威が目の前にあると、そんな感覚を得たのだ。

……この人達は――。

証書によって与えた交通権。セカンド派も含めて、南回りの街道だけだが、主となる拠点と都市を行けば十は下らない。

だがそれ以上の交易場所を求めると言うことは、何を示すか。

……この人達の乗ってきた輸送艦は、かなりの大型と聞きました。

百二十メートル前後。その大きさだと乗っている人数は最大で三百人強ではないかと、そんな予測も出ている。

　三百人強ならば、与えた交通権の行き先で交易をすれば充分だ。

　だが相手が求めているものは、違う。

　念のため、聞いてみる。

「……何か、お探しですか？」

「あ、そういう訳ではない」
　ただ、と相手がこう答えた。

「メイデイのアレを見れば解るが、うちにはとにかく食う連中がいてな。そう、大食いと早食いが凄くてな。食糧が多量にいるのだ」

「ほ、ほほう！　随分と、ええと、食べられますね……！」
　嘘だと解るが、ビミョーに信憑《しんぴょう》性があって困る。

『そうだった。十万人とか、武蔵があるとか、向こうには全く伝えてないんだったよな。バレたらえらいことになるだろうし、危ないところだった……』

『全く誤魔化せてませんし、こっちは直撃ですのよ――!?』

『十万人分ですわね!?　まあ、頑張ってみませんと！』

『えっ？　えっ？　頑張っていいんですの？』

『ククク、別方面だったら千五百人分とかいるのにねえ』

『ハイッ！　ハイッ！　こっちに話題を振らない……！』

　ちょっと沈黙が漂った。なので正純は手を挙げ、

「無理かどうかだけ聞きたい」

「…………」

あ、考え込まれた。

まあそうだろうなあ、とは思う。こっちの輸送艦くらいしか把握してないのだ。人数的にも三桁くらいで考えているだろう。仮に三百人と仮定した場合、

……だとすると街道沿いの十拠点と交易出来たとして、一拠点が五千人くらいと換算して……。

計算する。

３００：５万だ。各拠点から一食分の食糧を交易出来るだけで、約55日分の補給を調達出来る。

武蔵もそのくらいの人数で動かせたらなあ、とは思うが、仕方ない。実際はその３３３倍だが、流石のスリーサーズもそこまでは想像出来ないだろう。

「……ちょっと、いいですか？」

「Ｊｕｄ．、振った分だけ答えよう」

「……四桁ですか？」

「そう来たか」

「……まさか、五桁……？」

「…………」

「まさかとは思いますが、六桁とか……」

「…………」

「…………」

「…………」

「…………」

『おお！　どうよセージュン！　向こうを困らせてやってっか!?』

『Ｊｕｄ．！　正純様！　ここは異国のよく解らん時代、恥は掻《か》き捨てです！』

『ククク、そうね貧乳政治家！　相手にメーワク掛けてヒイヒイ言わせてやるのよ！』

『うるさいよお前ら……！』

正純の視界の中、ハー、とスリーサーズが息を吐いた。

「無理でしょう……」

「まあ、こっちも無理にとは言えない」

「いや、うちも、ほら、ファースト派とはいろいろある最中ですし、他もあるところなので、備蓄はあまり出せないのですね……」

「だよなあ」

じゃあ、とこちらは証書を出し、指差す。

「ファースト派の紹介状、つけてくれないか？」

「どういうことです？」

いや、と己は言葉を投げた。

「向こうにタカってみる」

ホントに紹介状を貰えた。

break time

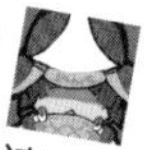

「あの、スリーサーズ様、ファースト派の方に連絡は……」

「……しなくて大丈夫ですよ？　ええ、――その方が面白いので」

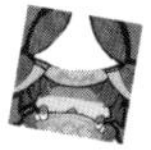

「スリーサーズ様！　スリーサーズ様‼」

GENESISシリーズ
境界線上のホライゾン NEXT BOX

第三十一章

『川向こうの合流者』

見知らないけど忘れぬ場所に
渡って行こう
忘れないけど見知らぬ場所の
帰りはいつだ
配点（観光）

呼ばれたのは嘉明《よしあき》と安治《アンジー》だった。

正純がサード派の拠点から倫敦へ行くと言うので、急ぎの護衛役が追加になったのだ。

「……八世紀末の倫敦ね」

「いやあ、どんなもんだろうね。意外と小さかったり？」

まあそうだと思うわ、と嘉明は応じた。

今、自分達は低空の空を飛んでいる。

木々の背よりも低い高度で、森の中を急いでいるのだ。

森の中は木が乱立しており、障害物としての密度が高い。そんな中を行くには、

「白嬢《ヴァイスフローレン》の一型で良かったわ。スリムだから。――白姫《ヴァイス・フュルスティン》だとウイングの構造設定を変えないと駄目だったわね」

「姫、呼べる？　キメちゃん」


自分達の装備を召還出来るのか、ということだ。

だが、これについては自分なりの結論が出ている。

「駄目ね」

己と安治の装備は、魔女《テクノヘクセン》専用企業組合である〝見下し魔山《エーデルブロッケン》〟が管理している。〝見下し魔山〟のストレージである位相空間に格納された装備を、認可を持って射出、使用するというのが自分達の契約なのだ。

しかし、

「この時代に、見下し魔山はあったのかしら。なかったのかしら」

「ママ達は、通信が送れても返ってこない、って言ってたよね？」

「Ｊｕｄ．、だから、あるのではないか、……だけど、いろいろな理由で、無いのと同然なのではないか、って言ってたわね」

幾つか、木々の並びが連なっているので軌道

を変更。

　森の中の風は薄いが、空気がやたら澄んでいる。速度をつけて抜けていくのが気持ち良いが、枝葉の障害物は本当に邪魔だ。

　ただ、そんな宙を抜けつつ、己は言う。

「見下し魔山はM.H.R.R.《神聖ローマ帝国》の企業組合。M.H.R.R.の成立以前からあってもおかしくないけど、だからといって今の条件だとね」

「Ｊｕｄ．、まず、この英国がM.H.R.R.の方まで把握してるかどうか、かな」

「把握していたとしても、通信のフォーマットなんかが違えば駄目ね」
　それに、

「この時代、位相空間など用いたシステムや、そもそも機殻箒《シャーレベーゼン》の存在ってあったのかしら。

……そういう技術面が整ってないと、役に立たない存在かもしれないわ」

　言っている間に、正面が明るくなってきた。

　森が終わるのだ。

　向こうは湿地帯があり、そこを抜けると倫敦に至る。そう聞いている。

　湿地帯には葦《あし》などが群生しているが、視界の開けた場所が多い。だから、

「とりあえず一型で飛んでいられるのはここまでね。アンジー、降りたら副会長とローカル通信で確認。それから徒歩で合流するわ」
　ただ、

「少し、楽はしたいわね」

●

　正純は、倫敦の入口で合流するのは避ける方針だった。

　ここはファースト派の土地だ。

　何かこちらの知らないルールがあるといけない。

「門の前で待ち合わせとかするにしても、格好がちょっと違い過ぎるよな」

「そうは言っても、対英装備はといえば、主に戦闘用。日常用も作って貰うべきで御座ろうな

あ」

自分達がいるのは、倫敦の門の一つからやや西に外れたところだった。

テムズ川、だろう、多分。そんな川を南において、門の視界から外れた位置にいる。

南側、サード派の拠点や輸送艦からここに来る場合は橋を渡るが、既にそれは済ませた。橋の入口と出口にファースト派のストールを身につけた老人がいて、渡河税としての小銭をとられたが、まあそういう時代だと思う。

橋の入口には、対岸もこちらも、ちょっとした屋台が出ている。橋での通行客を頼っての市街店舗だろう。夜盗など警戒して、すぐに退出出来る作りになっているのが特徴だ。

貨幣は通じた。ぶっちゃけ偽造だ。だが、造った側が言うに、

『当時まだ使われていたローマの銀貨を、骨董《こっとう》品から型とって偽造したけどさあ。コレ、当時使われてた粗悪貨幣より銀とかの純度高いからね!?　何か取引して現地の貨幣手に入れたら、こっちの偽物は分解するから!』

と、よく解らん状態になっている。

「偽物の方が本物というのはどうかなあ……」

「武蔵の百円玉とか、そういうのを転用出来ないので御座るか？」

「武蔵上の百円玉なんかは銅に錫《すず》を入れた白銅だ。あれ、銀じゃないぞ」

『何か面白そうな話してるけど、この時代、現世神州では銀貨使ってるからね？　飛鳥時代《あすかじだい》には私鋳の〝無文銀銭〟っていう銀貨が出回ってて、後に朝廷管理下の流通貨幣である和同開珎《わどうかいほう》が出るけど、これもスタート時は銀貨だったの』

『和同開珎が708年だから、今から百年近く前に極東は銀貨を使っていた訳か……。

この時代の極東に行ければ、銀貨を手に入れられるだろうが、こっちで使用って……、出来るのか？』

『無理無理。

円が国際通貨になってんのって、重奏統合争

乱後、〝世界全体〟に流布してる通貨がソレになっちゃったからだからねえ。
　銀の塊として、解釈で銀貨扱いして貰えれば良いけど、鉛の率とか違うから単純には駄目じゃないかなあ。私達の時代にあるような重量本位の銀貨なら話は別だろうけど』
　でもまあ、とオーゲザヴァラーが言った。

『――交易、サード派本拠だけでもいいからしておきたいね。貨幣の獲得とか、そういうのが出来てないと細かい移動や仕事の発注が難しいから。
　全部物々交換だと、やっぱり負担が大きいし』
　物々交換だと、交渉は別として、その配送やら管理の人足扱いはノリキあたりに回すのが一番か。

『ペルソナ君あたりも適任だよなあ』

『ペルソナ君、こっちで無茶苦茶忙しいよ、人足仕事とにかく多くなってるから』

『どういうことで御座る？』

『生産区画の拡大と変更とか、魚介の保存食化とか、もー運搬とかいろいろ。浅草《あさくさ》の表層部が早速干物の干し場になってて凄い』

『うちは輸送艦および貿易艦の筈なのですが……。――以上』
　まあそういうものだろう、と思っていたら、人影が見えた。
　対岸。低い土手の上に魔女二人が現れたのだ。

●

　来たか、と正純は思った。

「もっと掛かると思ったが、流石だな」
　やたらと長い布袋を担いでいるが、あれに機殻箒が入っているのだろう。
　彼女達に二代が手を挙げる。

「――」

向こうも気づく。

脇坂《わきさか》の方が相方の肩を叩き、こちらを思い切り指差すが、魔女に指差される系のジンクスってあったよな確か。大丈夫か。否、考えすぎか。

ともあれ二代が一回手を振り上げる。

ハンドサインだ。

示す。

橋を指差し、管理役に金を渡せと、指で円を作り、こっちに来いと、自分の胸元を指差す。

手を下ろし、もう一回やる。

確認のためだ。

橋を指差し、管理役に金を渡せと、指で円を作り、こっちに来いと、自分の胸元を指差す。

すると、

「————」
嘉明も応じた。
橋を指差し、管理役に金を渡せと、指で円を作り、こっちに来いと、自分の胸元を指差す。
こっちとあっちとか、そこらへんが逆になってないのがチョイと不安だが、復唱としては間違っていないのだろう。

「じゃあいいか。とりあえず通じたと、そう思おう」

●

「マズいわね」
嘉明の言葉に、アンジーは首を傾げた。

「どういうこと？」
Ｊｕｄ．、と嘉明が頷いた。対岸にいる副会長と副長を指差し、

「今のハンドサインよ」
言って、嘉明が一度、こっちに向かって今の動きをした。
橋を指差し、指で円を作り、自分の胸元を指差す。

「いい？」
橋を指差し、

「あの橋で」
指で円を作り、こっちを覗《のぞ》くようにして、

「狙撃兵がお前を狙っている」
自分の胸元を指差す。

「ズキュウウウウン」

「駄目じゃん！」
更に嘉明はもう一回、それをやった。

「――私とアンジーで二人分よ」

「もっと駄目じゃん！　アンジー達、既に狙われてる？」

「そうね。あの橋はマズイわ。他の方法をとらないと」

言って、嘉明が川に視線を落とす。流れの緩いテムズは、さっきの湿地帯に続いて葦など生えているが、

「まあ何とかなるでしょう」

●

正純が見たのは、徒歩だった。
二人の魔女が、橋から離れた位置で土手から降り、

「おいおいおいおいおいおいおいおいおいおいおいおいおいおい」
いきなり、川面《かわも》を歩いて渡り出したのだ。
翼を使って浮力を稼いでいるのか？　と思った。が、

「恐らく降下術式をメインで使って御座ろう。翼の内側に大気を溜めた状態で、降下術式で降下速度を更に低減。川面を歩いているように見せてるので御座る。
この川、流れが遅くて波が無いから出来る技

で御座ろう」
　手間の掛かったことを……、と思ってる間に、二人が渡り切った。
　すぐにこちらに駆けつけてきて、

「第四特務麾下、加藤・嘉明」

「第三特務麾下、脇坂・安治《あんじ》。——現着」

「Ｊｕｄ．、早かったで御座るな」

「——というか橋を渡れよ。川を歩いて渡るとか、魔女ムーブ過ぎて、下手に見つかったら難癖つけられるぞ」
　いや、と嘉明が言った。

「川？　別に私達は道を歩いて来ましたが」
　あー、と己は内心で思った。

　……そういうことにしておこう、という話か。
　川ではなかった。道だった。だから歩いてきた。そういうことだ。

「しかしどういうことだ？」

「Ｊｕｄ．、副長から、狙撃兵が狙っているというハンドサインがあったので」

「またいきなり吹っ飛んだ話だな!!」
　二代に視線を向ける。すると彼女が首を傾げた。

「拙者、流石にそのようなトンチキを告げた覚えはないので御座るが」

「だよなぁ」
　と、二代が動く。
　橋を指差し、管理役に金を渡せと、指で円を作り、こっちに来いと、自分の胸元を指差す。

「いいで御座るか？」
　橋を指差し、

「あの橋で」
指で円を作り、

「菓子パン売ってたので」
自分の胸元を指差す。

「買ってくると嬉しいで御座る」

「頼むなよ!!」

「パシリだったかー」

「――まあいいわ。でも何で私達が呼ばれたの？」
そうだなあ、と己は前置きする。
魔女達を合流相手に選んだのは、二代とクロスユナイトの進言だ。

「――何かあった場合、機殻箒の移動力があれば強引な脱出が可能で御座るからな」

「いきなり今日行く、というのは考えて御座らんかったなあ」

「あの、私が行くべきでしたでしょうか」

「メアリは、王賜剣《エクスカリバー》やら何やらありますから、逆にちゃんと用意していかないと駄目な気がしますのよ？」

「ええ。フォロー役としてはメアリと同じくこの時代に詳しい人がいるので、そこら辺を派遣するみたいですね。メアリの方は、今の状況をよく知っているので、ちょっと今後の話のチェックなどして欲しいと代表委員長達に言われてます」

「御母様と同等に、この時代の英国に詳しい方……？」

「おっと、呼んだかい!?　何か僕に用かな!?」

「…………」

「御母様と同等に、この時代の英国に詳しい方……？」

「オイイイイ！　そういう無視はありか!?」

「あるんだなそれが!!」

「どうして君達《きみたち》ホントにいつも通りなんですかね……」

●

倫敦には、西側の入口から入ることとした。
この時代の倫敦は、外から見れば石積みの市壁に囲まれた町だ。

「結構な大きさだな……」

言うと、目測で嘉明が軽く寸法を測る。

「──東西約二キロ、南北一キロ弱ね。武蔵の艦を並べて、一艦半くらいかしら」

人口一万二千人。武蔵の表層部だけと考えると、かなり混雑している気がする。
そんな倫敦を支えるために、周囲は麦の畑などが広がり、視界が開けていた。
少人数のパーティならば警戒心は薄いだろうと、そういう判断で西の門に向かう。
歩く。
市壁はあるが、近づくにつれ、かなり古びたものだと解った。

「何か、戦争を経てきたようで御座るなあ」

「実際その通りだ。ローマ支配の際、市壁を構築していったが、ローマ滅亡後、ヴァイキングなどの上陸や内乱によって破壊が進み、対岸にあった集落は放棄。
　宗教的な施設は破壊を逃れるためにカンタベリに移動しているから、倫敦はこの時代、第二の都市といった扱いになる」

「二軍オチかー」

「まあ、私も、このところで調べたようなことだから、詳しくはいえないがな」
　ただまあ、そんな倫敦がファースト派の拠点となっているのは興味深い。

「私達の時代では、権威のある町として妖精女王が治めていたが……」
　今は違う。

「三派に分かれた上で、最も大きな勢力と言われるファースト派がここを拠点としている。――だがそのファースト派も、現首都といえるカンタベリを拠点とするのは憚《はばか》られた、ということか」

「つまり三派は、それなりにバランスを考えて共働している、と？」

「そういうことになると思う。これはカンタベリも行ってみたくなるなあ」
　現地。
　倫敦を囲む市壁と、その古びて崩れもしている現場を見ると、急激に思いが働く。
　やはり現場で見て見るものだな、と今更ながらに考え、

「ともあれ倫敦、行ってみよう。――サード派の拠点と違い、内部は町で、政治も動いている。何か〝補正〟すべきものが見えるかもしれない。それに、交易などを出来るフックを見つけることが出来たら僥倖《ぎょうこう》。そんな感じだな」

●

　湖の畔のキャンプでは、午後の休憩時間となっていた。

　点蔵は、メアリとともに武蔵から送られてきた英国の概要図を確認していた。鈴が作り上げた概要図は英国の外側から内側、約五キロ圏内を確実に拾ったもので、そこから中心部に向けても高低差は獲得していた。

「思った以上に、私達の時代の英国と違うのですね……」
　模造の表示枠で行っている。表示枠を支えるＯＳでは、模造の完全な再現は出来ないのだが、とりあえず他の制御情報を止め、

通神も制限することで負荷を無くせば何とかなる。

……とはいえ、あまり派手な拡縮は出来ぬで御座るが。

今、メアリが行っているのは、模造の上に見える街道や支道の判別。そして各拠点や人口密集地の判別だ。

これは、今の英国を旧英国として、現英国のものと比較、そこでいろいろな地名やら何やらを割り当てていかねばならない。しかし、

「この時代、ウエールズ方面が実質、地下側で他と分かれていたのですね。島としての作りを、上で繋げて補正している、というところでしょうか……」

「軽量化と、負担分散化なので御座ろうか」

「――出力系の出力が、あまり足りてないのは確かだろうさ。恐らく老朽化が始まってて、面倒なことになってると思うさね」

「ウワー、大丈夫なのかな」

「まあ、大丈夫だったから今の英国があるんでしょ。心配しても仕方ないわ。こっちはちょっと手持ち無沙汰だけど、手が空いてるなら周辺調査に出る？」

「自分らはここで地図の作成で御座るが、そちらは出るとしたら――」

言うと、ナルゼが肩をすくめた。

「まあ、出場案件もないし、ちょっと森の中で探索。――正純なんかは嘉明とアンジーに任せておけば大丈夫でしょ」

「あの二人、ハイエリアワイバーン戦でも見事で御座ったが、訓練は？」

「まあ武蔵だと配送業の皆が構いまくってるからね。二人乗りの技術も憶えてると思うし、緊急時の脱出案件は安心して大丈夫だと思うよん。

――あ、でも、一型だと製品版は出力が安定してていいけど、二ケツだとチョイと遅いかな？」

「この時代の欧州は、飛翔船とか、速度の甘いのしか無いみたいだから大丈夫よ」
ただまあ、とナルゼが言った。手描きで作った湖周辺の散策図を魔術陣に出しながら、

「……ファースト派の拠点で、一体、何か〝補正〟のアイデアが見つかるかしらね」

●

門番には、既に話が回っていた。

門は切り出した石を積んだ市壁の間。左右から奥に閉じる扉の高さは五メートルほどもある。櫓《やぐら》は門側、上にあり、その手前に管理小屋だ。

槍《やり》持ちの戦士団にサード派からの紹介状を渡す。と、まず言われたのは、
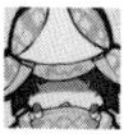
「――表示枠は？」

「すまんがピクト式だ」
ああ、と相手が頷いた。自分の手元に表示枠を出し、こちらを撮影。
写真式ではなく、模写式だ。今だと逆に高価な方法だなあ、と思うが時代というものでもあろう。
自分と二代、嘉明と脇坂も顔の模写と全身の特徴を記録され、
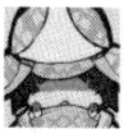
「出身は？」

「スコットランドだ。こちらに来て、交易をしようと思っていたが、いつのまにか〝湖の精霊〟の襲名に関われそうになったので、便乗している」
嘘半分、本当半分というところだ。
相手はこちらに表示枠を掲げ、うーん、と一度首を傾げる。
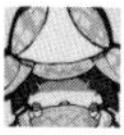
「スコットランドじゃないだろ。嘘だと神が言ってる」

「そこの寄り合いだ。面倒なのでそう通してる。どうすればいい？」
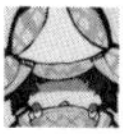
「じゃあ四人とも長期滞在は出来ない。素泊まりくらいは許可出来るが、何日もいると問者容

疑かかるから気をつけてくれ」

「鷹揚《おうよう》で御座るなあ」

「私達をサード派からのスパイとか、そんな風に考えないの？」

Ｔｅｓ．、と相手が応じた。

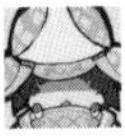
「サード派とは、対立しているが、敵ではない。俺達の敵は竜属。そのことでは共働出来るなら、スパイとか、やってる意味はない」

それに、

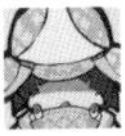
「サード派に所属せず、こちらに来たというならば、倫敦での充実を見てファースト派には入ろうと考えるかもしれない。そういう相手を無《む》下《げ》に扱うのは損だろう」

「この前読んだ小説で、金貸しが、ピンチに陥った主人公への融資を断る際、上から目線で説教や嫌味言ってて、違和感あったのよね……」

「ひょっとしたら、その案件後にはちゃんと顧客になるかもしんないのにね……」

「うちとは付き合うなと、暗に教えているのだろうか……」

「わ、解りやすい悪がいた方が主人公側が善に見えていいんだよ……！」

「そういう意味では、私達は仕官伺《うかが》い中と捉えられてもいる訳か」

確かにな、と己は思った。

「……結構、各派は冷静なのね」

「メイデイのレースでも、ファースト派が来たときに受《う》け容《い》れたりしてて、何かミョーだと思ってたけど、そういう関係かー……」

対立と敵味方の区別がついているなら、スパイだ何だというのは足を引っ張り合うだけだ。

「寧《むし》ろ、お互いの動向が解っていいと、そういうことか」

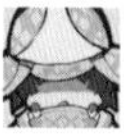
「そうだ。衝突は避けつつ、な。……まあ、何処かのタイミングで決着をつけた方がいいと思うが、それも平和裏に行かなければならないと、多くの者が思ってる。
　セカンド派の連中なんか、特にそうだろ」
　言われながら渡されるのは、旧派術式の書かれた羊皮紙だ。
　紙ではない術式符を見るのも触れるのも初めてだ。だが、

「これは？」

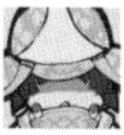
「市街の概要図を見せてくれる。立ち入り禁止区域には入れないから気をつけてくれ」

「立ち入り禁止？　スパイは〝あり〟じゃないのか？」

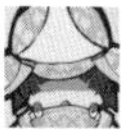
「はは、市の行政は覗かせたら駄目だろう。出来の悪いのがバレてしまう」
　上手いことを言ったつもりか、と思う。だがひょっとすると自分のいた時代よりもギャグの閾値《いきち》が低いのかもしれない。

　概要図を見ると、東側に広場がある。
　今日のところは市外を見つつ、その広場で一息入れてから帰るのがいいだろうと、そう思った。

「では広場など見させて貰おう。交易相手を探してもいるんだ」

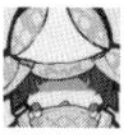
「Ｔｅｓ．、では来訪目的は〝商談〟としておこう。――ではこちらへ」
　と、門ではなく、横の通用口を開けられた。
　二代が先に入り、

「よう御座る」
　その言葉に引かれて、自分も続いた。

　倫敦に入るため、門というか、市壁の間の通路を抜けていく。
　意外と市壁が分厚い。石積みではあるが、内側に土を盛っているのだろうか。

「何か、ゲームの始まりっぽいねえ」

そういうもんか、と思いつつ、門をくぐる。下から見上げる門の上部構造は、木柱と支え合った石造りの天井だった。

壁と天井にスリットが何本かあるのは、有事に遮蔽物を落として塞ぐためだろう。

……この通路サイズだと、対竜用ではないよな？

でも竜属側には、一部の人類も荷担しているんだよなあ、と思い直す。

正面、通路はすぐ終わっていて、光がある。

そこに二代の背中があって、自分はその後ろから脇に回る。

午後の光の下に出た。

久し振りの倫敦だ。

「八百年ぶりで、しかも過去の倫敦を〝久し振り〟と言っていいものかは解らないが――」

ともあれ、来たのだ。

●

歴史だわ、というのが、嘉明の感想だった。

「……倫敦は、ローマから遠い場所なのに、何か、イメージとしての〝ローマの地方都市〟そのものね……」

「あー、あるある。羽《は》柴《しば》時代にあまりM.H.R.R.から出なかったけど、K.P.A.Italiaとか行ってたアサマホやネイ子だと、また感想違うかなあ」

町中は道路を先に設計したような造りとなっていて、市壁に囲まれている割には道が太いし真《ま》っ直《す》ぐだと、そう思う。

市壁もそうだが、住居においてもローマ時代の再利用という箇所が多々ある。

石の町、というイメージが強い。しかし、

「……意外に、店があるので御座るな」

その通りだ。市民の取引は朝の市場のみ、というのが前もってあった知識だが、町の中には飲食店があり、主に布地を売る仕立屋や、床屋などの店もある。

「衣食住の店はあるのね……」

「市場では売りにくいものもあるからなあ。たとえば〝修繕〟なんて、売れないだろう。だから当然、職人は店を持つこととなる」

とはいえ、

「大規模な生産品の流通、卸業はまだまだの筈だ。——だがまあ、歴史再現としてのある程度を守っていたら、そういうのも行われているだろうけどな」

と言いつつ、副会長があたりを見回す。

何かおかしなところがないか、探っているのだろう。しかし、

「記録の〝補正〟が、多分ここにも働いているんだろうけど、解るようでいて、解らないなあ……」

「何しに来たんだろう、……って言いたくなるけど、確かに〝元がどうだったか〟を知らない訳だもんねえ……」

その言葉に、副長が頷いた。彼女も周囲を見渡し、

「屋台など、軽食が出てもいるし、違和感は無いように御座る。……サード派拠点であったような荷車やら何やらの違和感は、ここには無いように御座るが……？」

どうだろう。

そこかしこに、荷車や木箱などはある。だがどれも確かに使用されているようだが、

「……ここは、都市なのよね」

「使用頻度とかどう使われているかとか、ちょっと想像がつかない？」

そうね、と頷いた時だった。

「——では、解りやすそうなところを、見て行くというのはどうでありましょう」

聞き覚えがあるような、無いような声がした。

誰かと思い、自分達の役目は副会長の護衛なのだと軽く身構える。

そして振り返った視線の先にいるのは、

「瑞典《スウェーデン》総長クリスティーナ……！」

「Ｔｅｓ．、そちらが倫敦に行く一方、英国王女などは仕事で動けないとのことで、代表委員長達から出場を頼まれたのであります」

　クリスティーナとしては、結構楽しみな〝仕事〟であった。

　瑞典の外交館には瑞典の歴史的な記録も多々ある。幾つかの遺物もあるため、それらをベースに衣装など整えてきた。だが最も大事なのは、

「知識であるならば、この時代の世界情勢含みで揃えておりますよ？」

「これはまたオーバーキル案件な人が来たものだ……」

　過大評価だが、褒められると何となく嬉しい。

　ともあれこちらは先着して、それなりのところを先に確認している。だから、

「幾つかの場所を案内して回りましょう。まずは東の広場に行くと思われますが、……如何します？」

「……案内が得られるなら、それは有り難いことだ」

　しかし、と正純は首を傾げた。

「そっちの護衛は無しか？」

「いえいえ、いるでありますよ？」

「長岡《ながおか》か？」

「いえ、忠興《ただおき》様は銃士でありましょう。この時代に銃の持ち込みをすると、流石に目立つというか、万が一の際にそれ自体が引っかかるだろうと辞退されまして」

　自分は魔女達が肩で担いでいる機殻箒を見た。

　彼女達は、だが、首を傾げ、

「――これは銃じゃないわ」

「そういう発想で通すか……」

バレなければいい、と流石に瑞典総長の前では言わない。

ただこちらとしては、それなりに気になる部分でもある。

「ではそちらの護衛は……」

「ええ、――宜しく御願いするであります」

と彼女が言った瞬間だ。いきなり人影が一つ追加された。

「こんにちは――！　とうとう武蔵出てやってきました！　臨時の護衛役ですが、浅間神社代表の浅間・豊です……！」

「武蔵放ってやってくるなよ……！」

アー、と脇坂が声を上げた。

「アサマホいつか来るかと思ってたけど、このタイミングかー」

「まあ、フィジカル系で副長、移動系で私達、術式系で豊なら、問題ないわね」

そういうものか、と思っていると、鐘が遠くから鳴った。

三回。

「三時でありますね。時間的にはもうここで午後の仕事を終える業種も多々あります。――見て回るなら、急ぐがいいでありますよ？」

break time

「いやあ楽しい！　楽しいでありますねえ！」

「そうですよね！　超楽しい！　楽しいですねえ！」

「……コレ、二人とも、話が合ってるようで合ってないよな？」

GENESISシリーズ 境界線上のホライゾン NEXT BOX

第三十二章

『行き来の行き来者達』

ぐるぐる回ってハイ振り返り
ぐるぐる回ってハイ前を見る
配点（異邦人）

日が傾いたのをステルス障壁越しに解るかどうかは、武蔵住人として重要なスキルだ。

「――うーん、おねーさん、コレはまだまだですねー。大和に乗ってたときも、あまりステルス使いませんでしたからね、大和は……」

と、自分が窓の外を見て首を傾げていると、義康が窓の外から声を掛けてきた。

「そうか？　大体こんなもんかと、何となく解ると思うが……」

彼女がいるのは校庭に構えられた八房《やつふさ》用の自前ハンガー、その腰の位置だ。

意外と近いのは危ないですよねー、と思いつつ、自分は応答する。

「Ｊｕｄ．、〝日が何となく傾いている〟のは解るんですが、〝どのくらい傾いているか〟が理解出来てないと、万が一違うかもしれない、と、そんな感じなんですよねー……。

ちょっと厳密に考えすぎているんだと思います」

しかしまあ、と己は声を居室内に向けた。

「――平野さんの出場や、瑞典総長の出場要請を代表委員長が飲むとは意外でしたねー」

「そうか？　よう考えたら、タイミング的には当然やろ」

床に座って作業中の大久保が、昨晩から少し落ち着いてきた表示枠の山を手で叩いて言う。

「浅間神社代表については、やはり現場を一回知っておくべきや。

元羽柴勢、片桐は総艦長代理の代理という案件があるからこっち詰め、石田《いしだ》・三成《みつなり》もM.H.R.R.外交館との折衝があるからこっちだとしても、――実働、もしくは戦闘に直接荷担出来る人員は現場を知っておいた方がええで。

特に浅間神社代表は、東照宮代表が向こうのインフラを解析しとる。情報共有出来とれば、何かあったときに武蔵本艦で介入も出来る訳や」

それに、と彼女が肩から力を抜いた。

「瑞典総長においては、アレやな。多摩や村山《むらやま》にある各国の外交館から、現状を教えろとやかましいし、それなりに情報を出したら今度は荷担させろとやかましいわ。

――それらの外交館の代表として、誰かを派遣するのは有りやろ」

「大国なんかも、当然、外部と連絡出来んのだろう？」

「Ｊｕｄ．、武蔵の情報システムで通じんのやったら、他の国の外交館規模で使っとるシステムなんぞ通用せんよ。あとはまあ、各国の思惑もあるんやろうけど――」

その言葉の続きを任された気がするので、自分は表示枠を開く。

そこにあるのは、一部の国の外交館に宛た書面だ。

副会長の証明付きのそれらは、

「――武蔵に近しい強国、大国への情報提供の知らせですねー」

「贔屓《ひいき》はありなのか？」

「贔屓というか、当然のことですよ。

英国外交館宛には英国王女が。
六護式仏蘭西《エグザゴン・フランセーズ》外交館宛には人狼女王が。
三征西班牙外交館宛には立花夫妻が。
上越露西亜《スヴィエート・ルーシ》外交館宛には伊達家副長が。
M.H.R.R.外交館宛には羽柴勢が。
そしてK.P.A.Italia外交館宛には副会長が。

それぞれの証明付きで定時の最新情報提供をすることになっています。と言っても、各担当が違うだけで、情報をまとめておくのは書記や麾下の仕事ですけどね」

「書記の麾下が統括情報作るのか……」

「あまりにもそのままコピーだと文句言われるんで、国ごとにチョイと内容を変えられるか頼んだら、こう返されたで」

「語尾を変えればいいんだね!?　M.H.R.R.は〝〜でアール〟語尾で六護式仏蘭西はやっぱり〝〜だーズ〟語尾だね！　ズーズー弁と一緒にならないよう気をつけるよ！」

「駄目じゃないか？」

「まあ、手が空いてる上でやる気があるならそれが一番と言うことで……」

「——で、それ以外の国については瑞典総長から、というのが一番解りやすいやろ。旧派改派《プロテスタント》の問題があっても瑞典総長は極東側襲名もあるから、そっちで、という流れもある。
　とりあえずまあ、そうやって各国皆で情報共有して……」
　大久保は、一つ会釈を置いて、本心を告げた。

「どうせ逃げ場も本国も無いんや。——皆、共犯にならんとな」

　しかし、と石造りの町並と土の道路を歩きつつ、正純は首を傾げた。

「どうやって倫敦に入ったんだ？　手続き、いるよな？」
　自分達はスリーサーズの紹介があって入れたのだ。
　だが瑞典総長はどのようにしたのか。

「Ｔｅｓ．、私の方は歴史的に瑞典の住人としてアクセスしたでありますよ」

「この時代に瑞典はあったの？　ヴァイキングの土地よね？」

「Ｔｅｓ．、瑞典はそのヴァイキングの一派。それも主流派だったのであります」
　と、瑞典総長が表示枠を広げる。そこには英国のすぐ東側、スカンジナビア半島の概要図があるが、

「半島の内側を掌握していたスヴェーア人、つまりスウェーデン人は、民族的に見るとノルマン人の一派で、六世紀には自分達の王国を形成したのであります。が、七世紀半ばにデーン人、つまり丁抹《デンマーク》によって滅ぼされ、地方で再建。そこから失地を取り返し、九世紀半ばに現瑞典として の基礎を得る、とされておりますね」

●

『解りにくいから軽く描くわ……』

『コレで少しは解りやすいかな？』

「ウヒョー、有り難いよナルゼママ！」

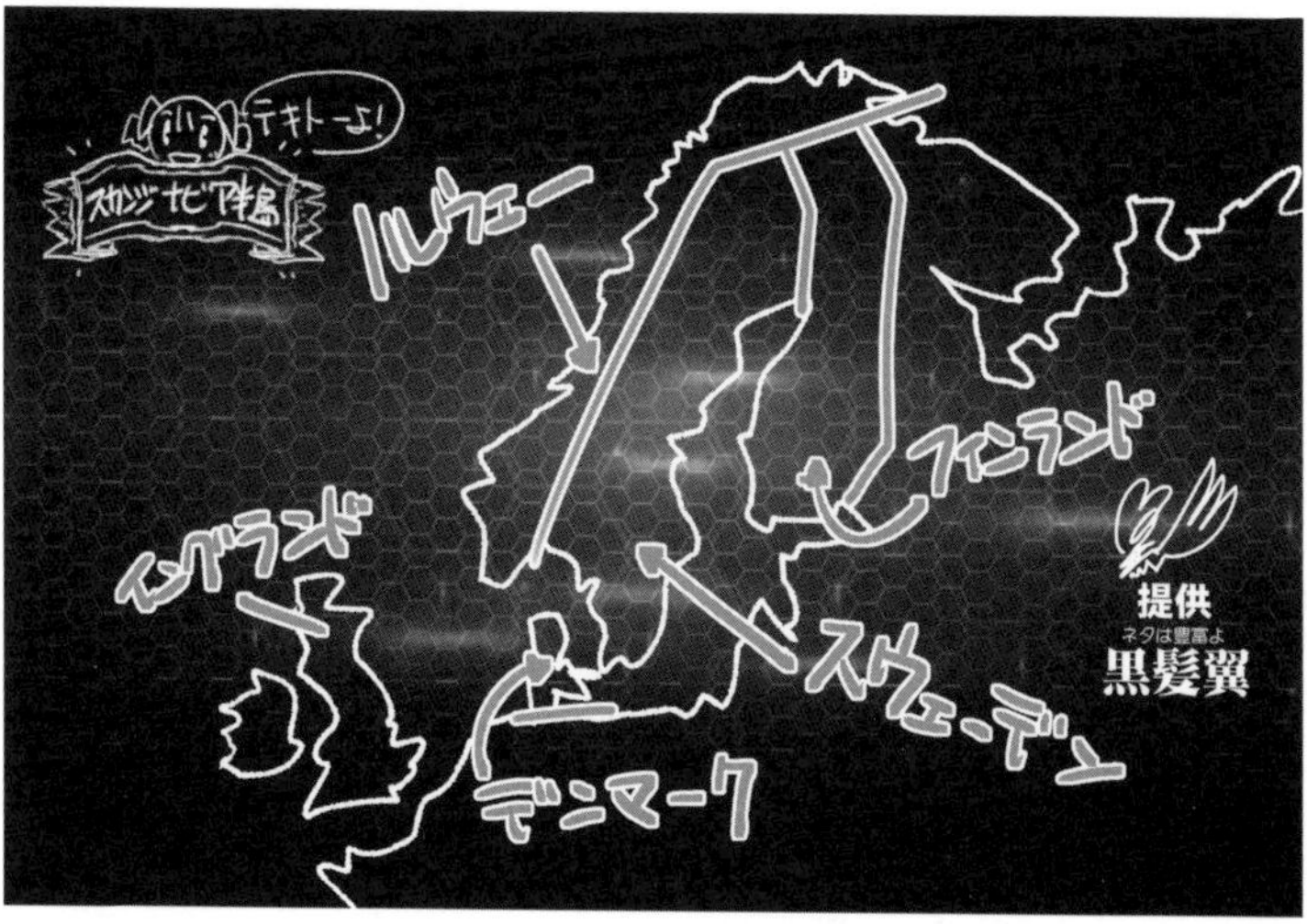

有り難いのと理解はまた違う。
　正純の視界の中、概要図を見た脇坂が、歩きながら首を傾げる。

「えーと、九世紀半ばに現瑞典として成り立つと言うことは……」

「今はまだ、失地回復というか、国土獲得の途中？」
　Ｔｅｓ．、と瑞典総長が頷いた。

「この時代のスカンジナビア半島は鉄火場で、瑞典、諾威《ノルウェー》、丁抹、そして芬蘭《フィンランド》などと派手にやり合っているのであります。
　でまあ、当然のように国庫など疲弊しているので、有力者達はそれぞれ戦争が無い時期に沿岸沿いを襲撃したりして、強制的に外資を稼いでくる訳でありますね」

「無茶苦茶迷惑だな……」

「でもまあ、ちょっと名誉のために言うでありますが、基本、他国からは私達、〝北の住人＝ノルマン〟と呼ばれていたのであります。その内、略奪などを行っている者達をヴァイキング、と呼んだのであります。
　だからヴァイキングと呼ばれる者達も、基本、その年が終わる頃には地元に帰り、現場は支配しませんし、地元では農業などちゃんとやっていたのであります」

「――だけど外でやらかしてたら、内で慎《つつ》ましくやってても通じませんよね、それ」

「ま、まあそうでありますけどね？」
　しかし、と己は手を挙げた。

「そんな瑞典の住人が、ここに来ていいのか？」
　問いかけに、即答が来た。

「ヴァイキングも、略奪だけではなく、貿易をかなり行っていたのであります」

「――まあ、略奪か貿易か、とか、ちゃんと打ち合わせしておかないと解らないのでいろいろメーワク掛けるものではありますが、しかしヴァイキングはかなり遠方まで出る貿易商人でもあったのであります」

たとえば、と己はスカンジナビア半島から南へ、中東までの概要図を見せる。

「夏場など、河川を通じて黒海《こっかい》、中東まで貿易に出ていたのでありますね」

「スゲー行動力……」

「…………」

「その河川流域でも略奪を？」

「…………」

「……非協力的なところには、**ちょっと略奪を**」

「**ちょっと略奪！**　――いいパワーワードを頂きました！」

「フフ、**ちょっと即死**、みたいなニュアンスあるわね……！」

「**ちょっと馬鹿**とか、そんな感じですか？」

「**ちょっと巨乳!!**　有りですわね!!　慎ましやかですわ!!」

「声がデカイのを慎ましいとは言いませんわよ？」

だけどまあ、とクリスティーナは言葉を作る。

「広範囲に貿易網を持っていると言うことは、中間貿易もあり、貿易品目が豊かということでもあります」

「貿易品目が豊……!?　ど、奴隷貿易もありでしたっけ！」

「ええと、ヴァイキングは略奪地の住人を中東へと売り飛ばしたりとか、あったでありますよ」

「中東……!?　つまりこれで英国から瑞典、P.A.Odaと繋がって、私は〝一周〟した訳ですね……!?」

「久し振りね、放送事故……」

「不適当と言うより〝意味不明〟じゃないかな？」

「そんな基準だと三分の一くらい適用されるぞ？」

どうしたものか。ただまあ、自分がここにいるのは、そういうことだ。

「――ヴァイキングは貴重品を持ってくるいい商売相手であり、また、こうも考えられるのでありますよ。貿易の出来るヴァイキングは、その年、略奪に来ない、と」

ああ、と全員が頷いた。

更には、英国について、ヴァイキングは少し関係している。

「これ、非常に言いにくいのでありますが、恐らく、798年ですと、瑞典の人々が英国に移住している可能性もあるのでありますね……」

「？　移住？　それの何が言いにくいんだ？」

Tes.、と言った後で、ちょっと言葉を選ぶ。

「……ええと、793年に、イングランドの北東にある島、リンディスファーンを、ヴァイキングが襲撃するのでありますが、コレ、実は西欧側に対してのちょっと明確な初略奪でありまして、以後、西欧側がちょっと大騒ぎになるのでありまして。

更にいうと、そこからイングランド北東部にヴァイキングがちょっと移住し始めるのでありますね」

●

「……**ちょっと大騒ぎ**？」

「言葉も使いようですわね―……」

「なお、リンディスファーンは875年に再襲撃を受けておりまして、それによって英国はこの島を放棄。しかし後の十二世紀頃にノルマン

コンクエストを経てイングランドが落ち着くと、潮の満ち引きでイングランドと地続きとなるこの島は、かつての巡礼の場として、観光を兼ねた巡礼が再び盛んになりました」

「……しかし、ヴァイキング、観光マップを変えてしまうとか、無茶苦茶メーワクで御座るなあ……」

●

ともあれ種明かしをしておくであります。

と、クリスティーナは表示枠を出した。

「これがあれば、大体、英国ではパスでありましょう」

表示枠は自分が使用する旧派や神道のものではない。

ハンマーを軸にして作り上げられたそれは、

「北欧神話の表示枠であります」

「……え？　使えるの？　今、無いよね？　これ」

いやあ、と声を作ったのは浅間神社代表だ。

「これが実はまだ生き残ってるんですよね……」

「実際、北欧神話の信仰は十六世紀でも〝絶滅させるのが難しい〟と記録され、十三世紀あたりでは確実に残っていたのであります。

神殿などが無いので、あるのは基本的に石碑とか、その程度であります。しかしそういうものに信仰を捧《ささ》げればそれは流体槽としての機能を持つので、それを頼りに小規模な集落や家庭などで、細々使われていたり、または〝隠れ〟設定で残っているのでありますね」

ただ、と前置きし、己は言葉を繋げた。

「ただまあ、現在も生きているような表示枠だと、出力弱々《よわよわ》になっていて、信仰も、ほとんどが神話を伝えるとか、そういうライブラリ特化型になってまして、加護とか術式とかが使えないのでありますね」

「……だとすると、現役として、この時代では使えないだろう？　それ」

「そんなときには何でもアバウトの神道です!!」
　浅間神社代表が、周囲の振り返る視線に構わず言葉を作る。

「話を持ちかけられたので、昔の瑞典の資料から当時の北欧神話表示枠の仕様を割り出しまして。隠れ設定で神道をベースに、現行の北欧神話表示枠をOSの設定代わりに経由させ、エミュレートしました」
　何言ってるか単語の意味は解るけど繋がりが解らん。まあ知識派ってそういうものでありますね、と納得してみるが、

「まあそんな感じで、当時の表示枠が神道表示枠をベースに動いている訳であります」

「術式や加護は、とりあえずクリスティーナさんに賢鉱石《オレイ・メタロ》を何個か持って貰って、神道の近似術式や加護を、名前と効果を調整の上、パワー任せで動かしてますね。
　だから厳密には〝ガワが同じで中身は違う〟んですけど、マー素人には解らないです。バレたとしても、英国の人達は神道を知らないので、〝ヴァイキングの土着の信仰〟で通してしまおうと思ってますね」
　なお、

「私はステルス系の加護で入ってきてるんで。そこらへん不問です」

「単独不法侵入じゃないか……！」
　流石に声が大きいので制しておく。

●

　さて、という雰囲気で、正純達は倫敦東の広場にやってきた。
　二百メートル四方の、街道に囲まれた場所だ。

「この時代の倫敦は東西約二キロ、南北に一キロ弱の町だから、広場は、この中では結構なスペースとなるな……」

「住民を集められるだけの広さと、そういうことで御座ろう」
　そんな場所には、今も人が集まっていた。何

故かと近づいてみれば、

「――市場が開いているで御座るな」

「夕市ってヤツかな？」

二人の言う通りだ。広場の中には屋台が並び、そこかしこで談笑や、買うか買わないかの商談の遣り取りが聞こえてくる。

品は豊富だ。

市外にある畑で収穫された春小麦を、製粉した状態で持ってきている処もあれば、石灰の白い焼き物を出している工房もある。一番人気は布地の店のようだ。計り売りで、その切る際の手捌《てさば》きごとに、人々が声を上げ、端切れを子供達が貰って喜んでいる。

不思議なことに、懐かしさを感じた。

ここに来たことはないというのに。そして、

「何か軽く買って行くでありますか？」

「Ｊｕｄ．、飲むもの欲しいわね」

「お酒中心というかそればっかりですが、いろいろありますよ！」

「任務中に飲酒か――」

「じゃあ、二人の代わりに私が飲んできますね！」

言って走って行った平野が、五分後に口元拭って戻ってきた。

「いやあ、やっぱり林檎《りんご》の御酒がいいですね！　ホントの果実酒って感じで！」

「――で？　私達には何の得があったのかしら？」

「あ！　ああ！　そうでしたね！　すみません！　ちょっと拝気量かかりますけど、転移術式使って私の膀胱《ぼうこう》から二人の膀胱に水分移します？」

「ゴメン、アサマホ何言ってるか解んない」

「実は酔っ払ってる？」

「あ、そうですね！　酔ってます！　酔ってますよ！」

　無茶苦茶信用が無い。

●

『浅間と葵の娘って、こういうことか……』

『豊様、ホライゾンの中ではかなり点数高めのアベレージヒッターなんですが、トーリ様の分は毛なので、ぶっちゃけトーリ様のギャグは無関け……、あ、そこまでは言い過ぎですかねえ』

『オイイイイイ！　葵家の血だよ！　血！』

『あのっ、あのっ、御母様？　私、豊みたいなところありますの？』

『……懸念の部分は智《とも》の血によるものだと思うので、大丈夫ですわよ？』

『ククク、ネイメア、アンタには葵家の血でも、私に連なる巨乳の血が発現してるのよ。だから大丈夫。落ち着きなさい？』

『反応爆発する薬物か何かですか本舗勢の血は……！』

●

　結局、平野が林檎を買ってきて、それを頂きつつ歩き出すことにした。

「売っていて良かったです。また最後の籠だったって、そんな感じで」

　正純は、青い色をした青リンゴの果実を齧《かじ》って、

「思ったよりも酸味が強いな……！」

「英国は青林檎を始めとした酸味の強い林檎が多く、サラダなどにもよく使うのでありますよ。朝食は美味い、と言われるのは、朝にはそういったものが出やすいからでもありますね」

「うわ、思ったより喉渇いてた、って実感。もう一個有る?」

「あ、ハイハイ、有りますよ」

袂《たもと》から出てくるあたり、後の分で控えていたのだろう。何となく、元羽柴勢の関係みたいなのが見えるな、とも思う。

そして同じく青林檎を囓りながら、瑞典総長が言う。

「町の北西に、役所にもなっているキープがありまして、その手前に訓練場があるのでありますね」

「市内を一周、という感じだな」

入る前に見当をつけた倫敦の広さは、実際に歩いてみて実感出来る。確かに、武蔵の表層部にして、一・五艦分くらいはあろう。

「林檎食ったけど、芯はどーすんの?」

「あ、そのあたりに捨てて大丈夫であります」

「いいのか?」

「この時代、都市部だと家畜は町中の家屋にて飼っているのでありますよ。郊外だと牧畜用の厩舎《きゅうしゃ》などありますが、都市部ではそれを持てないので、一階部分を厩舎にして、糞尿《ふんにょう》の落ちた藁を肥料にしたり、町中を散歩させて捨てられた生ゴミを食べさせたりとか、そのようなことをしていたりもあったのであります」

「……ネシンバラがペスト流行の話をしていたが、何となく解った気がする」

「Ｔｅｓ．、この時代の倫敦では、町全体が川に近く、住人も少ないのでまだ大丈夫でありますが、ノルマンコンクエストの後、農業が盛んになり、人口が増えてくると、そうも行かなくなるでありますねえ……」

ふうん、と頷いた脇坂が、ちょっと迷いながら芯を捨てた。

平野も同様にする。
視線で追うと、投げられた先には、まだ新しい林檎の芯が、やはり捨ててあった。
そういうものらしい。だが、

「あら、いるのでありますねえ」
と瑞典総長が、掘り下げられた側溝を見る。
次いでこちらも見る。すると、

『……および？』

「…………」
いるのか、というのが素直な感想だ。だが、

「スラブの方から、奴隷売買の歴史再現を利用して、かなり初期の時代に各国へと渡って行ってるのであります。だから汚水系を中心に彼らが浄化している、というのが現状の歴史再現でありましょうね」

『――がんばってるの』
ああそうだろうな。

「――いずれ頼む」

『がってんしょうち』
何処でそんな言葉を覚えたんだろうか。否、翻訳加護が慣用句をそう訳しただけか。
だがまあ、

「懐かしいと、何となく思う訳だ」
今に繋がっている部分が少なからずあるのだ。
そして、

「――と、ここが訓練場となっている〝シアター〟であります」
足を止めた場所にあるのは、円形の掘り下げ広場だった。

「……競技場か？」

●

　正純の言葉に、二代は頷いた。

　競技場だ。

　直径百メートルほどのスペースが、円状に石段で囲まれている。石段は七段ほどあり、その中心にある掘り下げられた広場は、

「競技場に御座るなあ……」

「実際はこの中心で演劇をしたり、歌の大会や、祭の儀式などを行ったりするのであります。ゆえに〝シアター〟でありますね」
　だが今、そこでは幾つもの影が動いていた。

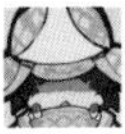
「……！」

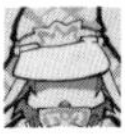
「……！」

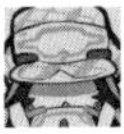
「……！」
　ファースト派の戦士団が訓練を行っている。
　それを市民が、ちらほらと眺めている。
　訓練の内容は部隊単位のようだが、部隊ごと、個人ごとに対決するようになると、観衆となっている人々から応援や野次も飛ぶ。

「……成程、シアターというだけはあるわね」

「サード派は拠点の外に訓練場があったようでありますが、倫敦では、このような場所で、基本、行っているのでありましょう。確かにこれならば、攻め込まれて籠城しているときでも訓練が出来るでありますから」
　見る。
　各員の動きを捉えるだけでも解る。

「サード派よりも二段ほど、格が上に御座るな……」

「二段？」

「否、……三段かもしれぬで御座る」

「三段？」

「否、……よくみると一段か……」

「一段と三段、どっちなんです？」

「Ｊｕｄ．、――では中間をとって二段で」

「……始めに戻ったな……」
　拙者、芯が通って御座るよ？
　ともあれ、全体が指揮者の指示に従って動いている。これはつまり、戦術があり、それを実現するために全体を動かせると言うことだ。

「これを相手にするのは、少々、厄介で御座ろうなあ……」
　言うと、瑞典総長が頷いた。

「偵察というと、ともあれファースト派の実力のようなものは見えたと思うであります。――では向こう、砦《とりで》の方に行くでありましょう」

●

　瑞典総長に促され、正純は歩き出す。
　砦はすぐ近くだ。石壁の、箱形をした建物が見えている。

「基本、倫敦内の警備や、外の防護、留置場などの機能はここにあるであります。また、市役所としての機能も現在はここに収まっているでありますね」

「〝現在は〟？」

「Ｔｅｓ．、外敵に対する警戒でありますよ」
　そう言って、砦に近づいた時だ。
　砦の衛兵がこちらに気づいた。と同時に、

「――おっと」
　ポケットバインダーに入れていた符が、警報の鈴を鳴らした。

　急いで取り出すと、確かに入口で衛兵から受け取ったものだ。中央下部の十字架紋章が赤く光っているので、押す。すると、音が消えて、表面に〝進入禁止区域〟の文字が出た。

「市民ではなく、また、役所に来る用もない、という扱いでありますね。
　つまりは倫敦を〝通過〟することだけが認められた、結構厳しい許可でありましょう」

「Ｊｕｄ．、ファースト派の方でも既に私達への判断が出来ていると、そういうことだと思ってる。――週末の相対が終わるまで、迂闊に認めることはしないと」

「――私達は引っかからないので、中、偵察してきましょうか？　瑞典総長が商人と言う設定ですから、行けると思うんですけど」
　そうだなあ、と思っていると、入口を護っていた衛兵がこちらに来た。

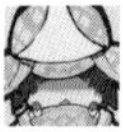

「失敬、そちら、ここに近づくことが許可されていない〝旅行者〟だな？　急ぎ立ち去るといい」
　衛兵の言葉に、クリスティーナは頷いた。

「Ｔｅｓ．、しかし私共、ヴァイキングの商人団ゆえ、ここで合流していたところなのであります」
　表示枠を出して見せる。そこに映すのは贈答などの意味を持つルーンだ。これで大体は通じるし、今の英国内でヴァイキングを名乗った場合、賢《さか》しらに関わろうとする者は少ない。
　だからこちらも、〝友好的〟に、

「――すぐ立ち去ります故、お見逃しを御願いしますであります」

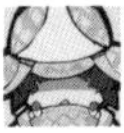

「あ、ああ。――Ｔｅｓ．、あまり目立つことはするなよ？」
　ええ、と浅間神社代表が頷いた。

「目立つことなんてしませんとも！　安心して下さい！」

『そうですよね！　目立つことなんてしませんよね！』

●

『鏡』

『アンジー、どっちかっていうとボケ役だと思ってたけど、武蔵に来てからツッコミ率の方が高いよね？』

『――豊、言葉を選んで言うと、目標を掲げるのは大事なことですの。ええ』

●

退出だな、と正純は判断した。一応、倫敦内を一周したのだ、と。

だから手を挙げ、

「では、皆、そろそろ外に――」

と、そこまで言葉を作った時だ。

二代が不意に動いた。こちらの肩を一つ叩き、

「――」

彼女が、二歩を使い、皆と衛兵の間に立つ。

自然な動作だ。気を抜けば、そのような動きがあったとも気づかれないほどの挙動だった。

だが、そうされる意味が自分には解らず、

「――二代？」

と声を掛けて、己は気づいた。

二代の正面に、一人の女が立っているのだ。

●

「――」

無言で副長を見下ろす相手に、嘉明は内心で息を詰めた。

……いつの間に……？

驚くことではない筈だ。このくらいをやる実力者は、いる。
福島《ふくしま》、ネイメアなどは、やるだろう。
だがそれは、この相手が、福島やネイメア級以上の存在だということだ。
身長二メートル弱。赤い長髪に、全身は細身に見えて引き絞った体躯《たいく》だと解る。
そして彼女が口を開いた。

「すまない。面白い話が聞こえたものでして」
と、彼女が、引く衛兵に下がるよう、手で指示を作り、問うてきた。

「ヴァイキングの商人団だと？」

「Ｔｅｓ．、――そうであります。スヴェーアの一派であります」

「ああ、成程。半島の状況に飽きが来て、こっちに来た訳ですか」

「Ｔｅｓ．、そういうことであります」
Ｔｅｓ．、と相手も頷いた。そして、

「おかしいですね。――スヴェーアのヴァイキング。ブリテン東に移住した連中は、私を筆頭とした集団なのです。ですが、貴女を見たことがない」

●

クリスティーナは、はっきりと言った。

「私は本土側から貿易に来ているのでありますゆえ」
これはある意味、本当だ。時代は違うが、とりあえずファクト。
すると相手は、一つ頷いた。

「何を売るつもりで？」

「中東から持ち込んだ乾物の果実などいかがでありましょう」
Ｔｅｓ．、と相手が頷いた。そして、

「良い度胸です。――サード派？　ファースト派は目聡《めざと》いですよ。だから――」

だから、

「何かを変えたいなら、サード派に気をつけるといい」

「……は？」

武蔵副会長の疑問詞は、当然だろう。

……気をつけるべきは、ファースト派ではないのでありますか？

身内びいきの物言いと、そういうことだろうか。

だが、相手は応じない。すると今度は、副長が口を開いた。

「貴殿、――天竜で御座るな？」

●

二代は、相手を見ていた。

目の前にいる女、その動作に、懐かしいものを感じたのだ。

この相手とは、かつて相対をしたことがあるのではないか、と。

だがこんな女を相手に戦った記憶は無い。だとすれば、

「――ひどく印象に残った相手を重ねてみれば、気配が近いで御座る」

「ほう？　それは？」

「自分の優位を疑って御座らん」

告げる。すると相手が、

「――」

一度言葉を失ってから、しかし笑った。結構デカイ声だった。

「はは！　ああ。Ｔｅｓ．、確かにそうでしょう！　油断でもあり、誇りでもあります」

よかろう。

「私は〝層竜〟。今はここでペリノア王を名乗っています」

『ペリノア王!?　円卓の騎士の中で〝王〟を名乗っている唯一の人だ！　彼は初期にアーサーと戦い、伝説によってはそこでアーサーの剣を折るんだよ！』

『……いない方がよくない？　そいつ』

『というか何で天竜が英国側についてんの？』

『ハイ、またヒントの足りない謎が増えましたね？　では現場の方、中継宜しく御願い致します』

『ホライゾン？　慣れた口調で中継案内しなくてもいいですのよ？』

二代の視界の中、ペリノア王がこちらと、後ろの魔女二人に目をとめる。

「不思議ですね」

「何がで御座るか？」

「そっちの二人からは、何故か、本土にいる筈の群竜の匂いが微《かす》かにします。
　そして貴女からは、白竜と、――微かに天竜皇の匂いがします」

『白竜は佐助《さすけ》殿で、まあ派手にやり合ったもので御座るが……、天竜皇？』

『お前、運命戦の時に〝意外な展開！〟とかやったろう……？』

『…………』

『……ああ！』

『ああ』

『ああ？』

●

ペリノア王は、目の前の少女達の面々を見た。

自分のすぐ前にいる相手が、自分の表示枠を眺め、ああ、と気づく。

「そうで御座るなあ」

「彼らと、何か付き合いが？」

問うと、返答が来た。

「天竜皇については意外な展開で御座ったが、白竜においては、――いずれ倒す相手なので御座る」

●

笑い声だった。

周囲の人々が振り返るほどの響きを連続で生むのは、長身の女だった。

「はは……！　ガリア方面制圧軍の軍団長を、貴様はいずれ倒すと……！　そういうのですか……！」

笑う。だが、その声の連なりを、静かに止める台詞があった。

「ええ、――それに私がとどめを与えます」

●

豊はあの時のことを憶えている。

……忘れやしませんとも。

白竜を討ったときのことだ。

あのまま話させていたら、二境紋《にきょうもん》の発生がある。その危険を冒しても、白竜としては伝えるべき情報であったろうと思うし、確かに、伝えられていたら、その後が大きく変わった筈だ。

だが早すぎる。

母達には用意も出来ておらず、それは拙速だ。

竹中の判断もあり、自分は剣状矢を放った。

敵として、だ。

母達を阻止する。

そんな敵であることを自覚して討った。恨まれる覚悟の上の行為だ。

こちらの真意が通じなくてもいい。否、通じなくて当然だ。二境紋や運命の介入がどれほど危険かは、天竜ですらも解っていない、自分達だけの機密だからだ。

討った。

散らした。

……敵として冷静に、距離を取ろうとしたんですけどね……。

しかし白竜は、天に昇った。

天竜は流体存在で、淀《よど》みや乱れがあれば、その本性に歪《ゆが》みが生じる。

残念や、無念があれば、まっすぐ天には昇らない。

もし怪異にでもなろうとするならば、覚悟に伴う責任として、自分が禊祓に向かうという、そのくらいの思いがあった。


しかし白竜は、天に昇ったのだ。

こちらの意図を読み、長命な天竜としての助言よりも、母達と、自分達の今後に全てを託したのだ。

敵として振る舞った覚悟が、理解されたのは、恥ずかしくもあり、勘違いではなかったと、そんな思いもあった。

この部分で、自分は白竜と通じた。そう、己は思っている。

だから、だ。

「——笑うのならば、貴女も〝敵〟として相対しましょうか」

「Ｔｅｓ．」

ペリノア王は告げた。彼女達の中では、最も前にいる相手と、最も奥にいる相手に視線を投げ、

「戦いに赴き、敵と味方として争う覚悟があるならば、誰もが戦士です。——それを笑ったのは天竜という存在に甘えたものですね。私は、誉れあるべき戦いを始まる前から穢《けが》した。そのことについて撤回しましょう」

●

「まあ、こんなもんですよ」

『豊！　豊！　チョイと肝が縮みますのよ!?』

『いやあ、一型を今から出して間に合うかな、とか思ってた』

『布袋の上から操作出来るよう、袋の形を変えた方がいいわね、コレ』

●

まあ一件落着か、と、正純は内心で吐息した。

『何だかんだと好戦的な連中が多くて困るな……』

『——好戦的と掛けて風呂と解きます。さてその心は？　——ハイ、喜美様速かった』

『フフ、どちらも〝せんとう〟があるわよね』

『おっと喜美様、模範的解答！　——そんなわけで正純様、栄えあるメディーバルウォーに向かって、次のフェーズへ移行ですか』

『無いよ次のフェーズは……！』

ともあれペリノア王は、こちらに対する警戒心を緩めたようだ。

敵であることを宣言した感はあるが、だからこそ立場を理解したというべきか。

ただ、言っておこう。

「……私達は、中立的な存在であることを自覚している」

「そうですか」

だが、

「それでやっていくには、遅すぎたかもしれませんよ」

「……何？」

と問うたときだ。背後から声が来た。

「ペリノア王！　その者達は、サード派の紹介による者達よ！　情報を与えるような真似はしないで頂戴！」

●

いろいろ出てくるということは、来て良かったのだろう。

嘉明としては、護衛のキャパを超えた情報量だと、そんなことを思いつつ、相手を見る。

すると、背後の訓練場から走ってきたのは、二つの人影と、その護衛達。

彼女らは、ペリノア王と共に、こちらを挟む構図を作ると、そこで名乗った。

「ファースト派、戦士団団長、円卓の騎士が一人、ベディビアよ」

「同じく戦士団副団長、円卓の騎士が一人、ケイなの」
己は思った。これはまた、書記が要らん解説を始めるわね、と。

「——え!?　解説していいのかい!?　行くぞ!　行っちゃうぞ!」

「書記という役目を最近失念してませんの?」

第三十三章

『来て行きの来て行く者達』

物語の中に生きている
だとすれば物語は現実か
現実は物語か
配点（内と外）

「ハイ、では今日のスーパーネシンバラタイム、スタートです」

「――ああ、遂《つい》に出たねベディヴィアとケイ！　二人とも円卓の騎士だが、実はアーサー王が王となる前、その実家に仕えていた古株なんだ。それが二人揃ってこの倫敦にいるあたり、ファースト派及びまだ姿を見せていないワンサードは、アーサー王に最も近い人だと、そう見ていいだろうね！」

「何処まで脳内？」

「ええと、ベディヴィアとケイについてのエピソードはその通りですね。いろいろ説がありますが、ベディヴィアは警備役や指南役、ケイは使用人やコック上がりの騎士と、そんな違いがあります」

「そこ以外は脳内ね……」

●

「オイイイイイ！　僕の言動を検証するより目の前の事実を検証してくれ！」

●

挟まれはした。

西はペリノア王。東はベディヴィアとケイだ。

……面倒なことだ。

だが、ペリノア王の方は、こちらがどう出るかを楽しんでいるようにも見える。ならばとりあえず、彼女の方から何かを仕掛けてくる、ということはあるまい。

だとすればこちらは、まず言うべきだ。

「――私達は〝湖の精霊〟の襲名を目指し、中立かつ、アーサー王とこのブリテンの助けとなるため、まずは各地、各派の知見を得ようとしている最中だ。

何か要望などあったら宜しく頼みたいが、実技を伴うものは週末のサード派拠点における相対にて宜しく頼む」

言った。
お互い、直接の不可侵をしないようにしようと、そういうことだ。すると、

「〝湖の精霊〟ね」

「ああ、それが、——何か？」

「——こっちこそ聞きたいのね。何をしに来たの？」

「アーサー王を助けに来た」

英国の記録の〝補正〟とは、つまりそういうことだろう、とは思う。だが、

「まだそれが何かは、解っていない。だから今、こうして探している」

ベディヴィアが、表情を変えた。
一瞬。怒ったかのように眉を上げ、だが、

「——」

やがて彼女は、全身に入っていた力を抜く。

「……話にならないわ」

「——どういうことだ？」

「解らないの？　貴女達の手助けなど、もう不要と、そういうことよ」

「アーサー王は決まった。歴史再現も何もかも道筋はついていると、そういうことでありますか？」

瑞典総長が疑問した。すると相手が、小さく笑った。

「——何も解ってないものが、解っていたい振りをしたところで、今更、何も変わらないものよ」

「こっちはもう、何年も、いろいろ準備してきているの」

そうね、とベディヴィアは頷いた。

「それに対し、横から首を突っ込んで、加わらせろ、というならば、もっと早くに来るべきじゃあないかしら」

もしも、だ。もしもそうであるならば、

「助けようなどと、そんなこと、言えたものではないわ」

『…………』

『…………』

『…………』

『ど、どうしましたホライゾン？』

『いや、こういう〝思わせぶりで実は何も教えてくれてない〟という物言い、三河から運命ハジくまで結構ありましたが、久し振りに聞くと結構キますねえ……』

『ああ、確かに、ちょっと何言ってるか解らないのはそっちじゃないでしょうかね……、とか、そんなこと思いますよね……』

『な、何か厳しいこと言ってますのよ？』

成程、と声がした。

嘉明が振り向くと、豊が笑顔で手を合わせていた。そして彼女が言った。

「愚痴ですね!?　今の！」

「……は？」

は、じゃない。そうだ。

「私、知ってるんですよ！　貴女達みたいに、裏で何か大事なことをコソコソやっていて、それを表に言うこと出来なくて、自分達だけで負担を囲って、でも、無知な善意で手をさしのべられると、今更協調出来ないって、そんなこと

をして負担を分け与えることなんて出来ないって、拒否って、それでまあ、そんな自分達と相手の御気楽にイラついて、愚痴を言ってしまうんですよね！」

　だから、という言葉の先を、己は言った。

「ナメられたものね」

「ええ、そうです」

「――どうせ何も解らないだろうって、そういうことだもんね」

　ああ、そういうことだ。ならばどうするか、決まっている。

「――副会長」

「Ｊｕｄ．、――大体のことは解った」

　副会長が、ベディヴィアに告げた。

「私達の中立は認められた訳だ」

「……は？」

「は？　じゃない。貴女達は私達を拒否したのだ。何も解っていないと。

　これはつまり、現状、ファースト派から私達への共働は無いということだ。

　だが私達は、不要と言われても、敵対をしている訳ではない。

　そして私達は、中立として動くことに決めている」

　これはどういうことか。

「現状、私達から見れば、貴女達と敵対をするのでなければ、中立性をもって動いていい。そしてその中立は、貴女達からも保証されたということだ」

「拡大解釈じゃないの？」

「政治というものを、自分の有利に考えない馬鹿がいるか？」

「では、どうするの？」

ああ、と己は頷いた。

「私達はまず、サード派、セカンド派を中心に、中立的にアーサー王を助けていくこととする」

「それは──」

「これより、湖の本拠に戻り、検討を重ねる。なるべく早く動きたいが、場合によっては週末の相対後、ということにもなろう」

そして、

「週末の相対において、私達は、ファースト派に自分達の実力を見せる」

「──楽しみです」

いきなりの言葉には、期待の色しかない。

天竜は個人性が強いから即断即決で素直だな、とは思う。だとすれば自分達の判断は、素直という意味で間違っていないのだ。そして、

「その後の流れにおいて、私達は、ファースト派のアーサー王の助けも行おう」

「……本気なの……？」

「──中立だ」

言っておく。

「──貴女達が、アーサー王として、正しくあるならば、邪魔はしない」

重ねて言っておく。

「もしも、歴史再現において、犠牲を是とするのであるならば、それは中立を侵すものと考える」

「……？　どういうこと？」

ベディヴィアは、問うていた。

「何故、犠牲を是とする歴史再現を行ったならば、中立を侵したことになると？」

「私達が、そういうことを赦さないからだ」

「でもそれは、別に貴女達のルールよね？」

「そうだ。私達の、最低限であり、最大限の決まり事だ。可能な限り、それを行う」

だが、

「――私達が〝湖の精霊〟となるならば、それは、私達だけのものではなくなる」

いいか。

「現状、私達を〝湖の精霊〟と認めているのは、スリーサーズのみだ。サード派の首長ではあるが、サード派全体とはいかない。
現状のブリテンで私達を〝湖の精霊〟と認めさせるには、ファースト、セカンド、サードの内、二派全体に認めさせる必要があるだろう」

ならば、

「今は無知にて中立だ。権利も実力も認められていない。何の価値もない私達だ」

だけど、

「やがて全てを知った中立となる。権利も実力も認められ、価値も何も、欲されて、しかし靡《なび》かぬ私達となろう」

そのために、することは何か。まず手始めとして、ファースト派に対しては、

「――週末の相対。実力を見せよう」

「はは……！　いい態度です！」

ペリノア王の笑いに、同調を二代は感じていた。

天竜が楽しんでいる。

そしてまた、

……これで良いと、そう思って御座るのか？
何故、そんな風に感じたのかは自分でも解らないが、彼女の笑いには安堵があったのだ。
良かったなあ、と、そんな風に笑う面影の記憶は、父だろう。

「何とまあ、面白いことで」
彼女が、笑いを小さくする。

「素直になれぬ人類は、損ばかりで勿体ないと思っていたところです」

瞬間。

己は、眼前に光を感じた。

刃だ。

ベディヴィアが、いつのまにか、ペリノア王の横に立っている。

「————」

移動術式か。

解らない。ただ理解出来るのは、彼女がペリノア王の喉に、一本の剣を突きつけている現状だ。

直後。風が来た。

先ほどまでベディヴィアがいた位置から、こちらの右外を回り込むような風だ。

砂煙を跳ねさせた大気の瞬発の先。ベディヴィアがペリノア王に言う。

「——アーサー王の歴史再現は、人類のものよ。竜属」

「——貴女とは本当に相性が悪い」
王が、言って、ベディヴィアの刃を摘まむ。
逸らす。その動きにベディヴィアも逆らわず、切っ先を放たれたところで回し、鞘《さや》に収める。

「——週末、そちらを無視して相対に行かなかったらどうなる」

「度胸有りますね！　ひどいことになりますよ！」
おい、やめろ。
そうだコイツ、葵家の一員だ、と今更思い出す。
なので急ぎ、定型的に返しておく。

「いいか？」

「？　何が？」

「――無視とは、誠に遺憾である」

『出たわね……、極東独特の遺憾攻撃……』

そう言うな。まず言っておくことに価値がある。
ゆえに今のを前置きとして、己は言葉を作る。

「無視が、勘違いの場合もある。待ち合わせの時間を間違えたとか、インフラが使えなかったとか、そういう場合だな。だからその場合、三日ほど様子を見て、それでも何の動きもない、もしくは中途半端な理由が来たならば、――サード派と、セカンド派に対し、こちらを〝湖の精霊〟と認めるよう、交易を含んだ交渉に入る」

「――無視してくれんかなあ」

「そうですねー……」

「そういうものなのか？」

とりあえず出場はないようだ、と八房の腰部加速器に座った義康が問う。すると大久保が、見えぬ英国側の宙を右手で掻いて、

「ファースト派が無視してきたら、それを言い訳に、サード派の全ての拠点や、都市に、自分達を〝湖の精霊〟と認めるよう、行って良い。そういう言い訳が立つんやで？」

「――――」

「……そうか、現状では〝街道沿い〟しか行けないのだったな」

「Ｊｕｄ．、ですが、無視されたら話は別です。この場合、サード派各勢力も、セカンド派各勢力も、ファースト派が〝逃げた〟と、そういうことにするために、私達の訪問を受け容れることとなるでしょう」

「ただまあ、それがパワーバランスとしてええかどうかは別やけどな？　だが――」

だが、

「未だ、調理法だ何だ、と食糧事情を懸念している私達にとって、サード派、セカンド派への全面的な交易許可が出るのは有り難い」

●

「……そう。つまり現状、交易ルートが欲しいという事ね」

読んできたな、と、正純は思った。そしてまた、

……ある程度、こっちのことを探っているなあ。

自分達が、まだサード派勢力の中で交易を始めていないと、そのことがバレているのだ。

自給自足が出来ない勢力だということは、今ので通じたことだろう。しかし、

……しかしまあ、そのようなことはいずれ解ることだ。

だとすれば、どうするか。否、もうそれは、決まっているのだ。

「――週末、待っているぞ」

Ｔｅｓ．、と相手が頷いた。

「――いいわ。期待せず、待っていて頂戴」

そして、ケイがベディヴィアの肩を叩いた。行こう、と、訓練場の方を指さす。

ペリノア王も、何も言わず、ただ背を向ける。こちらは残される形で、つまり、

「相手にされる時間は、これで終わりか」

倫敦を去るべき時間なのだ。

●

〝湖の精霊〟達が倫敦を出た、という報告がサード派の拠点に来たのは、西日が夕日になろうとしていた頃だった。

スリーサーズは、倫敦寄りの詰め所からの通神を受け、サード派の庁舎にて頷いた。

「何とまあ、あの足でとって返して倫敦行きを本当にするとは」

何だか行動力が違う。自分が彼女達の年齢だった頃はどうだったろうかと、そんなことを考えもするが、年齢関係は、ちょっと踏み込むとヤバい話になるのでやめておく。

しかしまあ、

「……さて、思った以上に出来る事の可能性が広がったように思いますね。

事態が、少しは好転に向かえば、と」

声を掛ける。自分がいるのはいつもの開放型会議場。その入口にいるのは、

「そう思いませんか、ロット王。来ているのでしょう？」

呼びかけると、すぐに相手は出てきた。軽く頭を下げ、室内に入ってきて、

「——いやはや、貴女やアーサー様を相手にしていると、隠し事など出来ないものですな」

「今日はこちらに何を？」

「ええ、私の方の発注の調整と、まあ、妻がこちらのジャムを大層気に入っていまして……」

「来てらっしゃるのは、奥様で」

窓から広場を見ると、倉庫の前に夫人の姿がある。正体がバレないように気を遣ってか、ストールで衣装などを隠しているが、侍女を振り回すようにあたりを窺っていたり、興味ありありのようだ。

「快活な方で」

「今日も私が引っ張られました」
　さて、とロット王が言う。

「――貴女が御執心の彼らは？」

「〝湖の精霊〟は、関わってくることを決めたようですよ」
　倫敦にて彼らがファースト派の代表と邂逅《かいこう》したのは、ここに彼が来る間。移動中の出来事だったろう。まだ連絡はついていない筈だ。
　本拠に戻るか、商談を終えて一息吐《ひといきつ》いたあたりで、解ることだろう。
　ゆえにこちらは、倫敦の出来事には触れず、

「彼らが何者か、何処から来たのかも解りませんが、私達の事を大事に考えてくれているのは確かなようですね」
　本心だ。

「彼らが、この土地の事を心配しているのが伝わってきます。
　そして私達のことも。
　――それにはいろいろ理由もあるのでしょう。私にも解らない部分で、彼らが何かを隠しているのは確かです」

「そこに危険は有ると、そう思いますか？」

「どうでしょう。何を危険と思うか、人それぞれですからね」
　ただ、

「彼らが、現状を、今よりもよく、どうにかしたいと、――そう思っているのは、有り難いですね」

「では――」

「私は、彼らを〝湖の精霊〟と認めました。――そして彼らは、中立を掲げ、それで尚《なお》、私に、何か助けになることはあるかと、そう聞くのです」

●

　どうだろう、とスリーサーズは思った。

「……私達は、それぞれ、各派を運営出来ていると、そう思います。
だから私達は、助けなど要らないと、そうも思います」
しかし、どうなのだろう。

「――伝説において、〝湖の精霊〟がいなければ、アーサー王は王賜剣を得られなかったのですよね。
つまりアーサー王にとって、〝湖の精霊〟は想定外の存在で、そこからもたらされるものもまた、想定外のものでした」

「……つまり、貴女は、こう考えている？」
ロット王が、指先で窓枠を軽く叩いて言った。

「このように活動し、歴史再現をしている私達に対し、彼らは、……こちらの想定外のものを与えてくれる、と？」

「どうでしょうか」
今、歴史再現は進んでいる。そのことを思うと、こんな感想も出るのだ。

「私達は、物語の住人になっているのではないかと」

「……これはまた、突飛な空想を」
Ｔｅｓ．、と言うしかない。だが、このところで思うのだ。

「私達や、本土ですらあり得ない巨大な輸送艦。そして、見知らぬ表示枠や、技術。まるで彼らは、突飛な空想です。それでいて、……そうではないと、私達にレギュレーションを合わせ、しなくてもいい苦労をしているように思います」

「それが、何か？」

「気づいているでしょう？」
至極当然の事実を、己は言った。

「彼らが実在する以上、彼らの持つ技術も何も、本物なのです」

言う。

「今、人類と竜属の行っている戦いは、何ですか？
　人類と竜属の、どちらが強いかをぶつけ合っているのですよ。どちらが正しいか、ではありません。
　勝った方が、こう言える。――自分達は、間違いではなかったと」
　そして、

「自分達こそが本物なのだと、勝った方だけが言えるのです」
　では、どうなのだろう。

「彼らと私達、強いか弱いか、そのような比較をしたとき、負けるのは私達ではありませんか？」

「それは――」

「――彼らが実在する以上、私達は数が多いだけで、実は偽物かもしれないと、そう思いませんか？　私達は、自分達が実在すると思っているだけで、実は、妖精達が作った人を騙す物語でしかないのだと」

「スリーサーズ」
　ロット王が、一回、何かを言いかけた。
だが彼は、一度言葉を飲み、言い直す。

「貴女の負担は解ります。出来れば逃れたいと、そう思っていることも」
　しかし、

「だからこそ、私達は、夢物語ではなく、現実です」
　ええ、と己は笑った。そんなことは解っている、と。

「――解っていますよ、ロット王」
　しかし、こうも思っている。

「私達が現実で、彼らもまた現実であるならば、私は、〝それ〟を見てみたいとも、そう思うのです」

「〝それ〟とは、何です？　中立の彼らに、何を？」

Ｔｅｓ．、と自分は首を下に振った。

「私の現実に、彼らの現実を足して貰うことです」

どうなのだろうか。

「何が現実か。彼らは何なのか。――見てみたいと、そう思うのは、今の私に対する慰みでしょうかね」

●

ロット王は、スリーサーズの言葉について、考えた。

確かに、彼らは異質だ、と。

本土側からの避難民だろうというのが、当初の見解だった。だが、追跡調査に放った斥候の報告や、ランスロウのサード派訪問で解った事実から、違和を感じた。

これは現実の存在なのかと。

あり得ない、という一言で済ませるのがいいだろう。

だが彼らの乗っていた筈の輸送艦は、湖の上に見えず、ときたまの行き来も、気づくとボートが湖面に有ると、そんな状態だ。

そしてサード派のメイデイで見せた相対では、本土側由来と見える装備を使いつつ、結果を見せた。未熟ではあるが、大人数を揃えたサード派戦士団を打ち払い、再生能力持ちの衛士をもってランスロウを退けた。

たまたまだ、というひと言で済ませるのも、いいだろう。

だが彼らの持つ戦力は、一つの事実を示す。

「整備、開発、試験なども含め、彼らには莫大《ばくだい》なバックアップがいます」

そうだ。

「彼らが独自の表示枠を使用し、戦闘においても、加護や術式を使用していたというならば、

彼らの通神インフラはこのブリテンに通じるものであり、そしてまた、何処かに、莫大な流体槽を持っていなければならないのです」

「……何処でしょうね？」

「どう思います？」

そうですね、とスリーサーズが首を傾げた。

「彼らの輸送艦は全長百二十メートル級。それにステルス防護を掛けることも可能です。——しかし、それが上限でなかったとしたならば？」

言われた意味を、己は考えた。

あり得ないと、そういう一言で済ませるのは、楽な話だ。しかし、

「何故です？」

解らない。こちらを凌駕《りょうが》する技術があるとして、しかし何故、それを振るわず、寧ろこちらに合わせ、自分達を制限しているのか。

今、竜属と人類が争っている中、その力がもしも〝本当〟ならば、有用であろうに。

「中立として、制限まで掛けるなど、意味が解りません。……何故です？」

「そうですね」

答えには通じないような前置きを、スリーサーズが作った。

「聖譜越境隊か、現世神州の来訪者なのか、別の何かなのか。私には解りません。

しかし、彼らは中立として、私達を助けようとしている。ならば——」

ならば、

「——〝湖の精霊〟で、今はいいのではないかと、そう思っているのですよ。

何もかも想定外の、しかし、助けをくれる存在として、私達の物語から見たならば、そうであろうと」

ええ。

「私は今、それならば、恐れも疑念もなく、——ただ信じられるのです」

　湖の畔に集合が掛かったときには、夕日が沈む頃合いだった。

「あ、母さん、今日はこっちに泊まっていきますから！」

「だったらそこの鍋！　宜しく御願いします！」

　早めの夕食として出るのは、湖を囲む森と、下流の岩場や入江で獲れたものが中心だ。輸送艦が来たときに武蔵からは魚介も来ている。ならば、

「デカい魚は刺身だな。その方が早え。そうじゃねえのは三枚にした上で更に薄く切って素揚げだ。骨ごと食えるようにすんぞ」

「あら、丁度西洋山葵《わさび》を幾つか見つけてきてますのよ？　生姜《しょうが》も」

「じゃあこっちの鍋は早速モヤシが大量に来ているので、味噌汁《みそしる》で行きますか。
　豆しか食ってない気もしますが」

　じゃあ、と浅間が鍋を開ける。中にあるのは、

「乾燥豆の茹で戻しです！」

「……どういうものですの？」

　ネイメアの問いに、浅間は汗を拭って頷いた。

「はい。豆類は、乾燥させて水戻しすると、吸水して膨れるんですね。大体の豆が、倍くらいの大きさになります。
　だからちょっとコツがありまして、乾燥の際、豆を潰しておくと、戻すときに形が悪くなるんですが、更に吸水性と速度があがるんです」

　と、大きな匙《さじ》で掬った豆の塊を、ネイメアと、隣の豊に差し出す。
　豆は大豆だ。潰れて、くっついてしまってるようなそれを、二人は指でとって口にして、

「……！」

「甘――い!!」

「白樺の樹液で、ちょっと煮てみました。餡子《あんこ》みたいな味になりますよね」

　鍋は、一つではない。

「こっちは樹液少々に出汁《だし》と塩を入れて、甘塩系の味で。多分、コレが一番、主食っぽいと思います。こっちは反則技ですが、ハイディ達が余らせてたトマトを潰して出汁で煮てみました。薄味ですが、これは洋食に合うと思います」

「――小豆《あずき》風のものは、野菜に合わせてもいいですねえ」

　甘味は皆が欲しがるものだろう。

「樹液を口にしたとき、水飴のような、と思ったので、小豆風がいけるな、と。極東では砂糖が無かった代わりに、古代から麦を発酵させた水飴を使用していましたから。
　和菓子の、抑えが利いた甘味は、コレ大体出来るんじゃないでしょうか」

「……アンタ、酒ばかりかと思ったら、こういうのも出来るのねえ」

「いつも料理の方もしてますよね!?　ね!?」

「どーしたの?　アサマホ」

　いやまあ、と、自分は、ちょっと一息を吐いた。

　泣いていた。今は流石に収まっているが、

「母さんが作ってくれたものの中で、小豆があったんですよね。――でまあ、こっち来て、自分なりにいろいろ試したんですけど、どうも違うのが出来てしまって」

　ああ、と母が、こちらに笑みを向けた。

「うちだと、砂糖もですけど、水飴も使いますから。――甘みが抑えられるし、粘りが出て乾きが遅くなるんですよね」

　そういうことだ。後で比率を聞こうと、そう

思った。すると、

「ようし、じゃあ、こんなんどうだ!?」

　と出されたのは、やはり豆だ。小豆だと思うが、黄色いペーストと半々くらいで、小豆風のペーストが固められている。

　これは何だろうと、皆で指にとり、口にすると、

「甘……!　あ、いえ、塩……!?　香ばしいような……」

「あ、これ、何だったかしら……、ええと……」

「南瓜《かぼちゃ》と小豆の合わせですね!?　普通は甘くした小豆で合わせますけど、コレは皮をなしにして、ええと、別の甘い何かも足してます?」

「おお、よく解ったな!　皮はあっちで素揚げしてっからな。コレはちょっと、そこらで採れた果物の実とか、すりつぶして入れて、塩も足してんだ。――小豆を砂糖で仕上げるんじゃなくて、果物や甘い野菜で煮ると、甘みが移ってこうなるんだよ」

「南瓜だけだと甘みが移りにくいから、果物足した訳ですね?　でも完全に染まり切らないから、豆の香ばしさみたいなのが、塩と一緒に活きて……」

「中東由来ですが、デーツで豆を煮る、というのはありますね……」

「まあそういうもんだ」

　と、父がこちらを見た。

「新しいのも憶えとけよ?」

　死にかけた。

●

『まあそんな感じで、こっちは武蔵で料理大会ですが、そちらも同様にいろいろ試されてるようで幸いです』

　という御広敷の言葉に、正純は頷いた。

「うちら、こういうのはホント強いよなー……」

「忠興《ただおき》様も、どうであります？」

「いや俺、今回は役立たずだからなあ……」

「時代的に銃が使えないのは仕方がないが、私達の中で遠慮しても意味が無いだろう。酷いことになるぞ」

「今の台詞の後ろの部分は要らねえだろうが……!?」

「あー、銃が使えないのは、何で？」

「火薬の爆発システムと鉄弾を飛ばすという発想の組み合わせが、まだ成立してないから……、でしょうか」

「火薬自体も、その発想らしきものが出るのは九世紀の唐さ。正式な記録になるのは十一世紀にならんといかんさね」

「魔術は、〝石礫《いしつぶて》を飛ばす〟とか、そういう神話や説話由来の〝加速〟のシステムだから行けるけど、物証的なものがあると難しいわね……」

「あ、でも、術式火薬があるから、ちょっと調べてみようか」

「あー、やるやる、何か面白そう」

「うーん、何かすんません……」

「長太《ながぶと》様、あまり下手に出るとまた青くされますよ？」

「その前後の繋がりがおかしいだろうってんだよ！」

まあまあ、と己は瑞典総長と視線を合わせる。

「では、皆、いいか？　今日、倫敦に行って、いろいろ解った事などをまとめたい。

――私達が、この英国で何を〝補正〟すべきなのか。そういう話だ」

●

クリスティーナは、焼いた米パンを割って、浅間の作った小豆を挟んでいた。

これにサード派拠点から貰ってきたクロテッドクリームも挟んで食べると、

……明らかにデブ飯ですけど、美味でありますねえ……!

と、しかし今はそんなことを楽しんでばかりではいけない。

倫敦のことだ。皆の視線も向いているし、忠興もこちらを見ている。だから、

「ええと、加藤・嘉明様? 現場、後から合流で回りましたでありますよね? あれはどのようなものだったたか、言えるでありますか?」

「? よく解らないけど、まあ、ええ、Jud.」

刺身を食う有翼族、という絵はなかなか新鮮だ。

だが嘉明が、手と箸を止め、軽く上を見る。

先ほどまでのことを思い出し、

「西門から入って、で、いい?」

「Tes.、それで御願いするであります」

そうねえ、と言葉を置き、嘉明が口を開いた。

●

「西門で手続きをして、サード派の紹介ということを知られた上で入ったわ。

主道は土のままで、轍有り、幅は七メートルほど。馬車の行き来は確認してない。

しばらく東に歩き、広場に向かう途中で瑞典総長と豊に合流。

そのまま広場にて、市場が開かれているのを確認。そこで喉が渇いていたから林檎を食べて、まずは主道を北に。そしてすぐに西に曲がって、

――西の訓練場となっているシアターと、市役所にもなっている砦へと向かったの。

シアターは掘り込み式の競技場で、練度の高

いファースト派戦士団が訓練しているのを確認。

その先の砦前で、ペリノア王を襲名した天竜、——人型ね、に喧嘩を売られて、後ろから追いついてきたベディヴィアとケイの襲名者にも喧嘩を売られたわ。

だけど副会長が週末の相対を宣言し、そこで私達も、大体を見たと、撤収。

——そんな流れね」


皆のざわめきを、正純は聞いた。

円卓の騎士の襲名者に、天竜がいる。

竜属は敵であろうに、何故だと。そして襲名者をファースト派が揃えているのも、また警戒すべきだろうと、そんなことを皆が口にしている。

しかし、自分としては、そうではない。

「どうだ？　瑞典総長。君達は先に倫敦に入って軽く一周していたそうだが、そこで何か見つけたか？　〝補正〟すべきものを、だ」

「そうでありますねえ」
と、瑞典総長が、軽く息を入れた。そして彼女が、口を開いた。

「市場、有りましたでしょう？」

「ああ、有ったな。あれが、何だ？　不足している何かが、あったか？」

「いえ、そうではないのであります」
笑みで、台詞が来た。

「あの市場、初めに私達が回ったときと、次に副会長達と回ったときと、——同じものが、同じように売られていたのでありますよ」

豊は、副会長や、嘉明達を見て言った。

自分は今、妙な笑みを浮かべているでしょうね、と、そんな自覚付きで。

「私、林檎の酒を飲みに行ったとき、こう言いましたよね？」

それは、

「〝やっぱり〟林檎の御酒がいいですね、って」

そして、

「私、飲み物代わりに林檎の籠を買ってきたときも、言いましたよね？」

それは、

「〝また〟最後の籠だったって」

それらの言い回しは、言葉通りのものだ。

いやあ……、と、自分は、あの時を思い出して言う。

「軽くホラーでしたよ。だって、品切れになった筈のものが、また、さっきの形で、そこにあるんですから」

さあどうなのだろう。

「――一体、何が〝補正〟されるべきなんですかね？　皆さん、解ります？」

第三十四章

『線上の世話焼き者』

気がつけばまた
同じ事をやって前を見ている
ゆえに現実
配点（見上げる）

「――物語だね」

ネシンバラは言った。今の状況、解った事を、自分なら表現出来る。つまりは、

「ここは英国による自分の歴史の二次創作なのね」

「ナルゼ君！　君、僕だけが言えると思った台詞を言ったね!?」

「いやまあ、二次創作って言ったら、私の方がメインだし」

確かにこっちはオリジナルが中心だ。だが、

「どちらにしろ、この情報世界は、英国が動かしている。恐らく、登場人物達は意思を持ってはいるが、創作の支配者が英国だ。英国の手が回らない部分は見過ごすし、過剰になる部分はやはり見過ごすんだろう」

手が上がった。立花・誾だ。

「ダイレクトに言ってしまいますが、例えば談笑中に首を刎《は》ねた場合、その相手は〝気づくことなく〟談笑を続けると思いますか」

「否、――意思が与えられているのと同様に、生物としての反応など、OS的に組み込まれている筈だ。言い換えるなら、自律で動く自動人形だね」

「**自律で動く自動人形……**」

「腹痛が痛い、みたいな？」

「ククク、右腕の右手首とか？」

「頭痛が頭、みたいな？」

「ホ母様？　それちょっと何か別だと思いますのよ？」

「おっとネイメア様、いい拾い方です。**メヨメヨ。**ネイメア様の御息女ポイントが5上がってトーリ様のオヤジ度が7ポイント上がり

ます」

「オイイイイ！　ソレ上がっちゃいけねえポイントな気がするぞ！」

「それより君達！　僕に話を戻せえええええええ!!」

●

「生でこういうの見られるとか、もう、最高……」

『大丈夫か』

●

ネシンバラとしては、何となく、思っていることがある。

「登場人物達は、恐らく、ある程度の脚本のようなもので動いている。そして自律出来るだけの判断力と、その判断力に差をつけるための個性も持っている。

言い換えるなら、今は再現ドラマの最中なんだ」

「だとしたら、私達はどういう扱いになる？」

「〝補正〟だよ」

いいかい、と自分は、瑞典総長達が撮影してきた倫敦の画像を表示枠に出す。

市場の映像だ。これ自体に意味はないが、

「この市場は、恐らく、この日、朝にあったものを延々とリピートしているんだと思う」

「……そんなことする意味、ありますか？」

「ある。今、英国は、自分の中の倫敦を保つために、食糧などを過剰に供給しているんだ」

「？　過剰に供給していたら、過剰ゆえの齟齬《そご》が生じるじゃ……」

ないさね、という言葉は消えた。顎に手を当てているあたり、直政としてもどういうシステムかを理解したのだろう。

「過剰であっても、住人達は、不都合を〝見過ごす〟し、自律で制御されているから、過剰分は獲得されない。……そういうことさね？」

「Ｊｕｄ．、その通りだ。英国は、基本として、英国を保つ方法としてはドバドバ何事も過剰供給すれば良いと考えた。
　それを獲得するかどうかの判断は、自律した住人達が行ってくれるから、彼ら任せでいいんだ。
　そうすれば、少なくとも〝不足〟で壊れていくことはないからね」
　ですけど、と声が上がった。スチュアートだ。

「それは、流体を加工し、本来あるべきものではなく、代わりに食糧などを作り出している、という事になります。恐らくは記録の〝型〟を使用した再生産だと思いますが、そのようなことをしていれば、英国は疲弊をします」

「そうだね。そんなことをしていたら英国は疲弊する。

　そして疲弊し、また不都合な箇所、つまりは損失や使用不能な箇所が生まれた場合、どうする？

　答えは簡単だ。その箇所から生じるであろうものを、他で埋めるんだ。

そう、――新しい過剰生産だ」

　解るかい？

「損失に対し、過剰生産を行うことで、また新しい損失を生む。
　元は、恐らく小さな損失だったろう。それが損失を埋めるために自らを構成するための流体に手をつけたため、不備と過剰生産のサイクルに入ってしまったんだ」

「〝ため〟って何回出たかしら……」

「八回だな！」

「三回だよ！」
　訂正は大事なことだ。よく自作のＴＰＲＧのエラッタを出すが、そのエラッタの訂正も今度

ので連続何度目だったっけかな……。まあいい。英国の過去に来たことの恩赦で打ち切ってしまっても問題ないだろう。

「――順序を追おう」

●

「まず、歴史の記録は正しく、問題なく存在していたものとする」

「しかし、運命との事変によって、歪みが生じた、か？」

「その可能性が高いけど、確定出来ない」

「何故？」

問われて、とりあえず応じる事とする。

確定出来ない理由は一つだ。

「運命との事変によって英国の歴史に歪みが生じたというならば、他国もまた、同様でなければいけないはずだ」

『失敬。――他国からも、ちょっと顔を貸せ、みたいな要望は来ておりますが？
――以上』

「アチャー」

「――解散すべき？」

「一型の整備をしようかしら……」

「さっきの小豆、もうちょっと欲しいなあ」

「待て！　そのくらいじゃ僕は挫けない！」

「Ｊｕｄ．、打たれ強いのはよく解ってるから正しい意見を言ってくれ」

「いいだろう。――他国もまた同様。だとしたら、世界全体はどうなんだい？　そして武蔵は？　更には――」

言っておく。

「僕達《ぼくたち》も、だ。運命の事変で世界的に地脈が歪んだと言うことは、それはもう、全地脈上への影響だ。——僕達や、世界中の自然やら何やらもそうであるべきじゃあないのかい？」

「……ホライゾン達は地脈的に見て丈夫だという説は、どうでしょうか」

「それ、自分も丈夫ってことですか？」

「ククク、アデーレは歪んだらオパイが大きくなったかもしれないのに……」

「あ！　そうでした！　どうして丈夫なんですか自分……！」

「まだそうと決まった訳じゃありませんのよ？」

えーと、と浅間は手を挙げる。

「ええと、ちょっとフォロー入れますと、今回の件、ネシンバラ君の言う通り、運命の事変の影響とは言い切れないと思います」

「え!?　僕が正解なのかい!?」

何で自分を信用してないんでしょうかね……、としみじみ思ったが、言わないでおいた。

ともあれ、更に注釈する。

「でまあ、実はこれ、今の極東というか、世界の地脈状況から見て、今回の件は運命の事変の影響であるとも、そうではないとも、どちらとも言い切れないんですね……」

「一応自分にツッコミ入れますと、全地脈規模の歪みであっても、その波長が大きい上で振幅が小さいと、私達みたいに小さな〝型〟で存在するものにとって、それを歪みとして捉えることは出来なくなります」

「波長が一キロ、振幅が一メートルだと、確かにその中にいる私達にとって、ほとんど歪みはないわね」
　でも、

「その波よりも大きい〝型〟にとっては、それは歪みとなります。たとえば一国とか、一地域とか、山とか空とか、そういうものだと、それは歪みになりますね」

「運命のときはどうだったんだ？　各地で怪異が起きて、今もまだ終息してないよな？」

「あれは地脈の希薄化によって、流れの密度が不安定になったことが原因だと解釈されてます。その不安定部分や、時折出来る隙間に流れ込んだ流体が乱れ、怪異化していたということではないかと。——だから運命の事変による地脈の希薄化は、直接的には〝希薄〟だけであってそれ以外の〝歪み〟や〝乱れ〟は二次的なものとなりますね。
　つまり、現状生じている地脈への悪影響は、その二次的なものとなります」
　そして、

「歪みが小規模なものとなった場合、人などの小サイズのものは影響を受けますが、でも、基本的にはやっぱり丈夫です。〝型〟や〝相〟の固定力が、怪異よりも強いからですね。
　でも、そういうものが薄い空間や、あやふやなまま集まる場所、例えば人気のない場所や、四辻《よつつじ》なんかは、歪みの影響を受けやすくなり、そこに怪異が発生します」
　と、そこで闇が手を挙げた。

「いいでしょうか」

「あ、はい、どうぞ」

「Ｊｕｄ．、——地脈の歪みや乱れは怪異になる。……だとすると、全世界規模で、怪異の発生率を確認すれば、今、世界全体が歪んでいるかどうかは解るのでは？」

「ええ。いい見解です。ですけど、それがですね……。えーっと……」

『あー、すみません。ちょっと身内のアレもありますけど、今、極東上は地脈的にケッコー荒れてるんですよねー』

　助け船が来た。そして自分には、竹中が何を言いたいかは解る。

『……本能寺《ほんのうじ》ですね？』

『Ｊｕｄ．、あれの打ち上げで極東の地脈にかなり負担入れたのと、落下物とか、また、運命の召還などの影響もあって、極東の地脈は近畿を中心に荒れている筈ですねー……』

「はい。まあその通りで、神道系ではそういうことや、あの事変に関係していろいろやらかした戦争の影響なんかも含めて〝運命の事変の影響で地脈が荒れている〟と言っているんですね」

　そういうことだ。だから、

「現状、極東の地脈状況は、突出した荒れ場は少なくなってきましたが、今度は全体的にそういったものを分散、吸収している状況です。

　だから極東全体の怪異状況を調査すると、落ち着いてきている一方で、小規模だったり微弱なものは、三河争乱当時よりも多くなっています」

　これをどう捉えるかは、神道内でも分かれている。

　波が低いながらも荒れていると考えるか。

　荒い波がなくなって落ち着いていると考えるか。

　神道としては、ゼロではなければ荒れている、とした方が正しいと言う見方があり、基本的には前者だが、騒ぎすぎてもいけないからまた面倒だ。

「――ただ、三十年戦争が終わり、各国の状況が落ち着いたので、鎮守と治安が働いていて、解決率も高くなっています。そのため、安心度は確実に上がっている筈です」

「取るに足らない怪異が比率として多くなったけど、それらを逐一鎮守するため、体感治安はいい、ということね……」

「治安しにくい大犯罪が多発した時代は終わり、取り締まれる軽犯罪が多い時代になった、と……」

「しかしそれでは、この状況の原因は解らないと……、そう言えますね」

宗茂《むねしげ》の言葉に、自分は頷く。

「はい。――なので、運命の事変、という処に原因を求めても、それは関係含めた影響ということを考慮しないと、将来的な精査で見当違いの結論を出してしまうかもしれない、ということです」

そして、

「運命の事変の影響ではない、と言うのも、また危険です。何故なら国単位、地域単位では確実に影響があります。それが原因か後追いかは解りませんが、無いとは言い切れないですね」

どっちつかずだが、ちょっと難しいところだ。

●

えーと、と皆が上を見た。

「言葉の定義問題だと思うんだけど、結局、どういうこと？」

「地脈だけに絞って言うと、書記はこの英国の異常が運命の事変の影響とは言い切れないと言って、それは半分正しかったんだけど、半分間違ってたの。

何故なら現状起きてる怪異の全ては、遠因として運命の事変の影響がある一方で、それが直接原因である時代はもう終わったから」

「50点か！」

「おいおい前期末テスト平均12点の俺より頭いいぞ！」

「全くフォローになってないで御座るよ？」

「でもまあ、卒業しなくていいとなったら、急激にテストのモチベーション下がったわよね……」

「先生が〝次から赤点は処刑ね〟と言ってたの、私は憶えてますわよ？」

「まあ馬鹿は放置として、ではどうしましょうか」

「――順序を追ってみればいいんじゃないかしら」

「ああそうだとも！　続きだ！　やってやろうじゃないか！　覚悟するといい！」

……盛り上がってきたなあ！

世界は動いている。
もはや運命の事変も、それだけでは世界の影響の一つでしかなくなったのだ。
そして今、次の事件が始まっている。

「何となく、思うね」

「何がだ？」

「以前、アリアダスト君やヅカ本多《ほんだ》君達、葵君達が、こんなこと言っていたと思う。――何事も〝終わらない〟のだと、そんなことを、ね」

そうだ。

「僕達は末世を解決した。あれは大きな事件で、あれだけのことをやったら、もう何もかも解決で良いだろうと、そう思った」

「だけどやっぱりそうじゃねえだろ？」

「ああ、そうだね。Ｊｕｄ．と言おう。――世界は次から次へと僕達を困らせる」

じゃあ次だ。
己の中で、ようやくという感じで、切り替わってきた気がする。
あれからこれへ、と、そんな感覚で、

「順序を追おう。――英国がどうしてこうなっていて、何が起きているか、だ」

表示枠を開く。

「まず、歴史の記録は正しく、問題なく存在していたものとする」

ここが始まりだ。これは譲れないし、譲る意味もない。

続きが問題だ。

「記録は、しかし、世界中に発生している地脈の大規模な歪みによって損失を受けた」

言う。

「損失を埋めようとして、英国が記録の中に情報の供給を行う」

言う。

「供給によって流体が消費され、新しい損失が生まれる」

言う。

「その損失を埋めるためにまた供給が発生し、悪循環が成立する」

「そのままだとどうなる？」

「英国の〝型〟が自分をセーフする何らかの機能を持っていなければ、英国の歴史が虫食いの連鎖になって消え去るね」

「そうなるとどうなる？」

そんなのは、決まったことだ。

「英国という存在と、歴史や記憶を、誰もが、英国自体もが、認識出来なくなる。歴史という関係を破壊されたからだ」

まとめよう。

・歴史の記録は正しく、問題なく存在していた。

←

・英国の記録は、世界中に発生している地脈の大規模な歪みによって損失を受けた。

←

・損失を埋めようとして、英国が記録の中に情報の供給を行う。

←

・供給によって、流体が消費され、新しい損失が生まれる。

←

・その損失を埋めるためにまた供給が発生し、悪循環が成立する。

←

・英国の〝型〟が何かセーフする機能を持って

いなければ、英国の歴史が消え去る。

←・英国という存在と、歴史や記憶を、誰もが、英国自体もが、認識出来なくなる。

←・世界がヤバい。

「最後で知能が下がった？」

「自分を出すのを我慢出来ない男っているのよね……」

「ああ、いるよなそういうウザい馬鹿って！」

「というかコレ、前に私が正純相手に似たような事言ってますよね」

「パクリ？」

「待つんだ！　結果として似ただけだ！　パクったらもっと上手くまとまってる！」

「説得力あるのが嫌な言い訳ですわね……」

●

「素敵……」

「豊？　拍手するところじゃありませんのよ？」

●

アデーレは手を挙げた。

今の流れは、かつて有ったことに似ている。

「――運命の自殺によって、関係が失われる場合と、どう違いますか？」

「……以前、私からも話しましたが、地域的である、ということが違いますね。英国限定です」

そうだろうね、と持ち直した書記が頷く。そして彼が肩をすくめた。

「あるとき、いきなり世界から英国という認識が消える。

英国人は自分達が誰だか解らなくなり、他の人もまた、彼らが何だか解らなくなる。

　英国の土地は、誰も知らない場所となり、住んでいる者達も、自分達がいる場所や、その設備やら何やらの意味が解らず、言葉も使えなくなっている」

　そして、

「英国の浮上システム自体も、自らの制御情報を理解出来なくなり、恐らくは機能停止になっていくか、暴走するかして、沈みますね」

「英国が、そうなると、……どうなりますか？」

「はい。世界が混乱するのは確かです。いきなり、見知らぬ人々が多量に現れ、しかも彼らは自分達が何かも解らず、表現も出来ず、そして現状ある技術なども全部理解出来なくなっている筈だからです」
　つまり、と副会長が言った。

「人の形をした獣のようなものを、英国住人の数だけ、世界は抱える。そしてそういった存在の住む浮上島の是非の判断と、――“保護”の権利を巡って、何らかの形で争いが生じるな」

「それって……」
　己は、とりあえずの感想を告げた。

「どうにかしないと、マズいんじゃないですか……？」

●

　正純は頷いた。Ｊｕｄ．と。そうだな、とも付け加えた。

「これ、元の時代に戻ったら、各国に警告しておくべきだろうなあ」

「そうね。各国間で、この問題について情報共有した方が良いし、武蔵側も情報世界への侵入方法など、ライブラリを出しておいた方がいいとは思うわ」
　確かにそう思う。

「新秩序だとか開拓云々言ってるところでコレは、非常に面倒だな……」

「過去な上に足元だからのう。――こっちとしては、貴様らにもっと外に出て暴れて欲しかったが」

「まあこれも、他人の家で暴れてるようなものですわ。大体――」

「アーサー王伝説と竜害の時代に擬似的とはいえ出場とか、スケールでは充分に無茶苦茶だね」

そうだ。だが、

「さあ、どうするか、だ」

「セージュン！　どうすんだ!?」

Ｊｕｄ．、と己は頷いた。そうだな、とも付け加えた。

「――皆、もう大体、見えてきているだろう」

言葉に対して、皆が視線を向けた。

そうだ。

これは、同じだ。

三河から始まり、月を前にして、そしてここに至るまで、何度もあったこと。

失敗したことも、成功したことも含みで、

「英国を失わせないためには、どうするか。――思うことを言ってくれ」

●

豊は手を挙げた。

「ハーイ！　どうしたらいいか全く解りませんけど、英国の損失補填の過剰供給を止めるのが一つの方法だと思います！」

「無知を割り切ってるわね」

「あったり前ですよ！　思うこと言うんですから！」

じゃあ、と清正が手を挙げた。

「私は逆に、供給が入ってない箇所を埋めるべきだと思います」

「サード派の拠点で見たような、稼働していない荷車とか、そういうものですね」

「Ｊｕｄ．、英国が他のことを優先したり、供給のために流体を消費した補塡として、恐らく、日常や業務の幾つかが行われていないので御座る」

成程、と首を下に振った上で、己はまた手を挙げた。

「——ここまでで、二つ、解った事があります！」

「言ってくれ」

はい、と応じて、自分は言う。

「この情報世界が、英国の記録そのものではないということと、——事態の解決のシステムについて、です」

●

「流石は平野さんですねー……。こういう怪異じみた状況の分析が早い」

「……どういうことや？　この情報世界は、英国の記録やろ？　違うというのは……」

「Ｊｕｄ．、単純だけど、気づきにくいことですよ。皆、既に、その前提でいるけど、そうではないと錯覚していることがあるんです」

それは、

「歴史の記録というのは、〝一回だけ〟です。つまり、過去は変わらない。でもこの世界、私達がいるというだけで、もう〝変わってる〟んです」

「……あ」

気づいたらしい。

これは、言葉の定義の問題でもあるだろう。皆、混雑してしまっているが、基本ルールは解りやすいものだ。

「英国の記録は、損失しつつ、しかし不変で存在しているんです。では、ここは何だと思います？　可変出来てしまう過去のやり直しとは」

「変更可能な、過去の記録のスペアか……？」

「どうでしょう？　でも似たような機能の場所でしょうね。
　ともあれ私達がいるのは、記録そのものではありません。
　記録というか、過去は不変ですからね。私達が〝入れる〟訳がないんです」
　ではここは、何なのか。

「ここは、記録が損失した際、それを埋めて修復する際の、検証システムなんじゃないでしょうか」
　いいですか？

「私達は、英国の記録に飛び込んだと思っていますが、本当にそんなことになったら、世界がえらいことになりますよ。何しろ、過去を変えられてしまうんですから。
　でもそうではない」

「待て」
　待つ。大体、彼女が言いたいことは解っている。それは、

「この修復と検証システムは、世界がそもそも持っているものか？　それとも、誰かが、どこかの時点で、世界か、または英国に仕込んだものか？」

「――〝型〟ですね」
　浅間は、幾つかの事象を頭の中で思い出し、繋げていく。

「――〝型〟や〝相〟には、ちょっと謎がありました。
　それは、〝型〟や〝相〟が傷ついても、ある程度の損失ならば、元の形を取り戻すということです」
　これは、神道だけではなく、各教譜でもかつて議論になったことだ。何故なら、

「〝型〟ありきなのか、それとも流体ありきなのかと、そういうことですね？」
　はい、と頷くと、ホライゾンが手を挙げた。

「――済みません。トーリ様に解るように御願いします。あ、ホライゾンは大丈夫です。解ってますので。トーリ様に解るように、ええ、御願いします」

　あー、と己は言葉を選ぶ。このあたり、言い出しっぺの豊に振るのはどうかとも思うが、

「ほら！　ほら！　ほら！　ネイメア！　母さんが上手くまとめに入りますよ！」

「ええ、智母様、言いくるめるの上手かったですものね！」

超プレッシャー。

……というか私、未来ではどういうキャラだったんですかね……!?

　自分を言いくるめるようなことをしてなければいいと思った。でもそんなだったら毛は使わないだろうからセーフ。いやアウトか。どっちですかね。

　ともあれ、言い換える。

「ええと、〝型〟というものは、最初から〝型〟が見えない形で存在していて、そこに流体が入っていくだけなのか。

　または、流体が集まっていって自然と〝型〟になるのか。

　どちらなのか。または両方なのか。そこらへんの確かめようがなかったんですね」

「…………」

「解りましたかトーリ様」

「え？　俺なの？　そうなの？」

「解ったかと聞かれて自分云々言う馬鹿はここにいますね？　そうですね？　あ、ホライゾンは何となく解りました。優秀なので」

　ハイ……、と頷いて、己は言葉を作る。

「――ですけど、この状況を考えてみると、そこにまた一つの答えが見えます」

　それは、

「〝型〟は、流体が集まって出来、経過によって成立する一方、そうなった状態で、以後、恐らく、自分の設計図のようなものを持つんです」

●

　両論の成り立たせだ。

〝型〟は流体が集まって出来る。

出来てしまうと、そこに見えない〝型〟の設計図が生じる。

「だから〝型〟は何処にでも、どのような形にもなる一方で、損失した場合、己の設計図をベースに検証し、修復するんだと思います」

　思えば、そうだ。運命だ。

「運命が、何故、希薄化という死を選んだのか、何となく解りました」

「あー……」

　ナイトが、気づいたように手を挙げた。

「損失では、〝型〟ベースに勝手に自己修復しちゃうから、希薄を選んだ？」

「そうですね。ナイトの言う通り、安易に死のうとしても、内裏は邪魔するし、修復もあるとしたら、確実なのは、全体的デバフが進行するような希薄化でしょう」

　これは、幾つもの不明だった事柄を、説明出来る気がする。

「以前、ほら、二年次始めの偽神事件の時、怪異が集まって酷いことになったの、ありましたわよね？」

「ああいう融合も、実はちょっと説明ついてなかったんですよ。だって、〝型〟同士が融合するとき、片方の〝型〟が優先されるときもあれば、両方の〝型〟の中間になるときもあるし、全く新しい〝型〟になるときもあるんです。

　アバウトすぎるのは、怪異だから、って感じで済まされてましたけど、この設計図理論があると、説明が出来るように思います」

「設計的に、強いものや、優先されるものが遺る、と？」

「はい。小さな〝型〟でも優先されるときがあるのは、その設計の中に、他と融合されない強い部分があるから、ということになります。そして融合時に、今私達がいるような、こういう検証システムが働くんだろう、と」

「多分、これ、本当だとしたら大発見な気がするけど、現状はどうなっているんだ？」

はい、と自分は表示枠を開いた。

ラインを二本書く。

上が〝歴史〟。

下が〝設計図〟。

上のラインは、幾つか断続しておく。

「私達がいるのは、このラインの中間なんです。そして今、穴が開いた歴史に対し、設計図が検証し、穴を埋めに掛かっています」

だから、という言葉の続きを直政が作った。

「穴が埋まれば、歴史は何の変化も無く修復。……逆にこの中間部分は、検証のために、何でもありと、そういうことさね？」

「はい、そういうことです。ただ、損失が重度のため、設計図側が簡単に修復出来ず、歴史の別の一部を流体化し、穴を埋めていて悪循環と、そういうことになります」

「……修復能力が低くないか？」

「いやいや、〝歴史が欠損する〟ということが、普通、あり得ないんですよ！」

そうだ。歪みや乱れではない。

「欠損は、無です。希薄化の最終状態が、部分的に生じている、ということですから。だから、――この情報世界の外から見たら、穴の開いてる部分に関しては、関係を失った状態になっていると思います」

「ならば、……私達が、この欠損に気づいているのは――」

己は、クリスティーナに会釈を送った。既に彼女も気づいているだろう。

「私達が、穴の開いた歴史の内側、設計図の側にいるからです。――だから私達が今、それら

と〝関係を新しく作る〟ことなくこの情報世界の外に出たら、さっき気づいていたようなサード派拠点の荷車や、倫敦の市場のことなど、頭の中から消えますね」

　これは一つの事実を示す。

「――この事件は、私達しか解決出来るものがいないということです」

●

「…………」

「どうしたので御座るか？　正純」

「あ、いや、何と言うか……」
　吐息をつけて、正純は言った。

「何が何やら、と、現状をとにかく追ってきたが、……ようやく、推測段階ではあるが、事件のシステムを捉えた気がしてな」

「ああ、よう御座ったな」

「？　何がだ？」

「Ｊｕｄ．、――相手が解れば、正純は強いで御座ろう。拙者、正純がしっかりしてないと、いろいろ考えなければいけなくなって、困るので御座るよ」

●

　まあそういうもんか、と正純が手を挙げるのを、浅間は見た。
　彼女は、こちらが作った表示枠の図を見て、

「その理論、今は仮定理論として、何と呼ぶべきだ？」

「は？　私が名付けるんですか？」
　いや流石に、と視線を皆に回す。
　と、ネシンバラがカモンカモンとやっているのが見えたので無視した。同じように喜美も無

視しておきます。

「あらヤダ！　折角私がゴージャスな名称を考えたのに！　ほら、〝型〟の設計図の理論だから略してゴールデンカタセッケーズとかどう!?」

「そういう雑な話になるから無視したんですよ……！」

とりあえず、この話の起点である豊はどうだろうと視線を向ける。すると、

「ほら！　ほら！　ネイメア！　母さんが格好良く名付けますよ！」

「ええ、智母様、御料理とか何となく名付けるの上手かったですものね！」

超プレッシャー。

ともあれ未来の自分も家庭的で何よりだ。そして、

「そうですねえ……」

〝型〟も〝相〟も、多分、このシステムだから、両方を用いるのは雑な気がする。

それに、修復は恐らく、希《まれ》なケースだ。一番多いのは、自分達もかつて遭遇したり、普通に生じている融合系の方向だろう。ならば、形質を引き継ぐものとして、

「遺伝関係ですよね。……そして、流体の変化は、意思や言葉によって行われますから……」

「確かに、魔術で流体に〝型〟を与える時は、言葉を使うのよね……」

「フフ、歌とか、そのものよ？　言霊《ことだま》は流体をガンガン上げるんだから」

「じゃあ、遺伝系と、詞《ことば》ということで？」

「Ｊｕｄ．、――二つ合わせて、遺伝詞と、そんな感じですかねえ」

「あ、ああ、そこらへん、そういうものかもしれません」

まとめて貰えて助かったと、心底思う。

「じゃあ正純、そんなあたりで！」

●

投げるなよ……、と正純は思った。だがツキノワが早速単語登録をしているのだから、使ってやらないと駄目だろう。

「つまり私達がいるのは、英国の持つ歴史と遺伝詞の間だ」

現状、どうなっているのか。さっきのネシンバラの順序を追って考える。

「歴史の記録が欠けてしまった。ゆえに遺伝詞の方で、何が欠けたかを検証し、修復する。だが、損失は本来あり得ない。だから遺伝詞は、未知の事態に対し、しかし修復を行おうとして、歴史の他の部分を転用しようとして、悪循環だ」

『私達は、中間点からそれを見ている訳やな』

そうだ。ならば如何するか。

「平野、――さっき言っていたな？　――事態の解決のシステム、と」

「ハイ！　言いましたね」

と、平野が立ち上がる。僅かに頬赤く、緊張気味の彼女は、しかしこう言った。

「単純ですよ。

――損失が生じるから供給が生じる。

――供給があるから悪循環が起きる。

原因は何です？　損失です」

そして、彼女は母の作った表示枠の図を指差す。

「私達は今、損失を把握出来る世界で唯一の存在です。遺伝詞はここでは正しい歴史を示しますけど、私達だって英国の知識は無茶苦茶持ってますよね？」

平野が、メアリを見る。ネシンバラを見る。クリスティーナを見る。他皆を見渡す。

「もう、ここに至るまで、コレでもか！　ってくらいに、英国や、周辺国、そして他の歴史やら何やらも話してきましたよね？　――それを今、〝関係の損失〟なしに振りかざしていられ

るのは、私達だけです。

　そして私達は情報体になっていて、今、この英国の中では、〝余分〟です。私達の存在は、英国にとって〝過剰〟でありながら、その出力的負担になっていないんですよね。だとしたら――」

　解決のシステムは、何か。

「遺伝詞より先に、私達が穴を塞いじゃうことですよ」

●

　では、と声が上がったのを、ネイメアは見た。

　第二特務だ。

「では、――何をすべきだ」

「私達から見て、違和感がある箇所を、正すことでありましょう」
　即応だ。
　そうだ。自分達は今、英国の歴史を知っている。だから、

「――違和感を正して、元のあるべき英国に〝補正〟するんですのね？」

「Ｊｕｄ．、そうすることで、遺伝詞が何もしなくても穴が埋まり、供給が止まると、そういうことね？」
　音がした。
　振り向けば、副会長が一つ、手を打っている。
　傾注だ。皆が見る視線の先で、副会長が右の手を肘から挙げた。

「何が違和感だった？」
　誰もが息を吸う。そして副会長が、眉を立てた笑みで、こう言った。

「スリーサーズには、助けがあったら言ってくれと、そう格好つけたんだがな。明日にでも、撤回しに行こう。そしてこうしよう」
　一息。

「彼女も知らないようなことを、思いの外にあることを、私達が為そうと、――そういう親切

の押し売りを、してこようじゃないか」

第三十五章

『穴場の計り屋達』

真実に気づくこととは嘘に気づくこと
嘘に気づくこととは真実に気づくこと
配点（駆け引き）

●

早朝の倫敦の空気は、麦の匂いがする。

朝の市場や、各業種への供給のために麦を詰めた麻袋が幾つも持ち込まれ、また、藁なども各家庭や建物に束で届けられるからだ。それに続いて野菜や果物、樽に詰められた塩漬けの魚や肉が運び込まれてくる。

やがて朝の鐘が鳴り、住民が起きてくるが、彼らより先に、一つの動きを作っている者がいた。

倫敦北西部、訓練場にいる竜骨の騎士だった。

ランスロウだ。

己の身長よりやや短い長剣を両手で握り、

「……！」

全力で振って止める。それを角度を変えて連続し、繰り返し、

「——」

止めず、全身を前に出した。

●

ランスロウとしては、ストレスを感じていると、そう判断していた。

「……！」

先日の相対のことだ。

結果として引き分けではあったが、それは誘導によるものだ。

相手が、こちらの立場を考え、また、サード側への牽制なども含み、引き分けで終わるようにと、そう導いたのだ。

相手側の、長身の衛士の判断ではない。

相対が途中で止められ、仕切り直しが始まる前。相手の指導者の一人が何かを衛士に言い含めていた。

あれが、全てだ。

政治である。

だがそれ以前に、

「あの勝負は――――」

自分の敗北であったのだ。

●

気づくと、訓練場の端まで身を動かしていた。

各部の関節が淡く熱を持ち、駆動系は排気を始めている。加速器にも力が溜まり出していて、

「問題は無い、か」

表示枠を出し、自分自身をスクリーニング。

異常はあるかと思ったが、装甲の一部にバリが出ているだけで他は問題が無かった。

昨日、一日を使って修復したのだ。

己は竜骨の装甲を用いた自動人形だ。

装甲の破損部には、竜骨用の溶解剤と、竜骨の粉を用いたパテを用いる。

パテに溶解剤を加え、速乾剤も加えた上で、破損部の穴を埋め、破損パーツを接着する。後は固定具などを使用して安定や圧迫を行えば、一日である程度は硬化する。

軽い得物をもって、破損部位以外を使用するならば、訓練も可能だ。

故に今、そうしていた。

だが、完全硬化には一週間ほどが必要になる。

週末の、ファースト派と彼らの相対には間に合わないだろう。

「Ｔｅｓ．……」

手の中の長剣を見る。

体は動く。

装甲も問題なく修復されて行っている。

だが直近として、自分は、戦うべき相手を得られない。速乾剤を多く入れるべきかとも思案したが、強度が著しく落ちるので、無理だ。

つまりどうしようもない。そのことが理解出来ているのに、週末のことを思うのは、何だろうか。

自動人形の思考としてはあり得ないような、未練というものだろうか。

それとも、ただ自分の失態を取り消したいという、恨みなのだろうか。

解らない。

何だろうか、これは。

これまで、敗北は幾度かあり、そのたびごとに納得をして己の強化に努めてきた。

だが今回は違う。納得が出来ていない。

燻《くすぶ》っている。

……何故だ？

と、疑問したときだった。

「力が入りすぎると自壊しますよ、ランスロウ」

背後から声が掛かった。

●

面白い、というのがペリノア王の感想だった。

このランスロウという自動人形は、元々、好ましく思っていた。

……本当に可愛《かわい》らしい。

何しろ竜骨という、自分達に関係した装備で、それゆえか、好戦的だ。

だが実のところ、彼の竜骨は地竜のものだ。

自分のような天竜は、流体存在なので、死ぬと流体光に散って天に昇る。

骨が使われていると言うことは、自分達とは違う。

そして地竜には、二種類ある。

知能が高く、天に住まう天竜の下で大地を制する〝地竜〟と、知能を高くすることが出来ず、単なる獣としての〝駄竜〟だ。

地竜や駄竜の中でも、またランク分けがあるが、その基本は知性だ。

竜とは、戦闘種族であるが、知性種族でもあるからだ。

だとすれば、ランスロウの装甲は、地竜、小型であれば知性を持つことが少ないので、駄竜であった可能性の方が高い。

しかし、

「……自動人形の知性の速さと、感情ともいえる統計的判断の発露は、素晴らしいですね」

「……ペリノア王」

ランスロウがゆっくり言った。

「私、……天竜にこんなこと言うのも何であるが、正直、貴女は苦手である」

「アラ——!」

可愛い。

「竜属が私に苦手とか言って！　言って！　でもそういうのハッキリ言えることこそ竜属の知性の証！　やっぱ〝察して〟は無しですよね！」

嬉しくなって継ぎ目の白い装甲を叩いていると半目を向けられた。

「そういうところが本当に苦手なのだ」

「んんんん。私はランスロウ君のそういうところが大好きですよ」

だって、

「このブリテン。歴史に残る事業を大規模に進めているというのに、そして隠し事の嫌いな私がいるというのに、どれだけ何もかもが隠されていると思うんです？」

「それは——」

「一重？　二重？　三重？　いえ少なくとも四重、そして——」

そして、

「——私ももはや五重目と、そういうことになるでしょうね」

●

しかし、とペリノア王は言った。向こうに置いてあるアロンダイトは多分今日使わないんでしょうねえ、と思いながら、

「——もっと凄い、何か隠した連中が来ましたね」

でも、

「彼らは、しかしそれ以外を隠していない」

「？　……隠していない、とは？」

Ｔｅｓ．、と自分はランスロウの背面を見る。

背部加速器はない個体の骨だ。地上での突撃に特化していたということは、恐らく中央アジアの平原で発展した一族だろう。それがゆえあって中央アジアと欧州の間、そこにある山岳地帯を抜け、こちらに来たのだ。

尾の生える角度から言って、実際はかなり前傾だったのだと、そんなことも解る。

骨は、素敵だ。

その個体のことだけではなく、所属する一族の歴史も教えてくれる。

自分達のように、一個体で完結していない。

自分達は隠す必要も無いもの。

ランスロウ達は、望まず隠してしまうもの。

だが、

「このブリテンの者達は、隠すことを望み、何もかもそうであることを望み」

しかし、

「我が友達の匂いを持った異邦人は、自分達を隠し、しかしそれ以外の何もかもを隠さぬ事を望み」

さてさて、

「——彼らのこと、気に入ってしまいそうですよ」

「ペリノア王は、彼らを何だと思っているのだ？」

「異邦人でしょう。——今の時代、素性を問うのは野暮か。それとも警戒でしょうかね。でも、関係ないです」

「関係ない？」

「彼らは、我が友達をいずれ倒すと言ったのです」

「——」

「貴方もそうでしょう、ランスロウ」
　問う。

「——ランスロウは、円卓の騎士として、アングロサクソンの侵攻を撃退する。
　対岸のフランク王国側でも、それを望んでいるでしょうに」
　言って肩装甲を二、三度叩いていると、半目を向けられた。

「貴女は身軽過ぎる」

「天竜で、定地を持たずに力を振るっていたバイキングの襲名ですよ。
　思うがままに動くのが何よりでしょう」
　しかし、と己は言った。もう一回、ランスロウの肩装甲を叩き、

「——貴方は随分、このブリテンに自分を合わせてしまったようです。しかし——」
　しかし、と自分は再び言った。

「——彼らは、ただ力を振るい、しかし、最後に、私達に気を遣った。
　私達が何をしているかなど、知らないでしょうにね。
　自由である者達が、その自由故に、不自由な私達を察して、気を遣った。
　——燻るじゃありませんか」

●

「————」
　竜骨が黙った。
　その沈黙を聞いて、誘導してはいないか、と、ペリノア王は思った。自分の今の推測が、真面目な自動人形の背を押してしまってはいないか、と。
　だがまあ、

……あまり変わりはありませんか。
　この自動人形が、勝負で負けた後、ここにい

るとは。

実は初めての事だったのだ。

いつもならば、戦術や動作を分析し、数日掛けた上で自分のミスを改修し、復帰する。別に数日休んだところで、彼の体は鈍《なま》ることがない。自動人形なのだ。寧ろ情報を整理し、余分を無くして改修した方が、強化になる。

しかし今日は、修復が終了次第、すぐに体を動かした。

自動人形にとって、鍛えるということは肉体的な意味を持たない。動作の可能範囲などを知る意味はあるが、駆動系で動くために、部品が疲弊するだけで、強化はされないからだ。

だが彼はここにいる。

訳の解らない行動だ。

知性が無いならともかく。知性のある自動人形がそれをやる。

だから可愛い。高知性の種族として、やはり高い知性の一員が自分を戸惑っているのを観《み》るのは、そこに未知のものを感じる。誠に〝未だ・知らず〟とはよく言ったものだ。

自分にも、そういうものがあるのかもしれないと、期待してしまう。

「さあ、どうなるでしょうね。このブリテンは」

「……？　どういうことだ？」
ええ、とペリノア王は言った。

「異邦人の彼ら、昨日私が見た指導者の一人が、今朝方、サード派の拠点に供をつけて訪れたそうです。
何やら、事業の持ちかけと、そういう話のようで」

●

スリーサーズとしては、ちょっと訳の解らない話だった。

〝湖の精霊〟達のことだ。彼らが、以前からこちらに対し、助力を持ちかけてきていたのは確かなことだ。だが、

「私達の方から、何かあれば、とのことでしたが……」

「前言撤回だ。基本、こちらから進言し、親切の押し売りをしたい」

「ええと……」

ちょっとこの手の訪問販売は初めてだ。これまでも、武器やら物資やらを買わないかと乗り込んで来る手合いはあり、上手く帰って貰ったり、逆に取引先にしていたものだが、

「親切の、押し売り？」

どういったものだろう。
会議場。いつものオープンの場だ。
置かれたテーブルの上に、向こうの第一特務と名乗った少年が羊皮紙を広げる。見ればそこには、有翼の少女のロゴとともに、この拠点から湖周辺を含む概要図が書かれていた。

「地図を作るということの危険性は理解しているつもりだ。そのためにまず、私達が中立であり、これを外に持ち出すことはないということを信じて欲しい」

「信用させるための理由は何です？」

「――私達のキャンプや、借り領土の使用状況なども書き込んである」

「それだけでは、まだ如何《いかん》とも、ですね」

Ｊｕｄ．、と相手が言った。Ｔｅｓ．ではない応答だ。異国のものかと思えば、どうも違うらしい。

……調べてみると、神代の時代に、そういう応答を強制された一派があったとか。
本当かどうかは解らない。
そして彼らが、その事実とどのように関係しているかも、定かではない。
ただ、不思議な人達だと思っていると、彼女がこう言った。

「じゃあ、もっと広範なものを作り、他派も巻き込んだものとしようか。それで各派共有とす

る。それなら問題はあるまい」

●

『……また極端な意見を持ち出しおったな』

『あれ!?　代表委員長、もう入ってるんですか!?』

『ん?　私なんかもっと先に来て学食で飯食ってるぞ』

『子供の早起きか……!?』

●

スリーサーズが苦笑し、とりあえずというように腕を組む。

「んんんんん――」

正純は、そんな彼女を見て、一つ頷く。

「まあ、納得して貰えて幸いだ。我々は中立ゆえ、そこに疑いを持たれた場合は絶対的な中立をもって対応していくものである」

向こう、入口に控えている二代が深く頷いた。

「**中立（物理）**で御座るな?」

やめろそういうの今言うの。

●

「**中立（ホライゾンルール）**ですかね」

「**中立（同人誌）**とかもあるわよ」

『じゃあ**中立（神道）**もありですね!』

「いや、やはりここは**中立（メンタル）**だろう!」

「それバラやんある意味最強じゃないかな?」

●

キャンプにいる外野が確実に騒いでいる気が

する。

　正純としては、しかし提案が先だ。

「サード派の拠点周辺で、インフラを中心とした整備と、戦士団の強化を行いたい」

「うちの人員を用いたい、と？」

「作業費用は不要とする」

「待って下さい」

　話を一方的に進めるのは無理か、とこちらはしかし、引かない。

「待つ意味が無い」

「――――」

　流石に警戒されよう。だが、それはこちらに食いついてきているということだ。信用すべきかどうかを迷っていると言うことなのだから。

　ならば、

「このサード派拠点周辺を、次世代インフラと次世代農業などのテストモデルとしたい」

「それは――」

　答えず、畳み込む。

「最終的には地下に入り、浮上システムの改修を行う」

　一息。

「私達の本業のようなものだ。そう言えば解るだろう」

●

　武蔵の艦橋内で、母と交代したばかりの片桐は、首を傾げていた。

『……？　次世代インフラとか、次世代農業って、何です？』

『あ、〝言ってみただけ〟ですねー』

『は？』

『いや、こっちの調べで、サード派のインフラ保持や構築、そして農業関係には、恐らく〝穴〟が開いている、というのが解ってるんです。
　そうなると、彼らは、そういう作業や知識を欠損している訳でして』

『せやけど彼らは、英国の気遣いによって〝穴〟を埋められとるから、生活は滞りなく出来とるんやな』
　だとすると、と己は考えた。

『彼らは、あやふやな知識と作業を持っているだけなのに〝自分達はちゃんとやっているだろう〟くらいの感覚で生きていると、そういうことですか？』

『恐らく、認識系に英国が介入しとる。正しい歴史の筋道、――遺伝詞か。これを叩き込まれていて、人形みたいな状態になっとる筈や』

『Ｊｕｄ．、だからそんな人達に〝正しい作業、知識を教えよう〟と言っても、相手にされません。既に彼らは、それをちゃんとやっているつもりですから。
　一方で〝次世代の作業と知識〟とすれば、話を聞いて貰えます』

『せやけどまあ、ホントに次世代の作業と知識を教えたら、多分これも認識されん。英国側の制約に引っかかるからな。
　だからここで私達が〝穴埋め〟として、本来あるべき作業と知識を教えることにする。
　――そうすれば、英国ではなく、私達が穴を埋めたこととなり、英国の負担は消えていく訳や』

『ああ成程……。でも、何だか、英国の人達が欠損に気づかず生活しているのって、軽いホラーですよね……』

「ワッ！」

「うおおおお!?　な、何ですか平野さん！」

……昔は椅子から転げ落ちるくらいビックリしてたのに、落ち着きましたねえ。

「つまらない人間になったもんですよ……」

「ひ、平野さん！　思っていることと台詞を逆にしてくれませんか!?」

いやまあ、と平野が言う。

「英国の住人も情報体で、彼らには英国の歴史という行動や思考の制約が掛かっていると考えるべきでしょうね。それ以外のものが、認識しづらくなっている、という」

「でも、それは、……人間ですか……？」

どうでしょうね、と平野がアッサリ言った。

「私達だって、精霊や霊体を見えないでしょう？　人間だってそんなもんですし、精霊や霊体だって、また上位のものを見ることが出来ないです。——皆、そんなもんですよ。

哀れんだり、上から目線になる必要は無いですって」

そうです、と平野が言葉を重ねる。

「それまで遠くに見ていた推しが、いきなり至近で見えたり話しかけられたり匂いが解ったりする方がメンタル的には危険なんですよ！　解りますか!?」

「〝武蔵〟先生！　平野さんが危険です！」

「誰が先生ですか一体。——以上」

●

スリーサーズは、〝湖の精霊〟の計画を聞いた。

「まず、拠点の支配領域内の主道。この整備を行うで御座る」

少年が、言いつつ、拠点から延びる道を手で示す。そして、

「この整備に伴い、領域内の森林部に対し、間伐と植樹、また資材の確保などを行うで御座る」

その上で、と彼は言った。

「河川の整備と、下の農地の整備と拡充を行うで御座る」

「そんなに、ですか？」

と言って、ふと気づいた。

何が〝そんなに〟なのだろうか、と。

自分はこの拠点を運営しているが、今言われた事柄は、当然あって然《しか》るべきだ。ならば自分は、ここではこう言うべきなのだ。

「……しかしそれはもう、私共も行っている筈のことで……」

「では一つ、人員をお借りしている上で、ボーナスをつけるで御座るよ」

それは何か。

「この拠点の、副拠点となり得る砦を建造するで御座る」

●

点蔵には、メアリと話し合い、確認した上で、一つの思案があった。

このサード派拠点は、恐らく、自分達の時代にも何らかの形で遺っているだろう、と。

メアリの記憶によると、湖が将来の入江となるならば、北西に位置するここには、

「……森に囲まれた集落がありますね。主道の形から言って、恐らく、この拠点が、戦闘機能を放棄し、居住用になったのだと思います」

自分の覚えがあるのは、メアリと各所を回った時に整備した農地や水路だ。

そのマップは頭の中にある。整合性をどこでつけるか、というのはあったが、

「この拠点の北、森の丘上に、――自分らの時代では別の集落があった筈に御座る」

この情報は、武蔵側で再確認された。

結果として出たのは、

『当艦で保管しております概要図及び画像などから確認するに、確かに１６４８年当時、その拠点周辺に集落があります』

しかし、

『位置が違います。今、拠点は主道の南にありますが、現代の集落は、道を挟んだ丘上側にあり、主道もその中央を通るように移動しています』

『あらあら、記憶は頼りになりませんね』

『ええと、南の拠点の跡など、ありませんか？』

『八百年経っていると、もはや森になってるんじゃないかと思いますね。そこに行って検分すると遺構があると思いますけど……』

『フフ、しかし何で集落は引っ越し？　したのかしら？』

『――アングロサクソンの上陸への警戒ではないでしょうか』

　闇の言葉に、宗茂が手を挙げた。

『失敬、アルマダ海戦の際も、英国では、三征西班牙の上陸を警戒し、沿岸では避難指示が出されていた筈です。――だとすると、現在のサード派拠点は主道と集落が先にあって作られたのだと思いますが、斜面の中程で、少々攻撃に対して甘いですね』

『だとしたら、こういう推理はどうかしら？　――当時、アングロサクソンの上陸を受けた、または警戒し、道を挟んだ丘の上に防護の砦と、避難用のスペースを作った、と。そして実際、上陸が幾度かあり、やがて下の集落の住人は上の避難スペースを集落化して引っ越し。

　でも戦争が収まった後、拠点と砦は無用となって放棄され、上の集落だけが残った、と』

　恐らくその推理は正しい。だとすると、

「よう御座るか」

　と、己は、概要図の南、拠点の向こうを指差した。

●

　点蔵は、概要図を見る視界の上に巨乳を確認する。

　スリーサーズだ。

デカい。メアリと同等クラスだが、スリーサーズは年齢が上、重力にやや負けてるあたりを考慮するとやはりメアリ殿こそが我が信仰。なお、メアリ殿の経年変化については信仰の中に収めて共に有り難く仰いでいく所存に御座る。

　話がズレた。

　ともあれ自分は、拠点の南に、手にしていたコークスペンで線を引いた。

「アングロサクソンの上陸は、南から来るで御座る。――これが第一防衛ライン。

　しかしこの拠点。名目としては、ファースト派との折衝や牽制のためのもので御座って、現状では南からの侵攻に対し、内にある集落を前に出す形になって御座ろう」

　だからどうするか。自分達の時代にあった集落を参考にしつつ、

「ゆえにここは、防護のしやすい道を挟んだ丘上に、砦を新築」

　主道に線を引く。丘の斜面に幾本かの線をやはり引く。

「現在の拠点を第二防衛ライン。そして丘を第三防衛ライン。上の砦を第四防衛ラインとして――」

　砦の後ろに円を繋げるように描く。

「この拠点が抱える集落の人々を、砦の後ろに避難させる。そんなスペースを用意するで御座る」

　だが、ここで終えない。大事なのはこの先だ。

　憶えている。自分達の時代。この第三階層、第四階層は、農地の多い場所で、英国の食糧生産を支えていたのだ。だから、

「丘の向こうには上流からの川があり、湿地帯などもあるで御座るな。――これを農地へと改良し、戦時でも変わらぬ自給自足が出来るようにするで御座る」

●

「やること多いことを除けば、ええプランやな」

　大久保は、キャンプ側から届いてきた企画書

を、そう評した。

幾度か書き直した感のあるそれは、一言で言えば、

「未来に繋げるということやな」

「Ｊｕｄ．、いずれ放棄される現在の拠点についてはほぼ無視ですね。未来の集落になる方を整備する、という案件です」

「……それでいて今ある主道を整備するのは、ひょっとして、未来に生じるであろう、新しい主道の足場を作るためか？」

Ｊｕｄ．と己は頷いた。

「経過を見とらんから解らんが、アングロサクソンの上陸の幾度目かで、現在の拠点は破壊される可能性がある。その際は、丘と拠点の間にある主道も、竜属に踏み潰されて破壊されるやろ。しかし、——〝補正〟として考えた場合、**〝サード派支配圏の主道を整備した〟**という事実は大事や」

「Ｊｕｄ．、その場合、英国が他地域の道にも補正を適用しますから、全面的な整備となる……。そういうことですねー」

しかしまあ、と竹中が嘆息した。

「やること多くて大変ですよねー……。更にコレ、こういうプランを出しても、向こうはチョイとキツい事を言ってきますよ？」

●

来るだろうな、というのが正純の思案だった。

来る。

何が来るかというと、解り切ったことだ。

「質問があります」

来た。スリーサーズは当然のように、こう言う筈なのだ。

「これらの事業、聞いている限りでは、何が〝次世代〟なのでしょうか。私共が行っている作業や、持ちうる知識、それらで出来ることですよね？」

「あ、そうですね！　こちらは結局、次世代って言っても口先だけなので、落ち着いて考えてみればこのプラン自体には〝新しい作業・新しい知識〟は無いんでした！」

「それがまあ、あるんだなあ」

「まさか〝武蔵を使う〟とか、そういうことじゃないわよね」

「流石にそれはないと思いますのよ？」

「Ｊｕｄ．、でも〝武蔵を使う〟はいい線行ってますわね。――従来と同じ事をやりながら〝新しい〟とする方法、一つありますのよ？」

「――全てを高速に終えよう」

正純は、提案した。

「これらの事業は、今の貴女達も出来ることかもしれない。しかし私達の教える方法ならば、早く済む」

半分事実で、半分虚偽だ。

何故なら、自分達が持つこれらの事業に対する知識は、十七世紀として最先端だ。この時代に合わせて情報世界を動かしている英国よりも、アドバンテージがある。

そしてまた、彼らは、実際において、これらの知識を欠損している。ゆえに英国が強引に再現しない限り、彼らの行動は英国の想定よりも〝遅い〟のだ。

事実と虚偽のギャップ分、こちらの事業は〝速い〟。

だがそれでは、まだ駄目だろう。

「全ての作業。スリーサーズ、貴女はどれだけ掛かると思う？」

「え……？」

何を言われているのか、解らなかったらしい。

だが彼女は、顎に手を当て、概要図を見て幾度か深く頷き、

「主道整備に二週間。間伐など森の整備に一週間。砦の建築に三週間。――余裕を見て二ヶ月でしょうか」

「クロスユナイト」

Ｊｕｄ．、と彼が、砦の処に数字を書いた。

「基本、三日でお見せするで御座るよ」

●

馬鹿な、とスリーサーズは思った。

いくら次世代の方法と言っても、これは無茶が過ぎる。

「どのようにして……」

●

ああ、と正純は思った。

最新の知識はベースとしつつ、しかし、これは穴埋めだ。

今、スリーサーズが懸念していることは、本来、彼女達が持っていて、今欠損している知識と技術で行うのだ。

だがそれはまだ、スリーサーズ達には解らない。騙しているようだが、

『――ネガティブに考えるでないぞ？』

そうだ。これはつまり、こういうことなのだ。

「〝湖の精霊〟が手伝うのだ。そして、その方法を貴女達に教える。

――これはそういう、アーサー王の伝説にある歴史再現の一環だ」

つまり、

「歴史再現として、アーサー・スリーサーズ、このブリテンを、あるべき姿にしよう」

●

違和が二つあった。

点蔵は、その両方をほぼ同時に確認した。

……む？

スリーサーズだ。

今、こちらの提案に対し、彼女はまず一つの態度を見せたのだ。

視線は新しい砦の概要部分。単純な線で描かれた四角を見据え、

「…………」

思案だ。

腕を組みつつ、右の手で口元を隠す。

今、目の前にあるものを見極めるという、そんな態度だった。

……どういうことで御座る？

時間などの面で突拍子もないことを言ったとは思う。だが、

「砦の有無について、不満が？」

「え？」

と彼女がこちらに振り向いた。そして、もう一つの違和感が来た。

「あ、いえ、いいプランですね。重要というか、大事だと思います」

何か誤魔化されたと、そう思ったのだ。しかし、

「そうですね」

すぐに彼女の態度は、いつものものとなった。

これは、聞き直しても、応じないと、そういうことだろう。だから、

「――――」

帽子の鍔《つば》の下で正純を見ると、彼女が小さく頷いた。今のスリーサーズの態度に対して、懸念のコンセンサスはとれているのだ。

ならばそこの部分は、正純に任せよう。こちらとしては、一つ、布石を打っておきたい。

自分達の作業が必要だと、半ば強制的に理解して貰う方法。それは、

「――現状、どのような作業と知識で行っているのか、ヒアリングさせて貰ってよう御座るかな？」

●

そこからのヒアリングが、予想以上の結果を導いた。

大久保の手元に来るのは、サード派の人員達から聞いた内容を、武蔵側が実際のものとして数値化した答えだった。

午前から始まり、昼の休憩を挟みつつ午後に及んだヒアリングの内容は、

「……すまん、ちょっとホラーやな、これ」

欠損だった。

●

キャンプの方では、直政が数値を精査していた。

そして見えてきた欠損に対し、サード派拠点からの反応も届いてくる。

「ホラーさねえ……」

認識と事実が違うのだ。

「サード派の作業人員を全て足しても、彼らが行っている事業の作業員全体に足りませんわね……」

「でも、多くの人達が、自分達が掛け持ちで幾つもの作業をしていたと言って……」

「見ている限り、存在してない業務もありますね。主道整備は、誰かがやっているという報告すらありませんし、実態として荒れていますけど、スリーサーズ様はそれをしていた、と……」

「だけどそのスケジュールとか、作業内容とかが、重なりまくったり、やってないことあったりって、……どういうこと？」

『虚偽報告？』

「一番問題なのは、それでいて、拠点の運営が回っていることさね」

　そうだ。

　数字にして、ヒアリングして、可視化すると解る。

「……よく保っていたもんさねえ」

●

　正純は、解った上で、訳が解らなかった。

　時刻は既に夕方だ。居場所はサード派拠点の広場の端。休憩用のベンチに、クロスユナイトと座ってちょっと頭を抱えていた。

「……解っていた事とは言え、目の前に出されると無茶苦茶だな……」

「いやあ……、自分達の方がおかしいのではないかと、そう思えるで御座るなあ」

　確かにおかしい。

「警戒して、ヒアリングは単純にしたんだがな」

　各員に、作業の内訳とスケジュール、そして給金を確認したのだ。

　バラバラだった。

　参加した作業には偏りがあり、しかしスケジュールはその偏りを再現していない。そんな事例が幾つも出てきたのだ。

　皆が嘘を言っているようにしか思えない。

　だが、皆は、それぞれちゃんと応答したのだ。自信を持って、だ。

　個人単位、班単位では整合性が取れている場合もある。だがそれも、他の個人や、班とではやはり整合性がとれない。更には、

「……私は、主道の整備なども指揮をしましたね」

　スリーサーズが言って、どういう状況であったか説明もしてくれた。これまでは山道程度だったのを、馬車が通れるようにするのは大事業だったのだと。

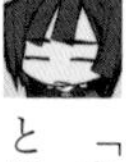

「まさか、誰もその実作業をやっていなかったとはな……」

作業員として動いた者が、一人もいなかったのだ。

訳が解らない。

これは一体、何なのか。

「英国は妖精達の国。彼らがイタズラをしたところで、咎《とが》めるのは野暮というもので御座ろうなあ……」

「メアリの受け売りか？」

「今日、ここに来る前にそう言われたで御座る」

いい嫁だな、と言っておくことにする。

だが、やることは、これで明確になった。

「Ｊｕｄ．、――だからこそ、技術と知識を教える。そうすれば、――以後は、このようなことは生じないだろうと、そう思う」

そうだ。やるのだ。

だとすれば、後の問題は、実行だ。

スリーサーズから、人員の借り出しの許可は得ている。ならば、

「まずは明日から三日、……ちゃんとした専門家が必要だな」

●

その人影は、夕刻に到着した補給便で、キャンプにいる皆の前に立った。

三日間で全ての事業を大枠作り上げるための指揮者。それは、

「お久しぶりです、石田・三成兼羽柴です！　――つまり墨俣《すのまた》の一夜城をやれば良いんですね!?　三日あるなら余裕です。ちょっと反則ですけど、今夜から準備しましょうか！」

break time

「…………」

「……誰だっけ？」

「いやいやいやいや！　出番なかったですけどね！」

第三十六章

『準備場の尋ね人』

さてまあ仕事
計画練って
準備して
ハプニングの用意もね
配点（確認と点検）

●

スリーサーズは、深夜に報告を受けていた。

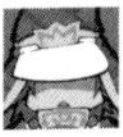

「スリーサーズ様、〝湖の精霊〟らしき人影が、拠点の周辺に確認されています。——追跡、または警戒をしますか？」

「……彼らのことなら、放っておいて構いませんよ。恐らく、準備を始めているのでしょう」

「準備？」

「主道、森の整備、そして新しい砦の建築を三日で終えると、そう言ったのです」

「…………」

「……ＭＵＲＩでは？」

「口調が彼らに影響されてますよ？」

「あ、いや、すみません。このところで、彼らの真似をする者がそれなりに出ていまして」

「でしょうね。でもまあ、私もＭＵＲＩだと、基本的に思います」

「スリーサーズ様……」

いやまあ、と自分は前置きして言っておく。

「ちょっと。引きこもっちゃいましょうか」

「は？　どういうことです？」

「いえ、週末にファースト派がやってくる際の準備などもしないといけませんけど、湖の精霊達の〝三日でやる〟の進行がどうなるのか。ちょっと見るのが怖い気がして」

信用をしない訳ではない。ただ、一つ言うならば、

「無茶をされると困りますねぇ」

「ではちょっと無茶をしましょうか」

と、湖の畔に、深夜だというのに皆を集め、三成が言った。

ナイトとしては、まあナルゼとの付き合いや配送業のおかげで深夜作業なども慣れている。

だけど、

「今からやるとか、どういうこと？」

「ええ、私、今は主に中東からアジア方面、そしてアフリカ、インド方面など、羽柴の顔が利く国家の外交局長を渉外委員の委託でやってまして」

一息。

「今回の件で、各国からの突き上げとか情報対応で異常に忙しいところに副会長から**〝おーい大久保、三日で出来る人材〟**って話で招集ですよ。あ、今、敢えて笑顔で言ってます」

「羽柴勢が来たお陰で、現場は回りやすくなってええなあ……。まあ欧州方面の折衝は瑞典総長に任せてる面も大きくて申し訳ないところやけど」

「人材を動かした分は、穴開くんですけど、そこら大丈夫ですかねー」

「まあ大丈夫やろ。――三日で済ませる人材やし」

「ぶっちゃけ三日で終わらないと私の武蔵での仕事がパンクしますからね!?」

何だか大変だねえ、とナイトは嘆息する。

「セージュンどうすんの？」

「いや、まあ、……三日で終えるしかないだろう……」

皆が静かにうつむいた。

その中で手を上げた者がいる。

「三成様の晴れ仕事なので、思い切り頑張るですよう？　――で？　どういう風に進めるんですよう」

「Ｊｕｄ．、実行期間は三日間なので、じゃあこの深夜零時からスタートというのが最適と、そう判断しました」

「ビックリする勢いの機械的判断ね……」

「というかすまん。自分で要請しておいて何だが、私達、流石に今日は疲れてるので現場は無理だ。初めの打ち合わせだけ参加したら休ませてくれ」

「正純や倫敦行きのメンバーは仕方ないとして、じゃあ私達がスタートアップから主力、ということになりますの？」

「いや、どっちにしろ昼に現場管理をやるのは誰だ、というのがあるだろ？　昼夜交代で二十四時間態勢になるというのが解ってるなら、私は昼担当だ」

「あれ？　三成様は二十四時間行動可能ですよう？」

「ええ、自動人形の体ですから、二十四時間態勢で三日間くらい、行けますよ？」

「…………」

「…………」

「…………」

「…………」

「……何となく、私が質問役のような気がしたので聞いてみますが、ホライゾン、二十四時間行動は可能なんですか？」

「そんなことしたら朝にもりもり出るものが引っ込んでしまいますよ浅間様。寝る前にグラス一杯の水分をギュっと飲んで翌朝勝負！　そういうものです」

「…………」

「ま、まあ、そんな感じで！　解りましたか？人それぞれです！」

「解るわ、人それぞれよね。……浅間の場合は寝る前に何杯くらい１９６ml飲むのかとか、そういうことよね……」

「あら、先に言っておきますけど、タンパク質は飲み物ですのよ？」

「全然フォローになってませんわよ御母様！」

「でもぶっちゃけ、この前の食糧云々の話でさあ、アサマチとミトっつぁんは総長がいれば食糧と水分は問題ないんじゃないかな、って思った」

「俺もアレ、よく解ってねえんだけど、生産はどういう理屈なの？」

「いやどうでしょう……？　神様の御加護なんですが、トーリ君の食事が反映されてはいるので、多分、食べたことが起点になってるとは思いますよ？」

「食事が反映？」

「――智」

「…………」

「…………」

「――あっ」

●

「最高――！」

「……しょ、食事が、って、ええと、まあ、なんですか！　ええ、そうです！　食事は美味しい方がいいですよね！」

「そうよね！　ね!?　食事の味！　味が反映！やっだもううちの愚弟ったらジュース搾り器か

何かって感じ？　良かったわね愚弟！　ジューサーにランクアップよ！」

「そんな死ぬほど笑い転げなくてもいいですのよ？」

「喜美殿、容赦無いで御座るなあ」

「まあ、要らんくらい出しますからねえ。搾っておかないと破裂でもするんでしょうか、アレ」

「ホ、ホライゾンもそういうこと言わない……！」

●

「最高——！」（吐血）

「心が輝きますねえ——！」

「昼に倫敦行ってたりして、休まなくて大丈夫ですの？　豊。嘉明や安治達は寝てますのに」

「いやあ、母さん達と外でキャンプで夜更かしって考えたら、目が冴《さ》えちゃいまして！　テンション上がりますよね!?」

「あの、すみません、私、ここの打ち合わせ終わったら寝に輸送艦戻ります」

「あ、大丈夫ですよ清正！　こっち上手くやっときますんで！」

「何か無茶苦茶テキトーに聞こえますのよソレ？」

●

　何かいろいろ盛り上がってるなあ、と思いつつ、正純としては気になる部分がある。

「プランはあるのか？　三日で仕上げる、というのに頷きはしたが、ぶっちゃけそっち任せの部分だ」

「三成殿が二十四時間態勢で動けるとしても、他は不可能で御座ろう。なのでここは各所三隊に分けて八時間交代を提案するで御座る」

「八時間？　十二時間交代じゃないのか？」

「いや、人員いるなら四時間交代でもいいわ。――疲労もだけど、集中力が落ちるのよね」
　そう言われると何となく解る。

「飽きるのか」

「Ｊｕｄ．、――疲労は、術式や加護でかなり軽減出来るわ。でも集中力は別。それは、飽きるというだけじゃなくて、慣れになって、事故を起こす可能性も高いから」

「慣れてきた頃こそが危険ってヤツだねえ」
　Ｊｕｄ．、と己は頷く。作業にはいろいろあるのだろうし、その中ではそれこそインドアでの集中や、現場での危険物を取り扱うものもあろう。ならば、

「速いローテーションで、士気を落とさない、というところだな」
　そして皆のやるべきにおいても、今ので解ることがある。

「単純作業で、割り振るつもりか」

「Ｊｕｄ．、班ごとに分けて単純作業。しかし各所調整し、一日ごとに仕事を変えていく予定で御座る」

「仕事を変える？　どういう意味で御座るか？」

「Ｔｅｓ．、仕事をするにおいても、やるべき仕事の内容によって、必要な人員量が変わります。たとえば今回の場合、初期には木々の伐採がメインとなりますが、それは後期にはほぼ必要無くなります。だとすると人員の再割り振りが必要になりますが、それを前提とした人員構成とスケジュールにするんです」
　そして、と石田が言った。

「仕事を終えられた場合、翌八時間までの十六時間中に、次の現場でするべき作業の説明と講習を受けて貰います。単純作業でも、やはり事前に出来る事と出来ないことを理解の上で現場に行った方が効率いいですし、事故の発生が無

いですからね」

「随分と事故発生に拘《こだわ》るねえ」

「これは受注事業に御座る。小規模であっても事故が発生すれば、クライアントの信用を失ったり、つけ込まれる可能性があるので御座るよ」

「そうしてくれ。私達はこれを英国の記録の〝補正〟とするが、そのためには英国の住人に拒否されてはならない。事故と、それによる負傷は御法度《ごはっと》だ」

「Ｊｕｄ．、負傷者ゼロを目指します。作業上、最低限発生する疲労などは別として、まず事故と、それによる負傷がないように現場を組み、注意をするようにします」

　そのために、と石田が言った。

「今夜の内、動ける人員で明日の未明に出る初期班の教化を行います。その間、私と特務隊、そして、ええと平野様と島様ですね」

「Ｊｕｄ．！　今は豊ですよ三成」

「いや、変更すると記憶との整合がちょっととれなくなりそうで怖いので、次の調整期間まで昔の呼び名で失礼させて下さい」

「——現場の確認か？」

　Ｊｕｄ．、という返答が即座に来る。石田は、既に動き出したいようで、島に手を振って呼ぶと、通神用の表示枠を出した。

「ここは浮上島でも、武蔵の上とは違って自然環境のある場所です。ならば工事案件において、究極的なところでは武蔵の人員よりも、本土にいた私達の方が解る部分が多いということを理解して下さい。片桐様、——地形の概要図は出来てますね？」

『Ｊｕｄ．！　こちらで総艦長代理が作ったものを、情報としてそちらに送ってあります。変動を加えた場合はチェックして貰えれば書き換えますので！』

「優秀な人員で何よりだろう」

「有り難い話です。——では、現場において利用出来る資材の確認と、通路などの見立てを行いつつ、危険箇所などの検知を行います。教育は——」

「……寝るのが遅くなりますが、許容範囲ですので大丈夫です。私が——」

「Ｊｕｄ．、では拙者も——」

『やめとけ』

「Ｊｕｄ．、福島殿は明日の実働がよう御座ろう。ここは自分が——」

「ワーオ！　やっちゃうかあ！」

「——止めろよ！」

結局自分が止めた。

●

そして現場班は、サード派拠点に至る主道に向かった。

谷側に短い斜面と、拠点と壕《ほり》。山側は長い斜面の土地だ。

しかし、事前の現場確認として向かう面々の中、豊にとっては、ちょっと慣れた仕事が待っていた。

「本土だと、木を切るときに神道はそれらの木々に挨拶や鎮守を施しておくんですよ。何しろその土地の神様が宿っているものなんで、切ったりすると地相が緩みます。だから——」

というのは、木々の葉や下草がある斜面だ。立てなくなるほどではないが、それなりに急であり、場所によっては這《は》うようにして登らねばならない。

自分は軽く、斜面の上の方に出ている岩場に上がって、

「多分、この岩あたりが、この斜面を担っている精霊の基礎ですね。インフラ的に解析は出来るので、軽く挨拶しておきます」

「――私の方で手伝えることがあったら言って下さい。こっちは作業圏内の通神環境を整えておこうと思いますから」

「あ、じゃあ、うちの連中の誰かをヒアリングして、必要加護の割り出しを御願いします！」

「ええと、じゃあ、誰かいますか」

『私が一番的確な指示を出せる気がするが、私の場合は生前の記憶から〝このくらいは大丈夫か〟をやってしまいそうでなあ』

「鬼武丸さん、何の役にも立たないですよう？」

『貴様はどうなんだ貴様は！』

「ハイ！　じゃあ私！　ハ――イ！」

「ベスト・オブ・役立たずが手を挙げなくていいですよ……！」

「ううむ、流石は喜美様！　続いてホライゾンも挙手しようと思いましたが、早速のベスト判定では引かねばなりますまい……」

ホ母様達が最高過ぎて岩の上で死にかける。

「いいですよね、精神の充血……」

「何言ってるか解りませんのよ？」

だが、皆の中で手が上がった。それは、

「じゃあ」

おや珍しい、とは思うが、蜂須賀《はちすか》にも思うところがあるのだろう。

「はい。じゃあ宜しく御願いしますね？」

うん、と頷き、母の方に行く蜂須賀を見ていると、

「ふう、何だか、母さんに子供が出来たみたいで盛り上がりますね……」

「子供いますのよ、というか当人！　当人!!」

「ネイメア、解っているけどそういうもんじゃないんですよコレは……！」

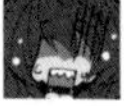

「メディーック！　頭の方で!!」

●

「では、こちら、いろいろと準備がありますが、幾つかの資材などは武蔵からの調達が許されていると、そう考えて大丈夫でしょうか」

キャンプの方では、教育の準備組が意見交換や調整中だ。

メアリは、実技教育の方に出ている点蔵とは別で、この時代を想定した英国のあり方や、補正として必要な技術について話をしていた。

「正直、この英国では、技術的に欠損しているものが幾つかあり、それは今からここで調達しようとしても無理です。交易による食糧確保などとは別で、ある程度の解釈を含み、武蔵からの調達を提案します」

『Ｊｕｄ．！　私の方もやっぱり必要なものがありますから、それは武蔵から調達します。
基本として、商人が運搬可能な分量であれば問題ないと思いますが、どうでしょう副会長』

『この時代に合ってれば問題ないぞ？　そのくらいはアバウトだ』

『Ｊｕｄ．！　ではそのように各員御願いしますね？』

と、表示枠を幾つも展開した三成が、各持ち場で同時進行の指示を飛ばしていて、なかなか凄い。こういう技術があったから、羽柴勢は各地での素早い連携が出来たのだろう。

そして自分の所持ライブラリを開き、情報を確認している瑞典総長が問うてきた。

「英国王女、ここはまず、何をしていくつもりなのでありますか？」

「はい。早急に確保したいのは主道の確立ですね。泥などが溜まって、道自体が崩れている部分も有ります」

「Ｊｕｄ．！　だったらここはアレだね？　こういう時にはメジャーな、石灰を使ったセメントの道路補修だ！　セメントはローマの時代にはもう使われていたから問題ない。そういうことだろう？　道路を舗装して、一気に解決だ！」

「御母様、――それで大丈夫なのですか？」

「…………」

「直政様？」

あー、という声が通神から聞こえた。

『道路を舗装するには、まず舗装の下地となる地殻部分が固められてないと駄目さね』

『……何か矛盾するみたいだが、舗装とは、固めた地面を更に硬く覆ってるという、そういうことなのか？』

『そういうことさね。つまり道路の耐久性を上げるのが舗装の役目で、道を固めるのはまた別の作業が必要さ。そして舗装も、下に有る地殻部の固め方がちゃんと出来ていないと凹凸などを発生する。――基礎工事こそが大事と言うことで、アンタ達《たち》がこれからやるのは、どちらかというと基礎工事の方だろうさね』

「…………」

「流石は安定の書記ですね」

「わ、悪かったな……！　でも、基礎工事が出来たら、道路の舗装は有りなんだろう!?」

「…………」

「直政様？」

あ――、という声が通神から聞こえた。

『ネシンバラ、石灰でセメントって言ってたけど、どうやるんさね？』

『え!?　そりゃあ、石灰岩を砕いて石灰にして、水と砂礫《されき》を混ぜるんだろう？』

『石灰石はそのままだと砕いても石灰にならんさね。一回、炉で焼いて、それで生石灰になるんさ』

『ええ!?　僕、この前に応募した小説で、城の地盤にある石灰岩削って城の修復やったよ!?　どうするんだ一体！』

『神様が城の地盤を一回焼いて下さってたから大丈夫よ。それでいいわよね？』

『く、くそ！　けなされるよりフォローの方が辛《つら》い……!!』

『あとな？　生石灰だけだと粘着性が弱くて固まった後も溶けやすく脆《もろ》いんさ。だから触媒として粉末状にした粘土などを混ぜないと駄目さね。そうしないまま砂礫を入れると、砂礫の部分から脆く崩れることになるんさ』

　あと、と言葉が続いた。

『――なお、石灰石を焼く温度は八百度強より上でなければならないから、温度管理出来る炉か焼き場が必要さね。そして、それだけの火力を長時間安定して得るには、石炭が欲しいところさね』

『石炭は英国だと、露天に地層が表出している場所が多く、古来からそれなりに普及していたでありますね？　石灰岩も豊富で、沿岸部の白い崖など、有名な場所でありますねえ』

『そうなの!?　じゃ、僕の知識は別として、現実では大丈夫なんじゃないのか!?』

「…………」

「ちょ、ちょっと待ってくれ！　その沈黙は怖い！」

「とはいえ、ええと、あの、直政様？」

「――またか！　また直政君か!!」

　あ――――、という声が通神から聞こえた。

『あのな？　セメントを使うとするが、基本の比率はセメント1∶水∶1.5∶砂3∶砂利3あたりさね。これで一メートル四方に厚さ10センチで舗装したとき、全体はどんだけいるさね？

なお、水分は舗装後に抜けるが、考慮しないものとする』

『——全体必要分量は１００リットル。比率で言えば、セメントは11．８リットルほど必要でしょうか』

『Ｊｕｄ．、流石計算が早い。——重量でいうと、セメントが大体一リットルあたり3.1キロってところさね。だとすると1メートル四方の舗装に必要なセメントの量は概算で36キロほど。後は道幅だが——』

『馬車の幅が３メートル強として、すれ違うには７メートルですね。歩道や余裕をもって道の幅10メートルとすると、長さ1メートルに付き、３６０キロのセメントが必要になります』

『主道の長さは？』

『拠点前の道が１００メートルほどでしょうか』

『全体を舗装するのには、セメントが36トン必要さね』

概算が出た。

ええと、とクリスティーナは手を挙げた。

『ちょっと無理でありましょうね』

『36トン、って、単位は大きいけど、出来ない数字なのかい？』

『英国は石炭が露天で採掘出来るのは、事実であります。泥炭なども海岸側で採れて、燃料資源は豊富であります。しかし——』

『それでも、燃料として石炭を潤沢に使用するには採掘が必要で、それは十三世紀以後、戦争などの後押しのため、農地を広げる時代になってからなのですね』

そうでありますね、と頷きを送ると、英国王女が会釈する。彼女は息を吸って、

『先ほどのような温度調整が出来る炉で、大型のものが作られるのは十六世紀から。それを使用して、一週間で大体30トン弱の石灰が精製出

来ていました』

『この時代だと、工房や、職人が持つ個人の窯でそれをやっていたと、そういうことになるんさね？』

『そのレギュレーションに従うならば、よくて一度に数百キロ単位。触媒としての粘土などの確保や加工など含めると、――数年掛けて行う事業になりますね』

『なお、ローマの時代は、大規模な焼き場や管理が出来たので、公共工事が行え、硬化後は非水溶性となる質の高いセメントでありました。ローマ滅亡後は、それぞれの工房や領主単位となったので、水に溶けやすいモルタルや石膏《せっこう》クラスのものしか使えなくなっていたのでありますね』

つまり結論はこうだ。

『不思議ね……。最近挿画を描いた何処かの誰かの小説で、コンクリートで国家を結ぶ街道を舗装して全ての道はナンタラみたいなことを、一ヶ月でやってたわ……』

『どんだけ炉と石炭とか必要になるのかな？』

「何週間も各所で石炭を燃やしたら、煤煙《ばいえん》で一気にその国が公害を発生させるでありますねえ」

「そうか！　つまり今、僕が書いているのは公害問題からの社会派小説に生まれ変われる！　そういうことだね!?」

「社会の暗部か！」

●

うーん、と輸送艦の整備室で、直政は思案した。

新型、という割にはあまり代わり映えしてない義腕に寄りかかるようにして、

「生石灰を得る他の方法、あるかねえ」

「――炉と石炭が必要なのでは？」

「いや、熱を確保するなら、木炭でも出来るんさ。薪は七百度くらいまでが限界だけど、木炭にしておけば、炉と送風システムで千三百度くらいまで上げられる。極東なんかでも古代からの製鉄はそういうシステムが中心さね。
　だから古代において石灰を得る際、何でも石炭、って訳でもないのさ」
　しかしまあ、

「炉が必要、ということを考えると、今からじゃあ手間さねえ。あと、セメントは固化時間が結構掛かる。だとするとアスファルトを持ち込んだ方がいいんじゃないか、とか」

「いろいろ考えてしまうのも、技術系の性《さが》と、そういうものですかね。――しかし現実問題として、では主道の方はどうすべきと思います？」

「ま、やることとしたら、一つさね」

「それは――」

「道を整備するには、道以外を整備するんさ」

「……？　道以外、を？」

「まあ、道もそれなりに手を入れる事にはなろうさ。だが、見聞きしてる状況だと、恐らく主道が荒れてる原因は道そのものじゃあない、――湖の精霊としてはちょっといいところを見せてやらんと駄目だろうさね」

「うーん、なかなか面白い土地ですね、ここ」
　三成としては、灯光術式に照らされた主道や斜面を見ていて、そう思う。

『水が邪魔だな。そう思わんか？』

「Ｊｕｄ．、確かにそう思います。主道の方が荒れているのも、水が土壌に染み込んで、緩ませていることが原因ですからね。まずは治水と、

そういうことです」

「だとしたら三成の領分ですのね」

「主道の方、このサード派という人達はどのように？」

「基本的には〝気付いていない〟ようでしたけど、ヒアリングしている中では、〝いくら整備をしても元通りになる〟と、そんな意見もありましたわ」

「いくらぶん殴っても馬鹿のまま、という感じですか？」

「俺を見て言うのやめて下さああああああい！」

「というか貴様、輸送艦に戻らなくていいのか？」

「いやまあ、浅間もネイトもこっちいるから、――流れ？　そんな感じ」

「うわあ、すみません。早めに終わらせますから……！」

「え!?　父さん達、輸送艦に戻るんですか？　一緒に行っていいですか？」

「え？　ええ、空き部屋があると思うので、いいですよ？」

「……そうね、一度、行ってみるといいわ」

「？　何かいいことありますの？」

「Ｊｕｄ．、輸送艦の中、居住フロアを設けててさ。ナイちゃんなんかもそこに今は住み込みみたいになってんのね？　で、一番奥には本舗を模した軽い食堂があるんだけど」

　ふう、と嘉明と安治の母が肩をすくめた。

「本舗の奥見ると、本舗組の部屋が並んでてね。――うわ、生々しい……、ってホント見た瞬間思ったわ。建築設計した直政はいい仕事したわね！　って」

「た、単に部屋が並んでるだけですよ……！」

「だから生々しいんじゃないかな？」

「まあ、こっちはこっちでいろいろ検分しておきますから、休みたい人は休んで大丈夫ですよ？　――正直、こういう知識を活かすのも久し振りです。元々は私、このような工事関係の得手としても設定されてましたからね」

「おおう、三成様がいるなら、私、護衛でこっちいるですよう？」

「でも実際、どうするの？　主道とは別で、上の砦もあるのよね？」

「あ、そっちはもう、簡単です。どうするか答えは出てますから。
　――三日後ですね。出来ますよ？　未明から動き出しますので、準備御願いします」
　さあ、と己は言った。

「墨俣の一夜城。――羽柴様の真似をするのは恐れ多いですから、三日城と、そんなつもりで行きましょうか」

●

　大体の段取はついたのだな、と正純は思った。

「ぶっちゃけ、私もセメント案をちょっと考えていた。現実の方だと、既に石炭などの導入が始まっていることもあって土壌開発に使用しているんだよなあ」

「数百年のズレがありますからね。こちらでは出来ないことの方が多いです。
　それを守りつつ、どう遣《や》り繰《く》りしていくか、ということなのでしょうね。そして――」
　そして、

「その遣り繰りを放棄して、穴が開いたらそのまま放置し、他のもので補正するというのが、今の英国なのだと思います」

「だとすると、……今、私達が考えているようなことは、本来、サード派の者達が考えていた筈のことなのだろうな」

「そうですね。ただまあ、三日というのは点蔵様もかなり言ったものだと思いますけど、でも、

……本来あるべき姿に戻すなら、三日でも遅すぎると、そう考えるのは、私がやはり英国生まれだからでしょう」

　言って、メアリが辺りを見回す。

　キャンプの中、そして外で、それぞれが深夜だというのに動いている。

　情報を交換する者。聞く者。試す者。そういった動きが、もはや時間帯を無視して自分達の為すべきを始めており、

「……私を救う時も、皆様、このような空気を得ていたのでしょうね」

「いやあ、あの頃はまだ、私達も案外解っていないことばかりだったからな。今もまあそういうものだけど」
　言うと、メアリが苦笑した。と、その時だ。

「――何者に御座る？」
　不意に二代が蜻蛉切《とんぼきり》を手に、森の方に振り向いた。

　皆が反射的に身構えた。

　話し合いをしていた者達も、準備の教習を受けていた者達も、油断無くそちらを見る。

　立ち上がった二代の、槍の穂先が示す方向。

　白樺の森の奥、そこから手を上げて出てくる姿があった。それは、

「失敬、セカンド派の代表に御座る」
　あ、と清正が声を上げた。

「御父様に似てファッションセンスの死んだ方……！」

「あっ、向こうの方に似てファッションセンスの死んだ御父様！」

「わざわざ清正殿の口調真似で言わなくていいで御座るよ！」

「円卓の騎士が一人、パーシバル。それが自分の名であるよ」

●

いきなりキツいことを言ってくるのは、この集団の特徴であろうか。
ただ、こちらとしては、そろそろ見せておきたいものがあるのだ。

「夜分に失敬。サード派とも大体の話がまとまり、独自の行動に入られたということで、ちょっと、お見せしたいものがあるのであるよ」

「見せたいもの？　今か？」

「それなりの人数が来るのであろうと、……それを感づかれないようにするには、やはり夜分が一番かと」

ふうむ、と思案の息が幾つか聞こえた。
だから己は言う。彼らを誘う後押しとして、

「自分の正体を明かそう」

それは、

第三十七章
『相思の在処』
完
難しい駆け引きと
難しいプライドが
難しい結論を導く
配点（軽く面倒）

いきなり襲名者か、と、正純は湖畔のキャンプ脇に会談の場を急ぎ設けながら思った。

……まあ、セカンド派代表と言うからには、何か襲名していると思ったが。

「有力なファースト派と甘対立しているから、敵対側の襲名者かと思ってたんだけど、円卓の騎士の一員とはねえ」

「倫敦でも思ったが、三派は対立していても敵対ではないし、基本的には英国を第一として動いているんだろうな」

と言いつつ、椅子のセッティングなどが終わったところで、相手に着席を促す。

こちらも、背後に二代達を置き、横にはホライゾンや馬鹿、周囲には警護隊を散らした上で、

「――では頃合いだろう。急ぎの用件とみたが、何だ？ 一体」

ふむ、とパーシバルを名乗る彼が腕を組んだ。

そしてこちらに顔を向け、

●

「……さて〝湖の精霊〟の方々。少々確認したいことがあるのだが、良いであろうか？」

「超嫌です」

「えっ」

「ウイッ！ 解散――」

「戻って寝るぞ――！」

完

「待ったあああああああああああああああ！　今の！　今のちょっと無し！」

「うーん、言いたいこと解るんだが、すまんがホライゾンは副王なので私より権限上でな。
　待てと言われても、なあ」

「い、いや、これから始まる御得情報の公開など、いろいろ盛りだくさんの深夜時間を捨てると言うのであるか!?」

「点蔵モドキ様……」

　ホライゾンが、心底面倒くさそうに首を傾げながら言った。

「御得情報だろうと何だろうと、眠ければ寝るのです。そのくらい解りませんか」

「ウイッ！　解散――」

「戻って寝るぞ――！」

完

●

「ハイちょっと待ったあ——！　今のも！　今のも無し！」

「お願いします！　お願いしますから自分の話を聞いて下され……！」

「おいおい、コイツ、こっちが何もしてねえのに頭下げてるＺＥ……」

『撮影しとく？』

『この時代の広域通神帯がどんなもんか解らないから、拡散出来るかどうか解らないのが難ね……。マーリンってので流す？』

『いきなり流すと駆け引きにならないので、もうちょっと政治的な意味があるタイミングで御願いしたいですねー。というか、映像情報など、こういうの、後で外に持ち出せるんですか？』

『あ、今ここは情報化してるので、外に持ち出したとき変質すると思いますね』

『マジで!?　襲名者が頭下げてるよ！　って撮影データ売りまくろうと思ってたのに駄目じゃん!?　ハードコピーだとトリックっぽくなって通用しないんだよ……!?』

『私に言われましても……』

●

ふむ、とホライゾンが頷くのを正純は見た。

「Ｊｕｄ．、頭を下げられたなら、ホライゾンの眠気と相殺ですね。良いでしょう。ホライゾンルールに基づき、ここから先は正純様が担当です」

「良かったなあ、オメエ」

「……何か、果てしない理不尽を食らっているような気が……」

『気のせい気のせい！』

外野うるさい。ともあれこっちとしては、

「まあそんな感じだ。どんな感じかはこちらではよく解らないからそちらに任せるが、ともあれ、どういう事だ？」
問うてはいるが、何をしに来たかは大体解る。

「私達の思惑の確認と、こちらが道を過たないように情報を補正しに来たんだろう」

●

「どういうことなのです？　ええと――」

「ファッ？　あ、すみません。ちょっと私、こちらの事情がまだ完全に頭入ってないもので……」

「あ、いえ、こちらこそすみません……」

「というか解ってる範囲でいいから俺に教えてくれ。どういう時代なんだ」

「あっ、あっ、Ｔｅｓ．！　こちらも教えながらの方が理解が深くなるのでそうしたいであります……！」
ええと、と間に割って入る影がある。

「まあ何ですか清正、アレですよ。――多分、あの軽食屋の絨毯《じゅうたん》みたいな服着てる人、母さん達のことをチョイとナメてたら、ホ母様達があれよあれよと面白いところまで行っちゃったんで、コイツはイカンと、慌てて訂正と懐柔しに来たってヤツですよ」

「凄い解りやすいですけど、ビミョーにトゲがありますのよ？」

「いや、父さん達を見くびるとか、赦せませんよね！　見ただけで解るじゃないですか！　あのカリスマ性！　ほら！」
見ると、両腕が親指を上げていたので、皆、同じようにして返した。

「確かに両腕先輩はカリスマ度でピカイチですね……」

●

「……両腕先輩？」

「おやおや、ホライゾンは確かにお子さん衆より先輩ですが？」

「というか呼び方が定着してるのね……」

「…………」

「……メアリ殿、何か意見があるで御座るか？」

「あ、いえ、やはりうちの子には、ホライゾン様はホライゾン〝様〟なので、両腕様にも両腕〝様〟と呼んで欲しいのですが、これは単に親のエゴでしょうね……」

「…………」

「……Ｊｕｄ．！　そ、そうで御座るなあ！　Ｊｕｄ．！　そういうところに気付くメアリ殿は、やはり優しい方で御座るなあ」

「い優しい方で、ご、御座るなあ！」

「変にタメたり噛んでないで御座るよ——？」

●

何だか深夜でも相変わらずですわね、とミトツダイラは思った。だが、

「く……、ん？」

何だか、見知ったような、そうでもないような、微妙な匂いを感じた。

これは何だろうか。何処からだろうかと、そんなことを思って辺りを見回していると、

「あらあら、狼が鼻を動かしてどうしたの？　さっき簡易シャワー浴びた愚弟の匂いが美味しそうなのかしら？」

「据え置きの同じ石鹸《せっけん》使ってますわよ……!?　というか、喜美も智も、先日の祭の際、御酒などのコーナーにいましたのよね？」

何か、そのあたりが鍵となるような、憶えのある匂いだ。

「フフ、何？　ちょっとした秘密か符号か、何に気付いたのかしら？
　浅間が向こうで愚弟とイチャついてる間に私に教えなさい……！」

「イチャついてるんじゃなくて、明日以降の加護設定とかでトーリ君とホライゾンの加護を組み直してる最中なんですよ……！
　後でミトも喜美も対応しますから、遠くに行ったりしないで下さいね……!?」

●

　まあ、外野がうるさいが、言っていることにそれなりの真実はあろう。正純はそう思い、敢えて言葉を作った。

「先夜は、こちらに対して手を引くように言っていた。
　今夜はしかし、認めるようだ。どういう方針変更なんだ？　これは一体」
　それにまあ、

「そちらの名前、セカンド派の仮代表というなら、アーサー・ツーサーズ、あたりかと、そう思っていたのだが、まさかパーシバルとは」

「あー、……まあ仕方ない、というところであるが、実際の処、ツーサーズは現状だと合議でなっているセカンド派全体の呼び名のようなものなのであるよ」

『〝法人〟みたいな扱いですかねえ』

『だとすると、パーシバルがその仮代表だっけ？　襲名者ってこともあって、そういう位置にいるわけね……』

『というか私、アーサー王伝説についてはあまり詳しくないが、パーシバルは実在の人物なのか？』

『おっと！　その話は僕に任せて貰おうか！』

『Ｊｕｄ．！　解りましたネシンバラ様！』

『ミトツダイラ様——！』

『どういうフリだよ！』

『Ｊｕｄ．……！　私よりメアリが的確な気もしますけど、騎士物語の知識なので回答しますわ』

●

　うーん、と正純は思案した。だが結果としては、

「すまん、ちょっと待ってくれるか？　いろいろ情報を仕入れたい。貴方との会談を失敗したり、不足のないようにするためだ」

「え？　あ、ああ、良いであるかと。ええ、こちらもなるべく、不足無いようにしたいものであるので」

　じゃあ、と手を挙げると、御広敷が早速やってきた。彼は盆にカップとフリッターなどを載せていて、

「Ｊｕｄ．！　ではちょっと夜分の会議前に軽く補給などどうでしょう。いろいろと珍しいスパイスなど使用していますよ……！」

　何か思わぬところで有能だなあ、と思う一方。こちらは急がねばならない。

『じゃあミトツダイラ、情報頼む。——パーシバルの事だ』

●

『Ｊｕｄ．、では、アーサー王物語として、ちょっとこのあたりで円卓の騎士など、前提の話から行きますわね？』

　ミトツダイラとしては、とりあえず幼少時代からの知った物語だ。欧州、六護式仏蘭西でもランスロットを通じてアーサー王伝説は人気があり、派生形も含めると英国よりも広がりが大きいのではないか、とも思う。

　母もまだ起きていて、娘の視線もあるのが気恥ずかしいが、とりあえず説明する。

『パーシバル卿《きょう》はアーサー王が構えた円卓の騎士という騎士団の一員。
　円卓の騎士は、主にイングランドを統一する過程で生まれていて、後には外敵と戦う役目を持っていましたわ。
　そして、円卓内の者達は対等、そういうルールなんですの。
　だからパーシバルという、彼の発言権は相当強力ですわね』

『……つまり俺の意見と点蔵の意見は同等とか、そういうことになる訳？』

『な、何か含みのある言い方に御座るなあ！』

『私の意見と闇さんの意見が同等！　その保証がされているとは素晴らしい事ですね！』

『立花の家としては、些《いささ》か不都合を得る場合もあると思いますが、私の方も一時は嫡子の身でしたので、許容は出来ます』

『でも体格差あると不利よね。だって仲間割れしたとき、体格差の大きいヤツの一発と、ヒョロいヤツの一発が同等扱いになるから』

『それは仲間割れしてるから、対等じゃなくていいんじゃないかな？』

『順当に話がズレてますわよ――？』

『ネイト！　ほら！　頑張るんですのよ！』

『お母様！　メゲないで欲しいですの！』

頑張ってメゲないことにした。しかし、

『ミトツダイラ様……、あのう……』

『何ですの？　ホライゾン』

『前にもチョイとありましたが、――円卓？　何ですソレ』

『あ――、と。
円卓というのは、アーサー王が自城キャロットに構えた会議場の事ですの』

『そこにはドーナツ状の円形テーブルが有り、その形は、席に着く者に前後や上下の差が無い……、対等であることを示したものなんですの。それが円卓』

『つまり先ほどの話を合わせると、ここに座ったら誰でもぶん殴っていいのですね？』

『ええと、それはその……』

『流石にそれはないのであるよ？』

『――ハイそこ！　これからネ母さんが面白いことを言う筈だったのを潰さない！』

『い、いや自分、円卓の一員である訳で……』

『貴方に発言権があるかどうかは私が決めます！』

『通神関係とか音声ステルスとか出来るから、あながち嘘じゃないわね……』

『アサマチとしてはどうなのかな？』

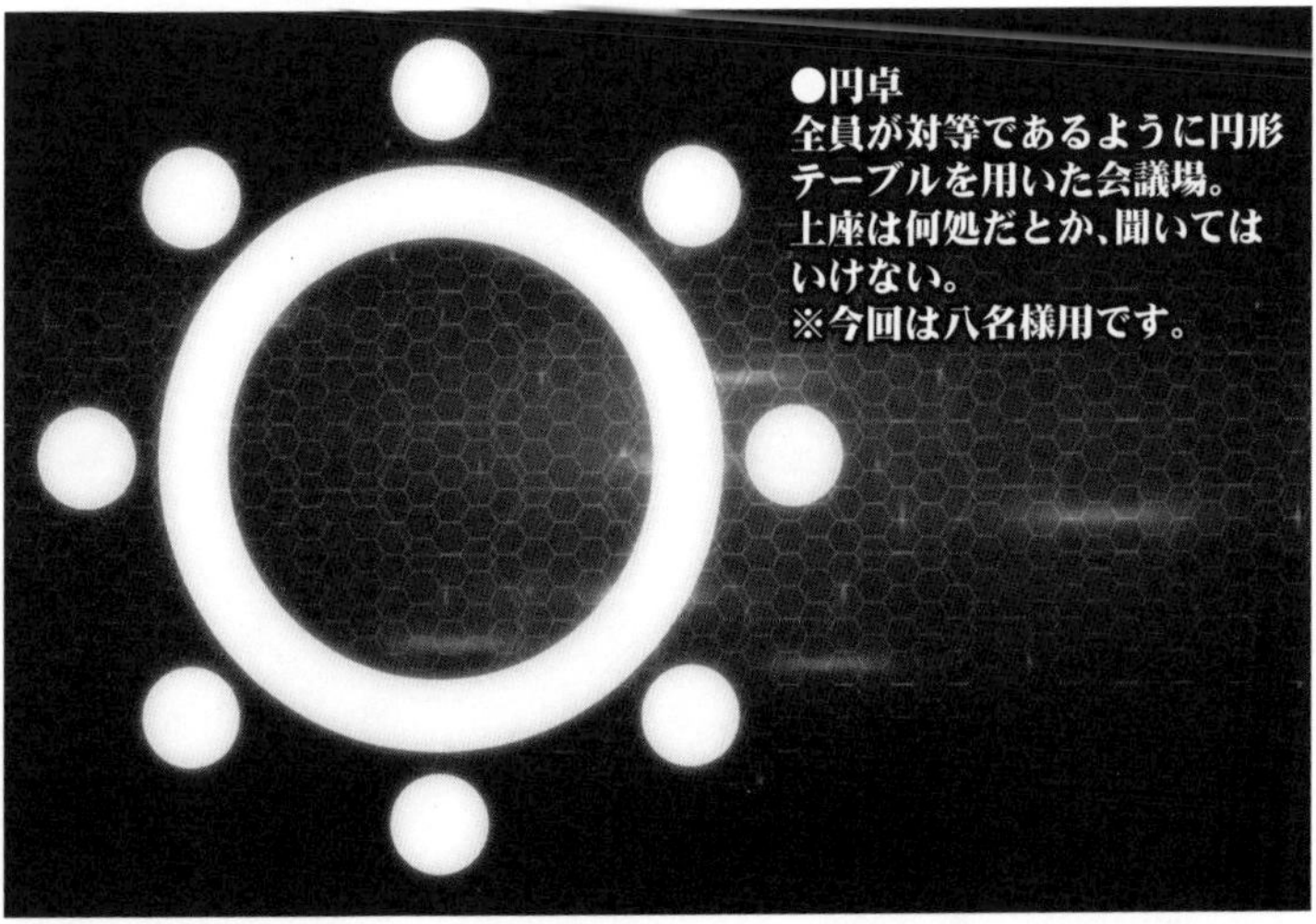

『いやまあ、このくらいだったらまだ準備運動かな、って感じで。ええ。うちの基準だと』

『嫌な基準だ……』

『まあちょっと保護者が出てみますと、確かに円卓は理念を形にしたようなものですわね。騎士達と王は対等。これはでも、どちらかというとカール大帝が欧州を平定した際、麾下とした騎士達との間に結んだ建前がベースになっていますの』

『欧州では、王は騎士の支配者ではないので御座るか？』

『初期において、王と騎士達は互助関係にあり、対等だったんです。また、王も、その地域の騎士達の代表という役割だったのが、それを巡る政治や外交的いざこざから〝代表とか綺麗事《きれいごと》言ってないで、王になった方が全体が安定する〟という流れで自ら名乗ったり、推挙されたものだったりします』

『欧州はローマが帝国であったがゆえ、それが滅びた後、皇帝もいなくなりましたから、支配者という概念を失ってしまってましたの。その中で、各地を護る領主達が騎士となり、更にその中で、有力な者がようやく〝王〟という概念を得たんですのよ？』

『〝王〟を得てしまえば、とりあえず〝王〟派は、逆らうものを裁く権利を持ちますし、他よりも上の地位となりますものね。また、法律や外交など、欧州の外から入ってきた蛮族国家や他国は既に〝王〟を抱えていた訳ですから、早急に立場を同じくする必要がありましたの』

　ただ、と己は前置きする。

『そんな感じで、欧州の王は成り上がりが基本。元々は一地域の領主となると、根本的な立場は弱いので、他騎士達との互助性を大事とする必要がありましたわ。これは王権神授を行う教会と結びつきを強くしたり、また、共和的な思想を生みましたわね』

『Ｊｕｄ．！　では円卓とはつまり、そういう理念を示したもので、つまり全員が同等であるのは、当時の世相を映したものなのですね？』

では、とホライゾンが、円卓図に描き込む。

『全員が同等というなら、リンクして然るべき！　こういう風に皆を繋げることこそ、理念というので宜しいでしょうか』

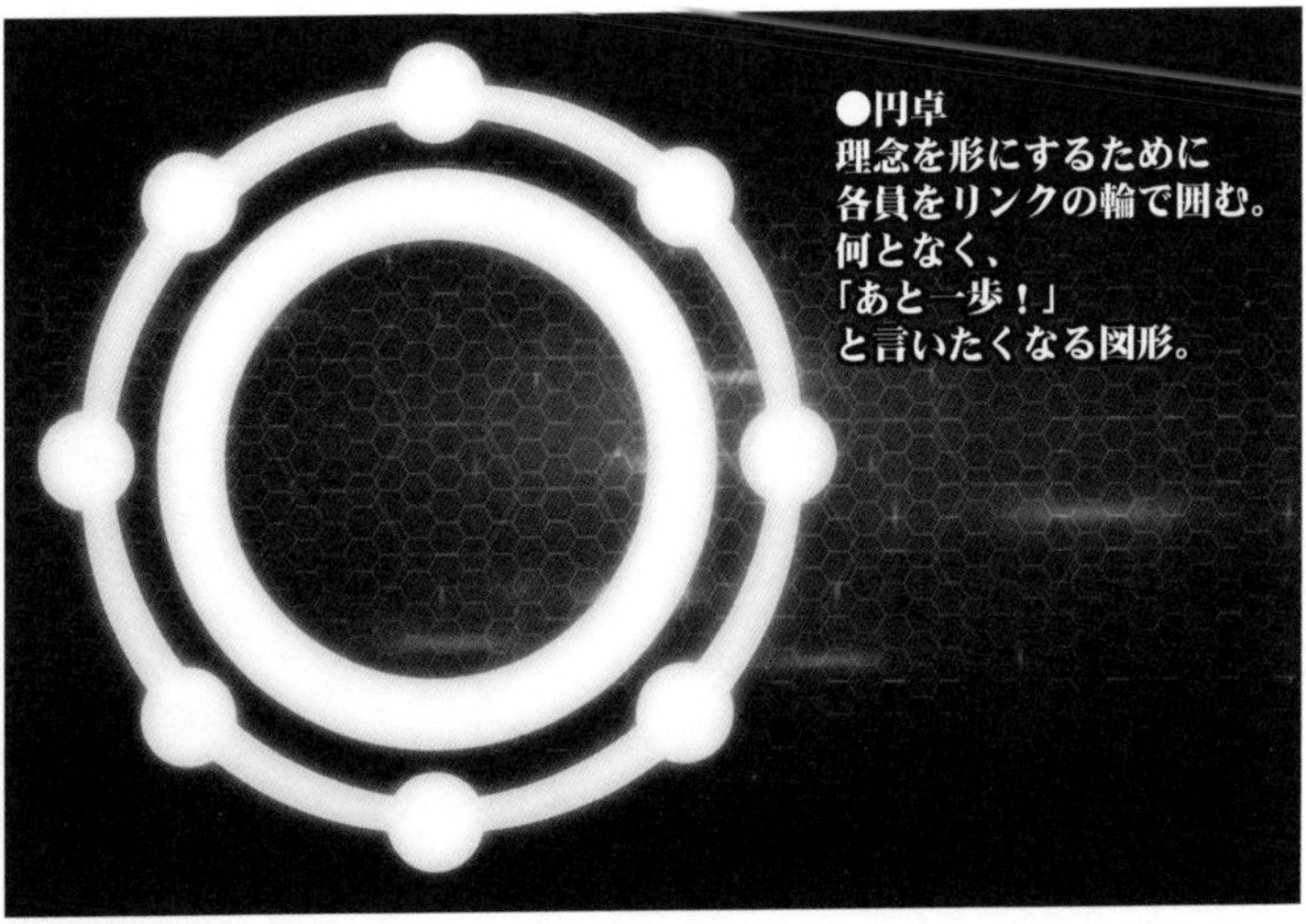

『…………』

『……線を何本か足して宜しいですの？』

『駄目ですわよ——!?』

●

ええと、と円卓の前提を終えて、己は言葉を作る。

『……円卓は、まあ、アーサー王の会議場として機能をしていたと考えられますわ』

ただ、ここからが本論だ。以前、アーサー王物語におけるランスロットの際にも話したことだが、

『——ただ、円卓の騎士の構成員数は資料によっても違い、アーサー王を含めて十二人とか、三百人とか、そもそもが定まってない、とかもありますの』

『…………』

『……ネシンバラ様？』

『大丈夫！　大丈夫だ！　まだダメージになってない！』

『**おいおいアーマー削れてるぞ！**』

こっちが気にしても仕方ないので、話を進めることにする。

と、ホライゾンが手を挙げた。

『何やらスリーサーズ様から話にあったロット王とやらは、アレもまた、円卓の騎士の一員なんでしょうか』

『いえ、ロット王は円卓の騎士ではなく、アーサー王と同様に一地域の王ですの。
　但し、円卓の騎士数名の父ですわ』

『で、あちらにいるパーシバルですが、あの方は、やはり円卓の騎士の一員であったペリノア王の息子ですの』

『ペリノア王……』

『倫敦で会ったあの天竜ですね』
　皆が、パーシバルを見た。

「……？　何か？」

「あ、いや、別に気にすんな気にすんな。ただ見ただけだから」
　すぐに皆、姿勢を戻す。

『……倫敦のあっちと比べて、風格ゼロですね』

『あの、実はあやかりだったりしますの？』

『〝自称パーシバル〟かどうか疑わないあたり、初々しいねえ』
　なかなか厳しい。だが、浅間が小さく挙手する。

『あの、――ペリノア王って、王様なのに円卓の〝騎士〟になってるんですか？』

『Ｊｕｄ．、王なのに円卓の騎士になっているのはペリノア王だけですけど、この方、昔にアーサー王が所持していた名剣としての王賜剣を折ってますの』

『物語の時系列はいろいろありますけど、大体、岩から抜いた剣を折られていますわよね』
　そういうことだ。これについてはメアリも頷き、

『私達の時代では一型の補修の代わりに二型が預けられたと、そのように聞いていますね。ただ、それが行われたのはこの時代だったか、それは解りません』

『まあそんな感じのペリノア王ですけど、その後に仲間になって以後親交が続いてますから、何か意気投合があったのかもしれませんわね』

『だとすると、倫敦にいるペリノア王は、前倒しで合流でありますね……』
　政治か、事情か、何らかの解釈があるのは確かだろう。

『とはいえパーシバルは、出自も明確で、若いこともあって円卓の騎士としていろいろなイベントに参加。全体で見ても結構な重要キャラになっているのですけど……』

『……話や媒体によっては何か弱キャラだったり異邦人だったり不遇キャラだったり当て馬だったり独りだけハゲだったりと、とにかく不《ふ》憫《びん》なんですの』

『あー……、駄目系ムードメーカーって何かたまにいますよねー……』

『……何かやたらと親近感が湧くような……』

『点蔵様はまだ解釈の住人ではないから大丈夫ですよ？』

『あっちはもう駄目、ということになりませんの？　ソレ』

なお、これは補足しておいた方がいいだろう。

『パーシバルには、どうもモデルと思われる人物がいますの。それがアーサー王と同年代に活躍した地方の王ペレディル。史実では父王を殺された復讐《ふくしゅう》に人生を費やしたものの、勝利の後、アングロサクソンの侵入にて討ち死にした悲劇の王ですわ。

　彼の二つ名は〝鉄の腕〟という、勇壮な王でしたのね』

『しかしウェールズの物語集マビノギオンでは、この史実がアーサー王の物語に含まれる形で変形していて、名前もペレドゥルに。

　それがまた、いろいろと形を変えてパーシバルとなる訳ですけど、どうも元の名前ペレディル＝Peredyrが、物語として各地や時代を渡る間に、perce・val（谷を貫く）という〝何か格好いい文字合わせ〟に変化した可能性が高いですわねコレ』

『駄目だなあ、原典に忠実じゃないと』

『……アンタ、自分の名前の原典に忠実なつもり？』

　でもまあ、そんなところだ。

『正純？　円卓の騎士としては、ペリノア王の存在などを気に掛けておく必要がありますけど、そこのパーシバルも実在モデルの人物。そのことを重視しておいた方がいいと思いますわ』

●

実在人物がモデルか、と正純は思った。

ちょっと厄介だ。それも政治的に、だ。

……実在人物の場合、架空性の高い人物よりも、いざとなった場合の権限が高いんだよな。

当たり前といえば当たり前だが、実在人物は〝史実〟に実在する。そのときの言動などは再現の優先度が高いため、架空性の高い人物の襲名者よりも存在価値が上だ。
これは、二つの事実を示す。

『このパーシバルを襲名させた理由。つまり史実か、何かに基づく優先的な歴史再現を見据えた計画、または発言力確保の理由が英国側にはあるということ』
そしてもう一つ。

『内外に対し、発言力が〝実在〟する人物を、セカンド派においているという、その意味だな』
ともあれ今は、目の前の問題と、彼がここに来た理由だ。とりあえずの情報は集め、それなりの理解はした。だから、

「すまん、ちょっと情報を確認していた。仕切り直しとして行こう」

「いやまあ、こっちもなかなか変わった味のフリッターなど頂き、いい時間を得たであるよ。しかし……」
と言って、彼はこっちの後ろに控えている皆に顔を向けた。

「おやおやどうしました？　ホライゾンどもは、何も怪しいことをしておりませんよ？　ええ。しておりませんとも」

「……し、信じていいのであるかな？」

「いやまあ、何だ……」

「私さ……、フィクションは基本的にあまり読まなくて、アーサー王の云々とか、人から聞いた話で充分だなー、と、そう思っていたんだよ」
しかしまあ、今になってみると、こう感じる。

「今の、聞かなきゃ良かったなあ……」

「な、何であるかその反応……！」

「いやまあ、というか、何しに来たお前。——あ、すまん、お前とかまた言ってしまった」

「ま、まあそれは構わないとして……」
一息の間を持って、パーシバルがこう言った。

「正直、スリーサーズ殿が他者を頼るという構図が、レアなのであるよ」

「何？　結局は独占欲？」

「セージュンがまたたらし込んだだけじゃないの？」

「ってか、パー夫、オメエ頼られてねえのか——」

「た、頼られてるであるよ！　無茶頼られているであるよー!?」

「あまり主張するな。——多数決で決定されるぞ」

「……何が何やら、といった感であるが、とりあえずスリーサーズ殿はそちらを仲間としたい御様子。
だとすれば、セカンド派としての自分が異を唱える意味も無い。
情報交換に来たのであるよ」
Ｊｕｄ．、と己は頷いた。まず全体を手で示し、

「スリーサーズと私達の間では、私達は〝湖の精霊〟となっている。
それでいいか？」

「何やら先日の祭では〝世界の征服者一行〟と名乗っていたと聞いたのであるが？」

「あっ」

「御母様！　一丁やる気ですのね!?」

「おお、やろうぜやろうぜ！」

「このタイミングで変な煽り入れるなよ……！」

「まあここはアレですかね。〝世界を征服する湖の精霊御一行〟。
　これで間違いが無いかと。如何でしょうか」

「湖の精霊って、アーサー王に助言したり王賜剣の修理をしたりと、そういう役な気が……」

「まあ、助言するのも世界征服するのも誤差の範囲でしょう。
　あまり首突っ込むと大概痛い目見ますのでこの辺にしとくのがいいかと」

　パーシバルがうなだれて黙ってしまったが、私のせいではないと思いたい。
　そして不意に、ネシンバラが手を挙げた。

「ちょっと、質問良いかな？」

●

　飛躍が来るか、と己は思った。だからネシンバラに会釈を送り、パーシバルを手で示す。するとネシンバラが、右手を前に翳《かざ》して言った。

「聞かせて欲しい。
　王賜剣はあるのかな？
　また、君と父親であろうペリノア王の関係はどういうものなの？
　そして、――円卓の騎士はどれだけ揃ってるのかな？」

●

　んんー、とパーシバルは迷った。
　何処まで話していいものか。

自分は仮代表ではあるので、話す権限を行使出来る一方、だからこそ迷う。なので一応、

「何か一気に来たのであるけど、とりあえず答えられる範囲で良いのであるな？」

「オメエ、スリーサーズに怒られない範囲、ってのでいいんじゃねえの？」

「それはまた難しいであるなあ……」

正直、スリーサーズも現状にはいろいろ思うところがある筈なのだ。

ただそれをあまり表に出さないのは、彼女の意地であり、美徳であり、また、悪いところであろうとも思う。

そのことを〝負担〟として、こちらに預けて貰えればいいと思うのだが、

……なかなか、決意というものは翻らぬものであるなあ……。

「ほら、今、ちょっと黙り込んでるでしょ？ アレ、頭の中で何かポエムじみた話を捏《こ》ねくり回してるのよ」

「そんなことはないであるよ……!?」

図星過ぎる。

とはいえ基準は生じた。まず、安全な処から話そう。

「そうであるな。……では、円卓の騎士について話そう」

パーシバルは、椅子に深く座った。その上で体は前傾させ、前のめりに、

「アーサー王以外、現状、自分を入れて八人分。その内二人が二重襲名であるよ。

つまり実際は六人であるな」

「……今日、倫敦にて、恐らく彼女達に会ったな」

「倫敦？」

あー、と相手が軽く手を左右に振った。

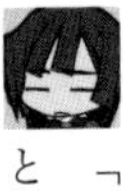
「ロンディニウムだ。今のはうちの方の方言だと思ってくれ」
そして、

「ランスロウとは先日に相対した。ロンディニウムで会ったのは、
・ベディヴィア
・ケイ
・ペリノア王
の三人だ」
Ｔｅｓ．、と己は頷いた。ならば話が早い、と。

「その内、ベディヴィアとケイの二人が、別の円卓の騎士を二重襲名しているのであるよ。だから実際、六人八襲名、そういうことであるな」
その言葉と共に、手が上がった。先ほどから着席せず、定期的にポーズを変えていた少年だ。
彼は眼鏡を一度上げ、

「その二重襲名の内訳、推測すると、ボールスとガラハドかい？」

「ほう……。よく知って……、と思うところであるが、まあチョイ調べれば解る範囲でもあるかな……？」

●

『アチャ――。上手く答えたつもりがディスられてんの』

『よく考えたら、重奏神州の時代でも聖連に似た組織はあったんだろうし、だとしたら国ごとの襲名者年鑑とか出てたかもね』

『この時期は欧州側だと対竜戦線がそういった事を担当していた筈でありますねえ』

『い、いいんだよ！　知らないこっちとしては、当てただけで充分偉いんだぞ……！』

●

ここは踏み込んだ方が良いな、とパーシバルは判断した。
スリーサーズも知っていて、それゆえに戦略や判断を決めているのだ。だとすれば、

「……ともあれそんな風に解る事ではあるが、どうも住む世界が違うような〝湖の精霊〟には教えておいた方が良いのであろう」
　言う。

「ベディヴィア殿は、現状、円卓の騎士達のリーダーである。
　ファースト派にいて、ガラハドの二重襲名。騎士中では最強であろうな」

「ペリノア王より強いので御座るか？」

「ペリノア王が、天竜の姿となれば、あるいは、というところであろうか」
　これは事実だ。
　長身の細身なれど、修めている術式や剣術が噛み合って、最強といえる地位にいる。
　そして、

「ケイ殿は、サブリーダー。
　ファースト派にいて、ボールスの二重襲名であるな。
　ベディヴィアと並ぶ実力者である」

　ふうむ、と頷いた何人かが、ロンディニウムに行った者達だろうか。ならば、

「ペリノア王については、正直、多くを言えぬものである」

「秘匿義務か？」

「否、実のところ、あれが何を考えているのか、解らぬのであるよ。スリーサーズ殿は何となく理解しているようであるし、ファースト派もそのようであるが……」
　セカンド派は、やはり直接にアーサー王の襲名者を出していないせいもある。だから、

「彼女は、〝アーサー王〟という存在に関係するために、ここに来ているのであろう、と。
……ゆえに、敵か味方か。襲名と歴史再現において、こちらの味方であろうと思うのだが
——」

「竜属側が、何らかの理由で派遣してきた監視役かもしれない、と？」

「そういうことであるな。それを知ってるのは、ファースト派の有力者と、スリーサーズ殿だけであろう」

言うと、向こうの中から機械の手が上がった。

「つまり、アーサー王の襲名に関する案件については、セカンド派も詳細を知らないことがあると、そう考えていいのですか？」

「Ｔｅｓ．、まあ、大体の予想はついているのであるが――」

「予想？」

Ｔｅｓ．、と己は頷いた。

何処まで話せるか、という内容だが、予想の話でもある。だから己は、言葉を選んでこう言った。

「恐らく、……ファースト派のワンサード殿と、サード派のスリーサーズ殿が、政治的な決着をし、竜属の英国上陸を止める。そういう流れになっているのだろう、と」

一息。

「この予想、同様の情報がファースト派からリークして、各派に浸透しているのである。ゆえに各派、敵対は避けつつ、また、ファースト派とは別に、スリーサーズ殿を指導者として仰ぐようになっているのであるな」

●

「どういうこと？　パー夫の信用がねえって事？」

「トーリ様、言葉を選びましょう。トーリ様の仲間ですよ」

「俺、信用ありまあああす！　ありまああああす！」

「まあ、強いて言うなれば、トップの決断で全て終えるつもりなのでありましょうねえ」

「…………」

「……メアリ殿？　どうかされたので御座るか？」

「あ、いえ、……トップの決断となると、私の時のようなことになるのではないか、と……」

「ああそうか。そういう流れもありうるよな……」

●

「一つ聞きたい。――お前、……じゃないや、貴方の予想の中で、たとえばスリーサーズが犠牲になるというような、そんなことはあるか？」

「――否？　スリーサーズ殿が犠牲になるなど、そんなことは」

●

言質《げんち》はとれた。

後ろに視線を向けると、ホライゾンが両腕の親指を上げているし、馬鹿も何となく頷いていている。そしてメアリも、

『お手数様です……！』

まあ、うちの方針としては大事なことだと、そう思う。すると、

「あの、さっき、円卓の騎士は六人八役襲名と言いましたよね？　ですけど、ええと、

・ベディヴィア、ケイ、パーシバル、ペリノア王、ランスロウ

という感じで、五人しかいないんですけど……？」

●

『さあ！　この数字トリックに気付いていた人は挙手を！　おっと、ホライゾンは気付いていましたよ？　それに浅間様は本舗の子です。大家のホライゾンは当然その恩恵に与《あずか》っているので倍賢い！　そういうことですね？』

『ウワアー！　母さん優秀――！』

『フフ、どうなの!?　そこのお前！　お前も！　気付いているかどうかでカーストが変わるわよ!?　私？　私は当然気付いていてなかったけど浅間の重箱隅つつきパワーで挽回《ばんかい》よ！　アアン、

つっついてエん……！　あらヤダ浅間、その手の動きはツッツキじゃなくてツッコミよ？　ハイ！』

『立ち上がってくねくねしたり、会談の邪魔しない！』

●

段々静かにしてるのに飽きて来ましたわね？　とミトツダイラは思う。

　話を進めよう。

　ゆえに己は手を挙げ、会談に差し込むつもりで言う。

「残りの一人は誰ですの？」

　Ｔｅｓ．、と相手が応じた。

「パロミデスという騎士の襲名者がいるのであるよ。これはまあ、現状は別枠で動いているものであるな」

　間者か何かだろうか。または知識系、というあたりか。

　そして、ここまでのメンバリングを聞いていて、解ることがある。これはもう、当然のことだが、

「随分と、円卓の騎士としては人員が少ないですわね……」

「——だよね？　どうなんだろう。御時世として有能な人材を集めにくい？　否、危機の状況なら、それこそ集まるようにも思う。いつか補充するのかい？」

「Ｔｅｓ．、アーサー王の襲名が確定次第、ガウェイン、トリスタンなどの襲名を順次決めていくものであるよ」

　告げられた人員に対し、思うところがある。

……これは……。

『……作為がありますわねぇ』

『どういうことぞえ？』

『Ｊｕｄ．、今、名前が出たガウェインは、円卓の騎士ではないロット王の息子なんですの。ただ――』

物語としては、こういう話がある。

『後に、アーサーとロット王は抗争状態となり、ペリノア王が、ロット王を討ち倒しますの。そしてペリノア王は、やがて成長したガウェインに暗殺されてしまいますの』

『円卓の騎士は、内紛していくのかえ……？』

『Ｊｕｄ．、国をまとめつつ、しかし内紛によって瓦解し、最後の決戦でアーサー王が重傷を負ってアヴァロンに去る。そういう御話なんですのよ？』

その通りだ。

だとすれば、ここには順番が見える。

『ペリノア王がいて、ロット王もいる。だが、ロット王の息子であるガウェインは、アーサー王の襲名後に襲名が確定する。……アーサー王の襲名前に、ロット王がペリノア王に討たれる、という歴史再現があるのかな？』

どうなのだろう。こればかりは、英国の中枢側にいないと解らないことだ。

話をしてくれたパーシバルも、円卓の騎士を多く有するファースト派ではない。

……成程……。

何となく、気付いた事がある。

『これから何が起きるかを、ファースト派の外にいて知っているのは、スリーサーズだけなんですのね？』

何故ならば、

『アーサー王は、物語の中でも最後まで存在しますもの。……そんな襲名者に、何も知らせていない訳がありませんわ』

●

そうだね、とネシンバラは頷いた。告げられた名前を表示枠に並べ、

『しかし、随分と偏った襲名だコレ。思惑があるのは当然というか』

『――フィクション読まない私にどういうものか説明してくれるか。
後で補完するから大体でいいんだが』

『Ｊｕｄ．、基本、現状ではメジャー否定というか、襲名が実力優先で選ばれてないんだ。勿論、アーサー王物語の実力なんて後世の〝盛りまくり〟ではあるけどさ』

『ええと、ランスロウは違うんですか？　メジャーですよね？』

『相対の時の情報を考えるに、あれは本土側からの〝保険〟だと思うわ。だから、英国側の思惑の外。よくても、本土側がそれに無理に参加しようとして入れてきた一齣《ひとこま》ね。
基本はランスロウと、ペリノア王も抜いた人員。絞り込んだ四人＋ロット王ね』

『……つまり、単純な実力より、政治的や、何らかの思惑で〝有利〟と出来る人員が選ばれている、と？』

『とはいえ、現状の円卓の騎士から、正純様はそのチョイスが何故生じているのか、解りますか？』

『そうだなあ……。人員を何らかの理由で絞ったのは――。

・考えられる理由。
第一：人材不足。
第二：再現の実利優先。
第三：何だろう……？

こんなところだろう。複合的なものも有りだと思う』

この〝第三〟が、謎だ。だとすれば、

『ヅカ本多君、とりあえずいい機会だ。聞くだけ聞いてみるといいんじゃないか？』

そうだな、と思いつつ、正純は思案した。

……人数を絞り、何らかの利点で襲名者を決めた……。

疑問するのは、やはり人員の少なさだ。

『数は単純に正義です。……人員を少なくするのは、小回りの良さか、少数精鋭でこそ成せる何かがあるのだと察しますが、竜属の侵攻に対し、やはり数は必要ではないでしょうか』
　だが、英国はそうしていないのだ。これはつまり、

『エリ子と同じじゃねえの？』

『ああ、今、何となくそれを考えていた』
　つまりこういうことだ。

『英国は、竜属に対抗し、追い払うための決定打を持っている』

『さっきの、パーシバルが予想しているトップの決断というものが何かは解らない。だがそれも含みで、英国側は、竜属に対する決定打を持っているのだと思う。
　その存在自体が、竜属の侵行を止める何かを、だ』
　これについては、思い当たるものがある。
　ネシンバラが、先ほど、言っていたのだ。

『――王賜剣だ』
　アングロサクソンの侵攻を止め、追い払うアーサー王の決定打となるアーティファクト。
　自分は、パーシバルを見た。

「あるんだな？　王賜剣が。そして――」

『正純様……！』
　ああ、解っている。
　恐らく、歴史は繰り返しているのだ。

「王賜剣を岩から引き抜いた者こそ、アーサー王の襲名者となる。
　そうなのだろう？」
　視線の先、パーシバルは頷かない。
　だが、否定もしない。
　ならばそれは、こういう事だ。

「サード派を立てた後追いのスリーサーズが支持される理由。
　彼女がファースト派と繋がり、セカンド派を跳び越えた遣り取りを個人的にしていること。
　それはつまり――」

　私達の時とは、きっと、ここが違う。
「王賜剣を抜いた者が、複数いる」

●

「王賜剣を抜いた者は誰か。
それは、セカンド派ではない。
セカンド派はバランサーだからな
ならば答えは見えている。

「王賜剣を抜いた者は二人だ。
――アーサー・ワンサード。
アーサー・スリーサーズ。
この二人だろう？」

●

　ややあってから、パーシバルが一つ、息をついた。
　彼はこちらに顔を向け、深く息を吸った上で、言う。

「――週末、スリーサーズ殿の処に、ファースト派を支えるロット王が来られるが、彼と一つ、勝負をするのであったな？」

「ああ、そのつもりだ」
　では、とパーシバルが言った。

「では、――今後、セカンド派は、貴方達の安全を約束するものである。
　そして貴方達がロット王に勝ち、ワンサードに至ることを自分は期待する」

●

「よっしゃああ!!　偽点蔵、チョロイわね！」

「大声出して聞こえてるで御座るよ！」

「――でも、いいではありませんか。ここでは、自分が王の器かどうかを悩むより、それをどうするかを悩み、決めかねている人達がいるのですね」

「――私はこの、まだ英国となっていない不確かな場所を、助けたいと思いました。
　その方法も何も解りませんが、皆様、どうでしょうか」

●

　パーシバルは手を上げた。表示枠を一つ出し、湖の精霊の交渉役に渡す。

「この土地には、一部結界があり、そこに王賜剣が保管されているのである。
　その地図と、結界を開く鍵を差し上げよう。
　恐らく、ここを借地としたスリーサーズ殿も、それを望んでいるのであろう」

「え!?　股間に挟んでいいの!?」

　何言ってるか解らん。
　ただ、スリーサーズとしては、きっと、こういう事なのだ。

「スリーサーズ殿にも、ワンサード殿にも、手軽く渡すことのないよう、護ってくれと、そういうことなのだと、――自分は望んでいるのである」
　上手い言い方が出来ない。だが、これがきっと、彼女の願いなのだ。だから、

「今、急ぎの時間であろうが、出来れば一度、王賜剣を確認して行って――」

「よーし行くぞ！　ちょっと息抜きに歴史のベンキョーな！」

「御菓子《おかし》は３００円までです。おっと、バナナはここでは御禁制でしたね」
　ちょっと何この行く気の有り有りは。

「あ……ぶっちゃけ、ここから遙か未来に生きてる私からすると〝どのパーシバル？〟って思っちゃったのよね……」

「意外と何処にでもいるよね、パーシバル……」

「貴様ら伝説級の人物に対してもホント厳しいのう……」

第三十八章

『傘の外の待ち惚け人』

入り忘れて
急いで入る
誘い待ちで
背を向ける
配点（人心）

●

息抜きと言うには、ちょっと面白い展開ですの、とネイメアは思った。

母達と共に夜の散歩と、そんなシチュエーションも初めての事だ。明日からの作業準備をしていた者達も、余裕があったら着いてくる。そんな軽い雰囲気で行くのは、

「……結界と言われてましたけど、これ、結界じゃないですよね」
王賜剣の在処《ありか》へと通じる場所だ。
それは湖畔のキャンプから、湖沿いに西へ回って、森の中を進んだ処。木々がやや離れるように並木となっている場所があった。

「先日からの下調べでは、元々、小径《こみち》でもあったのだろうという場所で御座るな」
そこに、副会長が表示枠を掲げる。
ちょっと時代の違う術式だ。表示枠には、智母様の手でパッチとなる術式が当てられており、その光も含め、灯光術式のような発光が周囲を照らす。すると、

「……？　ズレました？」
疑問形になるのも、仕方ないことだろう。
眼前にあるものは、何も変わっていないように見える。だが、

「あ、ちょっといいですの？」
母の母が、不意に皆の前に出た。そして、顎に手を当て、

「――こっちですのね？」
と言うなり、前に踏み込んだ姿が揺らいだ。
そして彼女の姿が、踏み込んだ分だけ消える。
何も無いような空間に、ドアがある。否、よく見るとそれは違う。

「〝木陰〟ですね？」

「Ｔｅｓ．、――考え方が逆なんですわ」

言った母の母が、揺らぎのドアから戻ってくる。そしてまた、手を伸ばし、肘から先をその揺らぎのドアへと差し込み、

「確かに、東照宮代表の言うように、これは結界ではありませんわね」

「ええと、どういう仕掛けですの？」

「――結界ではなく、術式で、〝逆〟に結界を発生させているんですね？」

ええ、と母の母が頷いた。

「森を含め、自然環境というのは、その相の中に幾つもの顔を持ちますの。例えば日向《ひなた》と日陰など、人工建造物が落とす影と違い、それは森の植生と大気が作りうる〝生物〟と言っていいですわ。

そして副会長に預けられた術式は、そのどれか、多分〝木陰〟を前に出すものですのね」

「〝界〟の優先度が変わる、という感じですね……。私達が今使っている結界術式のように、界を上書きしたり、変動するのではなく、元あるものの優先度を変える。どちらかというと、神隠しの怪異を発動させてるようなものだと思います」

「Ｊｕｄ．、妖精の用いる、精霊術式の内、環境系のものですね。隔絶はしていないので、適応力のある人だと迷い込んだりしてしまうので、術としては高度な一方で弱いものです。

ただ、元あるものを変えている訳ではないので、まず気付かれません。特に今回は、優先度を変えた方に王賜剣があるとすれば――」

「王賜剣はそこにあっても、適応力のない者では気付かないですわね」

Ｊｕｄ．、と清正の母が頷く。そして彼女は、こちらを、皆を見渡し、

「王賜剣があっても、私の持つ一型とは違うものです。仕様も違う筈なので、あまり私の意見を真に受けないで下さいね？」

「Ｔｅｓ．、――さて皆様？　私が先頭でいいんですの？」

応じるように、両腕先輩が辺りを窺うように

しつつ先行していったが、ホントに頼れるので凄いですの。

●

　森の中を行く先頭は両腕。そして点蔵が続いた。最後尾は義光とメアリ、という二人で、全員の道が迷ったりしないように、見守りつつの移動だ。

　先を歩く点蔵が、しかし、たびたび後ろを気にして、

「さて、……パーシバル殿の話に聞いた場所はこの先で御座るが……。

　全員、ついてきて御座るか？」

「――私から見る限り、全員いるぞえ？」

「Ｊｕｄ．、全員、大丈夫そうですね。……しかし点蔵様、何だかこうして先頭と最後尾にいると、六護式仏蘭西の森の中で歩いていた時を思い出しますね」

「何？　何それ。

ちょっと聞かせてくれるといいのよ？」

「あー、ガっちゃん、それ、テュレやんに攫《さら》われたソーチョー追ってIZUMOから下に降りたときの話」

「あの時は失態ばかりで焦ってしまって駄目でしたわねえ、私……」

「しかしまあ、話を聞いてみると、アレがなければカーチャン様との今のような関係も、また、トーリ様との王と騎士の関係も、またちょっと違ったものになっていたのではないかと、そう思いますよ」

「それらが〝無かったもの〟じゃなくて〝ちょっと違ったもの〟って言えるのが、今の俺らの余裕かもしれねえな」

　ですわねえ、とミトツダイラが頷く。

「確かにまあ、あの時があったから得られたものはありますし、その量も質も大事なものと、それは解ってますの」

「言いますねえ……」

「フフ、言った方が勝ちよ。思いってのは、自分の中に秘めておくと自分の中の色を定めてくれるけど、表に言えば、外から見た自分の色を定めてくれるもの。両方しておけば、何もかも思い通り、——化粧をするには心の化粧もしないとね。そういうことよ？」

つまり、と歩きながら喜美がアデーレの肩を摑んだ。

「いい？　アデーレ、心の中で自分は巨乳だと思っても、外に言わないと……、否、言っても駄目ね……。どうしたらいいのかしら……」

「論理の破綻したことを言わなくていいですよ……！　確かにちょっとそういうもんかと思いましたけど！」

●

しかしまあ、と森の間を歩きつつ正純がつぶやくのを、浅間は聞いた。

「どうかしましたか？　正純」

「ああ、ここまで、英国の記録における補正の話をしてきたものだが、ちょっと懸念があったんだ」

それは、

「円卓の騎士達が〝欠損〟していて、代わりをやれって言われたら参るなあ、と」

「それは確かに……」

「しかしまあ、聞いている限りでは、英国側も襲名者の選定には何らかの理由があって絞り込みを行っておるのだえ？　そうなると、欠損以前に人員としては少なめで進行していると、そういうことであろうよ」

確かに自分もそう思う。だがそれは、この状況として考えると、

「……英国というか、〝記録〟が、これ以上は把握無理だ、って感じで欠損を生むような〝襲名者集団の人員制限〟とか、あるんですかね

……？」

「円卓の騎士が、一説にあるような数百人規模だと、一人か二人欠損していても不思議ではなかったかもしれませんね」

そのあたりは、現状では解らないことだろう。だが、そうして考えると、一つの事実が言える。

「私達は、ホントに、英雄達の裏方役みたいな感じですね」

「その一方で、じゃあ私達が、この記録内にいる襲名者達と関係を持つ、ということにどれだけ意味があるかは、考えておかないとな。——政治や商業などの駆け引きは、それだけで意味を持つが、この記録の補正に結びつかないのはオーバーキル案件で、無駄だとも言えるんだから」

「私達が英雄になろうとする意味はない、ということですわね？」

そうだ、と正純が応じた。

「英雄は、もう、間に合っているんだ。——では私達はどうするか、だな」

その言葉に、自分は何となくこちらに来た意味を思った。それは、

「——あっちで、明日の準備してたら、その言葉は出なかったと思いますね」

「そうよのう。向こうで準備してることに意味を感じるのは確かであろうが、指導者ならば今の観点は大事。そういうことぞえ」

「Ｊｕｄ．、冷静になる時間は必要ということだな。しかし——」

しかし、

「円卓の騎士の人員が絞られているとはいえ、実際、どういう塩梅《あんばい》なんだ？　解るか？」

「Ｊｕｄ．、先ほどのパーシバルの話を聞いて、何となく方針も解りましたし、それに、実在と架空の解釈といった問題もありますから、見えてくるものがありますわ」

「いやあ、カタカナネームがバンバン出てきてよく解らないというか……」

「ミトツダイラ様——！」

「…………」

「ええと、じゃあ、道中の暇つぶしに、適当に話をしますのよ？」

●

ミトダイラは、自分の方としての分析を述べる。表示枠に各々の名前を出し、

「現状いるのは、

・ベディヴィア（ガラハド）
・ケイ（ボールス）
・パーシバル
・パロミデス
・ランスロウ
・ペリノア王
・円卓の騎士外：ロット王、マーリン

と言ったところですわね。

この中で、ベディヴィアとケイはアーサー王の身近な側近で補佐役。ガラハド、ボールス、パーシバルは一世代若いので、この襲名者は、アーサー王の味方で、古株と新世代を併せ持った構図となってますわ。

パロミデスは別行動、ということなので、今の英国の動きとは別と考えていいと思いますの」

しかし、

「外枠であるペリノア王は、どうやら竜属側からの襲名者。ランスロウも本土側からの派遣という線が見えてきたので、英国本来の襲名者における計画の外の存在だと思いますの。

ただ――」

「ただ？　何だ？」

正純の促しに、己は頷く。表示枠の名前を軽く叩いて、

「ペリノア王が竜属の側からの派遣だとしても、存在理由はありますわ。何故なら、アーサー王の物語ではロット王がアーサー王に反旗を翻し、それを討つのがペリノア王だからですの」

「つまりロット王が歴史再現で反乱を起こしたとき、即座のストッパーとして起動出来るのはペリノア王。だから外の竜属からの派遣でも受け容れた、と？」

「いえ、それが、その見方だけとも言い切れないところはありますの」

どういうことか。

「ペリノア王がいる限り、ロット王の反乱は〝起きなければならない・起きたら鎮圧されなければならない〟んですのよ？　つまり竜属がロット王の存在と、英国の歴史再現に対して関与をするためにペリノア王を派遣し、英国も何らかの条件と引き替えにそれを認めたと、そうも言えますの」

「その場合、英国は、竜属の関与を受けていると、そういうことになりますね」

「ですわね。――竜属の代表を受け容れ、歴史再現に関与させる。これは、中立地であれば当然ともいえる中道策。武蔵に武蔵王が派遣されているのと同じようなことですけど、それが中道の証明か、竜属の言いなりかで、話は変わりますわ」

そうなってくると、先ほどのパーシバルの言葉が意味を持ってくる。

「アーサー王の襲名成立後に、ペリノア王を暗殺するガウェインが襲名する。……これは、竜属が派遣したペリノア王へのカウンターかもしれませんわね」

ただ、ここまでの論には、少々疑問がある。

起点だ。それは、

「ペリノア王がいることで、ロット王に反旗の歴史再現を強制する、というのは、歴史再現を政治的駆け引きに使うという意味では解ります。

しかし、竜属にとって、ロット王の価値がどれだけあるか、ということになりますね。

現状、ロット王は商業活動などを行っていますが、彼を止めるのは、英国の経済を混乱させる以外に、意味はあるのでしょうか」

「たとえば竜属が英国に戦争を仕掛けるとしても、そこで経済を混乱させたところで、あまり

意味はありません。何故なら、戦争に入る前に備蓄は用意されていて、初期の期間はそれを用いて凌げるからです。その期間が終わる頃には、ロット王の後任が機能していると思いますね」

　だとすると、と最上総長が首を傾げた。

「……ペリノア王と、ガウェインとやらのカウンター構図は偶然かえ？　何処かで何か辻褄《つじつま》が合っていないだけと、そのような気もするのう」

「というか、情報が足りませんのよ？」
　と言った時だ。書記が手を挙げた。

「よし！　じゃあ僕が、円卓の騎士の話をしよう！　これから先、出てくる襲名者の予測にもなるからね！」

●

「じゃあ、有名どころを並べてみよう」
　と、ネシンバラは表示枠に騎士達の名前を並べた。

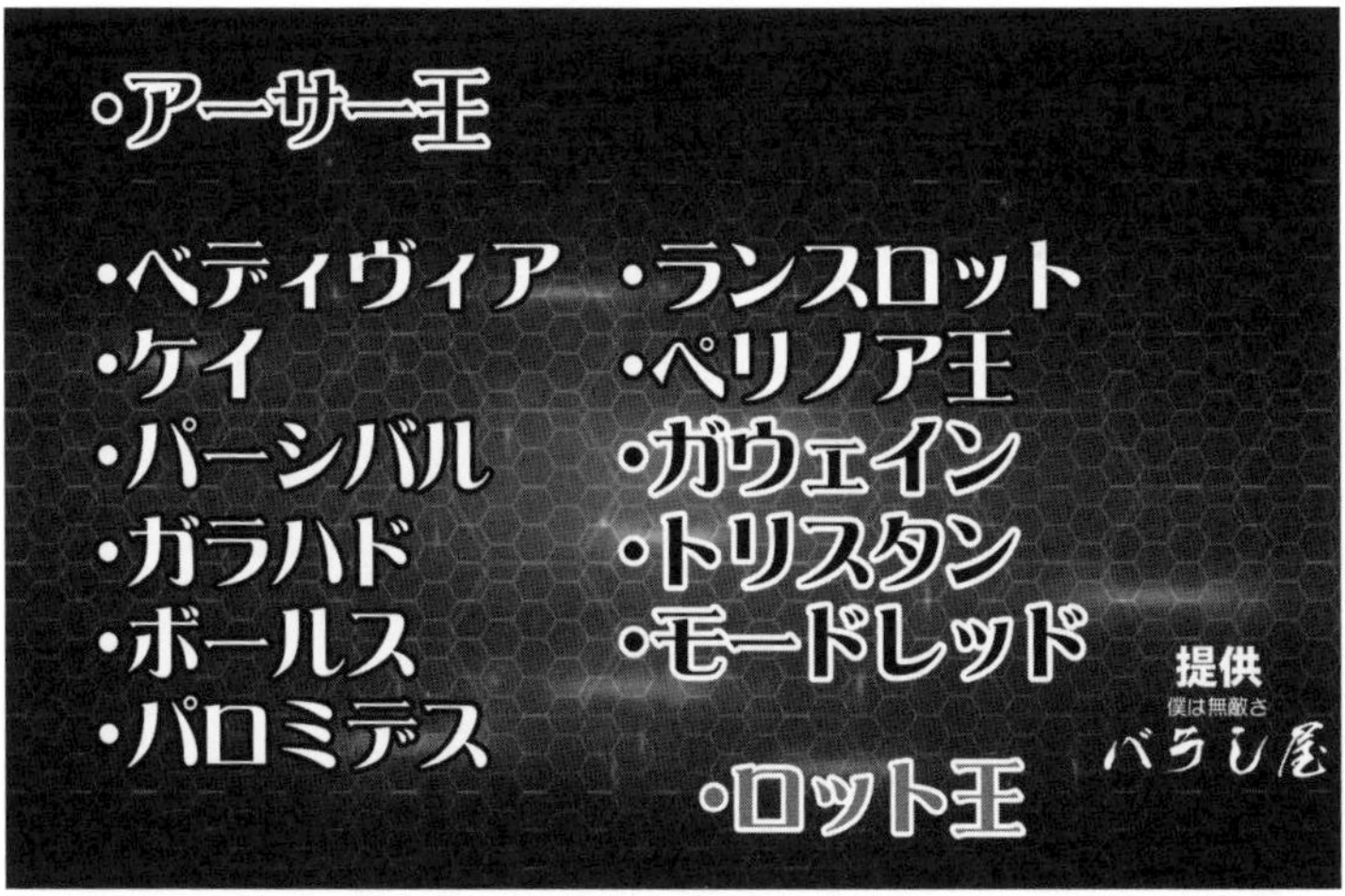

「白字が今いる騎士。黒字がこれから襲名の騎士。灰色の字が、襲名してるけど騎士じゃない人材だね」

「スゲエ、いきなりカタカナ並んで訳解んねえよ……」

「如何にミトツダイラ様が丁寧だったか解りますねえ」

「こ、これから丁寧に説明するんだよ！」

　ええと、と己は前置きする。

「ランスロットがフランス発の強力な騎士なら、英国発の強力な騎士として、ガウェインは外せないだろう。午前中だけ力が三倍になるというチートスキルの持ち主だ。
　対ペリノア王のカードとしても有効だけど、ランスロットとアーサー王が後に対立したとき、アーサー王側につくのも彼だ。その敗死も含め、騎士のドラマとしては押さえておきたいね」

　また、と自分は一人の名前を手で示す。

「アーサー王物語を考えたとき、アーサーの子であり、円卓の騎士でありながら反乱を起こし、最終的にアーサー王を終わりに追い込むモードレッドは欲しいよね」

「……モードレッドはさっきパーシバルが上げた中に名前がなかったな。やはりこれは、アーサーを終わりに導く者はまだ襲名を考慮しないということか？」

「普通に考えたら、そうなるんじゃないかな？　やはりこれにはいろいろな駆け引きが入っていると思うよ？」

　そして、

「——やはり、僕らの時代にシェイクスピアが舞台劇とする〝トリスタンとイゾルデ〟。この主人公であるトリスタンは、やはり円卓の騎士で竜退治のエピソードもあり、先に名前の出てるパロミデスとは友人関係だったりと、かなり強力な騎士だね」

　このあたりは押さえておきたい。だけど、

「……エピソード的には、現状の政治など無関係と見える騎士もいますね。だとするとそれは安全な人材なので、襲名させておくべきと、そうも思うのですが」

「記録が欠損しているのならば、さっきのパーシバルの話がおかしくなっている筈だな。そうではないということは――」

「……そういう安全な人材も、もとから襲名されていないので御座るな？」

何故だろうか。解らない。だから面白いと自分は思う。だが、

「興味本位で聞きますが、今のネシンバラ様が上げた連中、実在してないから襲名が進んでないという可能性は？」

「ちょ、ちょっと待ってくれ！　今は夢を見よう！　違うかい!?」

「ミトツダイラ様――！」

「ええと、ビミョーに気が進みませんけど、ちょっと注釈しますわね？」

●

ホントに気が進みませんわねえ、と思いつつ、しかし、フォローはしておく。

「書記のフォローとして言いますと、実のところ、非実在の騎士を英国は既に襲名させてますの」

「そうなんですの？　御母様」

「Ｊｕｄ．、前に出たランスロットがフランス発の架空の騎士という話はしましたわよね？――で、既に襲名されてるガラハドはランスロットの息子。つまり架空の存在ですわ」

同じようなケースは、すぐ近くにある。

「これはボールスも同様ですわ。ボールスの父は仏蘭西の王で、アーサーの英国平定を助けたことになってますけど、コレ、時代的に合いませんわよね。アーサーが活躍した六世紀には、まだ仏蘭西は出来てませんもの」

「強いて言うなら、先ほど名前が出ましたパーシバルのモデル、ペレディル王の弟や、復讐を手伝った同盟先の王がそのモデル、とも言えますけど、確証はありませんね」

「手筈的にいうなら、実在のベディヴィアとケイを襲名させて、そこに架空の二人を襲名させることで、架空の単独襲名をしなかったと、そう言い訳出来るか……」

恐らくそんな解釈だろう。そして、

「名前の出ているパロミデスも、実はこの方、ムラサイ出身の騎士ですの。それをトリスタンが改宗させたりしてますのよね。でも、当然、六世紀にはムラサイは存在してませんわ。今は八世紀末なので、ムラサイはありますから、それで襲名。でも強引なので別行動と……、そう考えるのがいいかもしれませんわね」

つまりこれは、どういうことか。

「やはり架空の騎士は、本土側を別として、英国側では慎重に対応していると、そういうことになりますの」

「さっき名前の出たトリスタンとかは、どうなんです？」

「トリスタンは、ピクト系の伝説に名前が残っている人で、実在の人物だったろうとされています。同じく、ガウェインやモードレッドも、アーサー王のいた時代に活躍したり、いろいろやらかした人物がモデルになっていますね」

「既にこの時点で結構アレですけど、これらがノルマンコンクエストなどをもって本土、仏蘭西に行って流布し、また戻って来ますの。そしてそのとき、新しく付け加えられた要素が、かなりありますのよ？」

「ま、待て！　開けてはいけない扉を開けるんじゃない！」

「言っちゃえ言っちゃえ――」

「Ｊｕｄ．、――ええと、まず、キャメロットと円卓自体が、仏蘭西での創作ですの。また、

石に刺さってた王賜剣や湖の精霊も、そこでの追加ですわ。

　更にいうと、後にある聖杯の探求も、本来のアーサーの物語にはなくて、本土側で追加されて逆輸入された御話ですの」

「そうなるとアーサー王物語ってほとんど創作じゃないです、か……？」

「それに乗じていた自分が言うのも何ですが、つまり、そういった架空ベースの歴史再現を英国は進めるため、円卓や王賜剣は必要としても、それ以外のものについては慎重にならざるを得ないと、そういうことだと思いますね……」

「ああ……、極東の神道神話でも極東各地を回った神は誰であっても〝大国主命《おおくにぬしのみこと》〟という扱いにまとめられているとか、そういうのと同じですね……」

「じゃあ本土側でのオリジナル要素というか、英国が慎重にならざるを得ない架空キャラを潰すと、こうなるのね」

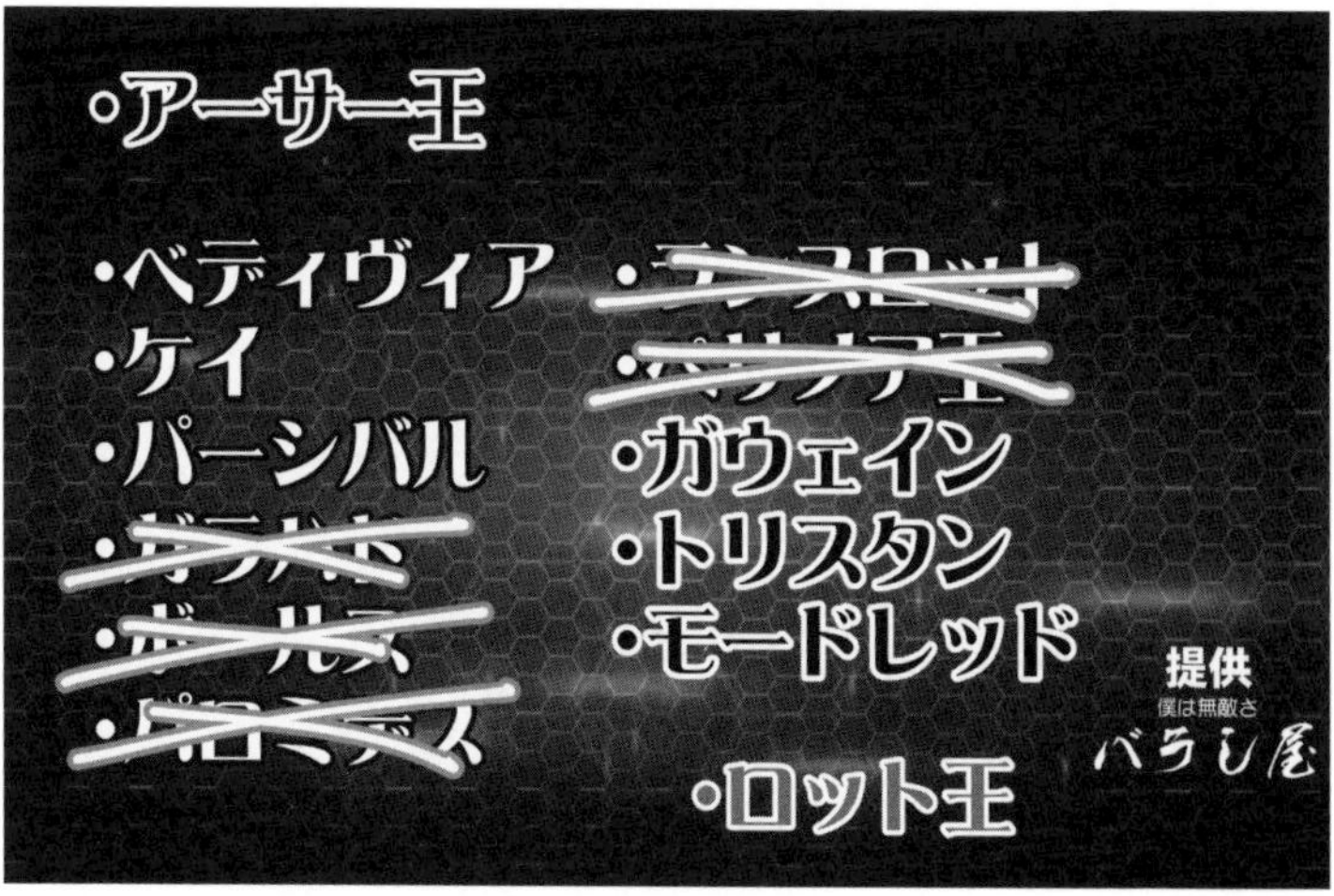

「うわあああああ！　僕の考えた騎士団をよくも！　よくも！」

●

「あー、うん、何か凄く勉強になったというか、フィクションでも本気で取り組むと人は動くという、そんな見本だなコレ」

「でも私、襲名の時に言い伝えとして聞いていたことが実際のものとして見られることに、凄く感動しています……」

しかしまあ、と正純は前置きした。

「実際、英国も、英雄達を選ぶのには慎重だ。自分達で選んだのは、最側近と、後に聖杯探求を行う若い世代、か……」

つまりこれは、

「最初と、最後、か」

「Ｊｕｄ．、そうです。歴史の記録、として考えた場合、少なくとも英雄の面では、歴史再現として必要最低限は揃えています」

「……だとすると、やっぱり、私達が英雄を手伝ったところでそれは補強になりはしても、補完や補修にはならないと思うのです」

「……だよなー」

「何だ——!?　何だ一体君らその目は！　僕が間違ったことを言ったか!?　ああ、言ったよ！　言ったともさ！　だが失敗を恐れぬ姿勢の先にこそ、ええと、何だ、つまり——」

「新たな失敗がありますねえ」

「正しくは、失敗を恐れず、成功を求める姿勢の先にこそ、でしょうかね……」

「そう！　それだ！　そう言おうと思ってたんだよ！　訂正を有り難う！」

「国宝級の見苦しさですのよ？」

と、そんなことをやっていると、開けた場所についた。

「ここは――」

目的地、というわけだろう。

●

広場だった。

草群は全て切りそろえてもいないのに同じような高さで存在し、壇ともいえる高さの岩場が中央にある。

その岩に突き刺さっているのは、

「王賜剣……！」

●

素直ですね、というのがメアリの感想だった。

「……当然ですが、割れていないのですね」

長さはほぼ同じ。幅も、だ。

刃がややカーブしていて、装飾も有機的なラインがある。戦闘のための剣と言うよりも、

「象徴としての聖剣と、そんなイメージですね」

●

「いきなりですがコレ、――何て名前ですかね」

「またいきなり難しい質問が来たで御座るなあ……」

と言いつつ、点蔵はメアリに視線を向けた。

するとメアリも眉を下げて首を傾げ、

「え、ええと、カリバーンと、コールブランドと、カレトヴルッフはもう名前として出ているのですよね……」

「すみません、呼び名として一番古いのは恐らくカレトヴルッフなので、ちょっと先走りすぎたように思います……」

「エクスカリバー無印？」

「エクスカリバー・ムジルシイか！　何か行けそうな気がするな！」

「ちょっと哀《かな》しくなるで御座るよ？」
　と言っていると、背後から声が掛かった。

「おお、やはり来られたであるか！」

「あれ？　オメエ、何しに来たんだよ。これから挟むのに」

「何で脱ごうとしているのであるか……！」

「まあ、信用の無さではトップクラスですからね。——しかしパー夫様、この結界内に丸腰で来たということは、さっきあれだけベラベラ喋っておいて、まだ足りないと、そういうことですね？」
　厳しい……、という声が幾つか漏れたが、パーシバルがメゲなかった。

「ここは我々、セカンド派が管理している場で、ファースト派とサード派の中間地点と、そういう場所なのであるよ」

「つまりこの王賜剣を、ファースト派にもサード派にも所属させない、と？」

「最終的には王賜剣が認めるものであるが、現状ではそのような形で良いだろうと。——つまりセカンド派の役目は、両派の仲介や抑制、補助であると同時に、両派がどうにも出来ないものを預かる役でもある、と」
　成程、と一つ合点《がてん》がいったことがある。

「自分らの輸送艦が落下した際、この土地を押さえているセカンド派よりもファースト派やサード派が先に駆けつけてきたのは、ここが実質上の境界であり、中立地であり、——セカンド派としては、この王賜剣を隠すことを大事としていたので御座るな？」

「左様。その上で、土地管理者として、湖に何か来たという連絡をファースト派とサード派に送っていたら、逆に後れをとった次第であるよ」
　ともあれ、と彼が言って、王賜剣に近づいた。手でその存在を示し、
　だが、何かをする訳ではない。

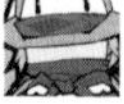
「……ともあれ、ここにある王賜剣。我々三派の母体となったブリタニア共同体聖譜係の手で作られたものであるよ。アーサー王物語は神代の時代からその存在と内容が伝わっていたものでな。聖譜に傍論含みで表記がなる前に、基本的な規格は暗に決定されていたと聞く」

それが、これだ。

「王賜剣が岩に刺さって、という話は、本土由来のアーサー王の傍論ですよね？」

「Ｔｅｓ．、だが、上手く使えば、このブリテンに強力な王を得られるということで、由来云々は別として永く準備してきたものなのであるよ」

随分と踏み込んだ話だと思う。

「そんな話を私達に漏らしていいのか？」

「公然の秘密であるよ」

でも、と言った声がある。アデーレだ。

「……話を聞いてますと、昔と、そう言いますよね？　でも、これはいつ、出来たものなんです？」

「約、四百年前であるな。……一応、今は西暦７９８年となっておるようであるが、アーサー王の存在が不確定部分も含めて聖譜に記されたのは３０１年、〝四世紀〟とされているのであるよ」

「ハイ、計算御願いします」

「ええと、アーサー王は、五世紀後半の人だと、そういう説に基づいて、聖譜の自動更新が百年分前倒しで為されたんですのね？」

「つまり〝世紀〟単位の表記部分で、次の世紀の内容が粗いなりに出たのね」

「傍論と、どう違うんですか？」

「傍論はもっと早くからも出ますが、ホントに粗い情報であります。世紀単位の表記部分は、広義の傍論でありましょうけど、年代的にも情報に順序があり、年表的に捉えることも出来るから、確度が高いであります」

「つまり神代時代からの情報で昔から準備をしていて、傍論が出たときにその準備を仕上げ直前まで進行。世紀単位の表記が出たところで実行と、そのような流れですね」

「アーサー王は不確定の塊のような存在ですし、更には広範に流布がなるものですから、情報は英国だけではなく、他国も巻き込む形だった筈ですわね。その全容自体は、おそらく欧州中の各国に関係する形で出た筈ですわ」

●

「まあ、王賜剣を始めとしたアーサー王の由来は、そのように広範なものであってな。一応自分らは、オクスフォードから複写を頂いているのであるが、流石にソレは見せられぬであるな」

　パーシバルの説明を聞いて、ちょっと場違いな学習感を得ていたメアリだったが、ふと、前にいる正純が振り返ったのに気付いた。

「？　どうされました？　正純様」

「……いや、私達が行った倫敦にはオクスフォードが無かったが、この時代は違うと、そういうことか？」

「Ｊｕｄ．、――この時代、オクスフォードは大規模な女子修道院兼大学として、倫敦の北東、離れた位置にありました。
　私達の時代のオクスフォードは、暫定支配の教導院制を用いるため、その学校部分を倫敦に持ち込んだものですが、教譜的な部分はまだ現地にあります」

「しかし、この時代、この地の教譜的中心地は南東部の街、カンタベリであった筈です。それが聖譜を預かっていないのは……」

「あー……、それはゲルマン人やヴァイキングの侵攻があったせいでありましょうね。万が一

があってはならぬと、聖譜は内地側で保管をしたのでありましょう」

「……成程」

頷き、ちょっと嬉しくなる。

「点蔵様、昔に英国の歴史を調べた際、何となく疑問に思っていたことが解けて嬉しいです……！」

「Ｊｕｄ．、良い事に御座るなメアリ殿。

しかし、メアリ殿くらいなら、そのあたりのことを何故教えて貰っていなかったので？」

「ほら、あの、オクスフォード由来の学校で習っていたため、聖譜がカンタベリに無い理由を問うと〝それはオクスフォードがカンタベリより素晴らしいからです〟と言われてしまいまして……」

「要らんプライドが高いな！」

「ま、まあ、立地的に素晴らしかったから、嘘ではないといえるので御座るが……」

清正としては、母の話や、パーシバルの説明を聞いて、解ってきた事がある。

それは、英国の〝政治〟の部分だ。

……この対竜戦線の動きが、大きく関わっているのでしょうね。

その思いを確信として、己はパーシバルに問いかけた。

「強力な歴史再現となるアーサー王の物語。その中心となるアーサー王の襲名を、四世紀には準備しつつここまで進めなかったのは、やはりゲルマンの竜属襲名が生じてしまったからなのですね？」

「Ｔｅｓ．、アーサー王物語は他国を巻き込むもの。

欧州が落ち着いていないのに、下手に襲名しては、その力を発揮出来ぬ可能性がある」

「ゆえに言い訳として王賜剣を岩に刺し、王たる資格のあるものが抜けるようにし、あとは

じっと機会を待っていた……、と？」

「Ｔｅｓ．、しかし、そうしてみればみたで、なかなかそれが来ずだったようでなあ……」

母が、その言葉に苦笑する。

「王に足らない者がアーサー王になっても、襲名者として活躍出来ないでしょうし、しかし王に足る者を待つと、……永くなってしまうときはありますね」

その母が王賜剣一型《ＥＸ．コールブランド》を抜いたのは父の御陰《おかげ》なのだが、それはここでは別枠扱いとする。すると言ったらするんです。ええ。

ともあれこちらとしては、聞いておきたいことがある。

「王賜剣は抜けないのですか？　英国の危機が訪れたときなど、流石に必要だと思われますが……」

「Ｔｅｓ．、非常事態で移送しなければならない場合などは、王賜剣の力を封じて移送することを、各国と約束しているのであるよ。

しかし英国は現状、中立地として立場を得ており、そんな状況にはなっていないのであるな」

「つまり、今の英国には、実質、アーサー王は必要無い……？」

ネイメアの言葉に、自分も一瞬、そう思った。だが、

「いえ、その状況を作っているのは、やはりアーサー王の存在でしょう。政治的な判断において、今の本土側、……対竜戦線や竜属に対し、中立を保っていられるのは――」

ここで話が、この場所に繋がる。

「王賜剣を抜いた者が出たから、……そうなのですね？」

●

ナイトは、パーシバルが息を吸うのを見た。

清正の問いに、答えはしない。ただ、彼がそのままに、言葉を作った。王賜剣を手で示し、

「――これは抜けぬもの、として、毎年の豊穣祭で各地の有力者や力自慢が試すのであるよ」

「そのショーの名前は？」

「表向きは、
〝聖剣チャレンジ！　君は英雄になれるか！〟
であるよ？」

「裏向きはどうかな？」

「……**〝聖剣くじ・当たり無し〟**」

「それを当てるの出ちゃったか――」

　そうであるなあ、とパーシバルが表示枠を出す。旧派式。そこに表示されているのは、翻訳加護を通して読める地元の瓦版だ。恐らく情報誌として、表示枠経由で配られているものだろう。パーシバルは、画面を一つ叩いて、

「これが、ワンサード殿の時の記事であるな」

「また解りやすいのが出ましたね」

「いや、自分、現場にいたのであるが、上京していたワンサード殿が無造作に抜いてなあ……。
　それでまあ、ブリタニア共同体をあげて議論したり騒いだりで、結局、こちらに避難していた本土側の者達が聞きつけて本土側に隠せなくなり……」

「だからとりあえず、ワンサードを起《た》て、万が一の保険として、市民中心のセカンド派も起てた、という訳か」

「Ｔｅｓ．、しかしまあ、王賜剣をワンサード殿に与えると、アーサー王の歴史再現をすぐに始めねばならぬのであるよ。
　だが機会も準備も不十分。ゆえにワンサード殿には王としての教育の時間、ということで政治に加わって貰い、今はこのブリタニア第一の指導者と、そうなっているのである」

「でもそうしたら、……もう一人が抜いちゃった訳だ」
　Ｔｅｓ．、とパーシバルが、新しい画面を一つ展開した。

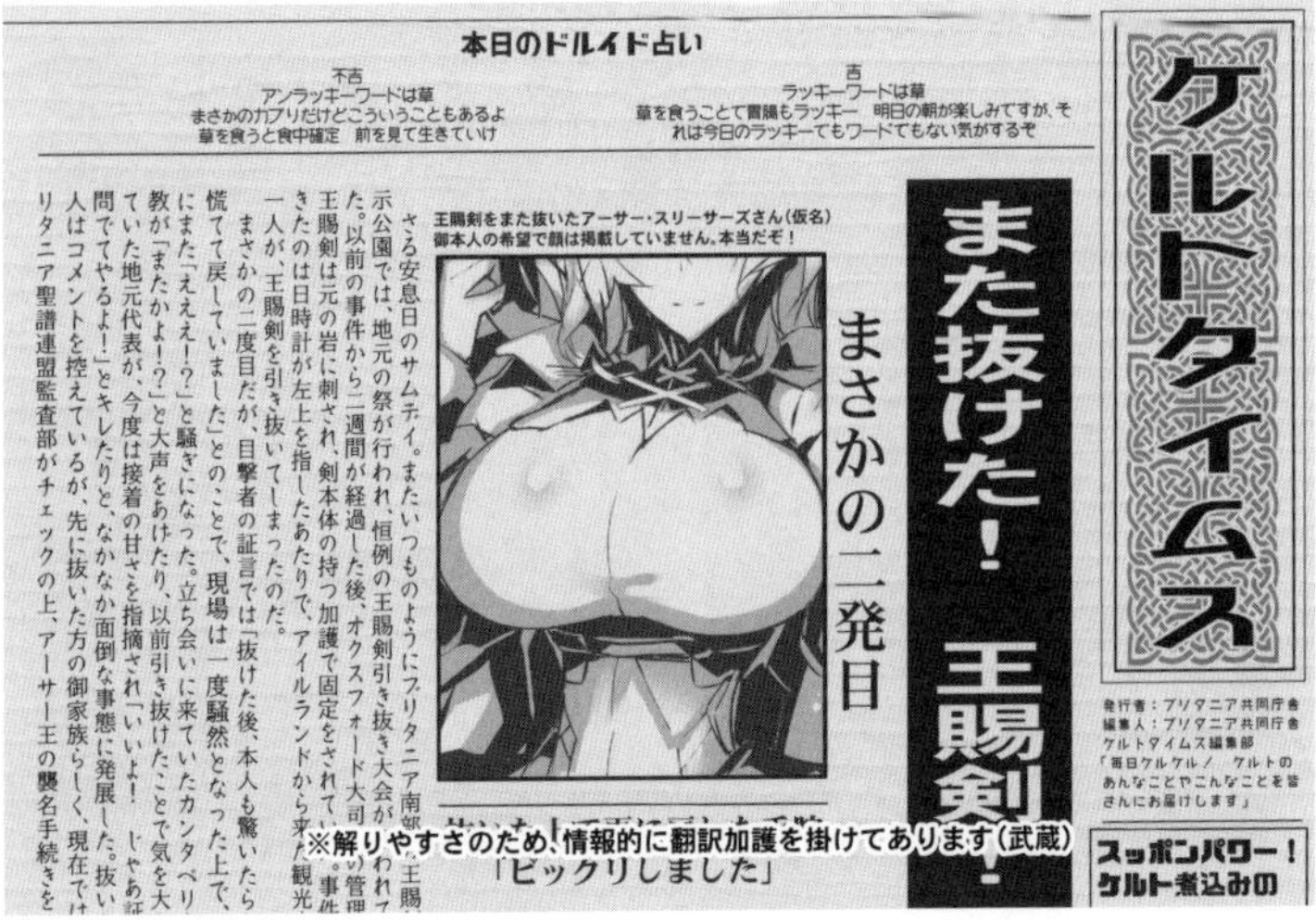

ケルトタイムス

発行者：ブリタニア共同庁舎
編集人：ブリタニア共同庁舎
ケルトタイムス編集部
「毎日ケルケル／　ケルトのあんなことやこんなことを皆さんにお届けします」

スッポンパワー！
ケルト煮込みの

本日のドルイド占い

吉
ラッキーワードは草
草を食うことで胃腸もラッキー　明日の朝が楽しみですが、それは今日のラッキーでもワードでもない気がするぞ

不吉
アンラッキーワードは草
まさかのカブリだけどこういうこともあるよ
草を食うと食中確定　前を見て生きていけ

また抜けた！　王賜剣！

まさかの二発目

王賜剣をまた抜いたアーサー・スリーサーズさん（仮名）
御本人の希望で顔は掲載していません。本当だぞ！

※解りやすさのため、情報的に翻訳加護を掛けてあります（武蔵）
「ビックリしました」

さる安息日のサムデイ。またいつものようにブリタニア南部
示公園では、地元の祭が行われ、恒例の王賜剣引き抜き大会が
た。以前の事件から二週間が経過した後、オクスフォード大司
王賜剣は元の岩に刺され、剣本体の持つ加護で固定をされてい
きたのは日時計が左上を指したあたりで、アイルランドから来た観光
一人が、王賜剣を引き抜いてしまったのだ。
　まさかの二度目だが、目撃者の証言では「抜けた後、本人も驚いたら
慌てて戻していました」とのことで、現場は一度騒然となった上で、
にまた「えええ!?」と騒ぎになった。立ち会いに来ていたカンタベリ
教が「またかよ!?」と大声をあげたり、以前引き抜けたことで気を大
ていた地元代表が、今度は接着の甘さを指摘され「いいよ！　じゃあ
問でてやるよ！」とキレたりと、なかなか面倒な事態に発展した。抜い
人はコメントを控えているが、先に抜いた方の御家族らしく、現在では
リタニア聖譜連盟監査部がチェックの上、アーサー王の襲名手続きを

そこに映るのも、やはりこの土地の瓦版だ。

「ノリの変わらん人達ですねえ」

「まあ、いきなり二回目とか、想定してないだろうからねえ」

「Ｔｅｓ．、そのことについては、やはりスリーサーズ殿も同様であるかと。
　何しろスリーサーズ殿、上京した妹であるワンサード殿がえらい事になってると、会いに来たのに、ちょっと寄った祭の現場でこうなってしまってなあ……」

オイッ、と今、その台詞に思った。
ナルゼに視線を飛ばすと、彼女が二度、三度と頷く。そして、

「待って」

「何であるかな？」

「……妹？」

「Ｔｅｓ．、ワンサード殿は、スリーサーズ殿の妹であるよ？」

その言葉に、何となく変な納得をしつつ、自分とナルゼは皆の前に出た。一度両手を下げ、さん、はい、と上げ、皆と一緒に、

「御家族案件……！」

break time

「…………」

「……感想、言ってみ？」

「おい、やめとけ」

第三十九章
『決着場の血筋持ち』
抜いたとか
はめたとか
振り回したとか
ビーム出るとか
何の隠語ですの
配点（言わなくていい）

嘉明は、安治と共に現場に駆けつけていた。

今日は昼から倫敦行きだったりと疲労もあり、明日からまた忙しいので寝ていたのだが、

「王賜剣ネタとか、確かに興味あるわね……」

「ママ達が、アンジー達を仲間外れにしないように起こしてくれたの、何かちょっといいよね」

そうね、と己は頷く。とりあえず寝間着の小袖にジャケットをひっかけただけでやってきたが、しかしよく考えると、

「明日からの仕事が寝不足でどうなるかより、仲間外れにならないことを選択するママ達の大物振りが凄いわ……」

「うん。コレ、仲間外れになっても、明日からの仕事中に〝あ、こっちが正解だ……〟って思う流れだよね……」

まあ、圧縮睡眠の符などは神道の御得意だ。何とかなるだろうとは思う。

だが、第一特務の残した追跡用のマーカーとしての赤帯が枝などに結んであるのを術式で捕捉して追いかけ、古風な結界に入って追ってみれば、

「――ええと、つまりどういうこと？」

あ、と豊が気付いた。

「あら、来ましたね？　ええ、今、ちょっと新事実が発覚して、清正がクラっと来てます」

それは何かと言えば、

「こちら、サード派代表のスリーサーズ様と、ファースト派代表のワンサード様が実の姉妹関係だと発覚しまして」

「うわ、マジで!?　プロットそのまま使えるじゃない！　ねえ!?」

と呼びかけてくるナルゼママは、こっちがいたものとして扱ってて何か凄い。

まあそれはそれとして、つまりコレはアレだ。

「二度ネタか!!」

そんなハッキリ言わんでも。

「マジか――」

そりゃあいろいろ面倒なことになる訳だよ、とナイトは思った。

歴史と政治、そして象徴となるアーティファクトと英雄。これらが絡むところで、

「……実力ある二人の代表者が親族か」

「ええと、遙《はる》か昔の遠縁の親戚スジが姉妹で王賜剣でトラブって、そして御母様も叔母様と王賜剣でトラブったということは、私も妹がいて王賜剣でトラブらないといけないんでしょうか……」

「清正！　清正！　豊みたいなこと言ってないで落ち着きますのよ！」

「何言ってんですかネイメア！　私だったらここはテンションアゲる処ですよ！」

「ええと、つまりジェイミーは妹が欲しいのですか？」

「メアリ！　メアリ！　智みたいなボケしなくていいですのよ!?」

「いやいやいや、私そんなボケしませんよ……！」

「あー、テンゾー？　ちょっとまとめてみてくれないかな？」

「……いやまあ……」

点蔵が、皆の視線の先で言う。

「――ジェイミー殿の妹は、メアリ殿に似て聡《そう》明《めい》で御座ろう。しかし、ジェイミー殿とトラブルになるような育て方はしないで御座るし、共に仲良くやっていくで御座ろう。

なのでまあ、トラブル云々は気にせず、気長に待って貰えると幸いで御座るよ」

「――だ、そうですよ？　ジェイミー」

　母に振られ、清正としては非常に困った。横で福島が頷きを見せていると言うことは、これは多分、かなり上手いまとめ方。だとすればこっちが大人になるべきであり、つまりは、妹云々は否定しなければいけない気がしてきて、ええと、つまりは、

「……お、弟でも構いません！　御母様の子でしたら！」

「……弟！　……ネタの回し方が複雑になるわね……」

「弟がテンゾーに似たら、モブ忍者の等身大とSDがいる感じになるのかな？」

「すみません。第一特務には日頃お世話になっているので悪い事だとは思うのですが、想像して少し噴いてしまいました……」

「な、何かいろいろ飛び火して御座るよ！」

　何だかんだと共食いが始まって、浅間は一息を吐いた。自分もちょっと巻き込まれ気味なところがある流れだが、

「……ぶっちゃけ、私、スリーサーズさんを見た瞬間から、この英国での事件はそういう話だと思ってました……」

「やはりあれだけ似ていると、そういう想像しますわよねえ」

　同じ考えの者は、それなりにいるだろう。さっきの、御家族案件と解っての驚きも、サプライズと言うより、予感に対しての〝マジかよ！〟みたいな感覚が強かったのだ。

　しかしまあ、そうして考えると、

「こりゃあ何でこんな記録に飲み込まれたのかって理由が、何となく見えてきたかな――」

「人の関係なんかにも〝相〟や〝型〟は生まれますからね……。メアリの場合、英国の精霊系と言うことで、キーマンとしてフックにしたところはあるかもしれません」

「Ｔｅｓ．、怪異や不思議には、親族が引き込まれるケースが多いですものね」

「精霊系の知識として、否定出来ないのが難ですね……」

　まあ、人などを見るとき、見えるものだけではなく、そういう流体的なところでも見るのが精霊系種族だ。英国の記録も、意思を持つ精霊だと考えるなら、記録の中にあるファクターと同じものは目立って感じるだろう。

　……とはいえ、何処までそういうものが適用出来るかはまだ不明ですが。

　各国の記録、というものに触れるのが、初のことなのだ。これから注意していかねばならないことだと、術式系の立場として思う。

　だがまあ、そういった心配とは別で、

「しかしコレ、最後にあのパーシバルが敵の城に突っ込んで死ぬ話よね。
　――点蔵みたいに」

「何か物騒なこと言われてる……！」

「というか死んでないで御座るよ――？」

「いや、点蔵君は地味に死にかけた前科があるから、あまりそこらへんは言えないと思いますよ？」

　と、手が上がった。ホライゾンだ。

「？　お腹《なか》減りました？　ホライゾン」

「あ、いえ、何かあるなら頂きます」

　じゃあ、と袂から出した小豆玉をあげる。すると、

「頂戴――――！」

「あっ、あっ、私もですの！」

「じゃ私も」

「アンジーもアンジーも！」

「おおう、一気に……！」

「コラっ、皆、母さんを困らせない……！」

「ジェイミーもどうです？　私の分も」

「あ、Ｊｕｄ．！　行って来ます！」

何も言わずに二代と福島が並んで来る辺りが見事だと思う。あと、

「俺も俺も俺も！」

「私、ストロベリー味がいいわねえ」

「無いですよ小豆玉なんですから……！」

「大盛況ですわねえ」

ともあれ大体配り終えると、感想が来る。

「あら？　味が香ばしいですね……。深いというか」

「小豆玉ですけど、こっちのレンズ豆や赤豆などを混ぜてみました。蒸《ふ》かしたり煮詰めるのに差があるか試してみたかったんですね。ちょっと癖があって面白いかと。あと――」

何となく、という風にいる人影に、自分は近づく。まず手を取って、

「はい、夕《ゆう》ちゃんには、さっきいろいろ欧州のアドバイスを貰った御礼《おれい》で、三つあげますね」

「えっ？　あっ、いや……」

「ウアー！　いいなあ！」

「……Ｊｕｄ．、有り難う」

「礼を言えるようになったさねえ……」

「何を通神でストーキングして満足感に浸ってるんですか直政君」

歩いてきたこともあって、ちょっとした休憩時間なのだろう。

ミトツダイラは給水用の竹ボトルをネイメアやホライゾン達に回しながら、

「——で、さっきホライゾン、何を言おうとしましたの？」

「Ｊｕｄ．、浅間様の餌付けによってスッカラカンに忘れておりましたが、アレです。アレ」

とホライゾンが指で示すのは、王賜剣だ。

彼女は腕を組み、

「ともあれ、チョイとホライゾンも聖剣くじを試して見ていいですか。

一回いくらでしょう」

そんな気楽な……、と思っていると、パーシバルが応じた。

「あ、一回１／６ペニーであるよ？」

「有料かよ!?」

「ま、まあ維持費が必要ですものねえ」

「ええと、でも、１／６ペニーって、どのくらいの価値なんです？」

「Ｔｅｓ．、１ペニーは銀貨で三千円相当ですけど、当時は物品の価値単位が粗く、これ以下の貨幣が無かったのであります。

まだ欧州に国家というものが出来ておらず、銅貨を行き渡らせるほどの市場や社会が無かったのでありますね」

「だから銀貨は少額の場合、切って使っていたのであります」

「しかし誰か銀貨を持ってるかい？　以前にベルトーニ君達がやられたのは貨幣が通じなかったんだよね？　仕様が違ったり、混ざり物が多くて」

うーん、と皆が唸《うな》る。自分もその一人で、

「……〝銀狼《アルジョント・ルウ》〟と言っても、流石に銀貨を出せる訳じゃありませんのよねえ……。ちょっと名折れな部分ありますわ」

「なあに？　銀狼なのに銀が出ないの？　愚弟が具を196ml出すのと同じように、プリプリ出せるんじゃないの？」

「……そっかあ……」

「何を思い付いてますの一体――!?」

と、王が前に出た。

「よーし、じゃあそこの点蔵モドキ。オメエ、これならどうよ？」

　上衣の内側から出されるのは、薄い板作りの木箱だ。それを受け取ったパーシバルが、開けて中身を確認する。それは、こちらにも匂いが届いてくるが、

「おお、これはトルテ……？　いや、もっと凝った作りの菓子であるな……！」

……ええ、本舗の苺《いちご》タルトですわよね。

と内心で呟き、自分は気付く。

『……物々交換がいけますのね』

その事実は解っていたが、市場や交易という、公の場のイメージがあった。

　違うのだ。

『日常的に、こういう遣り取りが有りうる、ということだな。仕事の依頼など、下手に支払いを貨幣で組むより、インスタントな物々交換の方がいい場合もあろう。

　大久保に、交渉役の教化において物品知識を組み込むよう言っておこう』

「というかこの時代にタルトは有りなの？」

「Ｊｕｄ．、タルトはローマの時代、果物を食べる際に、焼いた生地の受け皿で食べるという方法から、その形が発生しています。
　スポンジタイプのケーキが、膨張剤と加熱の不備によってその発生が遅くなったのに比べ、クッキーと同様に古くからある御菓子ですね」

「だから有り、です」

「成程！　解釈便利ですな！　ともあれトーリ様は珍しくポイント1追加です」

「ふうむ、男の懐から出てきたことを差し引いても、これなら1ペニー分は余裕であると思うであるよ？」
「では六回分。まずホライゾンが引くとして

……」

「フォオオオオオオ！」

――十秒経過。

「まあ、抜けなくたって死にはしませんよ。別に英国の王とか云々。ええ、全然悔しくありませんよ？」

「……オメエ、無茶苦茶悔しそうじゃね？」

「というか、軽く抜けたら駄目なものですのよ？」
　ともあれ回数は五回余ってる。
なので、まずは王が行くことにした。

「よーし、じゃあちょっとマジになってやってみっか！」

「我が王！　頑張って下さいまし！」

「御父様！　頑張って欲しいですの！」

何か横で父呼称されると、凄く恥ずかしい。

『お、思ったよりキますよね……！』

『普段は騎士と王様と、そんな関係だと思っているから、不意討ち食らったような感覚になりますわねえ……』

とはいえ子供達にとっては、親というものはそういう関係なのだ。そして、

「んほおおおおおおおおおお！」

「んちょあああああああああ！」

「ふうんんんんんんんんんん！」

王がかなり頑張る。こちらの期待値に応えようとしているのだろうか。しかし、

「―――今の顔、合体時を録画したときによく出てくるアレですね。カエルのような賢者顔というか」

「言うなあああああああああああ！」

手がスッポ抜けて、そのまま後頭部から岩場に激突した。いい音がして、

「意外と綺麗なブリッジだったわね」

そういうことじゃない。浅間が治療術式を展開するのを確認。対する王の方はと言えば、力が抜けたらしい。王は一息入れて、王賜剣を斜めから睨《にら》んで指差すと、

「いいか!?　八百年後に、全裸の股に挟んでやるからな……！」

「トーリ殿、それ二型の方の話で御座るよ？」

「ともあれレギュレーションは厳しいみたいですわねえ」

見ると向こうで、皆がスクラムを組んでいる。

「……誰が行くと面白いかしら」

「メーやん行く？　確実に抜けると思うけど」

「そうすると、うちにもう一本聖剣が来てしまいますので……」

「御中元《おちゅうげん》を断るようなノリね……」

「こんな意見、世界中で聞けるの、ここしかないよね……」

凄い身内があったものだ。
と、ホライゾンが義光を手招きした。

「ここは一つ、ヨシコ様辺りが面白いかと」

「一回分、いいのかえ？」

本人もちょっと面白がっている風がある。王が許可の促しで手を挙げると、

「ふうむ。ではチョイと、試してみるかえ」

●

王賜剣には興味があった。
というか、武装については〝鬼切《おにきり》〟持ちの自分だ。山形城《やまがたじょう》の設計なども己が関わっているように、こういうアーティファクトはやはり試してみたい気が先に来る。

……子供よのう。

と思ってしまうが、諫《いさ》めにはならないのが狐だ。なので、

「では――」

王賜剣の柄《つか》を握った。

●

瞬間だった。義光は幾つかの選択を促された。
王賜剣だ。
掴んだ柄は金属に皮のバンドを巻いたもの。グリップ力は高い。だが、

「――――」

　一瞬来た警戒心は、〝相手がいる〟ということだった。

　これは何か。

　狐の警戒心に、しかし従えば負けるような気もする。なので息を吸い、

「貴様か」

　と、グリップを強く握った。すると手の中で、柄が止まった。

「……え？」

　やはり気付く者は気付くか。

「押さえられておる」

　そうだ。この王賜剣、抜けない仕掛けになっていると聞いたが、違う。

「向こうから、何かが剣を摑んでおるのよ」

　巨大な手のイメージが、柄から伝わってくる。万力のような、均等な力の締め付けではない。吸い込む動きにも似た、奥行きのある挟み方と、引き込み方だ。

　刃は岩に刺さって止まっているが、明らかに下に引かれている。

　では、この力の正体は何かといえば、

「パーシバルとやら。……つまりコレは、単純な術式ではないな？」

　術や施工の仕掛けで、こうなっているのではない。そのことを示唆すると、果たして相手は頷いた。

「Ｔｅｓ．、王賜剣の保持については、地脈への操作も含め、このブリタニアや他領域全てと直結した加護を掛けられているのであるよ」

　つまり、

「この浮上島全て。そんな存在が認めない限り、王賜剣は抜けぬのである」

Ｔｅｓ．、と義光は頷いた。

「この仕掛けは、こういうことよの？　——他国の王が引き抜こうとしても、この土地がそれを止める、と」

「Ｔｅｓ．、このブリタニアは、対岸とこれまで幾度となく争っているのである。だが、その上で、聖譜には今よりももっと激しい闘争が本土間であると、そう書かれているのである。——ならば、他国の王がこちらの王の権利を得ようとする手立ては、可能な限り排除する。そういうことである」

賢明だ。

ゆえに意味が無いとして、自分は王賜剣の柄から手を離した。

いい遊びであった。

引き抜けるよりも、この英国の意地や政治に〝手で触れた〟という、この方が面白い。

「しかしまあ、あと三回残っておろう？　誰が試すのかえ？」

うーん、とミトツダイラは腕を組んで首を傾げた。

「……以前、英国でいろいろあったとき、私、初めのパレード以外は治療中だったりで、こういうの触れてませんでしたのよね……」

「御母様、とりあえず試してみてはどうですの？」

「でも、我が王やホライゾンに抜けないようですし、最上総長の論だと、うちの誰が試しても駄目なような……」

「ま、まあ、記念だと思って。一回分、勿体ないですから」

と言った浅間が、こちらに近づいてきて耳打ちする。

「——さっきからネイメアがそわそわしてるの、多分、引き抜きチャレンジしてみたいんですよ

アレ。でも、それよりまず、ミトにやって欲しいんだと思いますね」

「じゃあ私がやらないで、ネイメアに〝やってみたらどうですの？〟って勧めたら、どう反応すると思いますの？」

「それはそれでいい思い出になるかもしれないけど、あの子の思惑とはちょっと違うわよ？」

　つまり、親と一緒の体験をしたいというか、そういうことだ。

　ああ、と自分は思った。たびたび自分が、我が王を待つときとかに言われるアレだ。

……尻尾全力で振って待ってる、ってアレですわね。

　成程。だとしたら、

「——じゃあ一回、行かせて頂きますわよ？　我が王、見てますの？」

「見てる見てるー。土台ごと抜くつもりでやっちまえよ」

　その言葉に、ネイメアの方へと振り向く。すると彼女が、

「御父様の期待も充分ですの！　御母様、頑張って……！」

　言われて、これで良かったのだと思う。

　いい選択をした。

　……まあ、抜けるとは思いませんけどね

……！

　大体、抜けたら偉いことになる。というか、ここで抜けたら、かつて英国に行ったとき、二型にチャレンジしてれば〝抜けた〟ということにもなろう。

　あり得ない。そう思って柄に手を掛け、

「さて」

　抜けない。

●

　良かったですわ、と自分は思った。

　抜けなかった。王賜剣は刺さったままだ。

　無事だ、というのも変だが、何も起きていない。

ネイメアの期待には応えてないが、こういうのもまた、親子の思い出にはなろう。

抜けない理由は、既に最上総長が明らかにしている。だからこちらは、プライドなど気にすることなく、

「ふう、ちょっと緊張したので、汗が出ましたわね」
良かった、ともう一度心の中で呟きながら、右手で汗を拭う。
握った右手に聖剣があった。

●

ん、と皆が動きを止めた。
全員の視線の中、汗を拭っていた右手に、ミトツダイラが視線を止める。
聖剣がそこにあった。

「これは……」

「ミトツダイラ様、最初に抜くとき、抜くのではなくて〝手前に引いた〟動きをしてましたから、恐らくそのときは中で引っかかってしまったのでは……」

「で、汗を拭うとき、手を上に持ちあげたから？」
そんなことをひそひそと言ってる間に、ミトツダイラが首を傾げた。
手に持っているものを見据え、ややあってから、

「――あら？」

「…………」

「…………」

「…………」

「…………」

「ちょっと――！」

わああ、と、意味もなく、皆が軽く引いた。
その中央で、聖剣をタクトのように振り回したミトツダイラは、

「ちょっと！　ちょっと！　皆様!?　**これ！**」

「いやいやいやいや、ミト！　振り回さない！　一型や二型みたいにビーム出たら国際問題ですよ！」

「というか智！　智！　**これ！**」

「ちょっと！　ちょっと！　こっちに持ってこないで下さいよ！　どうしようもないですから！」

「あらヤダこの巫女《みこ》、役立たずねえ」

「い、今、全開で役に立ってない自覚ありますよね!?　ね!?」

「ほら、納めて下さいませんの？　私のエクスカリバー……」

「何勝手に言ってますのー!?」

「いや、この状況、どう見てもそーじゃないの？」

まあ確かに、と皆が頷いた。

「というか、責任者――！　コレちょっと接着が甘かったんじゃありませんの!?」

「そういう作りじゃないのであるよ――？」

と、視界に派手なものが見えた。母だ。とりあえず年上、保護者、ということから、自分は母に問うてみる。

「御母様！　こういうときは如何するんですの!?」

「そうですわねえ。〝岩から聖剣を抜いた〟ってワードを思った時は、隠語として出来すぎですわね、って思いつつ、現実だったらネイトに〝でかした！〟って言ってるところだと思いますのよ？」

「うちの親、こういうときに役立ちませんわ――！」

「というか、こういうときに対応出来る親の方がレアな気が……」

「うちの極道オヤジとか、天然アオリに来ますよ絶対」

確かにそう思うが何の解決にもならん。
と、不意に王がやってきた。何かと思えば、

「ネイトネイト！　ちょっと俺にも触らせてくんね!?」

と、こちらの手を取る。

●

人狼女王は、娘の手に王が手を重ねたのを見た。

王は、王賜剣の柄を娘の手を経て摑み、

「うおおおお！　こういうもんなのか！」

「あまり振り回さない方がいいと思いますのよ？」

と言う二人を、二人の娘が見つめている。

「……！」

全身の総毛が立っているのがよく解る。きっとこれは、自分の子の子にとって、ずっと見たかった光景の〝一つの形〟なのだ。
なので自分は何も話し掛けず、娘と、彼女の子が、片や動き、片や見守り、どちらも喜んでいるのを確認する。そして、

「――戻せましたわ」

聖剣が、元の位置に戻った。

●

「――ネイメア、嬉しかったら泣いてていいんですよ？」

「豊はそういうとき、どうしますの？」

「死」

「解りにくいけど解り易いですわね……！」

「いやまあネイ子様、こういうのはこれからも幾度となくありますよ。
　トーリ様はサービス精神旺盛なので、豊様も死ぬ回数が何度もあるかと」

「ハイ！　期待します！」

　と、不意にネイメアの手を、ホライゾンが取った。
　何事か、とネイメアが顔を上げると、ホライゾンが諭すように首を下に振る。

「ではネイ子様、次はホライゾンと共に試しましょう」

「ホ母様……」

　Ｊｕｄ．、とホライゾンが頷く。

「――ええ、抜けなくても構いません。ええ。ホライゾンも、さっき抜けなかったからネイ子様の力を借りてリベンジとか、そのようなことを考えてはいませんとも。
　まあ、チョイとばかり、憶えてやがれコノヤロ！　コノヤロ！　みたいな気分が無かったとは全く言えませんが」

「……ホ母様、いろいろストレートでスッキリして幸いですの」

●

　アッサリ抜けた。

●

　正純は、王賜剣を二人で振り回してる人狼《ルウガルウ》御

息女とホライゾンを見た上で、広場の端で頭を抱えて座り込んでいるパーシバルを見て、

「まあいいか。うちの問題じゃないからな」

「いやいやいやいや、ある意味、被害を受けてるであるよ！」

「ヘイヘイ、パーシバル、ビビってるぅ」

「言っておくけど、このくらいで狼狽《うろた》えていたら私達と付き合うのは無理よ」

どういう脅し文句だ。だが岩の壇上の方では、二人が盛り上がっている。

「ほほう、このようなものなのですね……！」

「御母様！　御父様！　私も出来ましたの！」

振り回すな。ビーム出たらどうする。
というか扱いが軽い。

「メシが炊けたぞ、とか、そのくらいのカジュアルさで御座りますな」

パーシバルが深くうなだれていくが、まあそういうもんだと思うことにする。

……確かに、こうも簡単に抜けると思ってないよなあ。

「……うちは権力者か無職しかいないパーティだからな」

「毎度極端な話よのぅ」

心底そう思う。
ともあれ一応、自分は八百年後の持ち主の方を確認した。するとこちらは笑みで、

「どうなさいました？　正純様」

「いや、ああいう風に気軽に抜けるのを見て、何か思うところはあるか、と」

そうですね、とメアリが呟いた。

「もしも英国に武蔵が来たとき、ミトツダイラ様が二型を引き抜いていたら、恐らく私達の流れは変わっていたでしょう。しかしそれは起きませんでしたし、起きるという保証もありませ

ん。一型と二型の設定はこの王賜剣とは別だろうとも思いますから」
　しかし、

「ああやって気軽に聖剣を抜いているのを見ると、——私にも、ああいう可能性が他にあったのですね、と、そう思えて、気楽になるのです」

「……死ぬために生まれてきたわけではない、か」

「ええ、点蔵様が第一にそれを示して下さいましたけど、……他にもいろいろ、あったのですね」

「じゃあ、そこで点蔵の価値が下がったりする？」
　いえ、とメアリが沸くような笑みを見せた。

「——点蔵様がいなければ、何も始まりませんでしたから」

「そうね。うん。良かった！　良かったわあ！」
　何かラフを切り出しながら賞賛するのはやめろ。

「——ちょっとハシャぎ過ぎましたの」
　と、ホ母様と一緒に王賜剣を戻し、辺りを見回すと、清正の母が手を振ってくれていた。
　なので自分は頭を下げ、満足。母もこちらに笑みを見せている。

「——流石は、やがて女王となる身ですわね」

「やっぱネイメアも剣が似合うと思うんだよなあ」
　褒められて気分がアガる。ちょっとはしたないと思いつつ、たまにはいいだろうと、大袈裟《おおげさ》に母達に一礼する。その上で、

「大御母様も、やはり引き抜けますのよね？」

「——ええ、当然そうですわよ？」

「ほほう。ではカーチャン様、ラスト一回、行ってみましょう」

あら、と母の母が言う。

「いいんですの？　最後、派手に行きますわよ？」

「ワーオ！　ママンの良いところ、ちょっと見てみたーい！」

よしよし、と父の頭を撫《な》でて、母の母が壇上に向かう。

●　●

抜けなかった。

●　●

あら？　と人狼女王は思った。とりあえず柄から手を離さず、

「おかしいですわねえ……」

首を傾げていると、皆も首を傾げる気配がある。まず自分の娘が、

「御母様、やはり日頃の行いが……」

「Ｔｅｓ．、ひょっとしたら、お父さん成分が足りないかもしれませんわね」

懐から夫のシャツを出して嗅ぐ。懐かしい匂いに、ちょっと食欲も増進された上で、

「……よし、行けますわ」

「何で？」

どういう疑問の持ち方ですの。

ともあれもう一回アタックを掛ける。

●　●

抜けなかった。

●　●

あら？　と人狼女王はまた思った。とりあえず柄から手を離さず、

「素直じゃありませんわねえ、この子……」

首を傾げていると、皆の中から前に出てきた者がいる。最上総長だ。

「コレは、アレだえ？　貴様が女王であっても〝人狼〟の女王という、その要素が強すぎて、英国の未来の王としては選択外と、そういうことではないかえ？」

「でもこの時代、英国には狼がまだまだいますのよ？」

そうよのう、と最上総長も首を傾げた。その上で、

「――貴様が、現役の女王として認められてないとか？」

「あら、いやですわね。先日もうちの人と記録更新しましたのよ？」

と言ってると、子の子が首を傾げた。

「大御母様、抜けませんの？」

「あら、大御母様は抜けますわよ？　だから記録更新したんですの」

「そういう意味じゃありませんわよ――!?」

まあいい。とりあえず王賜剣の方で抵抗するというならば、

「じゃ、ちょっと実力を見せますわね？」

●

ナイトは、人狼女王が足を踏み換えたのを見た。

これまではただ立っていたのが、王賜剣の根元近くに右足の先を置き、

「あっ、ヤバい」

コレはアレだ。見覚えというか、見知った雰囲気がある。つまり、

「――」

相方が、娘達に軽く飛ぶように手で指示をした瞬間。それが来た。
激震だった。

●

ペリノア王は、ロンディニウムの直下から来た震動に、身を起こしていた。
いきなりだ。ちょっとタメがあって、上に振られた。

「これは――」
まるで大地がバランスを崩したような感覚だった。
天竜は好きなときに眠る存在だが、人界の夜は暇なので休息に回している。それで今夜も酒を楽しんでゆっくりしていたのだが、

「敵襲――!?」

疑問形で叫ぶな。周囲がパニックする。ともあれ役所でもあるキープの二階、窓から下の広場に声を掛ける。
どこもかしこも、町には明かりが点《とも》り始める一方、金物が転がる音や、何か割れる音、そして家畜や犬の遠吠《とおぼ》えが沸き上がっていた。そして己は下にいる同僚に、

「どういうことです？　ランスロウ」

「解らん！」

敵襲とか叫んだ馬鹿は誰だ一体。ただ、一階から出てきたベディヴィアが、慌てながらも整列集合しようとした皆に言う。彼女は吐息付きで手を挙げ、

「――恐らく、この浮上島の各地を結ぶアームのどれかが、老朽化もしくは何らかの不具合で震動。その余波を吸収するために〝地震〟が起きたのでしょう。これまで、幾度か起きていることです。慌てないように。
私は各地の代表と連絡を取るので、貴方達はまずロンディニウム全体の警備と、必要なら救

護を行いなさい」

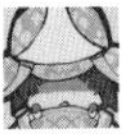

「Tes.……!」

しかし、と彼女がこちらを見上げ、首を傾げた。

「――私の感覚では、南西部の方、王賜剣や、サード派拠点のある方角から来たように思うのですがね、今の」

●

「スリーサーズ様！　ご無事ですか!?」

「ええ、大丈夫です。――ただ今度、パーシバル様と湖の精霊達にはちょっと質問しないといけないことが出来ましたね……」

一体、何をやらかしたのだろう。

●

浅間は、友人の母が上機嫌なのを見ていた。

「ほら、抜けましたわ！　軽いもんですわね！」

抜けている。王賜剣が、確かにミトツダイラの母の手にあるが、

「……土台の岩は大丈夫でしょうか」

「いやー、ヤバかった。アレだ。IZUMOの構造材をガツンやったときのアレ。あの気配があったから」

「よく考えたら人狼女王殿、IZUMOのフレームを摑んで引《ひ》き摺《ず》り上げたりと、そういうことをやっておったので御座ったよなー……」

ナイトと点蔵の言葉には、確かに憶えがある。IZUMOにて、確かにミトツダイラの母は、その浮上島の一部破壊と崩落を軽くやってのけたのだ。

「何十メートルもあるフレームを破壊して引っこ抜いてたのよね……」

だとすると、こういうことだ。

「英国が押さえ込んでるとは言え、王賜剣に加えられる力は限定的なもの。人狼女王様の本気には敵《かな》いませんね」

「……でもこれ、仕様の外の行いでは？」

「条件系のセキュリティを、パワーで無視した訳だからな……」

「抜けなかったら、どうなってたかしら？」

『あたし達《たち》のいる浮上島のブロックが破断して落ちていただろうさね。――つまり、英国側が、このままだとヤバいと判断して王賜剣を手放したんさ』

「過去の記録をベースとした世界に、当時無かったことを発生させるとか……」

「アレですね。痛いと言った我が子の手を離した方が真の母親というアレ」

「その話、歴史再現ではまだ先のことですけどね？」

パーシバルに視線を向けると、彼が野原に横倒しになっている。

「ええと」

「そっとしておいてやれ。想定外の事が起きすぎたんだろう」

解らんでもない。一方の壇上の方では、

「どうですの最上総長！　現役のパワーですのよ！」

「壊してはおらんだろうなあ……？」

「ミトはどう思います？」

そうね、と横にいた喜美が言葉を重ねた。

「フフ、母として、中間世代はどうなの？」

「いえ、……無茶苦茶なやらかしですけど」

ふう、と一息入れて、狼が応じた。

「ここまで来ると、感心しますわね……」

「そうなんですか？」
だって、と彼女が、母の方を見ながらこう言った。

「私が先ほど引き抜いたのは条件ゆえ。……でも、人狼の可能性としては、条件が合ってなかったとしても、メアリのような者を力任せに救えるということですのよ？
これは我が王とホライゾンの意思に沿いますわ」

「まあ、確かに……」
そうならなくてもいいような気もするが、可能性として、ミトツダイラにとっては有意なことなのだろう。
この友人が、昔、発現した人狼の力を厭《いと》うて捨てたがったことを、自分は憶えている。
そして、

「大御母様！　流石ですの……！」

そのようなことのない彼女の娘が、喜んでいる。ならば、

「——見事ですわ、御母様。これが人狼の流儀ですわね」

「ええ、人の流儀に対して、ちょっとお邪魔した、ということですの。——なので、あまりお騒がせしてもいけませんわね」
と、彼女が手を振った。
直後に王賜剣が土台に突き刺さる。鋭い音を立てて収まった剣を一つ叩き、ミトツダイラの母が小さく笑った。

「まだまだ当分、現役ですわねえ。——あと八百年は余裕ですわ」

「……というか、どういうことなので？」

「もう何か無表情に言ってしまうが、彼女達は人狼女王の家系でなあ」
何この集団……、という雰囲気を向けられた

が、誠に遺憾である。

●

そんなことがありつつ、事業の準備は進み、三日間の実働が行われた。

途中、俄《にわ》か雨の降る時間帯もあったが、

「――ローテーションを少し前倒しします！　一時間、食うつもりで！」

三成の陣頭指揮の下、怪《け》我《が》人《にん》なども無く、三日の作業は終了した。

終わったのは、七十二時間後の未明。

翌朝、サード派の拠点では、スリーサーズが一つの報告を聞いていた。これまで、事業の方は敢えて見ないようにしていた彼女は、朝礼の準備の際、拠点内で急ぎの言葉を得たのだ。

それは、周辺状況を確認の上でレポートする斥候隊の報告で、

「スリーサーズ様！　大変です！」

「あら、どうしたのです？　湖の精霊達が、何か？」

Tes.、と声が応じた。

「――出来ています！　主道と、あと――」

見えぬはずの上。拠点の広間の天井を指さし、こう告げられた。

「確かに、丘上に砦の姿が見えます！」

第四十章

『整備場のプレゼンター』

見てらっしゃい
寄ってらっしゃい
何もかもが新しく
しかし忘れてたものばかり
配点（補完）

砦が出来ている。

そのような情報は、既に内部には伝わっていた。

スリーサーズが拠点の本部となる建物から出ると、目の前にそれがあった。

未明の薄闇の中、見えるのは人の集まりだ。

「皆さん？　……一体、何を？」

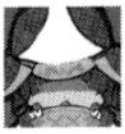

「あ、スリーサーズ様、これなんですが……、いつの間に」

言われて見たのは、拠点の入口だった。主道から広場に通じる場所には、壕を渡る土の橋がある。だが、その主道側は下りで、外に向かって大きく抉《えぐ》れていた場所だった。

主に馬車の車輪による轍が原因で、そこに雨や、斜面側の水が流れ込んで泥となる。表土は緩み、崩れていくところに、また馬車や荷車が来て悪循環だ。

酷い場合には、補給の馬車や牛車がスタックしたり、壕に落ちかけたこともある。

それが、直っている。

「どういう……」
仕掛けが解らない。魔法か、と一瞬考えてしまうが、そのようなものがあれば自分達が使用しているだろう。更に、

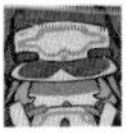

「スリーサーズ様、こちらです！」

外。主道側に出ている数名が大きく手招きする。

朝の警備の斥候隊だ。

他の皆は、外になかなか踏み出していない。やはり自分と同じように、何らかの術式か、幻術だと思っているのだろうか。

なので、自分は前に出た。歩みによって割れる皆の間を抜け、

……どのような手を入れたのでしょう。

思いつつ、土の橋を渡り、整備された入口を歩き、主道に出る。

薄暗い未明の光源。森の木々は、それを通して道を見せる。

そのことにも、自分は違和を抱いた。この拠点周辺は、もっと暗かった筈だと。未明であっても、重く沈んだ夜のようになっていた筈だった、と。

違った。

空が、木々の枝の間からちらほらと見えている。

間伐だ。

それをすると、湖の精霊は言っていた。しかし、いつ、やったのか。更に、

「主道が……」

主道も、荒れていたものだった。

記憶にあるのは、中央に畝のような轍がずっと通った土の道だ。

幾つもの水溜《みずた》まりと泥の堆積があり、如何にも〝奥地〟という、そんな風情だった筈だ。

それが違う。

まっすぐとか、平らという訳ではない。だが、畝の道は削られており、遠くまで同じようなものとして見通せる。

だが、

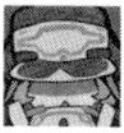

「スリーサーズ様、そっちではありません！」
言われ、自分は振り向いた。
主道の上、数名がいて、主道に面した上り斜面の前で手を振っている。
何かと思えば、

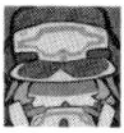

「上です！」

斜面の上方。

指で示されたそちらを、己は見た。

上。斜面の向こうを見ることは出来ないが、縁にあるものは見える。

壁だ。

丸太を立てて並べた壁が遠く並んでおり、更

にその奥に覗けるのは、

「建物……？」

白壁の建築物が、大きく存在している。

砦が出来ているのだ。

●

いつの間に、というのがスリーサーズの本音だ。

この三日間、彼らは、自らが言った通りのことをしようとしていた。そのことは理解出来ていたし、通じているつもりだった。

だが、こうして目の前に出来ているのを見ると、

「三日で、これらを？」

主道の整備、間伐、これらは、どちらかに絞れば、三日である程度のところまでは出来るように思える。だが、砦の建築まで含めるとなると、不可能だ。それに、

……あら？

何だろうか。

心の中に、違和を感じている。今、目の前に生じているこれらの〝達成〟というものが、どことなく、嘘のように思えているのだ。

おかしい。

目の前にあることは現実だ。精霊系の血を引く自分の目には、眼前にあるものが幻術であれば見切るくらいの能がある。

だがそういった警告は、今、己の中に何も無い。

ならば目の前にあるものは、現実なのだ。しかし、

「――――」

この、現実感の無さは、何だろうか。まるで、嘘のようで、それでいて〝よくあること〟のように、流し掛けている自分がいる。

おかしいと、再度そう思った。その時だった。

「おはよう御座います。現場監督の〝湖の精霊〟です。工事は、とりあえず必要最低限の部分が終了してますが、施工確認致しますか？」

●

「今頃、向こうの〝呪縛〟ともいえるものを、解除に入っとるやろな」

と、大久保は、ステルス障壁を通して鈍い光が差す空を、窓から見た。

食堂だ。武蔵が北を向いているため、右舷側の窓からは、外の光が入ってくる。

自分達は一息を入れるために、久し振りに生徒会居室から出てきたのだが、

「いやあ、……おねーさん、こうしてテーブルと椅子で食事する文明に触れるの、すごく久し振りですよ……」

言う竹中の横。里見総長が米粉パンとフリッターの皿を置いたまま、テーブルに突っ伏して寝ている。さっきまでは、

「何だ貴様ら、そんな眠そうにして。私みたいに鍛えてないからだぞ」

と言っていたのだが、突然何かが切れたかのようにこうなった。

竹中は、彼女を無視して、自分のうどんを口にして、

「うん……！　こういう麺モノは、何か食事している感がありますね！」

「別に、加納君が食堂行くとき頼めば良かったやろ。毎度弁当とか、そんなものばかり頼まずに」

「いや、私、作業しながら食事するタイプなんですけど、作業に身が入ると食事の手を止めてしまう訳で。――冷めるなら、冷めること前提のものや、冷めた状態で来るものの方が、そうなったときに残念感が無いですよねー」

そういうものか、と思って、そういうものか、と思い直す。

ともあれまあ、

「この三日間、本来の仕事の他に要らん作業が入ってしかも二十四時間態勢とか、洒落にならんのによく付き合うてくれたわ」

「いやまあ、羽柴時代もたびたびこういうのありましたから。久しぶりに何度かえろりました

し」

　だから、と竹中が表示枠を出す。一枚だけだが、その画面では文字列が無数に流れ、飛ぶように別のものへと切り替わる。それを連続して繰り返しているのは、

「三千世界の自己判断機能というか、ＡＩ部分に押しつけられる部分はどんどん押しつけて、こっちは決済のみと。そんな感じにシフトしたのが正解でしたねー」

「……確かにな。こっちは実質、貴様と私の二人や。二十四時間。英国の方では八時間の三交代制でやっておったが、こちらはよくて十二時間交代。里見総長を数に入れん訳ではないが、やはり手数が少ないわな」

「何か、情報処理用の制御術式を考えます？」

「そうやなあ」

　と呟き、己は目の前の朝食卵焼きセットを前に、しかし箸を止める。

「かなり、〝出来る〟つもりやったけどなあ」

「おっと、代表委員長はかなり出来る方だと思いますよー」

「まあそのつもりはある。せやけど、これまでの武蔵は、やはり限定下であったと、それが身に染みる」

　三河からヴェストファーレンまでの武蔵は、やはり聖連に対して敵対していたのだ。ゆえに交流を持った国家、勢力との付き合いはあったが、全世界を相手にしていた訳ではない。また、交流をもった国家とも、貿易や交渉などはするものの、

「このように、現場がフルで二十四時間組み合うような件は希やったわ」

　こういったことが、世界を相手にしたら、多発するのだ。ならばそれに対応出来てこその〝出来る〟であろうし、また、

「休暇は取らんと、愚痴ばかりになるわなあ」

「まあ、気は抜いていきましょーよ。おねーさんも、作業中の食事には弁当だけじゃなくてアップルパイとかタルトとか、そういうの頼んだりしてますし」

「それ、体重が上がらん体質の……」

　目の前の相手は、えろだった。

　太らんわけやな……、としみじみ思っていると、竹中が言った。

「情報処理の術式を作るなら、判断と選別系は作らない方がいいですよ。それは〝三千世界〟が既にやっているので、ライブラリとか運用のシステマイズ、オートメーションにおいては、後から作る意味が無いです。必要なら私の〝三千世界〟をカスタマイズして渡したほうがいいですね」

「貴様がおらんときはどうするんや……、と思ったが、オートメーションと自己判断があるんやったな。寧ろ、貴様がおる意味は？」

「そもそもの情報を蓄積する方向性や、そして目的の設定と補正は、使用者が決めるもんですよ――」

　左様か、と己は頷く。

「――判断と選別以外の何か、か。ちと考えてみるかなあ……」

　と椅子に浅く座り直す。と、その物音に気付いたのか、里見総長が身を起こした。

「寝てたか!?　これは不覚だが、いつの間に食事が……？」

「それ、来てからしばらくしてぶっ倒れたで？　その前から寝てたんか」

「ああ。まあ、そういうものだろう。――しかし、英国側は？」

気にしてたんか。ただ、教えない意味もない。

さっき報告が来たのだ。

「向こうでプレゼン始まっとるで？　内政能力としては、随一とされる石田・三成の普請や、出来れば現場をちと見てみたかったわな」

●

三成としては、楽しい三日間だった。

何しろ、元々の制御情報時代に、石田・三成としての知識や教育をしっかり受けているのだ。それは内政面、特に経済や財政がメインだが、土建業についても詳しく、また、京都を預かって以降は、たびたびそういった実践も行っていた。

つまり〝石田・三成〟としての、〝合っている〟行為だ。

……そうです！　ネルトリンゲンで面倒くらったり、大和でハイスピードチェイスとかしているのは、石田・三成の本来することじゃないです！

当たり前だ。

だがまあ、そういうのも必要だったからやったこと。自分の中ではいい経験値になった。特に忍耐面において。

しかし、今回は違う。

得意分野の土建業だ。実際のところ、史実では治水や陣地の急造などを果たしている。

陣地を作る際は大谷《おおたに》・吉継《よしつぐ》をアドバイザーとして起用。自分の苦手な戦術面からの建築思想を彼に任せることで、見事な陣を築いたと聖譜記述にもある。

今回も同様だ。

先に、準備時間において、本土側の生活に慣れている者達を出し、彼らの意見を聞いた。それを統合して動き出せば、現場はもはやこちらの遊び場だ。

運が良いのは、ここが英国だということだろう。古くから存在するが、人工の島なのだ。元が海底岩盤だった地殻基部の上、造成された土壌はある程度の規格をもって作られており、工

事の方向性は摑みやすかった。だから、

「じゃあ、説明を始めましょう」

責任者であり、クライアントであるスリーサーズに、自分は言った。

「まず、拠点入口の方から説明しましょうか」

●

……随分と小柄な実力者の方ですね。

スリーサーズの目に、石田・三成と名乗った少女は不思議な存在に見えた。湖の精霊達のリーダー集団の中には、両腕が外れたり奇声を上げたりギャグに厳しい〝姫〟がいるが、それと何となく似ている。流体の動きから察するに、同じような自動人形だろう。

　そんな彼女が、まず、斜面の方に行った。

え？　と己が思ったのは意味がある。ついてくる数名も首を傾げ、

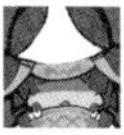

「……？　拠点の入口ではないのですか？」

「ええ、だから拠点の入口の話ですよ？」

　と、石田が応じた。そして彼女が、岩を所々に剝《む》き出《だ》しにした斜面の前に立った。

「いいですか？　まず大事なのは、この斜面の攻略です」

「……斜面の攻略？」

　Ｊｕｄ．、と石田が頷く。彼女は右手を上げ、斜面全体を示し、

「主道などが荒れている大部分の原因は、この斜面から出ている水です」

●

　三成は言った。

「水を制御します」

「それは――」
Ｊｕｄ．、と手で示す。指の先にあるのは岩場だ。

「地殻の話をします。――本土および、英国も、土の地面がありますが、実際の処、その下を突き詰めれば岩の集まりです。言い換えるなら、岩の基盤上に、土壌が載っている。これが〝地上〟と呼ばれる部分の作りなんですね」
そして、

「勿論、地表から基盤までは厚みがあり、本土では大体一キロから三キロ強の土や砂の地層があります。しかし、山側などではそうではなく、基盤に近い部分の硬い層が表出していることが多々あります」
英国はどうか。人工島で、内部のリアクターは土壌などの代謝をしているが、

「英国は人工島なので地層が薄く、下の基盤に近い層が表出しやすい作りです。しかしこれは、実際の外界における英国もそうで、氷河などに土が削られて出来た北欧などと似ています。なので土は少なく、岩場が多く、農耕に向かないので、牧畜が盛んになったわけですね」
と言って、自分は気付いた。相手も気付いたらしい。

「――英国？」

「ブ、ブリタニアです！」
翻訳加護が意外と厳密だと、そういうことなのだろう。あと、牧畜が盛んになるのは、ペストで農耕が出来なくなった農家が多いからだ。
これも先取りすぎる。
危ない危ない、と、既にアウトした気もするが、説明を続ける。斜面を示し直して、

「――ではこのように、基盤に近く、岩が表出する地形ではどんな特徴がありますか？」
これは、見れば解ることだ。ゆえにスリーサーズの護衛として出ている一人が言った。

「水が……、湧く？」

「Ｊｕｄ．！　そうですね！　水は岩を浸透出来ませんから、地下において、水は岩の地層の中ではそのままの形で存在しています。そして――」

斜面には、土の地面もある。だが水が湧き出しているのは、

「空から降った雨が、森の土壌に蓄えられながら沈んでいき、下にある岩盤の地層に最終的な蓄積をされます。そして水は、自重に押されて岩盤の間を外に向かって流れ出し、この斜面の表面、主に土の地面と岩の間から湧き出すんですね」

じゃあ、とスリーサーズが首を傾げた。

「その水を、どのように制御を？　水場に蓋をするのですか？」

「いえ、それは無理な話です。だから、単純に、こうしました」

単純な仕掛けだ。

今、未明の薄明かりの中でも、よく見れば解るだろう。

「水に、道筋をつけたんです」

道だ。

「噴き出した水が斜面を下り、主道に沁みる。または、主道に至る土の斜面に沁みる。そうなると、もう土壌の軟化が止められません。ですからまず、斜面において、一番水が噴き出している箇所を特定しました」

そこからどうするか。

「水の噴き出す箇所の下にある土の壁は、水が浸透しない範囲まで削り落としました。その上で、噴き出す水に、間伐した木材による開放型の導管を作り、横に流しています」

これは、見れば解る。実際は土に覆われたただけの岩盤である斜面だ。

水が噴き出すのは内部の水圧によるもので、

岩盤の隙間の大きさによって噴き出す量が違う。ゆえに水量の多い箇所から下は土を落として剝がし、周辺の斜面は間伐材や枝などで補強。岩盤部分には木の導管を設置し、水を逃がす。

「水を逃がすのは、なるべく、集中します」

百メートルの主道を補修するので、二十メートルごとに水を集め、流して落とす。それも、単に下に落とすのでは、結局、土の道路に沁みさせてしまう。ゆえに、

「下の地面に流してはいけないので、空中を渡します。

主道の上、そこから下の壕に落とす訳ですね。導管を支える柱は主道下、壕側にある木を使用。間伐材の杭《くい》で補強します。

生きている木の柱なので将来的に伸びたり、間伐対象になると思いますが、その際は調整で。――完璧なものを望まれてはいないと思いますから」

はあ、と、スリーサーズ達が頭上を見渡す。

主道の上を渡っている導管は五本。

幅十メートルの道幅ならば、導管を作るのに充分な長さを持つ木はそれなりにある。五メートル強の木を切り出し、導管として樋《とい》状に削り、両側から支えを作って中央で連結。

全体としては、谷側の端に縄網で石を吊《つ》るしてカウンターウェイトとし、やや谷側下がりの弓なりに曲げている。アーチ構造の強度を与え形を保つためだ。

「空中を導管渡すのは、有りなんですか？」

「あ？　ローマの時代に上水道の配管として、よくあった話さ。空中水道として水道橋が立ち、金属管で宙を渡してたんさね。フツーに山の清水を下に渡すのにだって、竹とかで樋を使うさね？　それと同じさ。――出来ればちゃんと柱を立てたかったが、そこまでの時間が無かったのがアレさね。」

あと――」

「あと、何ですか？」

「――Ｊｕｄ．、いいかい？　製材《せいざい》をするには数学的知識や、技術の習得が必要さね。
だから、ちゃんとした教育の下で製材所がないと板が作れないし、正確な角材が用意出来ない。
サード派の拠点にも製材所はあるけど、しかしケルトは丸太や厚板が好きでね。
一応、拠点にある建物の〝造り〟を確認の上で製材したが、丸太ばかりになると削ぐ以外にもうちょっと格好良く出来ないものかと思うさねえ……」

●

キャンプ組は、早い朝食の準備中だった。三日間の打ち上げは、結果を見てから夕方にでも行うものとしつつ、この朝食は肉や主食など一気に出す方針にしている。

浅間は、鍋に味噌汁の匂いを立て、皆の期待する視線を浴びながら、

「――でも、丸太の導管なんて、何処で作る技術を？」

「私ですの。――柴田《しばた》班での修行時代、山奥の方で合宿？　みたいなのやってましたけど、そこに住まう人達の生活は林業中心でしたから」

「俺の方も、狩猟関係だけど、まあ木々の扱いは知ってるから、羽柴勢の戦士団の中で山岳方面に住んでたのをチョイスして手伝い、って感じだな」

「でも、導管と言っても、雨樋《あまどい》みたいなものですのよ？　中央を焼いて、削ってを、繰り返して行くだけですの」
ただまあ、とネイメアが言う。

「木材を、ある程度乾燥させてから使いたかったですの……。変に重量が掛かったり、バランスが悪いと、曲がって行ってしまいますのよ？」

「まあ、三日間と言うことで、そのあたりは考慮されるもので御座ろう」
　自分はインフラ関係や加護周りで忙しかったが、実働の方は知識も含め、いろいろとあるのだと思わされる。そういう判断を行ったのは三成で、今、彼女はプレゼン中だ。

「通神見てる限り、ノリノリですよね……」

●

　ノリノリだった。今は主道の解説中で、

「――で、主な水は壕に落としました。でも、この空中水道よりも下で湧いた水は、対処出来ませんよね。だから、こうしました」
　側溝だ。道の斜面側、主に岩場の際を掘り、水を流すようにしている。更に、

「土の斜面から水が沁み出している場合、その土を削って岩場を出す工事を行っています。そして側溝の中を水が沁みては無意味なので――」
　今、側溝の中は水が流れている。土に沁みてはいない。この仕掛けは、

「粘土ですね？」

「Ｊｕｄ．、驚く必要はありません。岩場だけあって石が豊富なので、側溝の大部分は石を敷き、石畳状にしています。その隙間に粘土を詰めて、楽をしました」
　石垣の変形だ。
　自分達のいた十七世紀では、立体に石を積む技術が高まっているが、この時代では平面に石畳とする方がメジャーだろう。
　スリーサーズにも理解はされたらしい。彼女は頷き、

「斜面側から落ちた水は側溝に流し、――主道を横切る溝を掘って、これも壕に落としているのですね？」

「Ｊｕｄ．、但し、道を横切る溝は、思い切り深く掘ってます」
　ここが一番の難所だった。

道を横切る溝は十メートルごとに十カ所。起点と終点を入れて十一カ所。

道幅十メートルの長さではあるが、幅五十センチ。深さは五メートルほど、と深くを掘った。その理由は、

「道の土壌に、既に沁み込んだり、新しく地下から沁みた水を抜くためです」
掘り抜いた溝は、内壁と底面を粘土と岩で固め、内壁には水抜きの穴を作る。そして溝には間伐で切り倒した丸太を横倒しに詰み、間を石で埋めていく。最後に上を、石と土で固めれば、完成だ。道の土壌から水を抜き、斜面側の側溝の水も流す水道が出来たこととなる。
それだけではない。

「これまでに溜まった水が、主道の壕側の土壌を緩めていました。なのでその泥土を一旦道に積み直し、水抜きをしつつ、道路の補強を行いました」
壕側の斜面。間伐で残した木と、倒伐した木材を利用して、補強を掛けている。残した木の間を渡すように間伐材を入れて積み、壁にしたのだ。
無論、自然に生えている木を支えにするのは強度的に怖い。ゆえに何本かは支柱を埋め込み、壕側の丸太壁を構築した。

「この主道と壕側の斜面は、上の斜面から落ちてきた土で出来ているんでしょうね。ちょっと固める必要がありましたが、岩場である上の斜面に比べ、支柱はしっかり打ち込めました。さて――」
自分はそう言って、拠点の入口側に戻った。
拠点の入口は、その左右が水落としとして主道を渡る溝になっている。既に水抜きは機能していて、溜まっていた泥土も水が抜けた。今は主道の表面を覆う補強材として使われている。

「主道に関してはこのような処置です。これから先、道の水が抜けていくことによって主道の高さが変わる可能性がありますが、その際は、水抜きの溝に突っ込んである丸太を抜いて、調整して下さい。メンテも、そんな感じで。

そして水抜きが完全に出来たと判断したら、溝には間伐材ではなく、大きめの石を積んで上から砂礫と土で塞いで下さい。それで長期保つと思います」

「…………」

「どうしました？」

「いえ、あの……」

スリーサーズが、額に手を当てた。

「……驚くほど、普通の工事なのですね。当初、どういう魔法かと思いましたが、聞いて見ると私達も知るような技術の積み重ねで……」

●

「そうさねえ。この時代の技術に合わせたことやってるから、ちょっと工夫はあるけど、発想の範囲内さね」

「……まあ、確かに、側溝の粘土貼りなどは、農業水路の構築などで既存のものですし、水抜きの溝掘りも、内側に丸太を落とすのが個性といえば個性ですか」

ああ、と直政が頷いた。

「補強するなら、石材を杭《くい》打《う》って押さえるか、石を密度高く突っ込んで終わりさね。初期の水抜きとメンテのこと考えて丸太にしてるけど、杭打ったりする時間が無いのと、突っ込む石の確保が保証出来ないからそうしてるだけさ。

そういう意味では、安全に可能な範囲で、この時代なら出来る発想の内ではあるだろう」

だけど、

「発明をしに来てるんじゃない。この時代の、普遍的な技術と発想で出来ることをする。それこそが〝補正〟ってヤツだろうさ」

「Ｊｕｄ．、小生にも、何となく、この〝記録〟の不気味さと、もの悲しさのようなものが解ってきました」

「言ってみな」

御広敷が頷く。そして彼は、こう言った。

「恐らく、石田君がやったのは、――この記録の中に生きている彼ら、それが、損失してしまったものの再現なのですね」

●

三成は言った。自分達のやったことが、普通の工事の一種だとするならば、

「Ｊｕｄ．、そうです。これは、ちゃんと手順を押さえ、人員を投入すれば、短期間で出来る仕事です。そして――」

そして、

「――貴女達が、何故か忘れてしまっていたものだと、そう思います」

●

「――」

あ、とスリーサーズは思った。それです、と。

先ほど、この工事の結果を見たとき、何故か頭に入ってこなかった。見えているものが本当のものではないような、あの感覚は、

「忘れていた……」

何故だろう。何故、このような工事のことを忘れていたのか。そして、今、目の前のことを理解することで思い出したならば、

「……何故、私達は、ここを放置していたのでしょうね」

解らない。

否。手を入れていた記憶はある。だが、実際にはそれはしていなかったようで。

「――それは、こういうことですよ」

湖の精霊が言った。

「私達が改めてこういう知識を授ける。――それもまた、アーサー王の歴史再現として必要な事だったのだと、そういう事だと思います」

●

ナイトは、ちょっと感慨を得ていた。

今、本舗組は主に調理の方に集中していて、スープの中に入れる米粉のパスタというか平打ちのデカい何かをホライゾンが作っており、つまり盛り上がってるのだが、

……何だろうなあ。

以前、思ったことがあるのだ。

こういう、徹夜で議論して騒いで、クタクタになって、どうしようもない生活がまた始まってしまうのだと。

現在、真っ最中だ。

まあこれが面白いかどうかは別として、

「スリーサーズが、補正を得たと、そう言うべきなのかしら」

「英国が補正されてるってことかな……」

何だろうか。

自分達のやったことが、今、ホントに疲労とか愚痴とか自己承認待ったなしみたいなストレスがあるんだけど、

「スリーサーズさんが、自分達のしてなかったことに気付いたのは、確かだと思いますよ」

「でもまあ、それが、フツーなのよね。この英国にとっては」

本来あるべき姿に戻ってきていると、そういうことなのだろう。

ホント、ただ、それだけのことだ。

これだけ頑張って、手に入るのは、

「いつも通りが、戻ってくるってことで」

誰もそれを褒めてくれない。感謝もしてくれない。それなのに、

「あ――……」

上手く言えない。

何だコレ。ホントにもう。

「……メシが美味いわ」

「ガっちゃん感覚的に凄いアタリな事を軽く言うから最高……！」

いやホント、そうだ。

久し振りにメシが美味い。

●

一方で、メシを食ってない者達もいた。

「大丈夫か」

『ああ、気にするな。このところ、ぶっ続けで動いていたからな』

鬼武丸の横、左近が寝ている。一応は湖畔に敷かれた汎用シートの上だが、

「毛布持ってきましたけど、三枚で足ります？」

「横幅はあまりないから大丈夫じゃないかしら」

「でも容赦なく大の字だよね……」

追加で二枚必要ということにした。だがまあ、

「私達だけだと、溝掘りが間に合わなかったかもしれませんわね。三日間掛けていてはいけなかった箇所でしたから」

「その後も、間伐材の運搬や、土の固めに奔走してましたわ。――やはり上司の晴れ舞台。部下は頑張るものですわね」

皆の視線の先、左近は寝ている。

「――」

『……もうちょっと作業慣れしていれば、無駄が無かったとは思うが、まあ、それは今後の課題ということだな。どちらかというと、三成の護衛役に就いていない方が問題だ』

通神では、三成のプレゼンが続いている。護衛役としてはちょっと離れて清正と福島がついているが、この二人はサード派と一戦交えているので憶えもいい。しかし、

『これから上の砦の案内か。——サード派の者ども、驚くであろうな』

スリーサーズは、初め、驚いた。その上で、

「ぷ、は……」

思わず笑いが漏れた。そうだ。砦が出来ているということで、斜面に作られた直通階段を上がり、その場に至ったのだ。
登る途中、上に見えていたのは、丸太を打ち込んで並べた壁の威容だ。
五十メートルほどの長さで壁が出来ていて、その向こうには白壁の砦が見える。
見えていた。

「その筈でしたのに……！」

苦笑して見る〝砦〟の壁の中、広場の中で、三成が手を左右に広げて言った。

「どうです？　この砦！　効果抜群でしょう！」

言われて、同行の皆で見渡した五十メートル四方の空間。その〝砦〟は、

「まさか、布に壁の絵を描いて、吊るしただけなんて……！」

「どうですか？」

三成は、自信をもって言った。

「今においては、充分な砦でしょう」

吊るした布は、この時代には標準的な素材である亜麻だ。それを一・五メートル幅で長さ五メートルのキャンバスとして、一枚一枚に〝木壁〟と〝白壁〟のテクスチャを描き込んだ。
第四特務がよく働いた。武蔵にいる美術部と漫研。描画関係の仕事をしている者達を総動員し、更に瑞典総長の知識から、この時代の絵の

具として使える染料を限定。

「油絵の具も無いとか、ちょっと引くわ……」

「一応、テンペラとしては石膏や卵白を使用するのが有りでありますが、布では割れてしまって駄目でありますねえ」

　結局、布に浸透することを前提で、水彩となった。顔料自体は土系素材を中心として今も変わらないものばかりであるため、

「ボカし多用の画風とすれば、何とでもなりそうね」

　とのことで、二日目の夕方には納品がなされた。

　それらに囲まれた砦は、布を吊るすために丘上の木々を枝落とししただけで使用している。

　一種の〝セット〟だ。

　実際の砦としての機能は無いに等しい。だが、

「どうです？　サード派の三日城」

「御見事です」

　だって、と彼女は言った。

「この〝砦〟、遠くからだと本物に見えますからね。そうなると、他派は、本物として警戒し、調査もするでしょう。こちらは近づけさせないだけで、砦があるのと同じ効果を得られます。そして――」

　そして、スリーサーズが周囲を手で示した。

　丘上。ここにあった木々は、広場を作るために伐採している。切り株も一応は除去をしている。更には、

「切った木は、どれも枝を落とし、木材として使用出来ますね。

　つまり、――他派が調査や警戒などしてる間、あの吊るした陣幕の内側で、本物の砦を作ってしまえばいいのです」

「Ｊｕｄ．、そういうことです。――ここの木々の処理はありましたけど、人員などは計上が楽に出来たので、それ以外の全てを下の主道

と間伐に投入しました」
　解りますか？

「私達は、別に、魔法を使った訳ではなく、莫大な人員を用いた訳でもありません。
　そちらの拠点にいるような人数で、出来る範囲のこととして、これを行いました」

「……それは、どういう意味です？」
　Ｊｕｄ．、と三成は応じた。

「――主道は私達が直した百メートルの先よりありますし、間伐すべきも同様です。砦も、中身を本物にする必要があります」
　だから、

「三日間で、私達は、自分達が言ったことをやり遂げました。――そちら、週末の用意はあるでしょう。しかし、週末まであと三日。
　――私達と一緒に、ここから先をやりませんか」

スリーサーズは思った。成程、と。

……これは、上手い誘導ですね。
　ここで応じず、〝湖の精霊〟達のやったことを否定するのは有りだろう。その場合、彼女達のしたことについて責任を取らず、しかし成果は得られるのだ。

……ですけど、今、施工された以外の箇所は、そのまま残ります。
　そうなれば、人々から不満が出るだろう。何故、ちゃんと最後まで工事をさせなかったのか、と。
　ならば、ここでの選択は一つだ。

「同意しましょうか」
　悪くないことだ。今ある拠点が、主道の作り直しでいろいろ安定し、更に丘上に砦を得られる。それも、外の人員の手を借りつつ、予算は

計上しないで済むのだ。
　良いこと尽くめと、そう言えるだろう。ただまあ、今の所、無料だとはいえ、

「こちらのメンツとして、何か、報いなければなりませんね」
　流石に、向こうも、何かを望んでいよう。それをこちらが見立てて、返すべきだと思う。
　それに、自分には気になることがあるのだ。

「……貴女達と共に周囲を正すことで、皆、何かを思い出すでしょうか」

「どうでしょうね。ただ、意味のあることだとは思います」
　彼女が、手を差し出してきた。

「――これから、宜しく御願いいたします」

●

『というわけで、これから合同事業をすることが決まりました！　副会長！　次の手を御願いします！』

　早いな、と正純は朝食の米粉パンに、味噌汁とスクランブルエッグをオーダー。気合いを入れるために、

「ハム焼いてくれ。食ったらすぐにあっちと交渉する」

「これから先は、何を？」
　ああ、と己は頷いた。

「更なる〝補正〟だ。間伐も進めていることだから、現実側の英国にあったように、丘上の居住区や農地を作る。――食糧や生活の場の構築となれば、英国に与える補完としては、意味の大きなものとなるだろう」
　そしてそれを進めながら、為すべき事がある。

「武蔵で準備してる会計どもを、そろそろ呼び出さないと駄目だな。
　あと、二代、――戦闘出来る連中を選抜してくれ」

「おうおう、何か、やる気出てきたみたいじゃねえの」

「元からそのつもりだ」

いいか、と己は皆に告げた。

「――週末のファースト派との相対、ロット王との勝負だけではない筈だ。今度は完全に勝ちにいくぞ」

第四十一章

『テーブルの相対者』

あっちとこっち
こっちとあっち
行ったり来たりで
でも前に進む
配点（メンタル勝負）

変化したのだろうか、というのが、第一の感想だった。

ロット王は、サード派拠点の中、控えに与えられた部屋の中で表示枠を開いていた。

週末だ。

祭の続きとして、自分が〝湖の精霊〟と商業としての勝負を行う。

本音のところ、この相対が決まってから、楽しみにしていた。

「いいですねえ。祭とは違って、本気でやって良い」

自分はファースト派の代表として、湖の精霊と商業の勝負をする。

内容というか、やり方は子供じみたものだ。

相手と自分の〝出し物〟を提示し合い、既に間に合っているなら断って、そうでなければ買う。

そして最終的に在庫量が多い方が勝ちとなる。

つまり相手のものを〝買い切った〟方が勝ちだ。

商人とは価値あるものを多く持っているもの。

だから相手を買い切れる方が勝つ。

これは主に祭の中で行われるもので、つまり基本的には祭の主催側が客人を立て、負ける。客側を儲《もう》けさせ、彼らの必要なものは贈る。そういう流れの余興だ。

だが今回は違う。

「——相手は、〝湖の精霊〟です」
自分は円卓の騎士ではない。
襲名先のロット王は、元々はアーサー王の敵で、敗北以後、協力者となって外の地を治めた。実在の人物かどうか、同時代に察せられる者はいるが、それを含めた集団こそが複合的なモデルとなったのだろう、と言われてもいる。
つまり、結構アバウトでいいのだ。将来的にペリノア王に倒される、という再現があるが、その時までにそれを解釈で終える力を得てればいいことである。そして経済というのは、腕力に頼らぬ力だ。そのことを考えるに、……〝湖の精霊〟と相対出来るとは、素晴らしい。

明らかに、異質な存在。裏に何があるか、スリーサーズも解らないが、こちらに合わせつつ、だが未知の技術や思想を持っていると思われる。何やら不規則言動も多いが、それも文化の差だと思うことにすれば我慢は出来る。忍耐は否定しない。

どういった勝負になるのか。そして得られるものは、将来の自分を護る糧になるのか。期待しかない、というのも面白いものだ。

しかし、と思うのは、最初に考えたことだった。

「拠点周辺が、変わりましたか……」

何だろうか。

主道が整備され、どうも丘上では新しい拠点の建築に入っている。森の間伐も出来ていて、現拠点を隠すようでありながら、日が所々に差すのは理想的だ。

だが、不思議なことがある。

〝前〟を思い出せないのだ。

●

……どういうことでしょうね。

明らかに、主道などは新しくなっている。何しろ施工を急ぎすぎたのか、生木を使っているところが幾つもあるのだ。

素人仕事か、と思えば工事の手筈自体は驚くほど正確だ。資材を現場調達して、納期に間に合わせた、というのが実際だろう。

だが、思い出せない。

この拠点への主道に入ったとき、変化に驚き、馬車を止めて検分したほどなのに。何故かそうしようと思った原因である〝差〟について、昔を思い出せない。

昔から、こうだったのだと、そう感じる。

否、一部は違いがある。そう、生木を使って

いたり、空中に導管を渡すのも、さて、あっただろうか。そんな違いは、やはり今でも気になっている。だが、

「斜面の処理など、何が〝違う〟のか、もう、解らないですね……」

　これは幻術だろうか。何だろうか。そんなことを思っていると、

「ロット王、〝湖の精霊〟がこちらに出立《しゅったつ》したそうです」

「Ｔｅｓ．、私の方も持ち込んだ在庫の確認が終わったところです。しかしスリーサーズ、貴女――」

　席を立ち、段々と賑やかになってきた外の響きを感じつつ、己は問うた。

「彼らのことを、どれだけ危険だと思っています？」

●

　Ｔｅｓ．、とスリーサーズは応じた。相手に安心を促す意味で、

「大丈夫です。――何も、壊されることはありませんよ。私達の歴史再現は、既に大詰めに入っている状態ですから」

　だから、

「強いていうなら、彼らには、このブリタニアの未来を支えて貰いたいですね。――ロット王も見たでしょう？　そして解らなくなったでしょう？　彼らの施した工事が、いい出来で、でも、元からそうであったとしか思えないのが」

「……貴女も、やはりそう思っているのですね？」

　彼の言葉には頷くしかない。

「私はこう考えています。彼らは、このブリタニアの精霊のようなものではないのかと。トリッキーで不規則言動も多く、先夜はパーシバル様がかなりテンションダウンしてマーリンの定時連絡をしてこなくなる事態もありましたが、それでもまあ――」

　つまり、こういうことだろう。

「彼らは、私達の認識を含む何かを修正している、と思います。私達が気付かずに、疎《おろそ》かにしたり、間違ったことを正し、本来のものに変えている、と」

「では彼らに逆らうのは、間違いなのですか？」

いえ、と自分は首を横に振った。

「彼らが敗れるならば、それは、彼らよりも私達がこのブリタニアにとって正しいと、そういうことなのだと思います」

これはきっとそうだ。何故なら、彼らはよく議論する。身内で殴り合っていたりもするが、もしも彼らが〝正解な存在〟なら、議論などしないだろう。

精霊が、人の世に干渉をしないのと同じように、彼らもまた、こちらへの干渉は最低限で済ませようとしている。

それがこのところで、方針を固めたに違いない。

「彼らは、一気に踏み込んできますよ」

「私達も、〝正されない〟ように気をつけていかないといけませんね」

●

スリーサーズの言葉に、ロット王は窓の外を見た。

鎧《よろい》戸《ど》を開けた先、外には、ざわめきがある。

それは臨時で作り始めた幾つかの屋台の準備や、周囲にて広場の中央にテーブルなどを用意する面々の声ではない。

「――しかしまあ、どうでしょうね」
自分は今回、楽しい。だがそれとは別の見解だってあるのだ。だから、

「〝湖の精霊〟の実力。――示す必要があるでしょうね」

「ハア!?　三回戦勝負になった!?　どういうこと?」

　キャンプでの朝食を終え、サード派拠点に行こうと、そういう状況になったところで、正純は武蔵からの集合組にそれを告げた。

　既に知っている者達はいるだろうが、これは、先日に決まったことなのだ。

「この週末の相対は、サード派拠点の広場などを用い、ファースト派代表を相手に行う。だが相手はロット王だけじゃない。こちらもいろいろと準備はしてあるが、ともあれお前らが一番手だ。派手にやってこい」

「何かビミョーに副会長、キレてます?」

　武蔵艦橋でも、とりあえず現場のモニタはしている。

　遠距離からではあるが、万が一を考えたら突入、制圧など、用意は要るのだ。そしてこちらの言葉を送った先、英国にて皆の基地となっている輸送艦からは、

『いやまあ、アレです。こちら主道などを補修して、じゃあこれからサード派を巻き込んで各所の補正に入ろうとした訳ですね』

　しかし、

『そうしたらファースト派から三連戦にしようという話がサード派に来まして。その内容の中で、サード派戦士団を大量に使うものもあったりで、あまり補正の方に大きく人員を割けなかったんですね』

「つまり、僕達の帰還のタイミングも遅れる、と……」

　確かにそれは、副会長という立場では気がかりだろう。

　補正を終え、英国が元通りになれば、欠損も生じなくなり、自分達は情報の穴から叩き出されるようにして脱出出来る。

食糧問題だってあるのだ。副会長としては、早く武蔵を脱出させたいに違いない。

「副会長、やはり皆のことを思っているんですねえ」

「クッソ！　補正関係は内政ターンだから、私が担当を任命して政治家らしいことをしようとしていたのに、いきなり三連戦で相対決定とかどういうことだ一体！」

「解ってあげなさいよ……。アンタの行った補正に対して、英国が感謝のつもりでアンタの好きな戦争を用意してあげたのよ」

「英国も気が回るわね」

「流石は副会長の政治力といったところで御座りますなあ」

「というか私の方も、人員が足らなくなって放置状態なんですけど、武蔵に一回戻っていいですか？」

「あー、今日の三連戦次第だから、ちょっとそこで待ってろ！」

「しかし向こうの要求もいきなりですね。どう思います？」

「ファースト派は、あたし達を関与させたくないってことだろうさね。だから相対を行って、それを建前として拒否する。そういうことさ」

まあ構わない、と直政が言った。

「相手というか、この現場はどういうものなのか、一週間前は解っていなかったことが、今は解ってるんさ。——こっちも対英装備はエントリーしてる。派手に行こうさ」

ともあれ、という空気の中、正純は両腕に先導させるようにしながら、皆と共にサード派の拠点についた。先週の祭とは違い、メイポールなども立っていないが、屋台はちらほらあり、調理の匂いもする。

「あ、この前とは違う御酒が出てますね……。酒蔵みたいなのがあって、持ちまわりでやってるんでしょうか」

「……あっちも、この前とは違った肉料理の匂いですの。羊が出てますの？」

「この前が豚や猪《いのしし》で、今回は羊ですわね。ラムではなくマトンなのは、恐らく羊毛を刈った後に食肉加工したものが出てきたんだと思いますわ。つまり前のメイデイで羊の毛を刈って、この一週間で加工と、そんな流れですわね」

「早速食ってますが、塩味が効いてますねえ」

早い、と思うが、そういう現場なのだ。一戦目に出る筈の会計コンビも、羊肉の炙《あぶ》り焼《や》きの屋台で物色をしている。他、浅間の娘はミトツダイラの娘と一緒に、

「うわ。あったあった、ありました。羊や山羊《やぎ》の牛乳で作ったバターやチーズ！」

「羊や山羊の牛乳って、どういう意味ですの？」

「感覚ですよ感覚！」

お前、感覚と言語が直結してるだろう、と思うが、よく考えたら葵がそんな感じだし、浅間もたまにそういう風情がある。まあこれは他の連中も同じか。

「な、何ですか正純！　まだ飲んでませんよ!?　ティスティングしてるだけで！」

「往生際が悪いな……」

と思っていると、見知った姿が来た。

「――ようこそ、というのは他人行儀ですね。既にロット王が奥の広場で待ってらっしゃいますよ」

奥、というのが意外に感じた。皆も、その言葉にちょっと首を傾げる。

以前は、戦闘を行うのに、奥の訓練場兼広場を使ったが、先のフードファイトなどはこっち

の広場を使用したのだ。

……だがまあ、ここらも当然と言うべきか。

連戦の内容が、〝そういうこと〟だと言うことだ。先に情報が来ているので、自分達の方でも準備はしている。慌てることはない。だから、

「――ではこちらは相対……、というか勝負の用意が出来次第、始めさせて貰うとしよう。――だが、その前に、貴女に幾つか聞いておきたいことがある」

この数日、皆と思案したことがあるのだ。それは、

「確認だ」

手の内というか、自分達の知っていることを晒《さら》すようだが、問うておく。

「アーサー王の襲名を、貴女は、妹と争っている。妹君は先行して候補者となり、得ている情報としては優れた存在のようだ。

だがそんな者と争うということは、つまり貴女はアーサー王になりたいと、そう思って良いか？」

●

正純は見た。スリーサーズの反応を、だ。

彼女はいつものように、少し考えるような間をおき、

「Ｊｕｄ．、……と、貴女達の方ではそのように応じるのでしたか」

「ならばＪｕｄ．、と応じましょう。〝湖の精霊〟よ。

私はアーサー王にならねばいけないのです」

告げられた言葉に、ふと、強いものを感じた。口調ではない。その言葉を選んだ意思として、だ。それは、

「――いけない？　何故？」

「それがマーリンの思《おぼ》し召《め》しです。そして私も望んだ事です」

「もう少し言葉を許されるなら、私達襲名候補者は、このブリタニアの土地を、未来に繋げたいのです。それは皆の思いです」
いいですか、と彼女が言った。

「英国は浮上島。落ちてしまえばそれで終わりです。
勿論、そうならないように私達は最終的なところで協働しますが、しかし外の要因、例えば侵攻や交易の不備などでバランスが崩れれば、この土地はすぐに疲弊し、終わってしまうでしょう」
だから、と彼女が言った。

「このブリタニアに力を与える一助が出来るなら、私達は何でもしようと、そう決めたのです」

「……成程」
と、手が上がった。両腕だ。持ち主は一つ頷き、

「Ｊｕｄ．、成程大した御覚悟。ですが一つ聞かせて下さいますか。今回は御本人に直撃インタビュー」
その内容は、

「――スリーサーズ様の野望。そのために、貴女自身《じしん》が犠牲になるような話はありませんか」

「…………」

「そのようなことはありません。アーサー王がいなくなったら、誰がこのブリタニアを引っ張っていくのです？」
Ｊｕｄ．、と正純は内心でつぶやいた。

『――言われてみれば、確かにそうだな』

『ええそうですね正純様。しかし聡明なホライゾンはそのことに気付いていましたとも。ええ。解っていましたとも』

『ええと、ホライゾン、何かフォロー要りますか!?』

『クワー、今日こっち来て良かった……！　こういうのが生で見られるとか……！』

『武蔵の方は大丈夫ですの？』

『はい！』

『肯定の返答一つなのに、こんな不安にさせるアサマホすげえよ……』

●

さあ、とスリーサーズが手で奥の広場を示す。

「――ロット王がお待ちかねです。そちらどうでしょうか？　それとも、まだ準備は出来ませんか」

「――否。準備は出来た。仕込みも充分だ。久しぶりに商談と行こう。成立させねば面白くない」

言う会計コンビの後ろ、キャリアー装備のバルフェットが荷車を引いてきた。密閉型の木箱の中にあるのが、今回持ち込んだ〝在庫〟ということだろう。この時代のルール合わせだ。

「追加で七台分、来ています！」

「Ｊｕｄ．！　前回みたいにはもう行かないんだから。一丁いいとこ見せてファースト派に繋いであげる……！」

勇ましいことだ。だが入口広場から、奥の訓練場に向かう道に、一つの影があった。

ロット王だ。

彼はこちらを見下ろすように、しかし頷き一つをもって、

「ほほう……、来ましたか」

言う彼の周囲。壁のようなものがある。立つ襲名者を護る構えで整列しているのは、やはりかつて見たことのある者達だ。

「……ファースト派戦士団に御座るな？」

「Ｊｕｄ．、――今日はいろいろ世話になる連中だ。顔合わせだと思っとけ」
　こちらの背後、皆も、大体は今日、何があるか悟ったらしい。
　ミトツダイラが軽く右手を挙げ、後ろの連中に警戒の促しを送る。
　ここは見知ったサード派の拠点だが、実質、アウェイだ。そして、

「今日はいい相対をしましょう。私の方も、かなり期待をしています」

「……ロット王？　待ち構えたように言ってるところ済みませんけど、うちの拠点ですからね？」

「き、厳しいですね！」
　まあそういうものだろう。こっちもホライゾンが納得の会釈をしている。
　そして咳払いを一つ作り、ロット王が言った。

「まあいいです。――何処の国から来た者か解りませんが、このブリタニアをどうしたいのか。嘘のつけぬ金の遣り取りで教えて貰いましょう」
　さあ。

「商武《しょうぶ》です！」

●

　浅間は姉の方の馬鹿を見た。
　すると姉の方は、皆の前に出て、軽くのけぞって、

「――商武です！」
　そして続くタイミングで、彼とホライゾンが前に出て、一歩分ステップして、

「ショウブです！」

「商武です！」
　イエーと、三人がハイタッチして、喜美が容赦なく笑い出す。

「アハハハハハ！　商武！　うん！　いいわ、格好いいわよねえ！　アハハ！」

　こっちの方ではネシンバラが何か言いたそうにしているが無視することとする。ともあれ自分は、視線を逸らしているスリーサーズを〝見逃し〟と認識し、ロット王に言った。

「あのう。……無理しない方がいいですよ？　容赦ないので」

「ここまでされると思ってませんでしたよ!!」

●

　ひどく不満やな、と大久保は思った。

　武蔵野、小平《こだいら》にあるチョコ菓子の工場を視察に来ているのだ。仕事としては、先からの食糧供給の解決の一環で、

「武蔵内の食糧在庫で、菓子類が別枠で余剰あるとはなあ」

「既に生産ラインにあったものは、企業組合の所持であり、武蔵の在庫としては計上されていませんからね。その中で、特に乾物などは消費期限が長いために在庫も潤沢ですが、菓子類も同様で、こちらは消費量も安定しているので原料在庫も豊富です」

　なのでそのあたりをチェックして、買い占めや出し惜しみなどないように調整に出ている。

　しかし英国からの脱出も先が見えていないため、基本は〝予定通りの定量〟を勧めるしかない。

　このあたり、ゴネられても面倒なので自分や委員クラスが出ることにしているが、微妙なストレスが心にある。工場の内部の機械音や、休憩所として存在する工場横の庵《いおり》で抹茶チョコ味の新作を口にしても、そしてこれが、仕事とは言え、どちらかというと休暇に近いものであっても、だからこそ、

「……何かまあ、採決とか決済積み上げのための資料と実証獲得とか、そういう方が今はやりたいんやなあ」

「御嬢様、息抜きが息抜きになっていないと判断出来ますが、アレです」

「アレ？」

「このくらい退屈な仕事をしておいた方が、激務の味が深くなります」

「加納君、君、止める役やで？」

「まあそれでも御嬢様は、今日のことを憶えているでしょう。激務のとき、多分仰《おっしゃ》るのです。〝ああ、小平の視察とかノンビリやってたのが懐かしいな〟と。そのとき私は、ここで今頂いている菓子をそっと差し出し、こう言うのです」

「何と言うんや？」

「〝この商品、今、何処《どこ》でも買えるようになってしまって価値半減ですね〟と」

その言葉に、己は小さく笑った。

「私は我《わ》が儘《まま》やけど、満ち足りてる連中に激務が出来んのも良う解っとる」

庵の屋根の陰から空を見上げると、白い。今はまだ午前。

「英国の方では、相対の第一戦が始まった頃やな」

●

驚くほどに静寂だった。

パーシバルが得た感想は、〝硬直〟という言葉だった。サード派拠点、先夜の王賜剣引っこ抜き案件はとりあえず自分の心に秘めておくものと決め、とりあえずどのような相対が生じているかを確認しに来たのだが、

「始まっているのであるか……？」

入口の広場は、盛況だった。皆、食事などしつつ、奥の広場を気にしており、それなりの言葉が交わされていた。だからこちらは白熱の盛り上がりでもしているのだろうと思ったが、

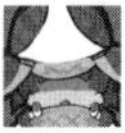
「——」

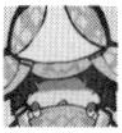
「——」

どちらも、軽くぶつかりあったり、警戒するような間柄なのに、その向こう、奥の広場で行われているものに注視している。

静かだ。

「何やら静かに集中しているようであるが……」

「Ｊｕｄ．、——既に商談の勝負は始まっていますよ。今、私達の中で喋っている者がいるとすれば、それは、商売のルールが解らない者に解説する声。そのくらいとなっていますよ」

「Ｊｕ、Ｊｕｄ．？」

「あ、何となくですけど、〝湖の精霊〟の方々が使うのが、伝染《うつ》ってしまいましたね。
——知ってます？」

「何をであるかな？」

「Ｊｕｄ．、というのは、神代の時代、罪を犯した者に科せられる返答の仕方なのだそうですよ」

「——」

「それを用いる彼らは、何なのでしょうね」

彼女が、何かを思うようにして告げる言葉の間に、外の声がした。明確な意味を持たない唸《うな》りの響きだ。それは、

「——ほら、また動きが出ましたよ。大きな遣り取りが受け切られました」

●

「……え？　今の遣り取り、どういうこと？」

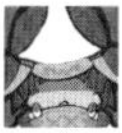
「Ｔｅｓ．、勝負は簡単なのよ。片方が品と量を提示して、もう片方がそれを自分の品と量で物々交換するの。
だけど物々交換だと、ものの価値って、鮮度なんかで上下するでしょ？
だから交渉次第で価値をつり上げ、相手の品を安く買える隙がある訳ね」

そして、

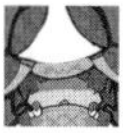

「そうして、先に品が尽きた方が負け。自分の在庫を捌けば勝ちじゃなくて相手の在庫を抱え込めたら勝ちね。
　つまり裕福な方が勝つ、って感じ」

「ああ、じゃあ今、相手の小麦粉をロット王が全部受け取ったのは……」

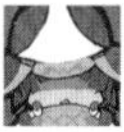

「そう、ロット王の大人げない勝負方法。**〝物々交換〟**をやったのよ」

●

「へえ……。今の、有りなんだ……」

ハイディは思った。さっきから〝やられてる〟なあ、と。

『……おい、オーゲザヴァラー、〝アレ〟はありなのか？』

『うん、誰も異論ないようだし、有りなんじゃないかな？』

この物々交換のルールの中、必勝法ともいえる方法がある。それは、凄く簡単な方法だが、

『――**〝こっちと同じものを出してくる〟**って、やってくれるよねえ』

●

ハイディの視界の中、テーブルの向こうにロット王がいる。

彼はこちらが大型木箱から出した品の見本を、眺め、深く頷く。

「……ふむ。見本品を抜き取って見せて頂いたところ、これはいい蕪でありますなあ。煮ても焼いても干してもいける。いい品です」

では、と彼が肩をすくめた。

「取引を受けましょう」

だが、その取引は、単純なものではない。

ロット王が、自分の持つ荷車の大型木箱から、取引材料の見本を持ってこさせた。

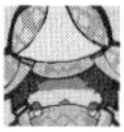

「ロット王。こちらで」

「ええ、どうも有《あ》り難《がと》う。――さて、では私共、貴方達の用意してきた見事な蕪に対して、こちらで取引させて頂きましょう」
　テーブルの上に置かれた、ロット王の取引材料。それは、

「――私どもの用意した蕪で、交換致します」
　同じようなものだ。だが、違う。

「おっと、そちらの蕪は、やや保管期間があったのか、乾いていますね。
　私共のは湿った土がついているほどの新鮮な品。等価交換とはいきませんね」
　この場合、どうなるか。
　こちらの蕪の価値は、相手の蕪よりも低いのだ。ならば、

「私共の方が価値があるので、そちらの蕪を全て頂きましょう。それでも、価値の差の分だけ、私共には余剰価値が生じますが、まあ些細《ささい》なことですね？」

「……く」
　さっきから、この調子だ。

●

「あれ？　何かシロ、ヤバくね？　貨幣は揃えられないから、物々交換で品を大量に揃えていくって、言ってなかったっけ？」

「いや、だからこそ、ちょっとマズいことになってるんだと思う」

「ネシンバラ様――！」

「ぼ、僕だよね!?　僕で大丈夫かな!?」

「何でそこで自分を疑いますの？」
　いやまあ、とネシンバラが息を一つ入れる。
　そして彼は左右の腕を広げ、宙に二点を示し、

「相手はほら、こっちの品と同じようなものや、または同じもので等価交換を仕掛けてくる。だ

けどこっちは、武蔵内で保管してたものがほとんどだ。そして、英国に来るまでに品はヘタれるのが普通だ。つまりこっちは価値が絶対に下がってる」

　それを相手は利用する。

「ロット王は、地元英国発の〝新鮮〟を価値に上乗せしてくる。その差額分、向こうの獲得分が多くなるんだ」

「えーと、それ、向こうはセコくね？」

「いや、相手の持つ品をロット王も全部持っていないといけないから、これは彼の裕福さゆえの戦法だ。特性を活かしていると思うよ」

「マズいのは、こっちの準備がその方法にハマってしまっているということですよね？　だって、英国用に、今の時代に通じる品を用意した訳ですから」

「Ｊｕｄ．、こっちが持ち込んだ品の多くは、当然、ロット王も持っている。そういう意味では、準備でそうせざるを得なかったために、こちらは不利なところからスタートだね」

「先攻と後攻が交互になっていますが、あまり意味がないのが厳しいですね……。ロット王の戦術は後攻側で発動するものですが、交渉回数に制限がないので〝返す刀〟でやられてしまいます」
　言っている間に、また商売の交渉が進む。

●

　ロット王が先に品を出すターンだった。

　ハイディは、表示枠で自分達の在庫を確認。

　既に品種は残り三分の一を切っているが、ここから先は〝とっておき〟の時間帯でもある。言い換えるなら、この時代においてぎりぎりのラインで持ち込んだものを出そうという時間だ。

……いろいろ布石を含めて、重ねていかないとね……！

　そしてロット王が、一つの小さな甕《かめ》を出して来た。陶器というよりも、堅焼きの土器に似たものにはめられたコルクの蓋を外すと、中にあ

るのは、

「では……、次の品はこちらから。コレは見本ですが、実品としては、――樽《たる》入りの蜂蜜など、どうでしょう」

おお、と己は思った。コレなら行ける、と。

そしてシロジロが、深く頷いた。

「それは素晴らしい。ではこちらは――」

ハイディは急ぎ、荷車から見本用として用意してあった甕を持ってくる。コレは予想していたような遣り取りで、交渉の終わりに向かう今こそ出すべきものだ。

周囲の沈黙と注目の間。自分はテーブルの上にその甕を載せる。するとシロジロが、こちらに視線を振りもせず、だが甕を開けながらロット王の前に置き直した。

「――こちらは見本ですが、実品としては、樽入りの砂糖などどうでしょうか」

む、と周囲から声が漏れた。

思わぬ、というほどでもないが、自らの驚きを殺す吐息だ。

……だよねえ。

さてどうだろう。この超貴重品。

●

「何？　砂糖って貴重なの？　武蔵だと、かなりフツーに手に入るけど」

『Ｊｕｄ．、この時代の欧州では基本的に中東、ムラサイ勢力からの輸入にほとんど頼っていました。何しろ貴重なので、原料については輸出規制している国が多く、原料が何かすらも解らない、といったものでもあったのです。

一部例外がありますが、英国で大量に入手は難しいのではないでしょうか』

「Ｊｕｄ．、中東との貿易で手に入ると言うことは、基本、地中海貿易です。地中海に面していない英国では、欧州国家の中間貿易を経るため、更に高額化します」

「だよねえ！　砂糖はこの時代、製造法から言って貴重！　そういうことだよ！　よってそれまで果実と蜂蜜くらいしか自然由来の甘味がなかった世界は、人工生産される甘味である砂糖によって変わる！　この劇的変化はカタルシスだよね！　僕の新作が、この前、それで作中に革命を為したからね！」

「あの、ええと、ネシンバラ君？　そういえばネシンバラ君が瓦版に連載出してるその小説、この前は麦酒《ビール》のホップ革命やってましたよね？」

「ああそうだよ？　ホップで苦みを！　大人の味だよね？」

「ええと、だとしたら、その世界、砂糖以前に人工生産出来る甘味があります」

「え？」

「――水飴。今の場合は麦芽糖《ばくがとう》ですね」

「――はい。水飴は玄米や大麦麦芽を発酵させて出来るもので、つまり途中まで御酒を作るのと同じ過程を経ます。そのまま水飴にシフトするか御酒にシフトするか、という選択はありますが、御酒の発生と同じくらい古来から人工甘味として重用されていました」

『Ｊｕｄ．、水飴は結晶化によって粉末にならない上、砂糖と比較して糖度が半分。なので調味料としては用途が限られましたが、甘味としては古来よりありました。砂糖が貴重とされたのは、強い甘さもですが、保存性と用途性の高さですね』

「つまり酒がある世界だと人工甘味は存在してる？」

「――待て！　既に発表してしまったけど、どうすればいいんだ！」

「いいじゃない。アンタの世界の人類は長い歴史の中で酒にしか興味がなかったのよ。浅間みたいに」

「わ、私も水飴とか砂糖は調理に使いますけどね……！」

「つまりこの勝負だと、どういうことになるのかしら」

「砂糖は砂糖として、貴重。そういうことですね。甘味としてのレアリティよりも、それを所持し、ふんだんに使えることを自慢する、という意味で、王侯貴族や商人達、彼らに近しくありたい者が求めるものと考えていいでしょう。甘味料と言うより、そのように使える宝石のようなものです」

ハイディは、ロット王が表情を変えるのを見た。

「……砂糖!?」

だが彼は、すぐに笑みの顔となり、こちらの出した甕を撫でるように触れる。

「おお、素晴らしい……。樽詰めの砂糖ですか！　これは素晴らしい品です！」

そしてロット王が、喜んだ口調で、こう言った。

「では私の持っている蜂蜜を下げ、これを、私の持っている樽詰めの砂糖と交換致しましょうか」

……はア？

ハイディは、ちょっと、よく解っていなかった。

砂糖は中東由来で貴重なものだ。地中海貿易の品目で、地中海に面していない英国にはさほど持ち込まれていないはず。

……だよねえ！

だが、疑問に思うよりも先に、ロット王が指を鳴らした。

応じるのは、彼の荷車に控えていたファースト派の戦士団ではない。こちらにやってくるファースト派の術者が、一枚の表示枠を大判で展開したのだ。

　広がった画面。そこに描かれるのは、サード派拠点の中にある倉庫だった。内部には樽が幾つも並んでいて、表面には白の塗料で品名が書いてある。

「SACCHARON……」

『砂糖の旧名を英字で書いたものですね』
　つまり砂糖が、大量にこのサード派拠点に運び込まれている。それも以前から、だ。

『どういうこと!?　ここ、英国だよね!?』
　その声を表示枠で文字として見て、正純は理解した。

「……そういうことか」
　ええ、と頷くのは、ミトツダイラだ。

「見落としですわ。だって、……この拠点では、ジャムの生産を行ってましたのよね？　ジャムは砂糖無しで、果実を煮詰めても作れますけど、保存性を高めるならば砂糖があった方が有利ですのよね……」

「……だよな。戦争の気配がある時期、保存性を高める調味料の一つである砂糖は、あるならば欲しいだろう。ただまあ、その砂糖が、何で英国にこんなあるか、って話だが……」

「**キィエエエエエエエエエエエ！**　正純様！　このホライゾンにネタバレを優先的に御願いします！」
　ああ、と頷くこちらに、皆が視線を向けた。
　なので自分も、とりあえず表示枠の用意をする。そしてナルゼに手を振り、図画の準備をさせておいて、

「……さっき話にあった通り、欧州では砂糖の生産がされていない。王侯貴族や成り上がりのステータスとして、その所持や使用が尊ばれていたが、基本、砂糖は、中東からの貿易として、この時代ではムラサイ勢力から買うのだな」
「でも、さっき清正が言った通り、英国は地中海に面していませんの。地中海貿易に参加出来ない英国では、砂糖はレアですのよね？」 
だとすると、
「ロット王、度を外れた資金力の豪商ということになるのですか？」 
「否。資金力ではないと私は思う。これは、政治とコネクションだ」 
そして、
「先に言うが、資金力があるよりも厄介な相手だぞ、コレ」 
いいか、と自分は、武蔵勢の中である人物を見た。その上で言うのは、
「欧州側で、砂糖を、中東価格で英国と遣り取り出来る国が一つある」 
「――西班牙ですね」 
即答が来た。だが、その通りだ。
促しの会釈を送ると、立花嫁が皆に視線を返し、物怖《ものお》じなく応じる。
「――無論、この時代の西班牙は、再征服運動《レコンキスタ》の前です。西班牙という国はありませんでしたが、そこにはムラサイの国家が出来ていたのです」 
一息。
「ウマイヤ朝ムラサイ国家。コルドバを首都としたそれは西のムラサイ国家として中東と通じ、また、砂糖の生産も行っていました。三征西班牙のムラサイ国家と繋がりがあれば、英国は砂糖を中東価格で購入出来ます」 

●

アデーレは手を挙げた。砂糖の市場が欧州側にもあるのは解った。だが、疑問は幾つもある。

その始まりとして、

「ちょっと待って下さい？　西班牙に砂糖があるとして、その砂糖を何故、英国に？　だって西班牙は今、ムラサイ国家で、対竜戦線もありますが、歴史再現としては、Tsirhc系とムラサイは抗争中ですよね？」

「それがまあ、ムラサイと英国を結べる者がいるんだ」

「パロミデスだね？」

Ｊｕｄ．、と己は頷く。

「円卓の騎士の一人、パロミデス。彼はムラサイ出身で改宗する。——架空の人物だが、この時代において、欧州に置いておく意味は大きい」

「その方は、独自で動いていると、そんな話でしたけど……」

「恐らく、西班牙と中東を行き来して、英国との貿易を仕切っておるのだろう」

「そうだ。つまりはこの図の通りだ」

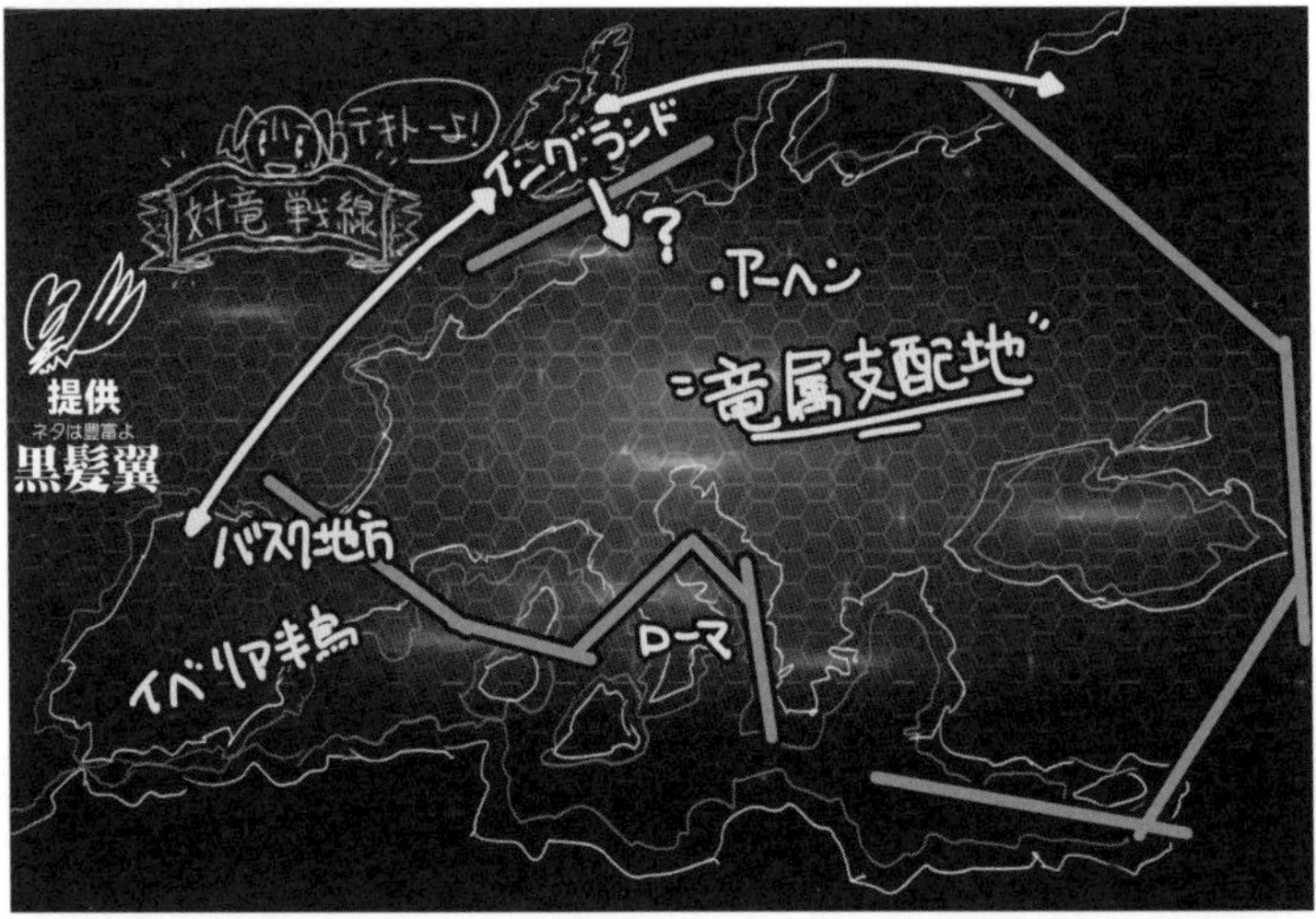

「今、欧州は竜属に支配され、地中海沿岸北側も例外ではない。イベリア半島にいる対竜戦線の勢力や諸国家、そしてムラサイが安全に欧州東側や中東と貿易や連絡を取るには、竜属の攻撃を恐れながらアフリカ北岸を行くか――」

　図示の、英国を己は手で一つ叩く。

「中立地帯の英国を中継して、東欧や北欧経由で中東に行く。速度の面から言っても、英国経由で直行した方が早いだろうな。

　この場合、英国は中間貿易で潤う」

「東欧や北欧を縦断して中東へ？　それ、遠回りじゃないですか？

　それに、経路は何処を？」

「ええと、それでしたら、ヴァイキングが担当出来るであります。

　ヴァイキングは海だけではなく、河川を支配し、バルト海と黒海を結んでおりましたゆえ」

「ロット王は、物語によってはノルウェーを治める王となる場合もあるのであります。つまり今の時代であれば、ヴァイキングの王でありましょう。

　だからそれらを複合させると――」

・西班牙のムラサイ：パロミデス

←

・英国：ロット王

←

・ノルウェー、バルト海：ロット王

←

・中東：パロミデス

「このような貿易ルートが組めてしまうのでありますね。これはこの時代の欧州、人類側にとっては命綱の一つともいえるものでありましょう」

「このルートの逆、アフリカ北岸は、竜害を恐れる必要もあるし、部族国家が並んでいて検疫や関税が面倒だ。通過関税を取られたら価格が跳ね上がる。ならば英国とヴァイキング勢力の二回払いで済む北側ルートの方が安全で得だな」

「東欧や北欧の河川が凍結する冬期は無理でありますが、それでも解氷期間は有用でありましょう。渡り賃に物々交換なら、軽くて少量でも貴重な砂糖は有用であります」

「英国が中間貿易で栄えるのは、今も昔も変わらないということですね」

「つまりまあ、何だ。ロット王が資金力にモノ言わせてるだけだったら、見落としとかあって楽なんだが、この場合、欧州の人類生存圏と、下手するとムラサイ国家全域が味方だろ。

——英国の豪商クラスで想定していると偉い目に遭うぞ」

「メデタシ！　メデタシ!!」

『めでたくないよ——！』

いやまあそうだがな？

第四十二章

『過去と未来の取引手』

前に進むより
後ろから押される
でもそれは
今より前に出られるのか

配点（パワー押し）

●

シロジロとしては、相手を見定めることとした。

これまでの遣り取りでもそのようにしてきたのだが、

……この相手が、ようやく地金を出してきたか。

最終盤ともいえるタイミングだが、やっと、自分の手元を見せてきた感がある。初期からこのようにすべきだったか、とも思いはするが、

……いや、初期にこのようにしていたら、一気に押されたろう。

こちらが対処を考えている間に、有利な品を選別して積み重ねてきたはずだ。つまり油断ゼロで、隙が一切無かったに違いない。後からこっちが自分達を有利にする取引物に気付いても、逃げ切りをされる。

とはいえ今、こちらは押されている。自分達の品は的確に食われているのだ。

ただ、管理はしている。それも、お互いが、だ。

おそらくだが、ロット王も楽しんでいるのだ。だからこちらの品を食いつつ、一気に押してくることがない。

こっちの〝底〟が見たいのだろう。

応じてこちらも、バランス良く、積み重ねていっている。

相手に甘えているようで、少々不愉快だが、最後に勝っていればいい。金とは感情を持たないものだ。今回は最後に、その無感情なものをどれだけ多く持っていたかが大事となるのだ。

なのでこちらも、この終盤にて、品は貴重品が多くなっているが、選ぶ。相手の地金を剝く意味をもって、単に価値や量ではなく、意味をもって問うていく。

「ふむ。……では、小さい雑貨で、スプーンなど如何か。一応こちら、純銀製を用意しました」

「ほほう、純銀製」

では、と彼が言った。

「――ではこちらも、同じ純銀製で交換と致しましょう。いいでありますな、純銀製。いざとなれば貨幣となります」

その応対で、これは等価取引だと解る。そして己はこう応じた。

「――成程」

●

「今の遣り取りは……？」

「貨幣の蓄えは充分であると、ロット王はそう暗に含んだのであるかと」

先ほどの遣り取りが布石だ。

「ロット王は、中東や北欧、イベリアとの貿易を先ほどの砂糖で示唆したのであるよ。でも、その確証が相手は欲しいのであるかと。ゆえに銀製、――つまり貨幣である。そして銀製のカトラリーをすぐに用意出来る、と告げることで、自分には貿易に足る資金力があると、そう示したのであるな」

「パーシバル様、よく解りますね。私、こういう駆け引きが全然駄目なもので……」

「あ、いや、何でもどんどん聞いて下さると、こちらとしても嬉しいものであるよ？」

●

「カーッ！　ペッ！」

「おーう、何かどこもかしこも、似たようなことやってんなー」

「点蔵様、すみません、私も今の遣り取り、解っていませんでした」

「いや、まあ、そういうもので御座ろう。気にせず、自分など頼ってくれればいいで御座るよ？」

「…………」

「………………」

「……ホライゾン？　別に、やっちゃってもいいですよ？」

「……いや、手加減も必要でしょう。今のところはやめておきます」

『つーかこっちを応援しなよ――――！』

●

何だかカオス状態ですわね、とミトツダイラは思った。

「……とはいえ、流れは食品を避けた遣り取りになってますわね。食品では、鮮度で勝てない、と？」

「まあそういう判断だろう。こっちは在庫がガンガン無くなっていって危険だが、まだ大きな木箱が一つと、樽のグループが一つあるな」

「だが、あの木箱と樽のグループで、どれだけ取り返せる？」

「ロット王の方は、価値の吊り上げの差額がある御陰で、小さな品目でも地味に在庫が積み重なってるわ。その上で、まだまだ抱えている品があるのよね……」

「しかし、口八丁手八丁で価値を吊り上げてくる、となると、ホントに売り方上手えって訳だな、――向こうが」

『こっちだって良い品を用意してるけど、この情報世界来て一週間以上経過した武蔵から持ってくると、鮮度は流石にねぇ……』

『あと、思い知った！　武蔵にある食品や商品って、大量生産品だから品が平均的で、突出した売りが少ないの。でも向こうはクセを売りにしてくるし！』

「その上で、自分の取り扱うものをよく理解して褒めどころを知ってる。中間業者がまずい時代だから、自分で品定めしてるんだろうね」

『こっちは大量に高速で遣り取りする時代だから、そんなん無理だって……！』

「土下座で何とか出来ねえの？」

『ここ、極東とまだ交流がないから、商人ルールとして土下座通じないんだよね——。攻性防御術式としてなら発動出来るけど、それはまた別ね』

「終わったな……！」

『——ッキショ！　終わったとか言うなぁ——！　家の前でうどん出してやるからね！　キイィ——！』

『それ、ハイディが損する以外に何の意味があるんですか？』

『ええと、でも、ハイディ？』

流石に、彼女達とて役職者。そしてこれはリベンジなのだ。

『さっきの残り二つの荷物。あの木箱と樽でどうにかしますのよね？』

『あ——』

ハイディが、ややあってから、こう言った。

『まあ、何とか、やるだけやってみるかな？　そんなつもりで、ね』

●

ロット王は、相手がテーブル上に両の腕を乗せるのを見た。前のめり、やる気があると、そういうことだ。そして告げられる台詞は、

「……では、そろそろ商談をまとめに入ろうか」

おお、と己は感嘆した。相手にはまだ在庫の品種が二品ほどある。ならば、

「まとめに？　私の方はまだまだ在庫が残っておりますが、早々に負けを認めて頂けるのですか？」

「否、勝つのはこちらだ。それは揺るがない。大体、今までの流れで、そちらの弱点は見えた」

言うものだ。しかしいい自信だと思う。商人たる者、最後の最後まで勝負を捨てるべきではないし、商機は常に変動しているのだ。ゆえに自分は、場を煽る。

「ほう……。そちらが勝つとは、面白い見解でありますね」

いいですか？

「今、私の手元には、ある意味、英国の全てが揃っています。更には、英国の外、欧州や中東の品も揃っているのであります。――そこに貴方は何を加える、と？」

「Ｊｕｄ．、……土下座が出来れば楽だったが、致し方ない。泥臭いが、地味な商談をさせて頂こう」

そして相手が言った。在庫の一つ、木箱を指差し、

「――〝皿〟は、如何かな？」

「…………」

ほう、とロット王は、相手の言葉を受けた。

「〝皿〟と来ましたか。――それは硬パンのトレンチャーではなく、陶器のものですかな？」

「Ｊｕｄ．、――今回は、唐から取り寄せた食器として、皿をあの木箱に買い付けてある。それは、如何かな？」

「これは……、面白い意味の品が出てきましたね」

「確かに。雑貨とはいえ、まさか、〝皿〟が出るとは」

そうですね、とスリーサーズは頷く。

「私達の生活において、〝皿〟は、皿状に焼いた硬パンのトレンチャーで済むものです。それをわざわざ、〝皿〟とは。それも遙か東の唐か

ら大量に持ち込むとは……」

「ええと、パン皿じゃなければ他に皿はありますよね？　木皿とか。陶器の皿がそんな貴重とか、どういうことなんです？」

「Ｔｅｓ．、この時代は、欧州では焼き窯が発展していないので、陶磁器は焼けないのであります。よくて土器の発展形みたいなものでありますね。もしもこの時期、しっかりした陶磁器があったとしたら、全て輸入でありましょう」

「陶磁器の食器は破損しやすいこともあり、この時代、欧州では貴重品として王侯貴族のステイタスになっている。……その筈であります」

シロジロは述べた。ここで陶器の皿を出す口上を、だ。
　ハイディに一枚の白い皿を用意させ、手に掲げ、

「皿だ。――さて、これが無駄なものと思えるか？　既にトレンチャーなどの代用品もあるからな。だが、――否だ。そうではないだろう」
　いいか。

「何しろこれからアーサー王が起ち、この地は英雄の権威を得ていく。
　だが、それとは別の権威を、アーサー王の歴史再現に付加するのはどうだ？
　Tsirhcは手で直接食材に触れて頂くことこそ神の行為として尊び、食器を否定したと聞くが、フォークのようなカトラリーとは別で、皿や器というものにおいては、汁物などの配膳に木の器を使うのが常道だ。ならば、そこに、陶器の皿という権威を与えてはどうだ？」

「権威？　アーサー王に、陶器の皿がどのような権威を与えると？」

「この唐製の皿を入手するには、唐と貿易するしかない。陸路で、だ」
　英国と欧州、中東を貿易範囲に入れていても、唐との貿易は至難だ。そして代用品があるとな

れば、

『唐で作られた陶器の皿は、英国に無いよね……！』

その通りだ。だからここで言う。

「ローマだ」

ローマは、その貿易の範囲を、中国にまで伸ばしていた。ローマの衰退と中国の戦国化などでそれは途切れていただろうが、

「遥か東、砂漠の向こうの食器は、ローマの時代に陸路交易で貴重品として伝わったこともあると聞く。ならばその権威を復活し、手に入れてはどうだ？」

どうだ？

「これより先、アーサー王の物語は、本土で建国されるフランク王国の影響を受けていく。だが、そのフランク王国が夢を見たローマの権威を、このブリタニアが先取りしているというのは、面白い案件になるのではないか？」

告げた先、ロット王が小さく笑った。

彼はこちらの皿に手をさしのべる。ゆえに自分は陶器の一枚を手渡し、

「如何かな？」

「Ｔｅｓ．、成程、これはなかなか……。このブリタニアには無いものです」

いいですねえ、と彼が言った。

●

ハイディの視界の中、ロット王が皿を感心したように眺めている。

白の円盤。少し底の深いそれを、彼は回すようにして眺めながら、

「食器。それもローマの時代の東方交易を思い出させるものを、アーサー王の生まれる今のブリタニアに、ですか。

確かに欧州では、土器はあっても陶磁器を作ることがまだ出来ません。これはなかなか面白いアイデアです。よく思いついたと言っていいですね」

ええ、と彼が言った。そしてこちらに視線を向け、こう告げた。

「Ｔｅｓ．、——私達の次に、ですが」

は？　とハイディは疑問した。

直後。ロット王の部下が、近くにあった木箱を一つ開けて見せた。

「それは——」

ロット王の在庫箱の中から出てくるのは、やたらと薄く作られた薄緑色の器だった。

『ヨモギ味……！』

『昔にネイトが小さかったとき、〝ヨモギ団子！〟って言って泥と草を丸めた御団子をペロっと食べてしまって、すわ食中毒と思ったら何事もなくて、うちの家系の消化力の高さに驚く一方、ちょっとうちの子大丈夫ですの、って思ったことがありましたわねえ』

『まあ、御母様、幼い頃はヤンチャで消化力が高かったんですのね』

『何か思い出話に変な要素が入ってないかな？』

『へ、変に昔の話を出す時間帯じゃありませんのよ!?』

売れる話だろうか。まあ、そこらは脚色も有りだろう。

だが、こちらの眼前。

自分達の皿と、ロット王の器が並べられた。

更には、ロット王の戦士団の一人が、あるものを持ってきた。

水差しだ。

何かと思っていると、こちらと相手と、二つの陶器に水が注がれる。

「ご覧なさい」

彼が言っている意味はすぐに解った。

比較だ。

自分達の用意した白の皿には、何も生じていない。しかし、ロット王が用意した薄緑の器は違った。

それは、中の水を透かして、全体が波立つ光をまとったのだ。

注いだ水が透けて見えるほどの薄い作りの器。この品は、

「碧玉《へきぎょく》色の、表面を硝子《ガラス》でコートされたような器。——〝陶磁〟ではなく〝青磁〟、と呼ぶそうですね」

●

「さて、何故これが、私の手元に、そして後ろの木箱にも大量にあるか、解りますか？」
言われた。

「——ローマがここを支配したとき、持ち込まれたものですよ。ローマの権威として、当時の後漢との貿易によって手に入れていたこれを、ね。
ええ。青磁器は今も唐にありましょう。しかしそれは上等な作り方が失われた、分厚い、粗悪なもの。最盛期の後漢時代のこれは、薄く、入れた水を通した光が揺れる。本物の青磁器です」
そして、

「当時から、既にブリタニアの住人は、神代の時代から伝わるアーサー王の存在を知っていました。だから、ローマの滅亡後、自分達でこれを保管したのです。後のアーサー王が、ローマ後に起きる大国に対し、遙か昔からの権威を主張出来るよう。後の王へと継がせようとしたのです」

●

決まり手ですね、とロット王は思った。

「遙か昔、とは言いませんが、ブリトン人がこの地について以来、その末裔《まつえい》として王となるアーサーの事は語られて来ました。
アーサー王という大いなる希望！　この不安定な重奏神州と浮上島の立場であっても、未来

の英雄の存在は待ち焦がれる期待であったのでしょう。ゆえに私の家系に受け継がれた幾つかの品の内、これは、当時の最高級品。

　さて、唐の現代、技術は発展していると思いますが、それは量産品ですよね？

　私達の連綿を相手に、どれだけの取引となりますか？——貴方の用意したものが」

　過去の引き出しでは、私達に勝てる訳がない。

　こちらは、数百年の昔から、用意をしてきているのだ。

「これだけではありませんよ？　絹や紙、いろいろな知識も、ローマ由来で漢時代のものを入手しています。——歴史的権威ならば、既に上等な本物で間に合っているのです」

●

「……やられましたわね。あんな、歴史や思い入れを出されたらどのような商品も敵わないじゃありませんの？」

「うちの鬼切もそうであるが、過去の関係というのは面倒よのう……」
　ですわね、と自分が頷いた時だった。ふと、正純が呟いた。

「……ベルトーニ」
　一息を深く吐き、彼女が言う。

「ベルトーニ、私にも解ったぞ。この敵の弱点が、だ」
　投げた言葉に、ややあってから返答が来た。

『……Ｊｕｄ．、そうだな。だとすれば、私達の勝ちだ』

●

　シロジロは、姿勢を正した。

　これから決着する。ゆえに相手を真っ直ぐに見直した。

「ロット王、……私の用意した皿を持って行くといい。今、このブリタニアに対し、何を持ち込んだとしても、ローマの時代、それ以前から

英雄を欲した思い入れには敵うまい」

「成程！　解って下さいましたか。では――」

「それゆえに貴方は負ける」
　言うと、ロット王が動きを止めた。警戒だ。こちらに対して、これだけ上位にいて尚、挑発的な言動を注意する。商人として、見事な根性だと思う。見習わねば、と。
　そして己は言った。

「これより貴方は負ける。それも至極単純な、つまらない、現実的なものに対し、屈して、欲して、負けねばならなくなる」

「……ほう？」
　ロット王が姿勢を正す。テーブルに両肘を乗せ、こちらをまっすぐに見てきた。

「勝つ、と？　――しかし貴方方が出せるのは残り一品。あの樽ですか？　あの中には、何があると？　そして、あの樽の中にあるものに対し、私は貴方に負けを認め、全てを差し出さねばならない、と？」

「Ｊｕｄ．、そうだ。――ハイディ、持ってきてくれ。樽を開けるんだ！　中身を皆に振る舞おう！　これが世界を変えるぞ！」

●

　浅間は、ハイディが戦士団に素焼きの皿を使って渡していくものを受け取った。
　皿に、楊枝《ようじ》をつけて載っているものは、見覚えのあるものだ。

「ええと、これは……」

「はいはーい！　ほら、アサマチも、それ食べてみて！　結構上手く出来てると思うのよね！」

「あ、はい。解りましたけど、でもこれ、あの、……武蔵だとフツーにありますよね」
　というかアレだ。

「キャベツの漬け物」

「Ｊｕｄ．、――M.H.R.R.式に言うとザウアクラウトよね」

「塩漬けキャベツよね？　これが何か、意味あるのかしら？」

「ん……。まだ浅いけど出来はいいんじゃないかな？　フツーに美味しいレベルだと思うよん？」

「……ですよね？　でも、ええと、まさかキャベツって、この頃の欧州や英国にはなかったとか、そういう話なんですか？」

「いえ、元々、キャベツはイベリア半島が由来で、それをケルト文化が食糧として欧州に広めたものです。英国でも野生のキャベツがあって、昔から食されていますね。

　だからザウアクラウトと呼ばれるキャベツの漬け物も、ローマでは既に食べられていました」

「ただ、当時のキャベツは結球するタイプではなく、苦みの強い薬草のような扱いで……、しかしこれは苦みを抑えた品種を使ってますね」

「でも、変化と言ったらそのくらいですよね？」

だとすると、よく解らない。

「よく出来てますねコレ！　羽柴時代も、ピリッとするこの味が御酒のアテにいいので、ちょっと食堂で買ってました！」

ちょっと。

「ええと、でもまあ、武蔵上で食卓に出るものと同じものが、当時の英国でも食べられていた訳で……。でもそれが何故、勝負を一気に決めることになるんですか……」

と、思ったときだった。不意に声が上がった。周囲の人達、それも、この時代の人達が、

「あ……！」

いきなりだ。驚きと戸惑いと言った声が、ちらほらと上がり、そして、

「これは……！」

「ええ、まさか、こう来るとは……!」

彼らや、戦士団だけではなかった。視線を送った広場の中央。そこにいるロット王も、

「……これは……!」

彼が叫んだ。

「胡椒ですね!?」

「……は?」

●

何だかよく解らない。

「ザウアクラウトって、フツー、胡椒入ってますよね」

『いえ、もう既に使い古されたネタではありますが、この時代、胡椒は欧州だと超レアです』

まあ確かに、教科書でも触れるネタだ。

だけど、

「それは知ってますけど……、中東貿易も、東欧や北欧とも繋がりがあって、頑張れば唐とも遣り取り出来るんですよね? だったら、ほら、解釈とかいろいろで、胡椒くらい手に入りますよね? 何とか、輸送の導線作って。砂糖の時みたいに、です」

やれば出来る。そうではなくても準備がある。そういうことを、ロット王は示して来たのではないか。だが、

『……胡椒の原産はインドなんですよ』

●

「……説明してみ?」

直政の促しで、自分は表示枠に概要図を出す。

それはインド方面のもので、

「地中海側から見た場合、インドに行くにはまず中東があり、陸路だと砂漠と山脈があります。難所尽くめですね。しかし海路ではそれこそ大航海時代を前提とした遠洋航海が出来る船が必要になります」

　これはどういうこととなるか。

「胡椒が世界で欲されていると知ったインド側は、値をつり上げます。その上で、中間に挟まる中東もまた、マージンを思い切りとってきます。

　更にインドは、胡椒の重要性を知ってから、その栽培方法などは極秘としました。ゆえに欧州などは、白胡椒と黒胡椒が別のものだと思っていたくらいです。

　そんな胡椒ですから、当然、中東でも高値なんです」

「じゃあ、中東から一番遠い英国では……」

「輸送費も含め、馬鹿みたいな高値で取引となりますね。これは歴史再現においても、少なく

ともこの時期では、通用します」

『ええと、でも、これ、ザウアクラウトに入ってる胡椒が、世界をどれだけ変えると言うんです、か……？』

『Ｊｕｄ．、効果だけを単純に言うなら、味付けと保存料ですわ』
『香辛料が入っていれば、それだけで食が進みますものね。そしてまた、胡椒の成分は防腐、防虫、防臭の効果があるとされていますの』

●

シロジロは、自分に出された分を、手前に置いた。これが〝品〟だ。そのつもりで、

「……理解出来たか？　ザウアクラウトはそのままだとキャベツの塩漬けだ。これはこれで悪くない。
――しかし胡椒を含める事で、更に長期保存性と、安全性が上乗せされる」

「それは――」

「これからこの地は、どうする？　アーサー王が起てば、本土側からの反応があるだろう。場合によってはこの浮上島が孤立する可能性もある。
そのとき、この地が豊かだから大丈夫だと、歴史も権威もあるから大丈夫だと、そう言い張ることもだが、備蓄は必須だ。それも、長期、安全なものが、だ」

「……しかし、そこにある樽だけで、このブリタニア全域の備蓄とする事は出来ますまい……！」

「……解っているではないか。
しかし私達は〝湖の精霊〟だ。私達は不思議パワーで本土からの飛竜ものともせず交易出来る。――つまり私達は、この地が孤立しても、この樽をここに持ち込める」
ゆえに自分は取引する。

「ここにあるものだけではなく、この地の未来を支える分。それをこれからの担保としよう。さあロット王？　この地の未来を支える保存料

の備蓄。それに対してどれだけの対価を払う……!?」

言う。

「ローマの時代における過去の思い入れや、地産の素晴らしさを私達は取引しにきているのではない！　私達は余所者だ。だからこそ、外の力を持ち込む！」

つまりはこういうことだ。

「貴方は、この地の未来を買ったことがあるのか!?」

●

「……最初にこの樽出してりゃ、一気にカタついたんじゃねえの？」

いやまあ、と浅間はフォローに入る。

「いや、トーリ君、そういうもんじゃあないと、そう思うんですよ……」

「というか、大半は相手の手札確認と実情理解だよね。

まず初期段階で食料品を出していって、ザウアクラウトを、同様や近似の食品で潰されないようにしたんだ。

そして食器という、欧州では本来レアな品を出すことで、ローマ時代の食器なんて貴重品を先に出させた。

更にはそこで勝利宣言に見せかけたハッタリ」

「やはりアレ、ハッタリですか」

「勝利を強調した上で、相手に全てを交換するように言い、選択肢を狭めた。

相手の視野を狭くして、ザウアクラウトを一笑に付されないようにしたんだ」

「万難を排して、最後にザウアクラウトですのね？」

「見方によっては、胡椒が入ってるだけの差しか、この時代のものとは違いが無いから、ソレが重要視されるよう、慎重に進めた訳だね」

成程、と思って広場を見ると、ハイディが上機嫌だ。

「ふふ、ん……」

　彼女が、後ろに握っていた手に力を込めたのに気づけて良かったというか。

●

「Tes.、成程、そういう仕込みですか」

　ロット王は、深く息を吐いて言った。

「胡椒入りのザウアクラウトで、このブリタニアの未来を支えると、そう言うのですか」

　感覚的な感想を言うと、一言だ。

「——嘆かわしい」

　場が、一気に静まった。その沈黙を押すように、己は言う。

「自惚《うぬぼ》れと、御節介《おせっかい》と、上から目線と、そして勘違いや偽善が入っていると、そう思える言動です」

　しかし、

「——それらは全て、商品の価値を上げるための売り口上だと判断しました」

　そうとも。

「嘆かわしく、自惚れとお節介と上から目線と勘違いや偽善が入っていても、商品に感情はありません。そして、売り手がそこまで思い入れを出来る商品であるならば——」

　結論は一つだ。

「私の手元に持ってくれれば、下手な商人よりも遙かに有用出来ましょう」

　そうだ。

「——**未来を買う！**

　この一点で全ては成立です。私が、先祖が、このブリタニアが欲しているものを買う！　そのためならばどんな財も投げ打って良い。だからこそのこれまでの蓄積！　ゆえにここは、そこまでを読み、用意し、挑発した〝湖の精霊〟に意を表し、買い上げましょう！」

　自分は、相手の背後に用意された樽を指差した。

「私が、判断したのであります。——対価を言いなさい」

●

わ、という歓声が周囲から上がったのを、ハイディは悟った。

武蔵勢だけではなく、サード派が声を上げ、吊られるように、ファースト派も顔を見合わせ、確認し合いながらも、

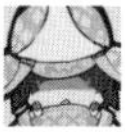

「え、ええと……」

「喜びなさい。これは〝私達〟の勝利なのですから……！」

「〝湖の精霊〟が、この地の未来を応援したということなのですよ？」

その言葉に、皆が躊躇《ためら》いなく声を上げた。

そんな響きの中で、ハイディは、シロジロが自分に視線を向けるのを見た。

対価だ。

ここで要求すべき内容は、既に用意してある。

「ロット王、御願いがあります」

「何ですかね？」

「私達の方で、胡椒の他、言って頂ければ香辛料などをある程度の規模で揃えることが出来ると思います。

それを追加の価値として、——対岸貿易で手に入れた食糧、このブリタニア全体の量から見て、三日分ほどを貰えないでしょうか」

言う。一気に、反論を与えないように告げる。

「食糧は、当然、保存加工すると思いますが、それに向かないものもあると思います。また、備蓄として、保存加工が間に合わないようなぎりぎりのものでも交換して構いません。——そのような融通が出来ないでしょうか」

「……Ｔｅｓ．、食糧の備蓄が必要だろうと胡椒を出しておいて、貿易で得た備蓄にも使う食糧を融通しろと言う。なかなか矛盾めいた交渉ですね」

「いやあ、うちは貿易品目が偏ってるもんで」

『おまえ、アッサリと適当なこと言うよなあ……』

　ただ、ロット王は頷いた。

「既にある備蓄との交換分も問題ないと言うならば、サード派側と連携して応じましょう。サード派の方が自発的な備蓄量が多い割に余剰や管理が甘いですからね。そちらに私からマーリン経由で証書と、実働として新しい備蓄の配分を行います。
　貴女達は、香辛料の分配分と、私とスリーサーズの証書を持って行って品を引き取る。
　――そのように手配します。宜しいですね？」

「Ｊｕｄ．、――充分だ」

　シロジロが立ち上がる。テーブル越しに、ロット王に手をさしのべる。
　相手もまた頷き、手を伸ばした。
　握手だ。

　契約成立。これで一戦目は終了であり、

「内容的にはウィンウィンだから引き分けかな？　――どう？　正純？　食糧問題、何とかなったっしょ？」

「Ｊｕｄ．、――荒っぽい賭だが、よくやった」

　確かに、と正純は思った。一週間前、食糧関係の問題について話し合っていたとき、

「会計補佐が、食糧問題について何とかなるかも、と、そう言っていましたが、まさかこういう一発逆転をしてくるとは……」

「まあ、アレでも役職者だ。裏切らなければ有能だということだ」

　大久保は、いきなり直通で届いてきた通神文《メール》に息を吐いた。
　竹中達や、委員会との共通アドレス宛てだが、

その内容は、

「……何や、加納君」

「いえ、先ほど、副会長から通神文が来ましたが、どのような」

ああ、と己は応じた。

「向こうのトップダウンで交易許可が出た。スリーサーズとは違って、ファースト派の貿易のトップで、ブリタニアの貿易全般を仕切っとる。地域指導者は文句言えん筈や。
　証書出しがマーリン経由で行われるうえで、こちらが向こうに伺って良いなら、近くまでステルス輸送艦で行くことも出来る。つまり
――」

「交易用の準備は進めています。しかし、短縮分を詰めたスケジュールを再構築し、一週間以内に食糧を確保出来るよう、武蔵内の手筈を進ませましょう」

　Ｊｕｄ．、と己は立ち上がった。目の前にあるチョコ菓子を指差し、

「10ダース頼んどいてや。〝湖の精霊の謎菓子〟として英国に持ち込むのは〝有り〟やろ。
――あと、竹中は何してん？」

『寝てますよ――』

『起きとるやないか!?　まだ昼前やぞ！
――居室に集合せえや！』

　動き出したな、と正純が思っていると、スリーサーズがやってきた。
お、という雰囲気で皆がこちらから軽く下がる。その距離感を大事として、己はスリーサーズに言った。

「損をさせてしまうな」

「まあ、仕方のないことですね」

『どういうこと？』

『ロット王は食糧分譲の手筈は整えましたけど、その相手は農耕や牧畜などで備蓄を自発的に揃えられるサード派を選びましたの。
　貿易担当大臣のようなロット王の指示には逆らえませんが、サード派としては、備蓄の面で削られることで、ファースト派に対してちょっと勢いを下げられますわね』

『とはいえサード派も、香辛料が入ってきたとなると盛り上がるね。それはファースト派にも流れるだろうけど、各地の有力者達は、それこそファースト派と並ぶ扱いを受けることになる訳だから』

「ロット王は、ファースト派に香辛料をもたらしつつ、サード派やセカンド派にも、成り上がりの良さを教えてやる、というところか。それでいてファースト派の備蓄が傷つかないなら、ロット王の一人勝ちだな」
　Ｔｅｓ．、と応じて、スリーサーズが言った。

「私としては、主道や間伐、砦の〝代金〟として計上しますから。そういう意味では、誰も損はしていませんよ」
言った彼女が、ロット王の方を見る。すると、

「――やってくれるわね。場合によっては反逆罪よ、ロット王……？」
　いきなりの人影が一つ、ロット王の背後に立った。

●

反射的に動いていたのは、ネイメアだった。

……敵！

「ネイメア！」
母の言葉は、制止ではない。逆だ。行けと、そう言われた。
母ではなく、自分が行くべき理由はある。

……瞬発加速の距離ですの！
母は体軀と体重の軽さゆえ、瞬発加速は小刻みだ。

一方の自分は胸の大きさなどもあり、瞬発加速一発でかなりの距離を移動する。

ロット王まで、母は五歩。自分は最短で二歩だ。

行った。

一瞬でロット王の背後に飛び込み、こちらと同じように突っ込んで来た相手の間に入る。

入った。

足元で乾いた土が砂として散り、石を割るような音と共に制動。そして見た。

「あら、……危険よ?」
見知らぬ相手だ。だが、

「ベナンタラ……!」

「ベディヴィア――」
訂正が、ファースト派戦士団にいる大柄な女性から響いた。
聞いている。豊達が倫敦に行ったときに遭遇したという、ファースト派の第二位。

「ベディヴィア……!」

「有名になったものね。でも、いきなり飛び込んでこないで頂戴。敵意がないと解っていても、対処せざるを得ないから」
と彼女が言ったときだった。いきなりそれが発生した。

「……!?」
自分の五体。制服の数カ所が千切れて飛び散ったのだ。
斬撃だった。

あとがき

「じゃあ中巻終了だけど皆、何か言うことあるかな？」

「えーと、やっぱりアレですかね。——中巻がある場合の御約束ですが、**中巻知らないで上↓下巻読んで混乱する人がいる**と思うので、そういう方は御注意下さい」

「——フフ、どう注意するの？　御・馬・鹿・さんっ」

「…………」

「いやいやいや、そこは何とか！　何とか!!」

「——最高」

「というか、こっちとしては何か言いたいことがあるの、いる？」

「私、今、被弾中ですの——!!」

「中巻抜いて下巻に入った方は、左近様が休憩に入ったらネイメア様が被弾してて、訳解らないまま〝まあこんなものかな〟って読み進めてしまいそうですね」

「ないないないない、気付く気付く」

「しかし現状、どのような流れになっているので御座ります？」

「左近殿が被弾したらネイメア殿が休憩に入ったところで御座る」

『それ上巻の終わりとしてビミョーに当たっている気がするな……』

「そういう問題じゃないと思いますよう？」

「ともあれ次からは闇さんと、そちら浅間神社代表が見せ場を作りますので、期待ですね」

「宗茂様？　——期待だなどと、見世物ではありませんよ？」

「そうですムネオ様、闇様が出たならばそこはジョークの通じぬ殺戮の現場、かつて正純様が

思い切りハズしたとき、物理ツッコミを入れたのは闇様が唯一ですからね」

「超不本意な唯一を……」

「おや、見事で御座るぞ闇殿、正純のスベり芸には拙者も〝そこまでせんでも……〟と思う時があるほど。それにディレイやキャンセルを食らわず即座に動けるとは」

「今、私のことを遠回しに〝つまらない女〟とディスってますね？　そうですね？」

「いいわ……、その激詰めする確認の取り方、いいわよ……」

「しかし中巻となると、後書きであまりアオったりクリティカルなことも言いづらくて、難しいですねえ」

「アオるとしたらどんな感じにアオります？」

「やはりここは**〝次回、ケルトパワーで巨大化して襲い来る脅威の円卓の騎士達に、無造作な浅間様の砲撃が悉く突き刺さる！〟**とか」

「文章の前半と後半で話の流れが全く変わるアオリだなソレ」

「まあぶっちゃけ対都市級装備もあるので、巨大化くらいだとあまり意味が無い気が」

「スゲー宣伝部が困る案件だぞコレ……」

「しかしアレだね。登場人物達が作品の内容や自分の扱いに愚痴るとか、一体いつの後書きなんだというか、やってはならない後書きを全力で周回してるよね」

「ま、まあそういうものですのよ？　という処で、今回の作業ＢＧＭはゴールデンアックス（SEGA）から〝荒野〟で。勇ましいメロディと低音の未開感がいいですわね」

「では今回はまだ道の途中ですが、〝誰が一番楽しんでいるのか〟ということで。下巻まで少々お待ち下さい」

令和二年　まだ年末の朝っぱら

川上《かわかみ》　稔《みのる》

電撃の新文芸

GENESIS《ジェネシス》シリーズ

境《きょう》界《かい》線《せん》上《じょう》のホライゾン NEXT《ネクスト》 BOX《ボックス》

HDDD《エイチディーディーディー》英《えい》国《こく》編《へん》〈中〉

著者／川《かわ》上《かみ》 稔《みのる》
イラスト／さとやす（TENKY）

2021年2月17日　初版発行

発行者／青柳昌行
発行／株式会社ＫＡＤＯＫＡＷＡ
〒102-8177　東京都千代田区富士見2-13-3
0570-002-301（ナビダイヤル）
印刷／図書印刷株式会社
製本／図書印刷株式会社

【初出】………
小説投稿サイト「カクヨム」(https://kakuyomu.jp/)にて掲載されたものに加筆、訂正しています。

ISBN978-4-04-913004-1　C0093　Printed in Japan

ファンレターあて先
〒102-8177
東京都千代田区富士見2-13-3
電撃文庫編集部

「川上 稔先生」係
「さとやす(TENKY)先生」係